Nardia

LE LAC DES RÊVES

Américaine, Kim Edwards a vécu cinq ans en Asie où elle a enseigné l'anglais. Traduit dans plus de vingt langues, *L'Enfant de tous les silences*, son premier roman, a été un véritable phénomène aux États-Unis, où il a battu tous les records de présence sur les listes de best-sellers. *Le Lac des rêves* est son deuxième roman.

Paru dans Le Livre de Poche :

L'ENFANT DE TOUS LES SILENCES

KIM EDWARDS

Le Lac des rêves

TRADUIT DE L'AMÉRICAIN PAR FLORENCE HERTZ

BELFOND

Titre original :
THE LAKE OF DREAMS
Publié par Viking Penguin, un membre de Penguin Group (USA) Inc.

ISBN : 978-2-253-16943-7 – 1re publication LGF

Pour ma famille, et surtout pour mes parents,
John et Shirley

J'ai su toutes les choses cachées, comme celles qui sont manifestes, car l'artisan universel, la Sagesse, m'a instruit.

Livre de la Sagesse 7, 21.

La ligne droite n'a pas de mystère.
Le mystère est dans la sphère.

Thomas MANN, *Joseph et ses frères*.

Prologue

Il est presque minuit, pourtant une lumière singulière filtre par un espace entre la fenêtre et le tissu de camouflage, et vient caresser son bras, légère comme une plume d'oiseau. Ses parents dorment dans leur chambre, aucun bruit ne monte du village calfeutré ; elle seule est éveillée. Elle attend. Puis elle se lève et pose ses pieds nus sur le plancher. Depuis des semaines, personne ne parle plus que du passage de la comète, qui pourrait causer la fin du monde. La traîne de gaz toxiques qui fuse dans son sillage pourrait empoisonner l'atmosphère. Elle a quinze ans et, toute la journée, avec son frère, elle a aidé à isoler les fenêtres, les portes, même la cheminée en les bouchant avec un épais feutre noir fixé par des clous. Le concert des marteaux résonnait dans tout le village.

L'étroit triangle de lumière diaphane la frôle ici, puis là, tandis qu'elle traverse sa chambre. Elle porte la vieille robe de cotonnade bleue qu'elle aime tant, déjà presque trop petite pour elle, douce sur sa peau. Cet entresol bas de plafond qu'elle occupe au-dessus de la boutique est son domaine. À la fenêtre, le feutre n'est pas très solidement fixé et il lui suffit de tirer sur un coin pour que le tissu tombe. La lueur pâle de la comète inonde la pièce. Il ne reste plus qu'à ouvrir pour tester l'air. Elle prend une inspiration, puis une deuxième plus profonde… et encore une. Rien. Pas d'effluves empoisonnés, pas de brûlures aux poumons – elle ne sent que l'odeur humide du printemps, de la végétation et, lointaine, celle de la mer.

Reste pourtant cette lumière étrange. Elle connaît bien les étoiles, si bien qu'elle n'a aucun mal à repérer la comète qui passe dans le ciel tout là-haut, un joyau suivi de son panache, décrivant son circuit dans le temps, fascinante et un peu effrayante. Un chien aboie au loin, les poules s'agitent et gloussent doucement dans le poulailler. Puis des voix basses montent dans le noir, celle de son frère, et une autre, qu'elle attendait ; son cœur bat plus vite. Elle éprouve une sorte de colère, mais de l'impatience aussi. Elle hésite. Elle ne sait pas quoi décider – elle se laisse guider par l'impulsion du moment malgré l'importance de l'enjeu. Pourtant, quand elle s'assied sur le rebord de la fenêtre, ce n'est pas vraiment sur un coup de tête. Après tout, elle est déjà habillée. C'est volontairement qu'elle a mal attaché le feutre à la fenêtre. Toute la journée, elle a pensé à la comète, à la beauté sauvage de cette boule de feu, messagère céleste qui pourrait changer sa vie.

Les voix l'attirent, alors elle saute dans le jardin.

1

Je m'appelle Lucy Jarrett et, avant d'apprendre ce qui est arrivé la nuit de la comète, avant de retourner voir ma mère en Amérique et de reconstituer pas à pas notre passé caché, je vivais depuis peu au Japon dans un village de bord de mer. Tout au long du printemps, la terre avait tremblé, agitée de secousses qui, cette nuit-là, me tirèrent d'un rêve en sursaut. Des pas résonnaient dans la ruelle pavée ; des trains grondaient au loin ; en tendant l'oreille, je perçus le bruit du ressac. Rien d'inquiétant. La main de Yoshi était posée sur ma hanche, légère, presque comme si nous étions encore en train de danser dans la cuisine. Ce soir-là, lumières éteintes, nous avions dérivé dans les bras l'un de l'autre sur la musique douce de la radio, langoureusement, jusqu'à nous arrêter, et nous nous étions embrassés dans la nuit parfumée de jasmin.

Je me rallongeai contre lui et me blottis dans sa chaleur. Dans mon rêve, je retournais contre mon gré près du lac de mon enfance. Le ciel était gris, et je voyais devant moi le cabanon décrépit qui n'existait que dans mes rêves, niché sous les arbres, moussu d'humidité. Les vitres étaient fêlées, poussiéreuses, cristallisées par le givre. Je continuais mon chemin jusqu'au rivage et m'aventurais sur l'épaisse couche de glace translucide, poussée malgré moi par une force qui me faisait aller droit vers les gens du lac, dans ce lieu où ils vivaient prisonniers sous la surface. Pour mieux les voir, je me mettais à genoux, j'appuyais les mains à plat sur la surface claire et froide. C'était moi qui les avais enfermés là, Dieu sait comment, et Dieu sait depuis combien de temps. Leurs cheveux ondulaient dans les courants et leurs yeux, qui cherchaient mon regard, éveillaient en moi un profond regret.

Les stores se mirent à vibrer. L'angoisse m'étreignit, sans que je sache si c'était par peur du tremblement de terre ou de mon rêve, mais ce n'était qu'un train qui s'éloignait vers la montagne. Le même cauchemar me poursuivait toutes les nuits depuis une semaine, sans doute parce que les secousses de l'écorce terrestre faisaient resurgir le passé. J'étais ramenée à une certaine nuit de mes dix-sept ans, où, adolescente révoltée, j'étais revenue au milieu de la nuit d'une promenade à moto avec Keegan Fall. Je lui avais lâché la taille et j'étais descendue de la selle, les fleurs de pommier blanches comme des étoiles audessus de nos têtes. Je m'étais penchée vers lui, mains posées en éventail sur son blouson, puis il était reparti dans un vrombissement qui avait déchiré le silence. J'avais trouvé mon père dans le jardin, devant la maison. La lune éclairait ses cheveux gris, le bout incandescent de sa cigarette suivait ses mouvements dans l'ombre. Un parfum de lilas et de rose flottait dans l'air.

— Nous nous demandions où tu étais passée, avait dit mon père.

— Je ne voulais pas vous inquiéter, avais-je répondu.

Un silence, le temps d'aspirer les odeurs du lac, de l'humus et des jeunes pousses, puis il avait demandé :

— Tu n'as pas envie de m'accompagner à la pêche, Lucy ? Qu'est-ce que tu en dis ? Nous n'y sommes pas allés ensemble depuis longtemps.

Son ton nostalgique m'avait donné un pincement au cœur. Cela me rappelait nos expéditions, nos réveils avant l'aube, la boîte à mouches qu'il fallait porter avec le matériel en bas du jardin jusqu'au bateau. J'avais eu envie de l'accompagner, mais surtout de retrouver mon lit pour rêver de Keegan Fall. Alors, d'une voix beaucoup trop acerbe, j'avais répondu :

— C'est gentil, papa, mais je n'ai plus l'âge !

Et j'avais continué mon chemin pour monter me coucher.

Ce furent les dernières paroles que je devais lui adresser. Quelques heures plus tard, je m'étais éveillée, un rayon de soleil dans l'œil, en entendant monter des voix affolées du bord de l'eau. J'étais descendue en courant et j'avais traversé la pelouse mouillée de rosée jusqu'à la berge où se tenait un attroupement. On avait déposé là mon père après l'avoir tiré du lac. Ma mère, agenouillée près de lui, touchait sa joue. Les lèvres et la peau de papa avaient pris une teinte bleuâtre. Il y avait des traces d'écume au coin de sa bouche et ses paupières m'avaient semblé iridescentes. *Comme un poisson*, avais-je songé, une pensée incongrue mais qui, au moins, avait le mérite d'en chasser une autre, bien plus dangereuse, qui ne m'a plus jamais quittée depuis : *Si je l'avais accompagné, ça ne serait pas arrivé.*

À côté de moi, sur le futon déroulé à même le tatami, Yoshi poussa un soupir et sa main se détacha de ma hanche. La lune projetait un rectangle clair sous la fenêtre et les stores frémissaient dans la brise marine. Mais ce n'était pas le vent. Peu à peu, presque imperceptiblement, la vibration s'amplifia. Le mouvement fut d'abord léger, aussi doux que le grondement du train l'avait été. Puis mes bols tibétains, alignés par terre, se mirent à chanter tout seuls. Les petites pierres que je collectionnais dégringolèrent de l'étagère sur les tapis de sol avec un crépitement de pluie. En bas, un objet tomba et se cassa. Je retenais ma respiration comme si, en restant immobile, j'allais pouvoir contrôler les mouvements de la terre. La secousse continua. Les étagères se mirent à s'agiter si violemment que les livres en furent éjectés. Puis des convulsions fluides firent osciller les murs et le sol sembla onduler, comme si la maison était posée sur un énorme animal qui s'étirait et se retournait, ou plutôt comme si la terre elle-même était une créature vivante couverte d'une peau ultrasensible, qui s'ébrouait, irritée au moindre contact.

Et puis, soudain, le calme revint. Dans le silence, des gouttes d'eau tombaient dans une flaque. Yoshi, pendant tout ce temps, avait continué de dormir.

Je me tournai vers lui et lui touchai l'épaule. Il ouvrit lentement les yeux. Ces petits tremblements de terre ne le dérangeaient pas, et pourtant il y en avait eu des centaines depuis l'hiver, parfois plusieurs dizaines par jour. Pour beaucoup, ils étaient si légers que seuls les sismographes les détectaient, mais d'autres, comme celui-ci, étaient assez puissants.

— Un tremblement de terre ? marmonna-t-il.

— Oui, un fort. Quelque chose s'est cassé en bas.

— Ah ? Mais c'est fini maintenant, non ? On ne sent plus rien. Viens, on dort.

Il ferma les yeux en m'attirant contre lui et sombra de nouveau dans le sommeil. Par la fenêtre entrouverte, au-dessus de la maison d'en face, je voyais les étoiles qui émaillaient le ciel.

— Yoshi ?

Comme il ne répondait pas, je me levai doucement et descendis au rez-de-chaussée.

L'aloès était tombé du rebord de la fenêtre de la cuisine et gisait au milieu des débris de son pot. Je mis de l'eau à chauffer avant de le ramasser et de balayer les tessons. Selon toute vraisemblance, les Japonaises nettoyaient les dégâts comme moi un peu partout dans la rue. Responsabilité de bonne ménagère. De femme au foyer. Cette pensée éveilla en moi un malaise – j'étais sans emploi depuis un peu trop longtemps. Je n'aimais pas dépendre financièrement de Yoshi, ne participer ni à nos dépenses ni à la bonne marche de la société. Je suis hydrologue, c'est-à-dire que j'étudie les cycles de l'eau sur terre, en surface comme en sous-sol. J'étais chef de projet pour des missions que me confiaient diverses multinationales depuis près de cinq ans quand j'avais rencontré Yoshi à Jakarta. Nous étions tombés fous amoureux l'un de l'autre, comme cela n'arrive vraiment que loin de chez soi, quand on n'a plus ni attaches ni points de repère. Nous avions fait de l'Indonésie le pays de nos rêves et de tous nos désirs. *On n'est vraiment bien qu'ici*, disait Yoshi en me caressant. *Il n'y a pas de plus bel endroit au monde*. Pendant un an, puis deux, nous avions été heureux. Au terme de ces deux années, son contrat avait pris fin en même temps que le mien, mais il avait tout de suite reçu une proposition qui semblait en tout point idéale pour un ingénieur de son niveau. Alors nous avions repris nos valises et je l'avais suivi au Japon, un pays que nous ne connaissions pas et qui avait changé bien des choses.

Je me versai une tasse de thé que j'emportai dans la pièce principale, où j'ouvris les persiennes. Un souffle d'air, pur et rafraîchissant, entra. Il faisait encore nuit, mais le quartier s'éveillait ; de l'eau coulait, des bruits de vaisselle tintaient ici et là. De l'autre côté de la ruelle, les voisins se parlaient à voix basse.

La maison frémit légèrement avec les vagues, puis le calme revint. Je m'assis par terre à la table basse et bus lentement mon thé, les pensées vagabondes. Je me réjouissais à l'idée de la journée qui s'annonçait et de la randonnée en montagne que nous avions prévu de faire depuis longtemps. Avant de quitter l'Indonésie, où nous étions si bien, Yoshi et moi avions parlé de nous marier au Japon, et même d'avoir des enfants. Mais dans ces visions d'avenir je n'envisageais pas de rester sans travail, ou alors j'imaginais que je pourrais me passionner pour l'art floral, ou me satisfaire de longues promenades solitaires. Je ne me doutais pas que je supporterais si mal l'inaction, ni que je me sentirais si seule et que Yoshi consacrerait autant de temps à son travail. Depuis peu, nous étions à fleur de peau et nous nous disputions pour des riens. Je n'avais pas soupçonné que le passé reviendrait s'emparer de mon âme dès qu'un vide se ferait dans ma vie et que je retomberais dans ma vieille dépression. Après trois mois de chômage au Japon, n'y tenant plus, j'avais entrepris de donner des cours d'anglais pour m'occuper et voir du monde. J'emmenais mes jeunes élèves en promenade au bord de la mer, où je leur apprenais à nommer ce que nous avions sous les yeux : *pierre*, *eau*, *vague*, ces mots évoquant le souvenir nostalgique du temps où je les avais utilisés pour mon travail. Parfois, je me laissais aller à leur tenir des discours incompréhensibles pour eux. *Les dinosaures ont bu de cette eau-là, vous le saviez ? L'eau se transforme en suivant un cycle immuable ; un jour, vos petits-enfants boiront peut-être vos larmes.*

Je commençais à me demander si cet interlude serait vraiment provisoire, et si je n'allais pas devoir vivre ainsi jusqu'à la fin de mes jours.

Des points lumineux s'allumèrent sur mon ordinateur portable, de l'autre côté de la pièce, et je me levai pour relever mes e-mails. Je consultai ma boîte à la seule lueur bleutée de l'écran. Seize messages, pour la plupart des spams. Deux venaient d'amis du Sri Lanka, un autre d'anciens collègues de Jakarta qui avaient envoyé des photos d'une expédition dans la jungle. Je les regardai rapidement, me souvenant d'un voyage sur le fleuve que nous avions fait ensemble, de la végétation luxuriante, des chapeaux que nous avions fabriqués avec des feuilles de nénuphar afin de nous protéger des féroces rayons du soleil. Nous avions été tellement heureux, Yoshi et moi, en ce temps-là.

Les trois messages suivants venaient d'Amérique. Le premier était de ma mère, ce qui m'étonna. Nous communiquions assez souvent elle et moi, et j'essayais d'aller la voir une fois par an, mais elle utilisait Internet avec parcimonie, comme les gens hésitaient autrefois à passer des coups de fil à l'étranger et les réservaient aux communications urgentes. Nous nous téléphonions ou nous nous écrivions sur le fin papier bleu des aérogrammes, ses missives me trouvant là où ma vie de nomade m'avait portée, et les miennes tombant dans la boîte plantée devant la maison où j'avais grandi, dans un village qui se nommait le Lac des Rêves.

« Lucy, ne t'inquiète pas, j'ai eu un accident, mais sans aucune gravité. Blake va sûrement exagérer la situation. Il est beaucoup trop protecteur. Ça part d'un bon sentiment, bien sûr, mais ton frère a tendance à faire une montagne de trois fois rien, c'est agaçant. Je suis quasiment sûre que mon poignet n'est pas cassé et que ce n'est qu'une foulure. Le médecin va me prescrire une radio qui devrait lever les doutes. Surtout ne reviens pas pour ça. »

Je relus deux fois le message, imaginant ma mère seule avec son poignet immobilisé. J'avais cru que, avec le temps, les mauvaises nouvelles cesseraient de me causer de tels chocs. Après tout, dix ans avaient passé depuis l'accident qui avait coûté la vie à mon père, et je pensais sincèrement m'être apaisée. Je me trompais car je fus assaillie par des souvenirs de l'été qui avait suivi la mort de papa. Nous avions vécu sans rien changer à nos habitudes, tâchant de préserver un fragile équilibre. Nous préparions des repas que nous touchions à peine, nous nous croisions sans nous adresser la parole ; ma mère préférait dormir dans la chambre d'amis du rez-de-chaussée et avait fermé les pièces de l'étage les unes après les autres. Son chagrin faisait peser sur la maison une chape de silence très particulier que nous nous gardions bien de troubler. Nous ne nous déplacions que lentement, sans faire de bruit ; j'avais peur, si je m'autorisais à pleurer et à extérioriser ma peine, que notre petit monde ne s'écroule. Alors je gardais tout en moi. Je retrouvais cette habitude quand je retournais là-bas. Dès que j'entrais dans notre grande maison biscornue, le vieux réflexe de marcher sur la pointe des pieds pour ne pas réveiller la douleur me reprenait.

Le message suivant était, en effet, de Blake. Mon frère vivait l'été dans son voilier amarré au port, et il gagnait sa vie en pilotant les vedettes de promenade sur le lac, qui partaient toutes les deux heures. Les hivers, il les passait dans les îles Vierges, à Sainte-Croix, à faire à peu près la même chose. Il communiquait de préférence par Skype et était venu me voir deux fois à l'autre bout du monde, mais il n'aimait pas les e-mails et n'écrivait pratiquement jamais. Il faisait exception à la règle et me fournissait plus de détails sur l'accident : quelqu'un avait brûlé un stop et la voiture de notre mère était une épave – mais il ne semblait pas particulièrement inquiet. C'était plutôt ma cousine Zoe, auteur du troisième message, qui dramatisait la situation. C'était de son âge. J'avais presque quatorze ans quand elle était née, et elle faisait tellement plus jeune que nous qu'il me semblait parfois qu'elle n'avait pas été élevée dans la même famille. Son frère aîné, Joey, avait à peu près le même âge que moi, et prenait tellement au sérieux son rôle d'héritier du nom et de l'entreprise familiale qu'il était difficile de bien s'entendre avec lui. Zoe, âgée alors de quinze ans, adorait Internet, et trouvait ma vie passionnante. Elle s'était prise d'affection pour moi un beau jour, et s'était mise à m'envoyer des messages pour me raconter sa vie de lycéenne avec une constance un peu étonnante car je ne répondais quasiment jamais.

Le jour commençait à se lever. J'allai à la fenêtre. Dehors, les pavés pâlissaient, la silhouette des maisons de bois se dessinait sur le ciel plus clair. De l'autre côté de la rue, des claquements de casseroles discrets et un bruit d'eau me tirèrent de mes pensées. Mme Fujimoro sortit pour balayer devant sa porte. Je la rejoignis dans la cour et la saluai de la traditionnelle inclinaison de tête. Elle actionnait son balai avec une telle énergie que le bruit m'empêcha d'entendre les prémices d'un nouveau tremblement de terre. Je ne perçus le grondement que lorsqu'il fut assez fort. Rien d'inhabituel pour commencer : on aurait cru une grosse vague qui se brisait sur la plage, ou un énorme camion qui passait dans la rue – mais nous savions bien de quoi il s'agissait. En sentant les secousses s'amplifier, je croisai le regard de Mme Fujimoro et elle m'attrapa la main.

Le feuillage s'agitait avec un bruissement exagéré, l'eau tremblait dans une flaque. Une lézarde s'ouvrit sous la fenêtre des Fujimoro, en zigzag, jusqu'aux fondations. Je lui tenais la main sans bouger. Je me représentais la peur qu'avait dû ressentir ma mère pendant son accident, au moment où elle avait compris que l'autre voiture allait la percuter.

Les secousses cessèrent. L'un des enfants de Mme Fujimoro l'appela de l'intérieur de la maison. Elle libéra sa main de la mienne et me remercia d'un signe de tête, le visage de nouveau lisse, ayant ravalé la peur qui l'avait rendue vulnérable. Je me sentis très seule avec mes inquiétudes.

— Vous avez fermé votre gaz ? demanda-t-elle.

Je m'empressai de la rassurer.

— Bien sûr ! Bien sûr que j'ai fermé le gaz !

Nous échangions si souvent ce dialogue que c'était devenu la phrase que je prononçais le mieux en japonais.

En me tournant vers notre maison pour rentrer, je vis Yoshi sur le pas de la porte. Les cheveux en bataille, il avait enfilé un short et un vieux T-shirt à la hâte. Il salua Mme Fujimoro avec sa courtoisie habituelle. Elle inclina la tête en retour et lui parla, trop vite pour moi, en japonais. Son mari était allé en classe avec le père de Yoshi et c'était à cette vieille amitié que nous devions d'avoir obtenu le logement qu'ils nous louaient. Les rares fois où les parents de Yoshi venaient de Londres – sa mère est anglaise –, ils séjournaient à deux pas dans un appartement que possédaient aussi les Fujimoro.

— Qu'est-ce qu'elle t'a dit ? lui demandai-je quand, après avoir de nouveau salué Mme Fujimoro, il rentra avec moi.

Il était bilingue depuis toujours et passait sans difficulté d'une langue à l'autre, une capacité que j'admirais et lui enviais.

— Une partie de sa famille a trouvé la mort dans le grand tremblement de terre de Kanto, dans les années 1920. Elle pense que c'est ce qui lui fait tellement redouter les secousses, même les petites. Sa pire hantise, c'est l'incendie. Elle te demande de l'excuser si elle t'a fait peur en te prenant la main.

J'avais récupéré ma tasse vide et je le suivis dans la cuisine.

— Tu penses ! C'est normal. Moi aussi, j'ai peur. Je ne sais pas comment tu fais pour rester aussi calme.

— C'est parce qu'on ne peut rien y faire. Il n'y a qu'à attendre que ça passe. Tiens, tu as lu ça ? ajouta-t-il en me montrant un journal en japonais incompréhensible pour moi. Ils expliquent qu'une île est en train de se former sous la mer. Quand ce sera terminé, tout ira mieux. C'est la pression du magma qui fait trembler la terre.

— Ah bon ! Là, tu me rassures… !

Je l'observai pendant qu'il remettait de l'eau dans la théière, admirant ses gestes méticuleux, précis.

— Yoshi, ma mère a eu un accident de voiture.

Il releva la tête.

— Quoi ? C'est grave ?

— Pas trop, je crois. Elle va bien. Enfin, c'est ce qu'elle dit.

— La pauvre. Tu vas aller la voir ?

Je ne répondis pas tout de suite. Voulait-il que je parte ? Serait-il soulagé d'être un peu seul sans moi ?

— Je ne crois pas, dis-je après réflexion. Elle dit que ça n'est pas la peine, et puis il faut que je trouve du travail.

Yoshi me regarda avec cette gentillesse qui m'avait séduite dès que je l'avais rencontré, mais qui, depuis peu, me semblait un peu étouffante, comme s'il me comprenait trop bien.

— Tu n'en es pas à une semaine ou à un mois près. Tu reprendras tes recherches en rentrant.

— Non, j'aimerais en trouver un le plus tôt possible. Ça me rend folle de ne rien faire.

— Je te comprends, dit-il d'un ton léger en s'asseyant en tailleur devant la table, mais tu vas trouver.

— Tu dis ça pour me faire plaisir, mais tu ne te rends pas compte… J'ai déjà cherché partout.

Yoshi s'était mis à peler une mandarine avec une incroyable habileté, laissant la peau quasiment intacte, comme une lanterne vide, et qui semblait l'absorber totalement. Il poursuivit pourtant :

— Et ce job de consultante, pour le projet de barrage sur le Mékong. Tu as contacté les Chinois ?

— Pas encore. C'est sur ma liste.

— Ta liste… Lucy, elle ne doit pas être si longue que ça.

Je tâchai de ne pas perdre mon calme. Nous nous réjouissions de notre balade en montagne depuis des semaines, et je ne voulais surtout pas me disputer avec lui.

— Il faut que j'enquête pour voir si l'entreprise est sérieuse, répondis-je en essayant de me souvenir que, la veille au soir, nous dansions dans l'air parfumé.

Yoshi m'offrit un quartier de mandarine. C'était plus exactement une petite orange, un de ces *mikans* qui poussaient en altitude dans la région où nous vivions, et qui, une fois mûrs, ornaient les arbres comme des boules de Noël. Nous en avions vu en automne pendant une randonnée, à l'époque où Yoshi venait de commencer son travail et où tout allait encore bien.

— Je me demande si tu ne devrais pas prendre un peu de temps pour aller voir ta mère. Je pourrais te retrouver là-bas après ma mission à Jakarta. Ça me plairait de la rencontrer.

— Mais c'est tellement loin !

— Nous n'allons pas y aller à pied.

Cela me fit rire mais Yoshi ne sourit même pas. Ses yeux d'onyx, noirs comme le fond d'un lac, m'observaient. J'eus un frisson parce que cela me rappelait la fin de notre soirée et son regard intense posé sur moi tandis qu'il faisait courir, si légèrement, ses doigts sur ma peau. Yoshi voyageait beaucoup pour son nouveau travail. Il concevait des ponts pour une entreprise qui avait des filiales dans plusieurs pays. J'avais maudit ce déplacement qui devait encore nous séparer, alors pourquoi refuser ce prétexte pour nous retrouver ?

— Tu ne veux pas que je la rencontre ? insista-t-il.

Je pris la peau d'orange et la posai sur ma main ouverte. Elle était si légère…

— Si, bien sûr, mais ça tombe mal. Il n'y a pas d'urgence, ma mère n'est pas dans un état grave.

— Parfois, quand on est déprimé, il faut prendre le taureau par les cornes, Lucy.

— Pourquoi dis-tu ça ?

— Parce que, ces temps-ci, je te trouve solitaire et triste, c'est tout.

Je détournai la tête, étonnée de sentir des larmes me monter aux yeux.

— Pardon, dit-il en me touchant la main. Ce n'est pas grave. Allons dans les montagnes et n'y pensons plus.

La promenade me fit du bien. La chaleur était étouffante près de la mer, mais plus le train montait, mieux on respirait. C'était une journée magnifique. Au début du printemps, à la floraison des pruniers et des cerisiers, le sol s'était couvert d'une couche de pétales blancs. Mes listes de vocabulaire pour mes cours ressemblaient à des poèmes : *arbre*, *fleurs*, *tomber*, *pétales*, *neige*. Les semaines avaient passé, et maintenant, dans les rizières du bord de mer, les pousses étaient bien vertes, les pieds dans l'eau, et c'était l'été. Mais dans les montagnes, le printemps s'attardait. Les hortensias commençaient tout juste à bleuir ; les grosses boules encore un peu vertes tournaient au lavande et se penchaient en bouquets serrés vers les vitres du train.

Notre promenade nous mena à un musée en plein air sous le couvert de cèdres géants, puis nous déjeunâmes dans un village de montagne, construit en bordure du cratère d'un volcan endormi. Le courant passait de nouveau entre nous. Nous étions détendus, heureux d'être ensemble. Le soir tombait quand nous atteignîmes le *rotemboro*, une source d'eau chaude en plein air. Il fallait se séparer à la porte des bains pour aller chacun de son côté. Le vestiaire des femmes était calme et presque vide, lambrissé de sapin clair, avec une fontaine au milieu, au bruit limpide et réconfortant. Je me frottai des pieds à la tête puis me rinçai avec le baquet d'eau chaude, avant de me diriger vers le bassin creusé dans la pierre où l'on se baignait nu. L'air était frais, la lune se levait dans un ciel indigo. Deux femmes bavardaient, alanguies sur les rochers lisses, de l'eau jusqu'à la taille, leur peau très blanche sur la pierre mouillée presque noire. Leurs voix coulaient aussi doucement que la source qui alimentait le bassin. Plus loin, de l'autre côté d'un mur, on entendait des bruits d'eau et des voix d'hommes.

Je me glissai dans l'eau chaude d'où s'élevait de la vapeur, imaginant le réseau de rivières souterraines dont ces sources étaient tributaires, car tout était lié. Comme nos vies, à Yoshi et à moi, qui s'étaient rejointes un peu par hasard pendant les premières semaines qui avaient suivi mon arrivée à Jakarta, plus de deux ans plus tôt. Je rentrais fatiguée de quelques jours sur le terrain où j'avais contrôlé un système d'irrigation. J'avais posé ma valise sur le carrelage de marbre frais, n'aspirant qu'à prendre une douche, à avaler une assiette de *nasi goreng*, et à boire un verre. À la place, ma colocataire, qui travaillait à l'ambassade d'Irlande, m'avait proposé de l'accompagner à une réception, m'alléchant avec des promesses de délicieux buffet et de bonne musique. J'avais commencé par refuser, mais, au dernier moment, j'avais cédé. Si je n'y étais pas allée, je n'aurais jamais rencontré Yoshi…

La fête avait lieu dans une grande maison très animée, qui résonnait de rires et de musique. Je portais une robe fourreau de soie bleu foncé que j'avais taillée moi-même dans un tissu assorti à mes yeux. J'avais circulé de pièce en pièce en engageant agréablement la conversation avec les invités. Et puis j'étais passée devant une terrasse et j'étais sortie pour respirer un peu. Yoshi était accoudé à la balustrade et regardait la rivière. J'avais hésité à rester parce que quelque chose dans son attitude m'avait fait craindre de le déranger. Mais il s'était tourné vers moi et il avait souri de cette façon si caractéristique, chaleureuse, accueillante, qui illumine son visage tout entier. Il m'avait proposé de me joindre à lui pour regarder l'eau.

Alors j'étais restée. J'avais traversé le sol carrelé et je m'étais appuyée à la rambarde à côté de lui. Pour commencer, nous n'avions pas beaucoup parlé, notre attention toute concentrée sur le courant rapide qui charriait une eau boueuse, mais quand nous avions entamé la conversation, nous nous étions trouvé beaucoup de points communs. En plus de notre travail, nous adorions tous les deux voyager, nous avions le même âge, et nous étions allergiques à la bière. Nous étions tellement pris par notre conversation que nous ne remarquions même pas que des gens sortaient sur la terrasse, puis rentraient, ni que nos verres étaient vides ni que le ciel se couvrait. Une violente pluie de mousson nous avait surpris par sa soudaineté et sa force tropicale. Nous avions échangé un regard complice, et nous nous étions mis à rire. Yoshi avait levé les mains vers le ciel d'où se déversaient des trombes d'eau. Comme nous étions déjà trempés, cela ne servait à rien de rentrer nous abriter. Nous avions continué à discuter jusqu'à ce que la pluie cesse aussi brusquement qu'elle avait commencé. Yoshi m'avait raccompagnée chez moi à pied à travers les rues sombres et saturées d'humidité. Devant ma porte, il avait caressé mes joues de ses deux mains ouvertes, et il m'avait embrassée.

Au début, je n'avais pas voulu aller trop vite. J'avais eu envie de légèreté, sachant assez comme il est difficile de faire vivre une histoire d'amour quand on est séparés par des milliers de kilomètres, ce qui arrive tôt ou tard aux grands voyageurs. Nous avions donc été d'abord amis, puis la saison des pluies était revenue. Elle était arrivée tôt cette année-là, et avec une violence inhabituelle. Le réseau d'évacuation à canaux ouverts avait vite été saturé et les rues inondées. Jakarta est en grande partie construite sur des terres basses rapidement submergées, d'autant que pour soutenir le rythme d'une urbanisation galopante on avait rasé des zones boisées et bétonné des champs qui autrefois absorbaient le trop-plein d'eau. Le niveau avait monté, monté. Un matin, des poissons nageaient sur la pelouse et, à midi, il y avait quinze centimètres d'eau dans le salon. Au journal télévisé, ma colocataire et moi, nous avions vu l'inondation emporter des voitures, démolir des maisons et noyer un hameau où vivaient cent quarante-trois personnes.

Quand la décrue avait commencé, Yoshi avait entrepris avec deux collègues d'organiser le déblaiement d'un orphelinat. Il était passé me chercher dans une vieille camionnette Nissan empruntée, et nous avions traversé la ville sinistrée. La cour de l'orphelinat était remplie d'une boue nauséabonde et de détritus. L'odeur était infecte. Nous avions travaillé pendant deux journées entières, et Yoshi s'était dépensé sans compter. Il avait dégagé la boue à la pelle, tout en coordonnant le travail des bénévoles. À un moment, je l'avais vu se pencher pour prendre dans ses bras un petit garçon qui pleurait et le ramener à l'intérieur.

Quand il m'avait reconduite chez moi à la fin du deuxième jour, la pluie s'était remise à tomber au moment où je descendais de la camionnette. J'avais couru tout en cherchant mes clés et j'avais glissé, ne me rattrapant que de justesse à un manguier pour ne pas tomber. Une cascade de feuilles, de brindilles et de pollen avait dégringolé sur moi, et avait ajouté à ma saleté repoussante. Ç'avait été si désagréable que j'avais voulu arracher mes vêtements. Yoshi m'avait tirée par le bras et nous nous étions dépêchés de rentrer pour nous mettre à l'abri.

— Tu trembles, avait-il dit, viens.

Nous avions retiré nos vêtements trempés et il était entré derrière moi sous la douche brûlante.

— Ferme les yeux, avait-il commandé.

J'avais senti ses mains dans mes cheveux, qui faisaient mousser lentement le shampooing. Il avait massé mon crâne, puis mes épaules, tandis que la chaleur me redonnait vie. La fatigue et mes doutes avaient été emportés avec l'eau de la douche. Ma peau s'épanouissait sous ses doigts ; il avait tenu mes seins comme des fleurs, et je m'étais tournée vers lui.

Et aujourd'hui nous étions ici, si loin de Jakarta et de cette mousson meurtrière. J'entendais la voix de Yoshi et son rire qui passaient par-dessus le mur de séparation. Je m'enfonçai dans l'eau chaude, appuyant ma tête sur la roche humide. Mes bras et mes jambes flottaient, légèrement luminescents dans la vapeur. Les deux femmes, qui bavardaient toujours doucement, devaient être une mère et sa fille, ou des sœurs très éloignées en âge, car elles avaient la même morphologie, un mimétisme des gestes qui trahissait une parenté. Cela me fit penser à ma mère qui devait être seule chez elle.

Je te trouve solitaire et triste, depuis quelque temps. Cela me semblait injuste et pourtant il n'avait pas tort. J'avais terminé mes études secondaires quelques semaines seulement après la mort de mon père, en état de choc, mais bien décidée à échapper au silence qui étouffait la maison comme un mauvais sort. Keegan Fall avait tout fait pour briser cet isolement maléfique, mais je l'avais renvoyé, deux fois, trois fois, jusqu'à ce qu'il abandonne. Depuis, j'avais franchi toutes les étapes à l'université, j'avais trouvé des emplois de plus en plus intéressants et vécu des liaisons en série, un tourbillon d'activités qui m'avait permis d'oublier mon chagrin. Et puis soudain, dans ce Japon où j'étais sans emploi, l'inertie m'avait rattrapée.

Les deux femmes sortirent du bassin l'une derrière l'autre, soulevant des vaguelettes, laissant derrière elles un sillage de gouttes d'eau qui s'écrasaient sur les pierres. Mon cauchemar me revenait : les visages tournés vers la surface, quêtant mon regard à travers la glace. Quand j'étais petite, dans les histoires que me racontait mon père, j'étais l'héroïne et je finissais toujours par trouver le bonheur. Rien ne m'avait préparée à la tragédie de sa mort. Il était tombé à l'eau, c'était ce qu'avaient déterminé l'enquête et l'autopsie. Dans sa chute, il s'était cogné la tête sur le bord du bateau et il avait coulé. Un accident banal qui avait mal tourné, un concours de circonstances qui ne pouvait pas totalement s'expliquer. À quoi bon, d'ailleurs, puisque même la reconstitution la plus exacte des événements ne permettrait pas de revenir en arrière. On avait retrouvé sa canne à pêche plusieurs jours plus tard, la ligne entortillée dans les roseaux d'une berge marécageuse.

Je sortis de l'eau et me rhabillai, mais Yoshi n'était pas encore prêt. En l'attendant, je fis quelques pas sur le sentier de pierre. Il suivait un étroit ruisseau qui se jetait dans une mare, aussi ronde qu'une soucoupe argentée sous la lune. Je m'arrêtai au bord. Dans l'obscurité, de l'autre côté, je perçus un frémissement.

Je m'immobilisai pour observer ce nouveau mouvement de la nature, comme je l'avais déjà fait tant de fois en guettant les tremblements de terre. Je vis un grand héron bleu dressé dans l'ombre, ses longues pattes enfoncées dans l'eau noire, ailes repliées. Quand les rides qu'il avait provoquées se lissèrent, la mare scintilla de nouveau comme du mica. Puis un léger mouvement me permit de voir un second héron plus petit près du premier. Ils m'évoquèrent irrésistiblement les deux femmes que je venais de rencontrer dans les sources chaudes. On aurait pu croire que, à leur sortie, elles s'étaient transformées en ces deux beaux oiseaux silencieux. Et puis Yoshi m'appela, et les deux hérons déployèrent leurs larges ailes et s'envolèrent lentement, gracieusement, balayant la surface de leurs ombres avant de disparaître dans les arbres.

— Lucy ! cria de nouveau Yoshi. En nous dépêchant, nous avons encore le temps d'attraper le prochain train !

Plus nous perdions d'altitude, plus il faisait chaud, et plus les haies d'hortensias le long de la voie semblaient assoiffées. En une heure de temps, nous avions retrouvé l'été. À notre arrêt au bord de la mer, les fleurs étaient toutes fanées et il ne restait que les grandes feuilles brillantes. Nous rentrâmes par les ruelles pavées accompagnés par le chant des grillons. Le sol tremblait légèrement sous nos pieds, peut-être seulement ébranlé par le battement des vagues sur la grève. Je m'arrêtai deux fois.

— C'est la mer ?

— Peut-être.

— Pas un tremblement de terre ?

— Je ne sais pas. Peut-être un tout petit.

Un vase s'était renversé sur la table. Plusieurs livres étaient tombés par terre. J'essuyai l'eau et ramassai les fleurs. Soudain, il y eut une secousse si forte que même Yoshi réagit. Il m'entraîna dans l'encadrement de la porte, et nous attendîmes plusieurs minutes, attentifs aux humeurs de la terre. Je n'avais pas envie de me coucher parce que je n'aimais pas être réveillée par un tremblement de terre, ni par un rêve. Mais je redoutais tout autant le lendemain, qui apporterait son lot de petits désaccords nés de trois fois rien, et le silence étouffant quand Yoshi serait parti au travail. Je pensai aux hérons au bord de la mare, qui avaient pris leur envol au-dessus de l'eau.

— Yoshi, tu sais, finalement, je crois que je vais aller revoir ma famille.

2

Deux jours plus tard, avant l'aube, je sortis de la maison avec Yoshi pour aller à la gare. Nous empruntâmes des ruelles sinueuses, les roulettes de ma petite valise de cabine tressautant sur les pavés dans la brume du petit jour. Nous passâmes d'abord devant le marchand de fruits, puis devant le distributeur automatique de saké et de bière, puis devant le temple et son jardin habité de statuettes, puis devant la boutique qui vendait du tofu de fabrication artisanale. Yoshi portait son costume de bureau, chemise blanche, veste et pantalon noirs, qui m'avait bien amusée au début, mais qui commençait à déteindre sur lui, me semblait-il. Je me faisais peut-être des idées, mais j'avais l'impression que, plus les jours passaient, plus Yoshi était happé par ce nouveau milieu. Ou alors, il redevenait ce qu'il avait toujours été, profondément, sans que je l'aie jamais su.

Le trajet pour aller à Tokyo prenait environ une heure. De plus en plus de gens montaient à chaque arrêt et nous commencions à être serrés comme des sardines. Yoshi me prit le bras pour que nous ne soyons pas séparés à notre station, bousculés par la foule qui se déverserait de la rame quand les portes s'ouvriraient. Nous étions devenus un peu trop gentils l'un avec l'autre, trop polis, trop empruntés mais, sur le quai, malgré la ruée des voyageurs impatients, ce fleuve sans fin d'hommes, surtout, vêtus de costumes sombres, Yoshi s'arrêta et se tourna vers moi. Il glissa un petit paquet dans mon sac à main.

— C'est une webcam. Pour que nous puissions nous voir quand tu seras là-bas. Et puis je te rejoins chez ta mère dans deux semaines.

Il me prit par les épaules, et m'embrassa alors que cela ne se fait pas trop en public au Japon.

— Bon voyage. On s'appelle très vite.

Puis il s'éloigna dans le flot des employés de bureau et disparut.

Dans la navette de l'aéroport, je tâchai de garder la sensation des mains de Yoshi sur moi, mais je n'y parvins pas longtemps. Le paysage pluvieux n'ayant que peu d'attraits, je pensai au voyage qui m'attendait, à ma famille. Depuis mon déménagement au Japon, j'avais laissé passer le temps, si bien que près de deux ans s'étaient écoulés depuis ma dernière visite. Mon appétit pour les horizons lointains était peut-être héréditaire. C'était du moins une légende familiale que j'avais entendu raconter toute ma vie. Mon arrière-grand-père, Joseph Arthur Jarrett, avait eu seize ans en 1910, l'année du retour de la comète de Halley. Malgré les prédictions catastrophistes qui avaient entouré son passage, il ne s'était pas laissé intimider. La nuit de la comète, il était sorti de chez lui en cachette et il avait grimpé le plus haut qu'il avait pu pour ne pas manquer cet événement rarissime. Il était jeune, idéaliste, et avait un don que, comme la couleur si particulière de ses yeux, il avait légué aux générations suivantes : il se passionnait pour les serrures, dont il comprenait les secrets et qui lui obéissaient au doigt et à l'œil. Rien de plus facile pour lui, donc, que de crocheter celle du clocher de l'église. Il ne lui était plus resté qu'à monter les vieilles marches de pierre jusqu'en haut. Au milieu des étoiles, la comète suivait sa courbe ascendante dans le ciel. Il avait levé le visage vers sa lumière. C'était comme recevoir une force, une bénédiction. Le mot orbite vient du latin, *orbis*, c'est-à-dire roue. Pour mon arrière-grand-père, destiné à devenir charron comme son père et son grand-père avant lui, cette étrange lueur semblait un signe du destin.

Les jours qui suivirent, son existence reprit son cours ordinaire, fait de beaucoup de travail, pourtant, le souvenir de la comète restait, comme une étoile à midi, comme une pièce d'or au fond d'une poche. Un jour, vers la fin de l'été, un orme géant fut frappé par la foudre. Mon arrière-grand-père en toucha le tronc et fut saisi d'une illumination. C'était le désir impérieux, magnifique et incandescent de fabriquer une malle. Alors il coupa une longueur du tronc qu'il cacha dans la grange d'un voisin. Il lui fallut un an pour faire ses plans, débiter, raboter en secret. Il renforça l'assemblage des planches avec du fer forgé et il prit un cuir épais pour les poignées. Son cœur chantait de joie, mais il tremblait aussi le soir de son départ. Il prit un bateau, puis un train qui le mena au Lac des Rêves, où un lointain cousin, Jesse Evanston, qu'il ne connaissait que par un bref échange de lettres, vint le chercher à la gare par un après-midi pluvieux.

C'est ainsi que l'histoire de mon ancêtre était racontée. Tout en guettant l'annonce de mon vol, je me demandais s'il avait eu peur de partir vers l'inconnu, dans un pays aussi lointain. Il n'y avait pas de téléphones à cette époque, pas de courrier électronique et il n'était pas question de rentrer quelques jours pour embrasser sa famille. Pour moi, près d'un siècle plus tard, la distance n'était plus un obstacle. L'avion atterrit à New York quasiment à l'heure où nous étions partis de Tokyo la veille, et des voyageurs du monde entier allaient et venaient dans l'aéroport. Une heure après notre départ de New York, les lacs Finger apparurent au-dessous de nous, étroits et longs comme les doigts d'une main, d'un bleu d'une intensité rare au milieu des vallons verts. Autrefois, il n'y avait eu là que des rivières qui s'étaient élargies sous le lent travail des glaciers. Je les contemplai aussi longtemps que possible avant qu'ils disparaissent sous les ailes argentées de l'avion. Des eaux très froides dont la couleur s'intensifiait avec la profondeur. La clarté des berges aigue-marine passait au turquoise puis à l'indigo, pour devenir bleu nuit vers le milieu.

J'avais envoyé un e-mail à mon frère pour l'informer de l'heure de mon arrivée et je l'aperçus alors que je descendais l'escalator vers la salle des bagages. Blake attendait près des carrousels, tête levée vers les passagers qui descendaient, les mains enfoncées dans les poches de son jean. Un sourire illumina son visage quand il me vit et il leva la main pour me faire signe. D'une certaine façon, c'était lui qui avait le plus souffert de la mort soudaine de notre père. Il avait été un brillant élève à l'École de la marine et depuis il avait souvent piloté les gros ferries qui traversent les Grands Lacs, mais il revenait immanquablement au village comme s'il ne pouvait s'en détacher.

— Salut, petite sœur, dit-il en me serrant dans ses bras.

Il mesure un mètre quatre-vingt-treize, et j'ai beau être grande, je dus me dresser sur la pointe des pieds pour l'embrasser.

— Maman avait rendez-vous chez le médecin, ajouta-t-il. Elle regrette de ne pas avoir pu m'accompagner.

— Comment va-t-elle ?

— Bien. Ce n'est qu'une entorse, finalement. Mais elle va devoir porter une attelle pendant deux semaines.

Ma valise arriva sur le tapis roulant et je l'attrapai. La veille seulement, le service d'acheminement des bagages en avait pris livraison dans notre petite cour au Japon. Dans un autre univers, me semblait-il déjà. Voyant que je me tournais vers la zone de location de voitures, Blake m'arrêta.

— Tu n'auras pas besoin de louer de voiture, tu peux te servir de celle de papa pendant que tu es ici.

— L'Impala ? Vraiment ? Maman s'est décidée à la remettre en circulation ? Je ne l'ai jamais vue que dans la grange.

— Elle marche toujours. Maman l'a fait réviser il y a deux ou trois mois, sans doute pour la vendre. Elle est en parfait état.

— Ça m'étonne qu'elle veuille s'en débarrasser.

— Tout change, Lucy. Tu vas voir. Tu vas avoir pas mal de surprises.

Blake avait tourné vers moi son regard bleu changeant, l'air à moitié amusé, alors que nous passions les portes automatiques du parking. Il me mena à sa camionnette et déposa mes bagages à l'arrière.

— Et toi ? Ça va, la vie ? L'Indonésie te manque ? Je pense souvent à mon voyage là-bas. Tu te rappelles ce parc naturel où nous sommes allés, dans la jungle, sous les volcans ?

Blake était venu me voir juste après ma rencontre avec Yoshi. Nous étions allés plonger dans les récifs coralliens et avions fait une randonnée dans la forêt tropicale. C'était Yoshi qui en avait eu l'idée. Il avait fait le voyage quelques semaines plus tôt avec des amis et nous l'avait conseillé.

— C'est vrai que nous nous sommes bien amusés.

— Tu peux le dire. Mais quelle chaleur ! Et le Japon, c'est comment ? J'espère que mon ami Yoshi va bien. Tout se passe comme tu veux ? Je l'aime bien, tu sais.

— Oui, je sais.

Ils s'étaient tout de suite très bien entendus. Ils adoraient tous les deux la voile et tout ce qui avait trait à la mer et aux bateaux ; si on ajoutait à cela une aptitude à ne jamais se faire de soucis qui me rendait folle, cela faisait pas mal de points communs. Ah, oui ! Ils partageaient aussi une passion pour les ramboutans, ces sortes de lichees rouges poilus à chair translucide qu'on vend sur des stands au bord de la route, empilés comme des balles de ping-pong à perruque. Ils s'étaient arrêtés cinq ou six fois pour en acheter de pleins paniers, qu'ils avaient vidés sans se laisser le temps de respirer.

— Je ne t'ai pas dit qu'il devait venir me rejoindre ? Dans deux semaines.

— C'est vrai ? Super, Lucy. Ça me fera plaisir de le revoir.

— Moi aussi, je suis contente qu'il vienne.

Je trouvai soudain beaucoup de choses à raconter à Blake sur ma vie avec Yoshi, sur les sources d'eau chaude, les incessants tremblements de terre. Je parlais même un peu trop, parce que j'étais très fatiguée, et très heureuse de le voir, et un peu déphasée comme cela m'arrivait toujours quand je revenais au Lac des Rêves. C'était drôle de se retrouver dans un endroit qu'on avait si bien connu et où la vie avait continué sans vous. Blake me fit un résumé des derniers événements survenus dans le village : les commerces et les entreprises qui avaient ouvert, ou fermé, ce que devenaient nos anciens camarades de classe, ceux qui avaient eu des enfants, ou qui s'étaient mariés, ou qui avaient divorcé.

Nous avions quitté la route principale pour entreprendre la longue montée vers les lacs. J'adorais ce paysage, les routes de campagne qui suivaient le tracé d'anciens sentiers centenaires à travers les collines verdoyantes et les champs, avec, çà et là, une ferme blanche, des granges rouges, des silos à grains. Nous étions sur les anciennes terres des Iroquois qui avaient donné aux lacs Finger leurs noms évocateurs : lac Long ; lac de Beauté ; Lieu-Choisi ; Lieu-des-Pierres ; lac des Canoës ; lac des Rêves. Au cours de la guerre d'Indépendance contre les Anglais, les villages autochtones avaient été réduits en cendres – des panneaux d'information historique or et bleu marquent à présent tous les vingt kilomètres environ les étapes sanglantes de la campagne de Sullivan. Après la victoire, les terres furent distribuées aux conquérants qui défrichèrent la forêt pour y implanter des fermes, acceptant de braver les longs hivers pour la beauté de trop brefs étés. Depuis, des résidences secondaires avaient été construites le long des rives et les sites de pêche s'étaient multipliés. Mais, plus le temps passait, plus les nouvelles constructions étaient grandes, opulentes. C'étaient des résidences principales où vivaient la femme et les enfants pendant que le chef de famille allait travailler en ville. Malgré cette tendance, la campagne restait peu peuplée, et la camionnette ne croisait comme autrefois que des exploitations agricoles. Après avoir passé la crête, nous redescendîmes au milieu des prés qui ne s'arrêtaient qu'aux rives bleues scintillantes du lac.

— À propos, ton vieil ami Keegan est revenu.

J'eus un coup au cœur, cette réaction particulière que j'avais toujours eue quand il était question de lui.

— Ah, oui ? Je ne l'ai pas vu depuis des années.

Des années, sans doute, mais qui ne l'avaient pas beaucoup éloigné de mon cœur.

— Il s'est installé. Il a ouvert une verrerie dans l'ancienne usine d'isolateurs électriques Johnson le long du canal. Les bâtiments ont été rénovés. Il y a des restaurants, des galeries d'art. Très chic. Tu te souviens d'Avery ? ajouta-t-il en me jetant un coup d'œil.

— Oui, Avery… Une très bonne amie à toi…

Il sourit.

— Exactement. Nous sommes de nouveau ensemble. Elle a monté un restaurant végétarien dans l'ancienne usine Johnson. C'est elle qui fait la cuisine. Pendant notre seconde séparation, elle a suivi une école de cuisine. Elle se défend vraiment bien.

Nous avions atteint le croisement de la route du lac, à l'entrée de la base militaire. Le lac était assez profond pour que des navires de guerre puissent y exécuter des manœuvres et, pendant la Seconde Guerre mondiale, des centaines de familles avaient été expropriées et relogées, les maisons et les granges rasées comme les anciens villages iroquois. Pratiquement du jour au lendemain, un terrain d'aviation avait été installé, des baraquements montés, des hangars à munitions construits au milieu des champs de maïs. Or cette base aérienne, que d'habitude tout le monde fuyait comme la peste, où ne circulaient que des véhicules militaires vert camouflage, était prise d'assaut. Des dizaines de voitures étaient garées sur les bas-côtés et une petite foule s'agglutinait devant la grille.

— Que se passe-t-il ?

— Ça, c'est la deuxième grande nouvelle. Tu vois, tu es restée trop longtemps loin d'ici, alors tu n'es plus au courant de rien. La base a fermé la semaine dernière.

Je mis un instant à réagir, parce que je pensais encore à Keegan qui aimait rouler à fond sur cette portion de route et que je sentais encore le vent s'engouffrer dans mes manches.

— Mais c'est incroyable ! Moi qui croyais que la base était installée ici à perpétuité !

— Ça fait une drôle d'impression, hein ? Déjà qu'il n'y a pas beaucoup d'activité économique par ici, sans la base, ça va devenir dramatique. L'armée employait beaucoup de monde.

Derrière le sévère grillage, d'immenses étendues désertes longeaient le lac. Les grands-parents de notre mère avaient fait partie des expropriés et nous avions entendu parler de cette terrible perte toute notre vie. Nous avions passé notre enfance à longer ces kilomètres de clôture couronnée de barbelés, fascinés par ce monde mystérieux auquel nous n'aurions jamais accès. Blake dut rouler au pas car la chaussée était envahie de gens. Il s'arrêta devant un homme qui portait un jean et une veste marquée du logo de la chaîne de télévision locale et lui fit signe.

— Salut, Pete, qu'est-ce qui se passe ?

— Salut, Blake.

Pete, un homme pas très grand aux cheveux noirs frisés, se pencha pour lui parler par la vitre.

— C'est une manifestation. Pour sauver les sternes noires, je crois. Un groupe de protection de la nature qui veut transformer le marais en parc naturel. Mais ce n'est pas tout. Il y a cinq ou six autres groupes qui se sont pointés depuis ce matin. Vous voulez profiter du spectacle ?

— Non, merci. Je suis allé chercher ma sœur à l'aéroport. Je te présente Lucy. Lucy, Pete.

Je le saluai d'un mouvement de tête.

— Les promoteurs sont aussi de la fête ? demanda Blake.

— Oui. Des grands, des petits… Et, par-dessus le marché, les Iroquois réclament la restitution de tout ce territoire. Il y a aussi une coalition pour la protection d'un troupeau de cerfs blancs qui se sont multipliés derrière l'enceinte. Ah ! J'oubliais les descendants des familles qui ont été expropriées pendant la guerre. Beaucoup ont déposé des dossiers pour récupérer leurs terres. Tu ne veux pas te jeter dans la mêlée, toi aussi, Blake ? Tout le monde a l'air de vouloir s'y mettre.

— Oh, moi, tu sais, je ne suis pas bagarreur.

— Les concurrents ont l'air coriaces, c'est un fait. Bien, content d'avoir bavardé avec toi. Ravi d'avoir fait ta connaissance, Lucy.

Il donna une petite claque sur la portière de la camionnette et s'écarta. Blake avança lentement à travers la foule et reprit de la vitesse dès qu'il eut dépassé les manifestants. En apercevant au loin les étendues marécageuses où mon père aimait pêcher, où les hérons se cachaient dans les roseaux, je fus envahie par le chagrin. J'entendais le long et doux sifflement de la ligne qu'il lançait dans la brume.

— J'adorais accompagner papa à la pêche.

Blake posa sa main sur la mienne.

— Oui, moi aussi, c'est pareil.

Un profond silence s'installa, qui aurait été gênant avec toute autre personne que mon frère. Avec Blake, nous nous comprenions. Quand la camionnette tourna dans l'allée de la maison, les branches basses du pommier frottèrent sur le toit. C'était une grande villa de style italien, flanquée de deux larges vérandas et coiffée d'un dôme. Elle avait l'air un peu fatiguée, dégonflée, comme si elle venait de pousser un gros soupir. La peinture des décors de bois ajouré et des vérandas s'écaillait. Le jardin lunaire était retourné à l'état sauvage. Autrefois, c'était un endroit magique, fleuri de crocus blancs, de jonquilles, de freesias qui pointaient au milieu du paillis, de belles-de-nuit, et de nénuphars nocturnes qui ne sortaient de leurs abris que pendant les mois chauds ; ma mère y avait fait pousser des plantes odorantes et lumineuses dont les fleurs semblaient flotter dans la nuit. Je vis que les treillages étaient cassés, sur le point de tomber, les ipomées envahissaient la clôture et étouffaient les roses. Les pivoines étaient épanouies, exotiques, magnifiques, mais les fleurs de lune s'étaient répandues partout, et les touffes de lavande étaient échevelées et dégarnies.

Quand la camionnette s'arrêta, je vis notre mère assise sur les marches au soleil, les jambes étendues devant elle, son bras droit caché par une attelle verte. J'étais revenue ici relativement souvent depuis ma sortie de l'université, et elle m'avait rendu visite à Seattle et en Floride, mais, chaque fois que je la retrouvais, j'étais frappée par ce visage que je connaissais si bien, et par sa jeunesse. Elle n'avait quasiment pas de rides, mais ses cheveux étaient devenus prématurément gris avant l'âge de trente ans. Elle les portait tirés en arrière, tressés en une épaisse natte argentée qui lui pendait dans le dos. Elle se leva pour venir à notre rencontre.

— Lucy !

Elle me serra contre elle avec son bras valide et appuya sa joue sur la mienne, douce et fleurant légèrement le thym et la menthe. Je la pris dans mes bras, mais très doucement à cause de ses côtes cassées. Elle m'entraîna vers la maison.

— Je suis tellement contente de te voir, ma chérie. Ce que tu es belle ! Tu n'as pas grandi ? Je sais que ça n'est pas possible, mais c'est l'impression que tu me donnes. Entre. Tu as faim ? Soif ? Tu dois surtout être épuisée.

Elle me précéda sur la véranda qui menait à la cuisine. Je la suivis, laissant ma valise près de la porte. Rien n'avait changé : la table poussée contre le mur entre les larges fenêtres qui donnaient sur le jardin, les rideaux blancs à petits carreaux turquoise que j'avais confectionnés au cours de travaux manuels vers l'âge de douze ans et qui pendaient encore devant les vitres de la porte. Ma mère remplit de grands verres avec des glaçons, pendant que Blake coupait un citron en quartiers et versait le thé froid qu'elle préparait toujours à l'avance dans une carafe.

— À Lucy, dit-elle en levant son verre. Enfin là !

— Lucy est arrivée ? cria une voix depuis la salle à manger.

Art, le frère de mon père, frère aîné mais de moins d'un an, nous rejoignit. J'avais reconnu sa voix, mais cela ne m'empêcha pas de ressentir un choc en le voyant. Il avait un peu vieilli, mais, avec l'âge, il ressemblait de plus en plus à mon père, au point que je crus presque voir son fantôme apparaître dans l'encadrement de la porte. J'en restai muette, mais Art ne pouvait pas se douter de l'émotion que j'éprouvais.

— Alors, notre voyageuse ! s'exclama-t-il en me serrant dans ses bras avec une intensité particulière. Enfin de retour. Tu restes un peu, cette fois ?

— Oui, un peu.

— Parfait. Il faudra passer nous voir. Il y a eu de grands changements, tu sais.

— Je lui ai déjà un peu raconté, dit Blake en s'accoudant au comptoir. Il y avait foule à la base aujourd'hui. Tu étais au courant de la manifestation ?

— Oui. Un groupe a voulu me faire signer une pétition. Pour la sauvegarde du marais… Ils ne manquent pas de culot ! Je leur ai dit tout net que ce serait un crime de se priver de ces superbes terrains à bâtir, et que jamais on ne retrouverait des emplacements de cette qualité.

Voyant que Blake opinait du chef, je jetai un coup d'œil à ma mère, qui ne disait rien. Elle croisa mon regard d'un air neutre.

— Art a eu la gentillesse de venir changer le robinet de la salle de bains.

Cela voulait dire : *Ce n'est pas le moment de te disputer avec lui. Tais-toi, Lucy, je te prie.*

Malgré cet ordre déguisé, je ne me serais pas gênée pour dire à Art ce que je pensais du saccage du marais si le vieux réfrigérateur de la véranda ne s'était pas mis à vibrer bruyamment. Cette pauvre vieille maison avait besoin d'être entretenue. La rénovation de la cuisine n'était qu'à moitié terminée à la mort de papa, les cloisons démolies, l'électroménager encore dans les cartons, de la poussière de laine de verre dans tous les coins. Art et mon père ne s'étaient jamais très bien entendus, mais, après l'accident, Art était venu terminer les travaux. Pendant les semaines où nous étions encore anéantis par notre perte, en entrant dans la cuisine, j'avais vu par deux fois les jambes de mon oncle dépasser de sous l'évier des outils tout autour de lui, et j'avais cru voir mon père.

— Papa adorait ce marais, finis-je par grommeler.

Art était un grand bonhomme, avec de longs bras et des mains rendues calleuses par le travail. Il pianota sur le plan de travail, tourné vers moi mais sans me regarder dans les yeux. Il semblait absorbé par la belle vue que nous avions du lac.

— Oui, il aimait le marais, je le sais, Lucy.

Ses doigts martelèrent le bois un peu plus fort, puis il frappa le comptoir du plat de la main.

— Nous y allions souvent dans notre enfance. C'était un peu notre refuge. Dès que nous avions besoin de réfléchir à quelque chose, nous nous rendions là-bas, ou juste parce que nous n'avions envie de voir personne. Un coin poissonneux, aussi.

Il se perdit un instant dans ses pensées, puis secoua la tête.

— Bon, Blake, tu passes tout à l'heure ?

— Je ne peux pas ce soir. Je viendrai demain.

— Tôt, alors. Il y a beaucoup de travail. Evie, ajouta-t-il en se tournant vers ma mère, j'ai donné un coup de rabot à la fenêtre de la salle de bains pendant que j'y étais. Je reviendrai la semaine prochaine pour passer un coup de peinture, mais en attendant, ça ferme. Tu veux voir ?

— Merci, Art, c'est vraiment gentil, répondit ma mère en l'accompagnant.

— Qu'est-ce qui se passe ? demandai-je aussitôt à Blake. Tu travailles pour Dream Master, maintenant ?

Dream Master était une entreprise de serrurerie fondée par mon arrière-grand-père en 1919. Il avait décidé de faire de sa passion son occupation principale. L'entreprise avait prospéré et, dans ses belles années, l'usine avait fabriqué des serrures pour tout le pays. Comme la plupart des industries de la région, elle avait dû fermer, mais il restait la partie quincaillerie dont Art avait hérité. Autrefois, mon père et lui avaient été associés, mais, l'année de la comète, juste avant mes dix ans, il était rentré à la maison un beau matin avec ses affaires et il n'était plus retourné à Dream Master, sans jamais expliquer les raisons de sa démission.

Blake passa la main d'un air embarrassé dans ses boucles noires en bataille et jeta un coup d'œil inquiet vers l'intérieur de la maison.

— Viens, on sort.

Je le suivis sur la véranda, mais il ne s'y arrêta pas. Il me fit traverser le jardin jusqu'au lac d'un pas pressé. Il faisait beau mais venteux, et la houle arrachait des gémissements profonds aux bouées métalliques. Il fallut encore marcher jusqu'au bout de la jetée.

— Allez, Blake, raconte… Tu as quitté ton job sur les ferries ?

Il regardait l'eau, comme fasciné par l'écume blanche et par un groupe de canards qui flottaient au sommet des vagues comme des bouchons.

— Pas encore. Je vais encore piloter cet été, mais seulement pour la croisière du soir. Je ne sais pas si je continuerai ensuite. Je réfléchis. Art m'a proposé un boulot. Un bon boulot. Il est venu me voir il y a deux semaines pour m'engager. Une drôle de surprise, tu imagines.

Je ne dis rien. Cette nouvelle me mettait tellement mal à l'aise que je préférais prendre le temps de comprendre ce qui me choquait autant avant de crier au scandale.

Blake éprouva bien sûr le besoin de se justifier.

— Art a beaucoup aidé maman. Je sais qu'il se disputait souvent avec papa, et qu'il n'a pas été du tout proche de nous dans notre enfance, mais je finis par me demander si nous devons vraiment lui en vouloir autant. Je me dis que nous n'avons peut-être pas été très justes avec lui.

— Justes ! Comme si la situation entre Art et papa avait jamais été juste !

— Nous étions des gamins, Lucy. Nous n'y comprenions rien. Art s'en veut sûrement. Je me dis qu'il a des remords d'avoir été en si mauvais termes avec papa au moment de sa mort. Peut-être qu'il essaie de réparer.

Je n'arrivais pas à être aussi philosophe. Les vieilles rancœurs bouillaient encore en moi.

— Tu arrêterais de naviguer ? Tu adores voyager. Et tes hivers à Sainte-Croix ? Tu serais prêt à abandonner tout ça ?

— Que veux-tu, il faut savoir s'adapter…

Il me jeta un regard coupable.

— C'est un peu compliqué, mais, pour faire court, Avery est enceinte. Elle doit accoucher en octobre. Tu vois, il va bien falloir que je renonce à certaines choses.

J'en restai muette.

— Oui, reprit-il, tu as bien entendu. Je vais avoir un enfant. Tu as le droit de me féliciter !

— Pardon, pardon… Bravo ! Je suis très heureuse pour toi. Je ne m'y attendais pas, c'est tout.

Il sourit, finalement assez satisfait me sembla-t-il.

— Ne t'en fais pas, c'est normal de ne pas savoir quoi dire. Moi aussi, ça m'a filé un coup sur la tête.

— Alors tu es content ?

— Je te crois ! Mais ça n'était pas prévu et ça tombe plutôt mal pour nous.

Je n'avais pas rencontré Avery très souvent. C'était une fille mince et énergique aux yeux bruns et aux cheveux châtains.

— Écoute, insista Blake, si j'entre à Dream Master, c'est uniquement pour avoir un travail stable. Le temps de me dépanner.

— Oui, oui, bien sûr, maintenant je comprends.

Il me fit un grand sourire, ce sourire charmeur dont je me méfiais un peu, et il me poussa l'épaule d'un geste joueur.

— L'eau a l'air bonne, non ?

— Arrête !

— Arrête quoi ?

Il me poussa un peu plus fort et, au lieu de retrouver mon équilibre comme j'aurais facilement pu le faire, je lui attrapai le bras et me laissai tomber en l'attirant à ma suite. Je m'enfonçai avec lui dans l'eau claire et remontai à la surface en riant.

— Elle est glaciale !

— Au mois de juin, tu t'attendais à quoi ?

— Pas à prendre un bain, c'est sûr.

En balayant la surface de l'eau du plat de la main, j'envoyai sur lui une gerbe d'eau étincelante. Blake évita le plus gros de la douche et m'arrosa à son tour.

Après avoir joué un moment, je sortis de l'eau à bout de souffle.

— Pouce ! J'arrête !

Blake me suivit sur la grève caillouteuse et m'attrapa par le bras pour m'empêcher de monter sur la pelouse.

— Maman n'est pas au courant.

Il posa sur moi ses grands yeux bleus frangés de cils noirs dont nous avions tous les deux hérité.

— Personne ne sait, insista-t-il. J'ai promis à Avery de ne pas en parler avant de recevoir son feu vert. Surtout ne dis rien avant qu'elle soit prête, d'accord ?

— Si tu veux… Promis…

Il fit un bout du chemin avec moi jusqu'à l'allée et me serra dans ses bras avant de remonter dans sa camionnette.

— Merci. Je suis bien content que tu sois venue, Lucy !

— Tu ne vas pas t'essuyer ? criai-je derrière lui.

— Je sécherai en route ! À plus tard !

Je fis des signes d'adieu pendant qu'il démarrait.

Art était parti, lui aussi, quand je retrouvai maman dans la cuisine. Elle préparait des assiettes de poulet froid, sur un lit de feuilles de laitue avec des grains de raisin. Cela n'avait pas l'air du tout pratique d'une seule main.

— Un petit dîner léger, commenta-t-elle. Mais qu'est-ce que vous avez fabriqué ? s'exclama-t-elle en me voyant trempée. Vous êtes incorrigibles tous les deux !

Elle comprimait les lèvres pour s'empêcher de rire parce que cela faisait mal à ses côtes cassées, mais elle avait l'air de très bonne humeur.

— Va prendre une serviette dans la véranda. Tu nous serviras du vin ? Tu dois être fatiguée, ma chérie, mais je suis tellement contente de te voir que je n'ai pas du tout envie de te laisser te coucher trop tôt.

Une fois que je me fus changée, je pris place à table avec elle sur la terrasse. Nous avions envie de dîner dehors malgré le vent qui nous obligeait à lester nos serviettes avec nos fourchettes, et qui jouait désagréablement avec mes cheveux mouillés. Cela valait la peine, car le soleil couchant émergea de derrière les nuages et donna soudain au lac, gris jusqu'alors, une couleur de saphir. La lumière dorée illumina le visage de ma mère et ambra ses cheveux gris.

— Alors tu as enfin trouvé le temps de venir, dit-elle. Et ton Yoshi va te rejoindre ici. Grande première, ma chérie. Tes fiancés défilent tellement vite que je n'ai jamais l'honneur d'être présentée. On dirait que c'est sérieux, cette fois…

— Je ne sais pas. Enfin, si, je crois. Disons que nous arrivons à un tournant crucial de notre relation.

Je m'interrompis, m'étant surprise moi-même. Était-ce vraiment aussi sérieux que cela ?

— Il ne faut pas attendre trop longtemps, tu sais, remarqua ma mère.

— Trop longtemps pour quoi faire ?

Je regrettai aussitôt mon ton coupant. Elle me regarda droit dans les yeux avec un sourire.

— Pardon, ma chérie. Je ne voulais pas me mêler de ce qui ne me regarde pas. Je ne veux pas te pousser à t'engager avec quelqu'un si tu n'en as pas envie, mais je veux que tu sois heureuse. Heureuse de la façon qui te conviendra.

On ne pouvait pas mieux dire. J'eus encore plus honte.

— Je pense que Yoshi te plaira, dis-je après une hésitation. Il s'est très bien entendu avec Blake. Son nouveau job est très prenant, alors ça n'a pas été très facile, surtout que je n'ai pas de travail en ce moment. On a juste eu envie de venir, comme ça.

— Je suis très impatiente de faire sa connaissance.

Il fut encore un peu question de travail, puis je l'interrogeai sur l'accident de voiture.

— J'ai eu de la chance. Ça aurait pu être beaucoup plus grave. Ce sont les côtes qui me font le plus mal, surtout quand je ris ou que je respire trop fort. Il faut juste attendre que ça se ressoude. Je ne sais pas pourquoi tout le monde s'est autant affolé. Sauf peut-être que ça nous a rappelé que la vie peut brusquement changer de cours à tout moment.

Il y eut un silence que je fus la première à rompre.

— Papa me manque toujours beaucoup.

— Je m'en doute.

— Qu'est-ce que tu penses du rapprochement entre Blake et Art, de ce travail qu'il lui a offert ?

— Ça non plus, je ne veux pas m'en mêler. Vous êtes grands. Art m'a beaucoup aidée, tu sais, Lucy. Tu n'as pas pu t'en rendre compte, puisque tu n'étais pas là, mais je t'assure que c'est vrai. J'imagine que la mort de ton père lui a remis les idées en place. À mon avis, ils espéraient se réconcilier et trouver un moyen de trouver un compromis. Et puis il y a eu l'accident, et il a été trop tard.

— Tu sais pourquoi ils se sont disputés ?

— Ils ne se sont jamais très bien entendus. Je me souviens du soir où ton père m'a emmenée dîner chez lui pour lui annoncer que nous allions nous marier. Art s'est fait un devoir de me prendre à part pour m'énumérer tous les défauts de ton père. C'était bizarre, un peu comme s'il était jaloux et qu'il essayait de me dégoûter de lui. Je lui en ai un peu voulu, moi qui avais toujours regretté d'être fille unique, je ne comprenais pas pourquoi ils ne s'entendaient pas, eux qui avaient la chance d'avoir un frère. C'était peut-être dû à leur faible écart d'âge.

— Et Dream Master ? Pourquoi est-ce que papa a quitté l'entreprise ?

Elle me jeta un coup d'œil et tenta d'éluder ma question.

— Oh, tu sais…

— Non, justement, je ne sais pas.

— Tu ne peux pas t'empêcher de poser toujours des questions. Pas étonnant que tu aies autant besoin d'explorer le monde, petite curieuse.

Un bouquet de glaïeuls blancs était posé sur la table. Je touchai le cœur rosé d'une de ces fleurs du bout du doigt, peinée par ce drôle de compliment. Ma mère ne voyait pas d'un très bon œil mon exil volontaire, surtout après le 11 Septembre que j'avais vécu loin d'elle, au Sri Lanka. C'était un sujet sensible. Du pollen doré me saupoudra le doigt.

— Jolies fleurs ! Tu as un admirateur secret ?

À ma grande surprise, ma mère devint toute rouge et se mit à rire.

— Pas très secret… C'est un homme que j'ai rencontré aux urgences. Il s'appelle Andrew. Andrew je ne sais plus comment. J'étais un peu étourdie à cause des analgésiques. Nous avons eu une conversation très agréable, dont malheureusement je ne me souviens quasiment pas.

J'ouvris l'enveloppe du fleuriste et en tirai la carte.

— Vas-y, tu peux la lire, ça ne me dérange pas, dit-elle.

Chère Evie, merci d'avoir pris le temps de discuter en cette journée un peu noire pour tous les deux. Acceptez ces quelques glaïeuls Apollo, puisque nous en avons parlé. J'espère qu'ils vous plairont.

Toutes mes amitiés,
Andrew Stewart

Je plaquai ma main sur l'enveloppe pour l'empêcher de s'envoler. Le vent faisait tinter le carillon et claquer les vagues sur la berge.

— Vous avez parlé de glaïeuls ?

— Je ne crois pas. C'est plutôt à cause du programme spatial Apollo. Nous nous sommes raconté où nous étions le jour où le premier homme a posé le pied sur la lune. J'imagine que j'ai mentionné mon pauvre jardin lunaire qui s'étiole depuis des années. C'est peut-être ce qui lui a donné l'idée d'envoyer ces fleurs.

— J'ai l'impression que tu lui as beaucoup plu !

Je remis la carte dans l'enveloppe, le cœur gros. Mes parents s'étaient rencontrés dans un projet de jardin collectif où ils donnaient tous les deux un coup de main, juste avant le départ de papa pour le Viêtnam. Ils s'étaient beaucoup écrit pendant l'année qu'il avait passée là-bas. Ma mère adorait ses lettres, des pages et des pages sur papier pelure dans leurs fines enveloppes, couvertes de sa petite écriture penchée. Ils s'étaient si peu connus qu'elle avait presque l'impression de l'avoir inventé et, dans ses réponses, elle se confiait à cet homme chimérique avec une totale liberté, lui ouvrant les secrets de son cœur, ses peurs, ses rêves.

Et puis un jour, alors qu'elle travaillait dans la serre, elle avait vu la silhouette de mon père apparaître derrière la porte vitrée. Elle avait oublié à quel point il était grand et l'avait trouvé déconcertant, mais familier aussi. Il était entré et s'était approché d'elle sans rien dire. L'odeur du terreau lui avait semblé presque écœurante, et le goutte à goutte du robinet de l'évier inquiétant.

— Je transplante des zinnias, avait-elle fini par dire en lui montrant ses mains terreuses.

Mon père avait souri, puis il s'était penché vers elle pour l'embrasser. Elle lui avait rendu son baiser, s'appuyant à ses épaules avec les poignets, mains en l'air, écartées comme des ailes, pour ne pas le salir.

J'avais tellement aimé cette histoire dans mon enfance que l'idée d'un inconnu envoyant des fleurs à ma mère me semblait détestable. L'épuisement m'assomma soudain, comme cela arrive avec le décalage horaire. Le monde prenait une réalité étrange et électrique, les couleurs vibraient. Je posai la main sur la table pour ne pas vaciller.

— Ça va ? demanda ma mère.

— Un petit coup de fatigue.

— Ma pauvre chérie, évidemment. C'est déjà formidable que tu aies tenu aussi longtemps. Je t'ai fait ton lit sur le canapé de la galerie.

— Et ma chambre ? Je ne peux pas dormir dans ma chambre ?

— Tu y tiens vraiment ?

Sa réticence me rappela sa difficulté à se réapproprier la maison. Elle m'avait confié autrefois que, dans le vide soudain qu'avait laissé papa, la maison lui avait semblé lui parler en permanence. Les boiseries réclamaient un coup de peinture, l'allée se plaignait de ses nids-de-poule, les robinets pleurnichaient, la goutte au nez. *Tant d'amour*, disaient les placards de cuisine que mon père avait construits avec de beaux panneaux de chêne. L'éclairage subtil de sa pièce de couture, le dallage d'ardoise de la terrasse, les parquets poncés de frais, répétaient tous la même chose : *Tant d'amour, tant d'amour, tant d'amour*. Et quand les gouttières se bouchaient, qu'un volet s'arrachait, qu'une vitre se fêlait, elle préférait laisser les choses en l'état, parce qu'elle aurait eu l'impression d'effacer les traces qu'il avait laissées sur les choses. De trop encombrants souvenirs que la maison éveillait avec obstination. Alors elle avait bouclé l'étage et verrouillé les portes les unes après les autres.

— Oui, je préfère, si ça ne t'ennuie pas. Je vais m'occuper de tout, ne t'en fais pas.

— Mais bien sûr, comme tu voudras, ma chérie, répondit-elle en cachant mal ses vrais sentiments.

J'allai prendre le trousseau qui pendait à l'intérieur de la porte d'un placard de la cuisine. Le doux cliquetis des clés m'accompagna jusqu'au palier du premier où je trouvai toutes les portes closes et l'atmosphère confinée. J'entrai dans mon ancienne chambre et allai à la fenêtre pour relever la vitre devant la moustiquaire afin d'aérer la pièce. Je fis ensuite mon lit, enveloppai le matelas avec le drap-housse et dépliai le drap du dessus que je bordai tout en combattant l'impression que j'allais m'endormir debout.

Il n'était pas encore tout à fait 21 heures et la nuit n'était pas encore totalement tombée. Je m'allongeai sans me déshabiller, appuyai sur la touche pour composer le numéro de Yoshi et attendis, les yeux fermés. Il répondit à la deuxième sonnerie, d'une voix douce et ronde, comme les galets du lac.

— *Moshi, moshi.*

— C'est moi. Je suis bien arrivée.

— Ah ! C'est bien. Tu me manques, Lucy.

— Tu me manques aussi. Qu'est-ce que tu fais ?

— Je suis dehors, je vais prendre le train. Il pleut un peu.

J'imaginai les ruelles qu'il allait emprunter, le pont qu'il devrait traverser pour arriver à la gare. Si j'avais encore été au Japon, j'aurais traîné au lit en regardant la pluie couler du pignon de cuivre de la maison d'à côté, en me demandant ce que j'allais apprendre à mes élèves.

— Je n'ai pas encore installé la webcam. Demain, peut-être. Ma mère n'est pas très branchée informatique.

— Comment va-t-elle ?

— Bien. Plus de peur que de mal. Mais la maison est un peu angoissante.

— Tu vois, j'avais raison de te conseiller d'aller la soutenir.

— Oui, c'est vrai, elle a l'air contente de me voir. Elle se réjouit aussi de te rencontrer.

— Il n'y en a plus pour longtemps. Moi aussi, j'ai hâte de faire sa connaissance. Et ton frère ? Il va bien ?

— Oui. Il te dit bonjour. Il va avoir un enfant.

— Quoi ?

— Oui, je t'assure. Mais il ne faut surtout pas en parler. Je vais être tante en octobre.

— Félicitations. Je ne savais pas qu'il s'était marié.

— Non, il n'est pas marié, pas encore, en tout cas. Je ne sais pas si ça fait partie de ses projets. Nous n'avons pas eu beaucoup le temps de parler.

— Bon, tu le salueras de ma part.

— D'accord. Il y a eu beaucoup de tremblements de terre ?

— Quelques-uns, mais pas trop forts.

— Tu as pensé à fermer le gaz ?

Il rit.

— Oui, ne t'inquiète pas. Bon, j'arrive à la gare, il faut que je te laisse.

— Tu m'appelles ce soir ?

— Promis. Envoie-moi un e-mail si tu as le temps, d'accord ?

— D'accord.

— Je t'aime.

Je fus très étonnée par cette déclaration. Yoshi n'était pas très démonstratif, surtout au téléphone. Je devais vraiment lui manquer.

— Moi aussi, je t'aime…

Je coupai la communication, et le vibrant silence de la distance qui nous séparait remplit l'obscurité. Je posai mon portable sur la table de nuit sans ouvrir les yeux, pensant à la petite maison en béton que nous avions partagée en Indonésie, à son jardin à la végétation exubérante et à ses manguiers. Nous aimions nous retrouver chez nous en rentrant du travail pour boire un verre au clair de lune, guettant le bruissement des lézards qui se faufilaient entre les herbes hautes. J'aurais voulu pouvoir tendre le bras pour prendre la main de Yoshi et le ramener dans cette vie paisible que nous avions quittée. Mais pour lui c'était le matin, et il était à des dizaines de milliers de kilomètres. Je tirai les couvertures sur moi et m'endormis, caressée par le vent qui portait jusqu'à mon lit les odeurs de la forêt et les bruits de l'eau.

Je rêvai d'un long et épuisant voyage sous la pluie. Les aéroports et les correspondances manquées se succédaient, sous la menace constante des horloges qui me rappelaient la fuite du temps. J'étais poursuivie par d'inquiétants personnages, dans des couloirs sans fin, puis dans une forêt épaisse. Ma valise, une vieille valise en cuir, s'ouvrait en heurtant un arbre et son contenu se renversait par terre. Prise de panique, je m'agenouillais sur le tapis d'humus. Je cherchais frénétiquement entre les feuilles veloutées des cyclamens, les fleurs se détachant à mon toucher comme des volées d'oiseaux effarouchés. C'était une question de vie ou de mort. J'avais perdu une chose si vitale pour moi que je restais là à chercher malgré les pas et les voix menaçantes qui approchaient. Je fouillais sous les feuilles, je creusais la terre avec mes ongles, et les voix soudain furent sur moi.

Je me réveillai en sursaut, ne sachant plus où j'étais, paralysée.

Peu à peu, la mémoire me revint. Il me fallut encore respirer plusieurs fois profondément avant de trouver le courage de me lever. Dans la lumière blafarde de la salle de bains, je me passai de l'eau sur le visage et vis dans le miroir que j'étais très pâle. Mes yeux, comme ceux de Blake, étaient grands et bleus, mais cernés.

Il n'y avait pas un bruit dans la maison. Dans le couloir, les portes fermées me semblèrent un reproche. Je les ouvris toutes. À l'intérieur, le temps s'était figé, comme si la terre avait cessé de tourner le jour où mon père était mort. Dans la chambre de mes parents, le lit était impeccablement fait. Dans l'ancienne tanière de Blake, les posters du globe terrestre étaient encore aux murs, la sphère bleue fixée dans l'espace-temps. Dans la chambre d'amis, des cartons de déménagement pleins s'empilaient contre un mur, ce qui indiquait que ma mère montait peut-être plus souvent que je ne le croyais et qu'elle avait commencé à trier nos vieilles affaires. J'ouvris en dernier la porte de l'escalier de la coupole. Un air chaud et poussiéreux m'assaillit au bas des marches, comme si personne n'y avait pénétré depuis des années. C'était comme une tour de conte de fées, un de ceux où la princesse se pique le bout du doigt ou bien laisse pendre sa longue natte pour permettre au prince de monter jusqu'à elle.

Il n'y avait pas d'air dans cette petite pièce mansardée. Là aussi j'ouvris toutes les fenêtres en époussetant les appuis pour faire tomber les mouches mortes. Quand la pièce fut aérée, pleine de vent et du clapotis de l'eau, je m'assis sur une banquette de fenêtre pour m'emplir les poumons d'air frais. Le lac était calme, lisse, presque opalescent. Je regardai venir l'aube. Les premiers rayons du soleil tombèrent sur le trousseau de clés posé sur le bois peint de la banquette à côté de moi : des clés neuves, d'autres anciennes que nous gardions sans plus savoir quelles portes elles ouvraient mais juste parce qu'elles étaient belles, ou que nous pensions en avoir besoin un jour.

À l'anneau était aussi accroché le nécessaire à crocheter les serrures de mon père. Cela ressemblait un peu à un couteau suisse : les éléments étaient repliés dans un corps métallique. C'était un héritage de mon arrière-grand-père, Joseph Arthur Jarrett. Je dépliai les crochets, me demandant quand mon père s'en était servi pour la dernière fois. Quand j'étais petite, j'allais parfois faire mes devoirs dans son bureau à Dream Master en sortant de l'école. J'aimais me plonger au milieu de toute cette activité, les odeurs de métal et de sciure, le bruit des conversations, celui des clients qui entraient acheter des clous, des outils, du grillage, ou prendre livraison des carrelages qu'ils avaient commandés. Parfois, ils venaient aussi avec des coffres dont ils avaient perdu les clés. Quand mon père forçait une serrure, il prenait une expression très particulière, attentive, concentrée. La lumière crue révélait la calvitie naissante qui éclaircissait ses cheveux en brosse. Et puis il se détendait et il souriait parce qu'il était arrivé à lever toutes les goupilles et que le barillet avait tourné. Il prenait cinq dollars quand on lui apportait l'objet, dix dollars quand il devait se déplacer, et les gens ne trouvaient pas cela cher tant ils étaient heureux de récupérer ce qu'il y avait à l'intérieur. La plupart du temps, leur hâte était telle qu'ils n'attendaient pas d'être rentrés chez eux pour regarder leur contenu. Ils y trouvaient des bons du trésor, des bijoux, des testaments. Parfois, rien du tout.

Mon père m'avait enseigné la méthode. Il me faisait asseoir à sa place et coller l'oreille contre le bois ou le métal du coffret qui se trouvait sur son bureau. Il m'apprenait à sentir la résistance du métal et à écouter son murmure, comme une vibration douce et ininterrompue qui changeait soudain subtilement quand la serrure cédait. Pour moi, l'attrait des trésors que le coffre pouvait receler n'était pas le plus fort. Ce qui me fascinait, c'étaient les mouvements et les bruits du mécanisme. La première fois que j'avais réussi et que la serrure s'était ouverte entre mes mains, il avait poussé un cri de joie et m'avait prise dans ses bras pour m'embrasser.

Sous le rebord de la banquette de fenêtre, presque caché sous les couches de peinture, mais visible maintenant que le coussin avait été enlevé, il y avait un petit trou de serrure. Je m'agenouillai sans me préoccuper de la poussière, j'introduisis les tiges métalliques dans la serrure et je fermai les yeux, me souvenant de mon père qui, tant d'années plus tôt, faisait les mêmes gestes et tendait l'oreille avec autant d'attention. Quand la dernière goupille s'aligna, je m'autorisai à respirer, ressentant un soulagement et une joie intenses. La planche qui formait la façade s'ouvrait pour révéler un placard aménagé sous la banquette.

Je crus tout d'abord qu'il était vide. Je voyais mal dans la douce lumière du soleil levant. Je tendis le bras et tâtonnai à l'intérieur, craignant de tomber sur un squelette de souris, mais plus encore de ne rien trouver. Cependant ma main rencontra du papier et je sortis une liasse de feuilles couvertes de poussière. Au début, je fus certaine d'avoir découvert des papiers importants, car si quelqu'un avait pris la peine de les cacher à cet endroit, c'est qu'ils devaient l'être. Je déchantai vite. Il ne s'agissait que de circulaires, de tracts, de journaux, certes anciens, et donc intéressants d'un point de vue historique, mais sans aucune valeur. Un rapide coup d'œil m'indiqua qu'il s'agissait de documents de l'époque des suffragettes, peut-être déposés là pour tapisser le fond et empêcher un courant d'air de passer. Je refermai la porte du placard qui se bloqua automatiquement, et j'emportai le trousseau de clés et les vieux papiers dans ma chambre. Je m'allongeai sur mon lit, avec l'intention de me plonger dans leur lecture, mais la torpeur du décalage horaire me reprit d'un coup et je m'endormis.

3

Quand je finis par me lever, je trouvai maman sur la terrasse en train de boire du café. Ses cheveux gris étaient retenus en arrière par un chouchou violet foncé assorti à son jogging. Elle avait déplacé son élégant bouquet de glaïeuls pour le mettre à l'ombre du muret. Le lac, lisse comme du verre, luisait d'un bleu argenté. Après l'agitation et la surpopulation de Tokyo, j'appréciais d'être dehors au grand air.

Elle laissa de côté la liste qu'elle dressait et prit la cafetière isotherme pour me verser une tasse. Une délicieuse odeur monta vers moi.

— Tu as bien dormi ?

— À peu près, répondis-je en prenant la tasse de café fort et très chaud. Délicieux, merci. Un sommeil entrecoupé de moments d'insomnie, mais je me sens quand même reposée.

— Tant mieux. Le décalage horaire n'est pas facile. C'est loin, le Japon.

— Au moins, je n'ai pas eu à faire le trajet à pied !

Cela la fit rire, alors que moi, je pensais à Yoshi.

— Tu vas faire des courses ? demandai-je en désignant la liste.

— Oui, tu arrives pile pour la fête du solstice de printemps. C'est après-demain. Du coup, j'ai invité tout le monde à venir te dire bonjour.

— Ah, oui ! Le solstice ! Je n'y pensais plus.

Pendant toute mon enfance, mes parents avaient organisé des fêtes dès que le calendrier céleste s'y prêtait. Tout était prétexte à se réunir : les éclipses de lune, les alignements de planètes, les transits de Vénus. Les adultes apportaient des télescopes et allumaient des feux de camp sur la grève, et nous, les enfants, nous nous amusions jusqu'à ce que l'épuisement nous terrasse. Nous tombions alors comme des masses sur des couvertures ou directement sur la pelouse, ou bien encore enroulés dans le hamac. Bien des fois mon père m'avait emportée dans ses bras pour m'allonger dans mon lit douillet qui sentait bon les draps séchés au soleil.

— Si tu as oublié le solstice, c'est que tu es restée trop longtemps loin d'ici, dit ma mère.

— Tu répètes toujours la même chose !

— Ne te fâche pas.

Elle vida sa tasse, puis poussa vers moi un trousseau de clés sur le plateau en verre de la table.

— Chérie, je dois aller travailler aujourd'hui. J'aurais préféré pouvoir prendre quelques jours pour mieux profiter de ta présence, mais j'ai déjà beaucoup manqué à cause de l'accident. Voilà les clés de l'Impala. Elle a été révisée et elle marche. Il y a aussi un double des clés de la maison.

— Merci.

Cette voiture me rappelait tant de souvenirs. Mon père nous avait souvent emmenés nous promener les dimanches après-midi, sans destination précise. Nous nous arrêtions au hasard pour contempler les bourgeons au printemps ou, à l'automne, les feuilles flamboyantes sur le bleu profond du ciel.

— Blake m'a dit que tu pensais peut-être la vendre.

— Ça ne serait pas une mauvaise idée. C'est dur de s'en séparer, mais il est temps. Personne ne s'en sert, et c'est bête de la laisser rouiller dans la grange. Et puis, ajouta-t-elle après une hésitation, j'envisage aussi de vendre la maison.

Je ne répondis pas tout de suite. C'était un choc trop violent.

— Ah bon ?

— Je sais, c'est difficile à imaginer. Pendant très longtemps, je n'ai même pas voulu l'envisager. Ton père est tellement présent, ici. Et ce que tu disais hier est vrai. Il adorait le lac, surtout le marais. Tu penses bien que ça ne sera pas de gaieté de cœur mais la maison est trop difficile à entretenir pour moi. Je me suis mise au bricolage, peu à peu, mais je ne m'en sors pas. C'est en parlant du jardin à Andrew aux urgences que cette idée m'est venue. Autrefois, c'était un paradis, mais maintenant… Je me rends compte que j'ai laissé la propriété se dégrader. Quand on voit un endroit tous les jours, on ne se rend pas compte…

Elle désigna la jungle de plantes grimpantes et de mauvaises herbes, la véranda à la peinture écaillée.

— Il faut se rendre à l'évidence, je n'ai pas l'énergie.

— Tu ne regretterais pas de ne plus vivre ici ?

— Si, bien sûr, mais c'est beaucoup de responsabilité. Et les impôts locaux sont très lourds. Une vraie calamité. Je ne sais pas, j'hésite encore. Inutile de s'affoler. D'ailleurs, il me faudra au moins deux ans pour vider et nettoyer la maison avant de la mettre en vente, ajouta-t-elle avec un sourire.

— Deux ans, tu es optimiste, plaisantai-je malgré mon malaise. Avec tout ce que nous avons entassé !

— C'est vrai, toi, tu n'en veux pas, reprit-elle d'un ton un peu trop sérieux à mon goût. Tu es toujours partie par monts et par vaux, et Blake passe tout son temps sur son bateau. De toute façon, il n'aurait pas les moyens d'entretenir une maison aussi grande. Enfin, ça ne m'enchante pas. C'est toujours difficile de tourner la page.

Je ne dis rien pendant quelques secondes, me débattant contre des sentiments contradictoires. Maman avait parfaitement raison, je n'avais aucune intention de revenir vivre à la maison du lac, tous ses arguments étaient justes, et pourtant, l'idée que des inconnus allaient vivre chez nous me faisait horreur.

C'était un peu trop de changements pour moi, d'autant que je ne pouvais même pas lui parler de l'enfant qu'attendaient Blake et Avery.

— Tiens, à propos de rangement, maman, j'ai retrouvé de vieux papiers hier soir. Je voudrais te les montrer.

Je montai pour récupérer la pile de documents que j'avais laissés sur la table de nuit. Quand je redescendis, je trouvai ma mère assise sur le muret près de son bouquet, l'oreille collée à son téléphone portable, en train de parler joyeusement.

— Elles sont magnifiques. Je les ai sous les yeux. Merci beaucoup, c'est tellement gentil. Et vos points de suture ? Ah, tant mieux. Ce soir ? Non, je suis désolée, je ne peux pas. Ma fille vient d'arriver et je ne sais pas encore ce que nous allons faire.

J'étalai les papiers et les brochures sur la table de verre en faisant semblant de ne pas écouter. À la lumière du jour, je trouvai à mon trésor l'air encore plus fatigué. Le papier était friable, jauni, taché sur les bords, incrusté d'un siècle de poussière.

— Ton admirateur secret ? demandai-je quand elle eut terminé sa conversation.

— Andrew, répondit-elle en fermant son téléphone. Il avait l'air de très bonne humeur ce matin.

— Ça ne me dérange pas si tu dînes avec lui ce soir.

— Tu es sûre ?

— Tu n'as pas besoin de t'occuper de moi vingt-quatre heures sur vingt-quatre, je me débrouillerai très bien.

— Merci, chérie.

Elle posa son téléphone pour prendre un des papiers que j'avais découverts et l'examina.

— Mais dis donc, ça date de 1913 !

— Intéressant, non ? J'ai trouvé tout ça dans la coupole ce matin, au fond d'une des banquettes de fenêtre.

Elle leva vers moi son regard gris clair. Elle semblait très étonnée.

— Je ne savais pas qu'elles s'ouvraient.

— Une seulement. Celle qui fait face au lac. J'ai remarqué par hasard le trou de la serrure. C'est parce qu'il n'y a plus les coussins. Je me suis servie des rossignols de papa.

— Tu as crocheté la serrure ?

— Oui, très facilement.

Elle eut un sourire, mais elle avait l'air triste.

— Ton père aurait été fier de toi !

Une boule dans la gorge, je me tournai vers le lac jusqu'à ce que je me sente de nouveau capable de parler.

— C'est surtout en pensant à lui que j'ai entrepris de l'ouvrir, pour voir si je me souvenais de ce qu'il m'avait appris. Il n'y avait que de la poussière, et ces quelques papiers.

Je m'assis face à elle pour examiner ma trouvaille tout en buvant mon café. Il n'y avait pas de lien apparent entre les documents. Je trouvai l'annonce du décès du dernier pigeon migrateur à Cincinnati, en 1914. Une illustration représentait l'oiseau avec pour légende « espèce éteinte ». Il y avait une liste des naissances en Ohio pour les mois de mars et avril 1911. Je la parcourus sans relever aucun nom familier. Il y avait aussi l'annonce du mariage de mon arrière-grand-père avec Cora Evanston qui, comme le précisait le texte, avait serré la main de Teddy Roosevelt quand elle avait cinq ans. C'était la veuve du cousin de mon arrière-grand-père, Jesse Evanston. Ensuite il n'y avait pratiquement plus que des brochures publiées à New York entre 1911 et 1914, mis à part quelques tracts très antérieurs, provenant de différentes villes. Deux petits journaux se consacraient aux œuvres de femmes artistes. Un *flyer*, très militant, annonçait un meeting de soutien au droit de vote pour les femmes, qui devait se tenir à Canton, dans l'État de New York, en mai 1914, avec pour intervenante principale, Carrie Chapman Catt.

— Regarde, dis-je en le tendant à ma mère. Tu crois qu'une suffragette a vécu ici autrefois ?

— Peut-être, répondit-elle en prenant ses lunettes dans sa poche. La maison est assez ancienne. Attends que je me souvienne… Je crois qu'elle a été construite en 1880, et puis qu'elle a été plus ou moins délaissée. Comme maintenant, peut-être… C'est grâce à ce semi-abandon que ton arrière-grand-père a pu l'avoir pour une bouchée de pain, ou du moins, c'est ce qu'on m'a toujours raconté. Je pense qu'il l'a achetée vers 1925 et qu'il l'a restaurée.

En bas de la pile, il y avait encore plusieurs vieux articles retenus par un trombone rouillé.

— Tiens, écoute ça, maman. C'est drôle. Ç'a été écrit en 1913 : « Bien heureusement, nous commençons à comprendre qu'il est tout aussi bon pour la fillette de prendre l'air et de se livrer à des activités d'extérieur que pour le garçonnet. Les idées de nos grand-mères, qui pensaient que les garçons jouent au ballon, montent à cheval, et seuls excellent à la natation et au tir, alors que les filles restent à la maison pour se consacrer aux travaux du ménage, à la couture et apprennent leur rôle de maman en prodiguant des soins à leurs poupées, ont été reléguées aux oubliettes. Les jeunes filles d'aujourd'hui doivent se dépenser comme leurs frères avec la même liberté physique. »

Cela amusa beaucoup ma mère.

— Eh bien, je suis contente de ne pas être née à cette époque. Et toi, je me demande bien comment j'aurais fait pour t'obliger à jouer à la poupée toute la journée.

— Tu imagines, vivre ici sans pouvoir aller nager dans le lac !

— Tu penses bien qu'elles devaient s'arranger pour le faire quand même.

— Espérons.

Entre les deux derniers articles, je trouvai une petite enveloppe carrée et épaisse. Le rabat n'était pas collé, mais seulement rentré, et j'en sortis une page pliée en deux. Une fleur séchée, brunie, mais où restaient de très légères traces violettes au centre, en tomba et s'émietta en touchant le verre de la table.

L'encre sépia avait pâli avec le temps, l'écriture était assurée et inclinée.

Le 21 septembre 1925

S'il faut qu'Iris cesse de vivre chez toi, Joseph, alors je te supplie de ne pas la confier à des étrangers. Envoie-la-moi et, si elle ne le veut pas, alors fais-la aller à l'adresse ci-jointe, chez Mme Alice Stokley, une connaissance des amis que j'ai ici, qui lui donnera une éducation et lui trouvera un emploi adapté à son âge, car elle n'a que quatorze ans.

J'ai le cœur brisé. Je comprends que les frais de son entretien sont élevés et qu'il faut compter les vêtements, les livres dont tu me dresses la liste, le gîte et le couvert, mais je suis étonnée que l'argent que j'ai envoyé ne suffise pas. J'ai donné tout ce que je possède. Enfin, si tu ne peux pas la garder, je ne peux qu'accepter ta décision même s'il m'est très difficile aujourd'hui de terminer cette lettre en t'envoyant comme à l'accoutumée toute mon affection.

R.

Je relus ces lignes plusieurs fois, tâchant de comprendre ce qui avait bien pu se passer. L'idée que je m'étais forgée d'une suffragette à grand chapeau se dissipait. Le Joseph auquel cette femme s'adressait était très certainement mon arrière-grand-père, le doux rêveur qui avait grimpé en haut du clocher pour mieux voir la comète. Mais qui était R., la femme qui avait écrit cette note ? Et qui était cette Iris dont elle parlait ? Le ton intime indiquait que la lettre s'adressait à un proche.

— Regarde ça, dis-je en tendant la feuille à ma mère. Tu peux m'expliquer de quoi il s'agit ?

Pendant qu'elle lisait, je me demandai qui avait pu vouloir garder cette lettre et la cacher avec les autres papiers. Si c'était Cora, mon arrière-grand-mère, peut-être avait-elle assisté au discours de Carrie Chapman Catt. Nous ne savions pratiquement rien sur Cora, hormis qu'elle avait épousé mon arrière-grand-père après le décès de son premier mari, mort accidentellement. Comme tant d'autres membres de la famille, elle était éclipsée par le souvenir de Joseph Jarrett, ce patriarche à la très forte personnalité. Je m'intéressai soudain à elle. Je l'imaginais sous la coupole, lisant avec fièvre des journaux qu'elle cachait dans le coffre de la fenêtre dès qu'elle entendait des pas dans l'escalier.

— Ça ne me rappelle rien, dit ma mère. Il y a tellement de monde dans la famille de ton père ! Non… je ne vois pas.

— Pauvre petite. C'est dur d'être mise au travail à quatorze ans.

— C'était courant à l'époque, tu sais. Ma grand-mère travaillait à cet âge. Elle a été recueillie par des cousins à la mort de ses parents, et pas par grandeur d'âme, je peux te l'assurer. Ils avaient besoin de main-d'œuvre gratuite, et je ne crois pas qu'elle ait été très bien traitée.

— Iris était peut-être orpheline.

— Attends un peu… J'avais trouvé une lettre, il y a des années, qui pourrait être liée à ces papiers. Donne-moi les clés, je vais la chercher. Elle est en haut, dans la malle.

— Toutes les portes sont ouvertes, pour aérer.

— Tu crois que c'est utile ?

Je ne compris que trop bien à son expression que je n'aurais pas dû prendre cette initiative.

— De toute façon, j'avais l'intention de commencer à trier ces vieilles affaires, reprit-elle. Attends une seconde, je reviens.

J'entendis son pas dans l'escalier et j'espérai qu'elle n'aurait pas un trop grand choc en voyant les chambres ouvertes. Je repris les articles pour les lire plus attentivement. Une feuille, remplie de la même écriture fine et inclinée, se détacha d'entre deux pages.

> *J'ai lu ces lignes bien souvent, et pourtant elles éveillent toujours en moi le même trouble. Personne ne m'avait parlé de ces choses auparavant. Nous n'avions pas de miroirs chez mes parents. Je n'avais jamais vu mon corps en entier. Un jour j'ai fermé la porte à clé. Il y a une glace accrochée*

derrière. J'ai ôté mon corsage et ma jupe que j'ai soigneusement étalés sur le bois du lit, et puis ma chemise, mon jupon et mes bas.

Je me trouvais mince et très blanche. Étais-je belle ? Je ne sais pas. La chambre était sombre et toute la lumière se concentrait sur moi. Mes pommettes et mes clavicules étaient saillantes, comme des ailes. Ces dessins qui montrent l'intérieur du corps et que j'ai vus plus tard représentent des sortes d'ailes, eux aussi. Quel mystère ! Tout un univers que j'ignorais. Je ne savais rien. Rien !

Cette nuit-là, il faisait trop chaud. Je ne respirais pas. J'aurais voulu partir mais j'avais peur qu'il ne m'en veuille. J'avais très peur. Dans cette étrange lumière, il a tourné autour de moi en me détaillant d'un regard intense, disant : « Ma belle, ma beauté, je t'épouserai. Tu seras ma femme. » Et moi, je l'ai cru.

Je relus ces réflexions par deux fois, percevant la colère, la déception, la détresse, sentiments si humains qui contrastaient tant avec les textes médicaux parmi lesquels cette feuille avait été glissée.

Ma mère revint en faisant claquer la porte moustiquaire derrière elle. Elle tenait dans sa main gauche un paquet enveloppé dans du papier bleu foncé, noué par un ruban bleu clair. Elle le posa sur le plateau de verre et reprit place en face de moi.

— Voilà la carte qui accompagnait la lettre dont je t'ai parlé, dit-elle en me tendant une enveloppe. Il y a longtemps, j'ai trouvé ce paquet derrière la doublure de la vieille malle. J'ai l'impression que c'est la même écriture.

Une légère odeur de cèdre et de lavande flotta jusqu'à moi quand je soulevai le rabat de l'enveloppe. Il n'y avait qu'un bristol à l'intérieur.

Chérie, c'est avec tout mon amour que j'ai confectionné ceci pour toi.

J'étudiai les lettres inclinées, les hampes presque plates.

— Oui, c'est la même écriture. C'est vraiment intéressant, parce que j'ai trouvé ça, ajoutai-je en lui tendant le petit texte. C'est de la même main, je pense, même si le ton est très différent.

Ma mère lut la feuille, puis la posa pensivement sur la table.

— Pauvre femme. Imagine, ne s'être jamais vue dans un miroir. Je suppose qu'à l'époque on aurait crié au scandale si on avait su qu'elle lisait des articles sur la physiologie humaine. Je me demande même s'il n'était pas illégal de publier des informations sur le corps. Pas étonnant que tu aies retrouvé ces papiers cachés dans la banquette.

— Qu'est-ce qu'il y a, dans le paquet ?

— Regarde, c'est une splendeur, dit-elle en dénouant le ruban. Cette fameuse malle fabriquée par ton arrière-grand-père, je l'ai retrouvée au tout début de mon mariage. Elle était au fond du grenier à foin, dans un piteux état, les ferrures rouillées, incrustées de poussière. Je ne sais pas pourquoi je me suis mis en tête de la restaurer. J'espérais sans doute entrer dans les bonnes grâces de la famille de ton père. Grossière erreur ! Si la malle avait été remisée là, c'était que tout le monde se la disputait. Ton grand-père l'aurait donnée à Art si ton père n'en avait pas eu aussi très envie et si ta grand-mère n'avait pris sa défense, pour une fois. Personne n'ayant voulu céder et comme la situation ne se débloquait pas, ton grand-père avait remisé la malle dans le grenier à foin, et on n'en avait plus parlé. Je peux te dire qu'il n'a pas été très content de la voir reparaître. Mais, au moins, je n'avais pas tout perdu, parce qu'en la nettoyant, j'avais trouvé ce tissu cousu dans la doublure qui tombait en lambeaux à l'époque. Regarde.

Elle le déplia délicatement. C'était un tissage très fin, presque argenté, doux comme de la soie. Une rangée de cercles brodés à tout petits points formait une frise le long du bord, comme des lunes pleines se chevauchant, entremêlées de guirlandes de fleurs et de feuilles.

— C'est magnifique, dis-je en y faisant courir les doigts.

— N'est-ce pas ? En découvrant cette merveille, j'ai tout de suite eu l'impression que c'était mon secret. Je n'en ai jamais parlé à personne, sauf à ton père, évidemment. Ce motif de lunes, ces fleurs… C'est là que j'ai trouvé l'inspiration pour mon jardin lunaire. Cette broderie, et le roman de Virginia Woolf, bien sûr, ajouta-t-elle avec un sourire avant de réciter : « Chaque fleur est une flamme qui luit, douce, pure, flottant dans l'ombre des massifs ; ah ! comme elle aimait voir les phalènes d'un gris laiteux voleter çà et là, sur la tarte aux cerises et sur les primevères du soir. »

Je hochai la tête, préférant ne pas trop penser au jardin laissé à l'abandon.

— C'est un tissage artisanal, non ? Du lin très fin, je crois.

— Je me suis souvent demandé qui s'était donné autant de mal pour réaliser cette merveille.

— Une femme qui vivait ici… La même qui a conservé toutes ces brochures.

— Peut-être. C'est drôle que tu aies trouvé ces papiers.

— Tu vois, tu ne peux pas vendre la maison ! Il faut au moins nous laisser le temps de résoudre ce mystère.

Ma mère ne répondit pas et se retrancha derrière un sourire distant.

— Je plaisantais, maman.

— Je sais. Il faut que j'aille me changer, dit-elle en jetant un coup d'œil à sa montre. Ça m'ennuie, mais je dois aller travailler.

— À quelle heure commences-tu à la banque ?

— Dans une heure. Ça t'ennuierait de me conduire en ville ? On m'a recommandé de ne pas prendre le volant avec mon attelle et j'ai oublié de demander à Blake de m'emmener.

— Avec plaisir. Je vais piquer une petite tête dans le lac pendant que tu te prépares.

— Tu es folle, l'eau est beaucoup trop froide, Lucy. Nous sommes encore en juin. C'est glacé, comme de la neige fondue.

— Oui, je sais. Je suis tombée dedans hier ! Ça me réveillera.

Elle secoua la tête avec un sourire et rentra dans la maison en emportant la cafetière.

Je n'avais pas pensé à apporter de maillot de bain, mais j'en trouvai un vieux qui appartenait à ma mère sur la véranda d'été, où nous avions l'habitude de les mettre à sécher. Je traversai la pelouse, allai au bout de la jetée et plongeai directement pour en finir au plus vite avec le premier contact désagréable de l'eau froide. C'est de loin la meilleure méthode. Quand on refait surface, l'eau semble plus chaude que l'air. Je plongeai encore une fois sous l'eau, descendant dans le froid des profondeurs, jusqu'à toucher du pied un rocher couvert de mousse au fond, puis je remontai, la tête vide de tout souvenir et de tout désir, sauf celui de respirer.

Je me rhabillai vite, rassemblai les papiers dans une vieille chemise en carton et les remontai dans ma chambre. Le tissu était léger comme une brume, presque immatériel, comme un rêve à moitié oublié. J'allai ensuite dans la grange pour prendre l'Impala. Une grosse voiture jaune canari, avec un toit blanc et des garnitures chromées en forme de flèche sur les côtés. Elle avait été lavée et lustrée, et sentait le vieux déodorant. J'hésitai un instant avant de m'asseoir sur le siège du conducteur qui était encore réglé pour les jambes de mon père, plus longues que les miennes, et je me souvins de la façon dont il s'asseyait au volant et tournait la clé de contact avec un geste théâtral. Comme j'avais adoré les rares fois où j'avais eu le droit de m'asseoir à l'avant à côté de lui ! Il bavardait avec moi en m'emmenant en ville, sans se presser, comme s'il avait la vie devant lui.

Quand je trouvai enfin le courage de régler le siège et de démarrer, le moteur partit au quart de tour, presque sans bruit, et je sortis de la grange en marche arrière. Ma mère apparut sur la véranda et ferma la porte à clé. Elle avait passé une jupe droite bleu marine et un chemisier imprimé de petites fleurs jaunes. Son porte-documents en cuir ajoutait une dernière note de sérieux à sa tenue d'employée de banque, qui restait pourtant curieusement fantaisiste à cause de son attelle vert pomme. Elle avait commencé tout en bas, au guichet, et avait gravi les échelons jusqu'à devenir responsable des prêts.

— C'est bizarre de se retrouver dans cette voiture, non ? dit-elle en s'asseyant sur le siège de cuir blanc.

— J'ai l'impression de conduire un bateau de croisière. Elle doit bien faire du cinquante litres au cent !

— Au moins ! Et il n'y a pas de ceintures de sécurité non plus. Mais ce qu'il pouvait l'adorer sa voiture ! Il était sans arrêt le nez sous le capot. C'était beaucoup plus qu'un moyen de transport, pour lui.

Pour aller en ville, on longeait longtemps la clôture de la zone militaire, qui barricadait derrière son maillage métallique des kilomètres de prairies verdoyantes, où voletaient des papillons et où des chardonnerets sautillaient dans les herbes. Au niveau de la grille d'entrée, je ralentis, m'attendant à moitié à être arrêtée par des manifestants, mais tout était calme. Il n'y avait pas âme qui vive et le portail était fermé.

— Tiens, tu as apporté les vieux papiers de la coupole, dit maman en remarquant la chemise en carton que j'avais posée entre nos deux sièges. Je me disais que l'association du patrimoine pourrait peut-être nous aider. Tu pourrais aussi demander à Art si cela lui rappelle quelque chose.

— Je n'ai pas l'impression qu'il soit très féru de généalogie.

Nous approchions du village. Les constructions devenaient plus denses du côté de la route qui faisait face au lac.

Je repartis à l'attaque.

— Tu ne m'as toujours pas dit ce qui s'était passé entre papa et Art.

— Mais quelle importance, maintenant ? Ça m'attriste de penser à cette époque, chérie, je t'assure. On ne peut plus rien y faire. La vie continue.

J'aurais peut-être dû me taire, mais je voulais absolument savoir.

— C'est vrai qu'on ne peut rien changer, mais tu ne crois pas que c'est important de connaître la vérité ?

— Je ne sais pas, Lucy. Peut-être. Sans doute. Mais moi, ça ne m'aide plus.

— Je ne comprends pas. Est-ce que c'est parce que tu es contente que Blake travaille avec lui ? Enfin, sois réaliste, maman, Art ne lui laissera jamais la place qui lui revient à Dream Master. Joey passera toujours en premier.

Il y eut un silence pendant que je m'engageais dans la rue principale. Ma mère finit par se décider à me répondre.

— Bon. Tout ce que je sais, c'est qu'Art n'est pas allé se battre au Viêtnam. C'est la principale source du problème. Tu sais comment se passait la conscription. Ton père n'a pas eu de chance. Son numéro est sorti au tirage au sort, et pas celui d'Art. C'était une époque terrible. Les jeunes étaient envoyés au combat simplement parce que le hasard les avait désignés. Dans tout le pays, ils attendaient l'angoisse au cœur de savoir s'ils allaient partir. C'était dur. Il était prévu depuis toujours que Dream Master serait dirigé par les deux frères mais, pendant que ton père était au Viêtnam, ton grand-père a eu une attaque, et ta grand-mère a donné tous les pouvoirs à Art.

— Mais pourquoi ?

— Ce n'est pas très clair. Par peur de l'avenir, sans doute. Ton père faisait la guerre à l'autre bout du monde. Bref, quand ton père est revenu, Art détenait la majorité des parts. Il avait déjà discrètement entamé des pourparlers avec des concurrents pour vendre les brevets et l'usine de serrures. Il ne nous en a pas parlé, et ton père ne s'est rendu compte de rien. Il est rentré, nous nous sommes mariés, et il est allé travailler à Dream Master sans s'inquiéter, heureux d'être revenu sain et sauf. Quand il a fini par apprendre ce qui se passait, il a été très en colère. Il a parlé de vendre ses parts et d'aller vivre ailleurs, mais ton grand-père est mort, ta grand-mère a préféré aller vivre en ville et elle nous a donné la maison du lac et le terrain du marais qui va avec. Une compensation très insuffisante : l'injustice était loin d'être réparée, mais nous sommes restés.

— C'est à la mort de grand-père qu'ils se sont disputés ?

— Ils étaient en très mauvais termes, mais ton père a continué à travailler à Dream Master encore deux ans, à la quincaillerie une fois que l'usine a été vendue. Peut-être qu'il espérait encore monter un autre projet avec Art, je ne sais pas. Ils s'adressaient à peine la parole. Le dernier coup a été un article paru dans le journal régional en 1986. C'était l'année de la comète. Il y a eu un grand dossier sur ton arrière-grand-père, parce qu'il est venu en Amérique et qu'il a fondé Dream Master juste après le passage de la comète de 1910. Art était dépeint comme le grand héritier de son grand-père, alors que ton père n'était même pas mentionné. Je me souviens qu'il a jeté le journal sur la table, qu'il est parti au travail, et qu'il est revenu deux heures plus tard avec ses affaires. Il n'a plus jamais mis les pieds là-bas.

— Je me souviens de ça.

— Tu es sûre ? Tu étais toute petite.

— J'étais au lit, et j'ai entendu des gens se disputer en bas. Et puis papa n'est plus allé travailler.

Il y eut un moment de silence.

— Nous parlions beaucoup de déménager, reprit-elle, et nous aurions peut-être mieux fait de partir, en effet. Nous avons préféré rester et essayer de tirer le meilleur parti de la situation. C'est à cette époque que j'ai repeint la maison, tu te rappelles ? J'ai commencé par la coupole et je ne me suis plus arrêtée. Si nous devions rester, je voulais au moins m'approprier la maison.

— Tu travaillais, aussi. Tu créais des jardins pour les gens…

— Oui, j'en ai conçu des quantités. Ils étaient beaux, non ? Ton père a vendu ses parts de Dream Master et il a acheté la marina. Finalement, ça n'a pas si mal tourné pour nous. On peut dire que l'injustice du départ a été corrigée, d'une certaine manière.

C'était une très jolie petite ville : maisons de style victorien avec de belles pelouses, parc au bord du lac, les bâtiments en brique du centre-ville, qui avaient autrefois abrité des commerces de proximité : fournitures agricoles, épicerie, droguerie, et où s'alignaient aujourd'hui des boutiques de souvenirs, des fleuristes et des restaurants. Le vieux cinéma avait été transformé en résidence de luxe. Je me garai derrière la banque, ne trouvant une place que tout au bout. Ma mère descendit, défroissa sa jupe, puis prit son porte-documents. Ces quelques secondes avaient suffi à la métamorphoser en employée de banque modèle. Je la reconnaissais à peine. Je sortis moi aussi de la voiture.

— Tu restes un peu en ville ? demanda-t-elle.

— Oui. Je vais aller boire un café. Tu veux que je passe te chercher cet après-midi ?

Elle hésita, un petit sourire aux lèvres.

— C'est très gentil, ma chérie, mais c'est déjà prévu. Andy passe me prendre.

Il me fallut une seconde pour me rappeler qui était Andy.

— Ah ! ton admirateur !

— Ne sois pas bête, dit-elle en riant. C'est juste pour me rendre service.

Elle m'embrassa puis se dirigea vers l'entrée de la banque. J'essayai d'y voir un peu plus clair dans mes sentiments tout en la regardant traverser le parking, puis monter les marches qui menaient à l'entrée de son agence. Elle n'avait qu'une petite cinquantaine d'années ; elle était encore séduisante, pleine d'énergie ; il n'était pas trop tard pour qu'elle refasse sa vie. Peut-être n'était-ce pas la première fois qu'elle avait une aventure depuis mon départ, d'ailleurs. C'était très bien, du moins en théorie. Pourquoi me sentir exclue, alors ? D'aussi mauvaise humeur ? L'annonce que Blake allait avoir un enfant m'avait déjà causé un choc, et maintenant ma mère se lançait dans une histoire d'amour… J'avais l'impression d'être abandonnée, comme si, malgré tous mes voyages, j'étais restée dépendante de ma famille.

Après avoir fermé l'Impala, je marchai jusqu'au centre-ville à la recherche d'un café. Blake avait raison, il y avait eu beaucoup de changement. La sandwicherie où j'avais travaillé quand j'étais au lycée avait été remplacée par un bar à sushis. Je m'arrêtai pour regarder par la vitrine, comme si j'allais voir mon fantôme d'adolescente préparer des sandwichs derrière le comptoir, la tête pleine de rêves d'université et de liberté. J'endurais tout, les petites vexations, l'injustice de la vie quand je voyais passer mon cousin Joey en route pour le lac où il nagerait ou ferait de la voile, parce que je savais que Keegan Fall devait venir me chercher. Tous les soirs, il passait me prendre à moto à la fin de mon service. Nous roulions sur les petites routes du lac, avec, pour destination, une grange vide, une cascade, une fête s'il y en avait, le vent sifflant à nos oreilles. Je ne sentais pas le froid tant le bonheur de vivre m'enivrait.

Une serveuse tapota sur la vitre et me fit sursauter. Je poursuivis mon chemin. Les locaux inoccupés lors de ma dernière visite ne l'étaient plus ; il y avait une agence de voyages maintenant, une bijouterie, une boutique d'artisanat, une agence immobilière dont la devanture était couverte d'affichettes de propriétés à vendre au bord du lac. Les prix me semblaient exorbitants. L'idée que nous pourrions vendre notre maison familiale me fit d'autant plus mal au cœur. Je me mis à calculer machinalement combien mes économies, à moitié en yens, à moitié en euros, feraient de dollars. Mais même si je pouvais la racheter, à quoi bon ? Je n'avais pas envie de vivre au Lac des Rêves. Et puis les annonces mentionnaient aussi le montant de la taxe d'habitation, ce qui suffisait à rendre le projet dissuasif. Ma mère ne se plaignait jamais d'être à court d'argent, mais, pour la première fois, je me demandai quelle part de son salaire passait dans l'entretien de la propriété et si elle n'y gagnerait pas beaucoup en vendant.

Un vent fort soufflait du lac. Sur les bancs du parc, les gens s'accrochaient à leurs journaux. Comme toujours, des voiliers coloraient de taches joyeuses l'eau frangée d'écume. Le bateau de Blake, le *Tigre*, était à l'ancre sur le ponton qu'il louait au port de plaisance. Comme personne ne répondit à mon appel, je repartis.

La quincaillerie-serrurerie Dream Master était le premier bâtiment dans Canal Street. Brique sombre, deux étages au-dessus d'un rez-de-chaussée à hautes baies vitrées. Son nom d'origine, Dream Master Locks 1919, était gravé dans l'épais linteau de pierre au-dessus de la porte. Blake devait être là, mais je ne pus me résoudre à entrer. Toute l'histoire de notre famille était contenue dans ce bâtiment.

Je suivis un groupe de touristes qui traversait le square pour se rendre à l'ancienne usine d'isolateurs de pylônes. C'était un énorme complexe qui avait repris vie après des années d'abandon. La brique avait été ravalée et rejointoyée, les fenêtres remplacées, des portes et des coursives ajoutées. Des panneaux attrayants indiquaient la liste des commerces du nouveau centre artisanal. Je trouvai sans difficulté le restaurant d'Avery : « The Green Bean. Cuisine végétarienne du monde entier. »

C'était un espace clair, ouvert sur la cuisine, avec des ventilateurs qui tournaient lentement entre les poutres apparentes. Les murs de brique avaient été laissés brut, et les fenêtres et les portes neuves étaient en chêne clair. La dernière fois que j'étais venue, la vieille usine avait été condamnée, fenêtres cassées et machines abandonnées. Les clients attendaient tranquillement leur tour sur le beau plancher poncé, griffé par l'âge. Dans les vitrines du comptoir s'alignaient des scones, des muffins et des biscottis appétissants, éclairés par une douce lumière rosée. L'air était parfumé de senteurs délicieuses, café, œufs, vinaigre balsamique, riz complet. Avery s'affairait derrière le comptoir, légère et rapide dans le travail, semblant très à son aise. Je sortis sur la terrasse et pris une table qui donnait sur le canal. Une serveuse portant casquette et tablier verts prit ma commande : artichauts poêlés, haricots verts et omelette de blancs d'œufs. Elle me servit du café bien chaud dans un mug vert. Je pris les vieux papiers que j'avais trouvés pour les relire, puis je songeai à Iris, me demandant ce qu'elle était devenue.

Voyant des clients pianoter sur leurs ordinateurs portables à d'autres tables, je sortis le mien de mon sac et trouvai aussitôt une connexion à Internet. J'avais vingt-sept e-mails dans ma boîte, dont trois de Yoshi. Il en avait envoyé un de son téléphone la veille au soir :

je bois un verre, tu me manques. Je l'imaginai dans l'un de ces bars où il aimait aller après le travail pour manger un yakitori ou des nouilles, une sorte d'extension du bureau, pour décompresser mais pas trop. Les deux autres étaient brefs et efficaces, simplement destinés à me faire suivre des demandes de renseignements sur mes cours d'anglais. Au dernier, il avait joint une photo prise sur le balcon de notre chambre. On apercevait le toit cuivré de la maison des Fujimoro et un petit trait de mer au loin. *La nuit, les trains qui passent me réveillent. Tu me manques.* Je gardai le message, parce que, lui aussi, il me manquait.

La serveuse apporta ma commande, accompagnée d'un petit pain à la cannelle que je n'avais pas demandé.

— Avec les compliments du chef. Avery n'a pas le temps de venir vous voir, mais elle vous transmet son bonjour.

— Vous la saluerez de ma part aussi. Et toutes mes félicitations. C'est magnifique ici.

La cuisine était à la hauteur du décor. L'omelette était parfaite, le petit pain si moelleux qu'il fondait dans la bouche. Je m'appliquai à manger lentement pour mieux savourer en profitant du bon air et du joli spectacle de l'eau. J'avais presque terminé quand Art arriva avec mon cousin Joey. Ils prirent une table au bout de la terrasse sans me voir. Si Art ressemblait de plus en plus à mon père, c'était tout aussi vrai pour Joey et Blake qui auraient pu être frères. Joey avait les mêmes cheveux bouclés, peut-être un peu plus foncés, et les mêmes beaux yeux bleus, frangés de noir.

Je n'avais pas du tout envie de voir Joey. J'avais bien été obligée de le saluer à l'enterrement de papa et de le croiser parfois depuis, mais nous avions à peine échangé un mot depuis l'incident qui avait eu lieu la nuit de la mort de papa. Ce soir-là, Keegan et moi avions trouvé refuge dans un renfoncement de rocher, près de la cascade. L'eau grondait si fort que nous n'avions pas entendu les portières claquer et les voix se rapprocher. Nous n'avions remarqué le groupe qu'une fois qu'il fut rassemblé sur la plage de galets, les visages éclairés par des briquets et les bouts incandescents des cigarettes et des joints qu'ils allumaient. Les rires montaient dans la nuit, plus bruyants que la cascade. Ils étaient plus d'une dizaine, la bande des branchés du lycée qui ne faisaient jamais rien les uns sans les autres, que ce soit déjeuner ou traîner en ville après la classe. Des gosses de riches pour la plupart, qui portaient l'uniforme de rigueur : chaussures de bateau, jean et polo de marque, et qui conduisaient des voitures flambant neuves. Keegan et moi nous étions levés sans faire de bruit pour nous éclipser, mais le faisceau d'une lampe était tombé sur moi.

— Ce n'est rien, ce n'est que Lucy. Lucy Jarrett et Keegan Fall.

Il avait bien fallu les rejoindre.

— Salut, cousine, avait dit Joey en se détachant du groupe.

Il était en train d'ouvrir une canette de bière. Quelqu'un avait allumé un feu de Bengale qui projetait sur son visage une lueur étrange pleine d'ombres. Depuis que nos pères étaient fâchés, nous évitions de nous saluer quand nous nous croisions dans les couloirs du lycée, et cette cordialité soudaine me mit aussitôt sur mes gardes.

— Comment va, ma grande ? Pourquoi tu t'es coupé les cheveux aussi court ?

— Parce que j'en avais envie.

Il eut un rire qui me fit penser qu'il n'en était pas à sa première bière.

— Il paraît que tu pars dans une bonne fac.

— C'est vrai.

— Et que tu as décroché une grosse bourse d'études.

— Exact.

La lettre d'acceptation était arrivée la veille, et j'étais encore sur un petit nuage.

— Tant mieux, je suis content pour toi.

Et puis, sans me laisser le temps de le remercier – j'étais sur le point de le faire, comme une idiote –, il avait ajouté :

— C'est sûr que c'est un coup de chance, avec tes parents fauchés.

— Allez, viens, Lucy, avait dit Keegan à voix basse.

C'était sa politique en cas de conflit : ne laisser aucune prise à l'adversaire et partir. Sa mère étant une grande militante des droits des Sénécas et des peuples autochtones iroquois, on s'en prenait souvent à lui, et il savait comment réagir en cas d'agression. Mon cas était un peu différent. Je fis face.

— Qu'est-ce que tu veux dire, Joey ? Cette bourse, je l'ai méritée.

— Mais oui. Quand on est obligé de travailler, on travaille, y a pas de mal à ça. Allez, santé, ajouta-t-il avec un haussement d'épaules en levant sa bière. Je suis content pour toi que tu te sois arrangée pour aller quand même à l'université.

Keegan m'attrapa le bras pendant que Joey buvait.

— Viens ! chuchota-t-il.

Je me laissai entraîner, mais je refusai de remonter sur la moto. J'étais enragée. C'était plus fort que moi. J'avais hérité de la vendetta familiale comme j'avais hérité de la couleur de mes yeux et de la capacité de crocheter les serrures. C'était beaucoup plus grave qu'une simple moquerie de collégien. J'avais fait accroupir Keegan à côté de moi derrière un arbuste pour les observer. J'avais attendu que Joey et ses amis se déshabillent et entrent dans l'eau pour aller s'ébattre sous la cascade ou barboter dans les trous d'eau. Quand j'avais estimé qu'ils étaient trop absorbés pour nous voir, je m'étais glissée jusqu'à leurs affaires, j'avais attrapé les vêtements et les clés de Joey, et je m'étais sauvée en courant.

— Tu es sûre que c'est malin de faire ça ? avait demandé Keegan.

Je n'avais aucune envie de réfléchir à sa question. J'avais lancé les vêtements dans les arbres. Accrochée à une haute branche, sa chemisette rouge ressemblait à un drapeau, son jean de marque était inaccessible, et ses clés allèrent se perdre au milieu d'épais buissons. Cela ne m'aurait pas du tout dérangée que Joey soit obligé de rentrer chez lui à pied et tout nu. Ni qu'il passe des heures à chercher ses vêtements. Je lui souhaitais tous les malheurs du monde.

Mon cousin n'avait pas beaucoup changé. Il était toujours aussi propret : pantalon en toile de parachute, chemise bleu foncé. Il lança un sourire charmeur à la serveuse, le regard pétillant. Elle apprécia, de toute évidence, car un rire enjoué me parvint. Je remis mes documents poussiéreux dans la chemise en carton, fermai mon ordinateur, et réglai l'addition, puis je tâchai de me glisser entre les tables sans qu'ils me remarquent. Peine perdue. Art me fit un signe de la main. À ma grande surprise, Joey se leva et, quand je les eus rejoints, il me passa un bras amical sur les épaules. Au point que je me demandai s'il n'avait pas perdu la mémoire.

— Content de te voir. J'espère que tu ne repars pas tout de suite.

— Je reste deux ou trois semaines. Et toi ? Qu'est-ce que tu deviens ?

Aux dernières nouvelles, Joey ne faisait pas grand-chose. Il suivait de vagues études de cinéma à Los Angeles. Je m'étais réjouie de ses échecs en lisant une lettre de ma mère dans mon joli bureau de Jakarta.

— J'ai réussi à le convaincre de travailler avec moi cet été, intervint Art. Dream Master est une entreprise familiale et je voudrais qu'elle le reste. Entre Joey et ton frère, la quincaillerie pourrait avoir de beaux jours devant elle. Tu ne voudrais pas rejoindre l'équipe, Lucy ? Il y aura toujours de la place pour toi, si ça te tente.

Je souris poliment, me demandant ce que Joey pensait de cette soudaine générosité de son père. C'était bien difficile de ne pas lui faire remarquer que cette idée d'entreprise familiale aurait pu le séduire un peu plus tôt, du vivant de mon père.

— Merci, c'est gentil. Vous projetez de vous agrandir ? ajoutai-je en désignant les plans d'architecte que je voyais sur la table.

— Oh, ça, c'est autre chose, répondit Art. Juste quelques idées un peu fumeuses. C'est toujours bien d'avoir un petit temps d'avance sur les autres.

Joey, qui pendant ce temps profitait de ce qu'il était debout pour regarder qui était attablé autour de nous, intervint sans interrompre son inspection :

— C'est ça, il faut toujours avoir une longueur d'avance. En tout cas, Avery a trouvé un bon filon, on dirait. Cette fille est un beau parti. Je devrais peut-être essayer de la souffler à Blake, ajouta-t-il en me lançant un clin d'œil. Qu'est-ce que tu en penses ?

Plaisanterie bien innocente, mais qui me rappela à quel point j'avais jubilé quand je lui avais volé ses vêtements et ses clés de voiture. Il m'exaspérait toujours autant. Je n'en pouvais plus, il fallait que je parte.

— Eh bien, je ne vais pas vous déranger plus longtemps. À bientôt.

4

— Il paraît qu'il est très doué, dit une passante tellement absorbée par sa conversation qu'elle me bouscula presque.

Je m'arrêtai à la porte du restaurant pour la laisser passer. La jeune femme qui l'accompagnait remonta un énorme cabas en patchwork sur son épaule.

— Oui, c'est un excellent artisan. J'étais là au printemps dernier quand il a ouvert. Et on te laisse essayer pendant la visite guidée. Il y a quelqu'un avec toi qui t'aide. C'est assez fou. On a à peine besoin de souffler. Ça n'est pas du tout comme un ballon, par exemple. J'ai fait un œuf en verre.

— Ah, oui ? Ça me tente vraiment.

— Tu peux avoir confiance. Il a même gagné des prix.

Je n'entendis pas la suite, car elles s'éloignaient vers l'autre bout du centre artisanal, clair et ensoleillé par cette belle matinée, mais je savais qu'elles parlaient de Keegan. Je les suivis, curieuse, moi aussi.

Je vis de loin l'entrée de la verrerie de Keegan. Un groupe compact s'était formé devant la grande vitrine à un angle du bâtiment, sans doute pour attendre la visite guidée. Une pancarte était accrochée à la porte, en lettres colorées : *Atelier de soufflage de verre*. En y regardant de plus près, je découvris que c'était une mosaïque composée de tout petits morceaux de verre soudés. De l'extérieur, on voyait ce qui se passait dans l'atelier mais j'étais gênée par les têtes des touristes qui se pressaient devant moi, d'autant que les arbres et le lac se reflétaient sur la vitre. Ceux qui étaient collés à la vitrine semblaient fascinés et poussaient des exclamations admiratives. Il y avait une majorité de femmes, jeunes et moins jeunes, assez élégantes comme celles que j'avais croisées, mais il y avait aussi des adolescents, la plupart vêtus de noir, et deux groupes de collégiens accompagnés par leurs professeurs.

Je commençais à perdre patience et j'étais sur le point de partir quand la porte s'ouvrit. Je laissai passer les autres, puis je suivis le mouvement. Une chaleur intense vous saisissait dès l'entrée. L'atelier proprement dit formait un espace immense, séparé par une rambarde de la zone réservée à l'accueil des groupes. La visite commençait par l'observation. Les gens s'alignaient le long de la barrière pour regarder plusieurs souffleurs de verre accomplir leur lente chorégraphie avec le feu. La responsable de la visite donnait ses explications d'une voix forte, mais le grondement de la ventilation et des flammes était si bruyant que je ne comprenais qu'un mot sur deux.

Contre le mur du fond, trois fours chauffaient, produisant un rougeoiement profond. Un homme portant des lunettes de sécurité, ses cheveux noirs attachés en catogan, prit une longue tige, traversa la pièce et ouvrit la porte d'un four révélant la fournaise intérieure. La chaleur faisait vibrer l'air, comme un voile, entre lui et le feu. Il choisit une canne dans une cuve remplie d'eau et la plongea dans le foyer en la tournant lentement sur elle-même avant de la ressortir, ayant enroulé à son bout une masse de verre fondu brillante.

Épais comme du caramel, le verre se déforma pendant que l'homme le transportait vers une longue table métallique, où il le fit rouler, lui donnant une forme allongée et régulière. La couleur se transforma, devenant plus claire à chaque mouvement jusqu'à devenir complètement transparente. Le verrier s'assit, tournant toujours sa canne très lentement, puis il la souleva, la présenta à ses lèvres et se mit à souffler.

Le changement fut progressif, presque imperceptible. Le verre en fusion se mit à enfler, à s'arrondir comme une bulle de savon, la surface s'affinant au point de devenir un peu iridescente. D'abord de la taille d'une prune, elle prit celle d'une pomme. Deux fois, le souffleur vérifia l'avancée de son travail et retourna plonger l'objet en cours de façonnage dans le four pour ramollir la pâte, comme l'expliqua notre guide. Ensuite, il retourna à la table et recommença à souffler. Une assistante approcha avec une autre canne en bois dégoulinante d'eau, un pontil, nous dit-on, et la pressa à la base, créant un nuage de vapeur au contact du bois mouillé. Elle éloigna le pontil, qui avait aplati la base du verre. Ce processus fut répété plusieurs fois, et, lentement, on vit apparaître la forme d'un vase. Le verrier le transféra sur une autre canne puis utilisa des outils métalliques pour élargir le col pendant que l'assistante continuait de tourner le verre. Le vase fut ensuite séparé de la canne par un léger choc et l'assistante, qui se tenait prête avec ses mains gantées, l'emporta dans un four spécial pour un lent refroidissement.

L'opération était étonnante, et les autres verriers exécutaient les mêmes gestes dans tout l'atelier. Notre guide nous annonça que nous avions quelques minutes pour poser des questions, puis que nous pourrions essayer nous-mêmes de souffler le verre, si nous le désirions.

Ce ne fut qu'à l'instant où il replongea sa canne dans la cuve d'eau, d'un mouvement précis qui causa une soudaine explosion de vapeur, que je me rendis compte que ce guide était Keegan. Je venais de reconnaître la cicatrice triangulaire au-dessus de son coude, et maintenant ses mains, qu'il sortait de ses gants isolants, sûres et fermes. Ces mains qui avaient conduit sa moto, ces mains qui s'étaient glissées sous ma veste en ces nuits lointaines de printemps pour me caresser.

Keegan avait été un adolescent susceptible, séduisant mais ombrageux. Il semblait être devenu un homme équilibré, à l'aise dans son atelier au milieu de ce ballet complexe des verriers autour des fours incandescents, criant des ordres clairs aux apprentis. Le rebelle en blouson de cuir, silencieux et un peu sardonique, avait changé, ce qui n'empêchait pas les sentiments que j'avais éprouvés pour lui de renaître comme si je n'étais jamais partie, ou que mes années d'université et mes voyages autour du monde n'avaient été qu'une parenthèse.

Keegan enleva ses lunettes en approchant de notre groupe. Il avait les bras musclés par le travail du verre. Il était plus mince, et plus grand aussi, que dans mon souvenir. Je le contemplai, fascinée, pendant qu'il expliquait son métier en désignant les fours, le matériel, et répondait aux questions, mais je ne faisais pas vraiment attention. Le passé me revenait en mémoire. Lorsque nous avions un rendez-vous, il m'attendait au fond du parking pendant que je fermais la caisse, et que je me débarrassais de mes gants en plastique et de mon horrible uniforme orange et marron. Je me lavais les mains pour me débarrasser de l'odeur de jambon, de graisse cuite et de frites, je libérais mes cheveux de la charlotte de papier, et je remettais mon jean, mon débardeur et mon blouson de cuir noir. Je baissais le rideau, puis j'allais le rejoindre et j'enfourchais sa moto, me plaquant contre lui, et nous partions dans la nuit.

Les gens avaient formé une file d'attente pour aller souffler le verre, mais je ne m'y joignis pas, préférant regarder. Keegan les aida les uns après les autres à façonner leurs sphères de verre fondu. Une fois terminées, elles étaient mises à refroidir, puis le visiteur sortait par la boutique de souvenirs pour laisser sa place au suivant. Il n'y avait plus que moi dans l'atelier. L'assistante, une jeune femme vêtue d'une combinaison de mécanicien couleur rouille, les cheveux roux coupés court, les joues rougies par la chaleur, s'approcha de moi.

— Désolée, mais c'est l'heure de notre pause déjeuner. La boutique de souvenirs reste ouverte. Vous pouvez aller y jeter un coup d'œil, il y a de superbes objets.

— En fait, j'aurais voulu dire bonjour à Keegan. C'est un vieil ami. Je ne l'ai pas vu depuis des années. Vous pensez qu'il aurait une minute ?

Elle me considéra avec intérêt, puis me demanda d'attendre un instant. Elle rejoignit Keegan qui était encore près d'un four. Quand elle me désigna, il me regarda tout en tirant un chiffon de sa poche arrière pour s'essuyer les mains. Il ne m'avait pas reconnue. Avais-je vraiment autant changé ? Il avança vers moi et, à quelques pas de la rambarde, il s'arrêta pour mieux me regarder, et sourit.

— Ça alors, Lucy ! Quelle surprise ! Depuis le temps !

— Salut, Keegan. Ça va ?

Le son de sa voix, que je n'avais pas entendue depuis si longtemps, me bouleversa. Très agréablement. J'en sentis les vibrations de la tête aux pieds. Il enjamba la balustrade et s'assit à côté de moi.

— Je vais bien. Tu vois, je suis devenu chef d'entreprise.

— Ta verrerie est magnifique, et il y a un monde fou.

— Oui, pour l'instant, j'ai l'impression que ça marche, mais ça ne fait que six mois qu'elle est ouverte. On dit que c'est la première année que tout se joue, alors on n'est pas à l'abri d'un imprévu. Un été froid qui chasse les touristes, et je suis cuit. Il peut se passer n'importe quoi. Mais ça ne m'angoisse pas plus que ça, ajouta-t-il avec un sourire. Je n'ai jamais eu peur du risque.

— C'est bien vrai !

— Et toi ? J'ai entendu dire que tu étais devenue une grande voyageuse.

Je lui dressai brièvement la liste des endroits où j'avais vécu et travaillé, lui parlai de Jakarta et de ma vie avec Yoshi au Japon, qui, de si loin, me paraissait assez irréelle.

J'avais surtout grand besoin de faire amende honorable.

— Tu sais, je voudrais bien t'en dire plus et aussi que tu me racontes comment tu as fini par revenir ici, parce que je sais que toi aussi tu t'es beaucoup promené, mais avant tout, je voudrais te dire que je suis vraiment désolée.

— Mais pourquoi ?

— Parce que je me suis conduite comme une imbécile avec toi après la mort de mon père.

— Je ne peux pas t'en vouloir, Lucy, voyons. C'était normal… même si à l'époque je n'ai pas vraiment compris. C'est vrai, j'ai eu de la peine, mais tu venais de subir un tel choc. C'est terrible de perdre un de ses parents. Je n'aurais pas dû insister autant.

— Tout de même… J'aurais pu accepter de te revoir. J'ai eu tort de te quitter aussi brutalement. J'y ai souvent pensé depuis. Je te demande pardon.

Il hocha la tête sans rien dire, examinant ses doigts longs et calleux. Je posai la main sur son bras, et il me lança un coup d'œil qui me rappela nos escapades d'autrefois, quand il stoppait la moto dans un endroit désert, et que nous en descendions, encore grisés de vitesse et de vent. Je retirai vite ma main.

— De toute façon, tu devais partir à la fin de l'été, dit-il. Nous n'en parlions pas, mais je le savais. Tu ne crois pas qu'il est temps d'oublier tout ça ?

Je ne demandais pas mieux que d'essayer, mais était-ce vraiment possible ? Le passé avait le don de revenir me tracasser. En tout cas, j'étais soulagée de m'être excusée. Un grand poids s'était retiré de mes épaules.

Keegan avait tourné la tête, son attention attirée du côté des fours, ce fut du moins ce que je crus dans un premier temps. J'eus l'idée que cette assistante aux cheveux roux à qui j'avais parlé et qui s'affairait dans l'atelier était peut-être pour lui plus qu'une employée. Puis je me rendis compte qu'il regardait plus loin, vers le mur de brique du fond où une porte s'était ouverte. Un petit garçon coiffé de boucles brunes, pieds nus, vêtu d'un jean et d'un T-shirt, se tenait sur le seuil. Une jeune femme, derrière lui, posait les mains sur ses épaules comme si elle guidait son regard vers nous. Il nous vit et agita la main. Keegan répondit d'un geste en se levant.

— Qu'est-ce qu'ils fichent là ? maugréa-t-il. Normalement, Tina ne doit pas le faire descendre. L'atelier est trop dangereux pour lui. Suis-moi, ajouta-t-il en enjambant la rambarde, si tu as une minute, viens dire bonjour à Max. Mon fils.

L'atelier s'était vidé. Il ne restait plus que deux employés qui surveillaient les fours et les rechargeaient en combustible en prévision de la prochaine visite guidée. Je me sentis observée pendant que je traversais le grand espace et pris bien soin de ne rien bousculer. J'étais sidérée. Il m'avait totalement prise au dépourvu.

Je les rejoignis près de la porte. Keegan s'était accroupi pour parler à Max, qui me sembla avoir six ou sept ans. Il avait les yeux noirs de Keegan, et il tendait son poing fermé pour offrir à son père quelque chose qu'il cachait dans sa main. Lentement, il ouvrit les doigts et un scarabée apparut, que Keegan récupéra.

— Merci, il est très joli. C'est pour mon déjeuner ?

Max éclata de rire.

— Mais non, t'es bête, papa !

— Pas si bête que ça. C'est plein de protéines, les insectes.

Max était enchanté.

— Je lui ai dit que c'était dégoûtant, intervint Tina, mais il a absolument tenu à le garder.

— Max, dis bonjour à Lucy, c'est une amie, dit Keegan en me donnant le coléoptère. On pourrait l'inviter à déjeuner. Tu crois qu'elle aimerait ce genre de bestiole ?

— J'en ai déjà mangé, répondis-je. Des sauterelles grillées, pour être exacte.

Max me considéra, les yeux ronds.

— C'est bon ?

— Croustillant, répondis-je en remettant le scarabée dans la petite main de Max.

— Sérieusement, tu veux déjeuner avec nous, Lucy, si tu as le temps ? dit Keegan.

Il s'écarta pour laisser sortir Tina. C'était une adolescente très mince, très pâle et silencieuse, qui avait les deux mains enfoncées dans les poches de son sweat-shirt à capuche. Keegan tira quelques billets de son portefeuille et les lui donna en la remerciant d'avoir pu venir au pied levé, puis il fit faire demi-tour à Max pour reprendre l'escalier.

— Je ne te garantis pas que tu auras des sauterelles, dit-il à son fils, mais je vais voir ce que je peux te préparer. L'autre baby-sitter doit arriver à une heure pour te garder, puisque maman est malade.

— Je ne vais pas monter, alors, intervins-je. Je ne veux pas la déranger.

— Elle n'est pas là, dit Keegan.

— Non, intervint Max. Maman habite à Auburn.

— Nous sommes séparés, expliqua Keegan. Depuis environ un an. La jeune fille qui s'occupe habituellement de Max n'était pas libre ce matin, alors j'ai appelé Tina au secours, mais cet après-midi Tracy va venir. Max et moi, nous avons mis au point un super emploi du temps, hein, mon vieux ? Coloriage, pâte à modeler, et je monte faire un petit coucou toutes les heures. Et après ça, une vidéo.

— Et je peux appeler quand je veux sur le portable !

— Exactement, dit Keegan en tapotant sa poche. Il ne bouge pas de là.

Je montai à leur suite dans un loft au plafond très haut, où le plancher de pin, grossièrement poncé, avait retrouvé une belle couleur de miel tout en gardant son aspect ancien. Les grandes baies vitrées de la vieille usine avaient été conservées elles aussi et couvraient tout un mur. Keegan avait installé un espace salon, délimité par quelques meubles. Un canapé faisait face aux fenêtres avec vue sur le canal, flanqué d'une table à café et de deux fauteuils. À côté, il y avait une zone télévision et jeux, avec des poufs à billes et des tables basses. C'était le domaine de Max qui avait sorti tous ses crayons de couleur, ses animaux en peluche et ses cubes en plastique. Une boîte de biscuits ouverte expliquait la présence d'une quantité de miettes sur le tapis.

À l'autre bout, les fenêtres étaient encore plus hautes et laissaient entrer beaucoup de lumière. Là, Keegan avait installé une cuisine avec un comptoir qui s'ouvrait sur une zone salle à manger. Il l'avait meublée d'objets de récupération, armoires en acier et meubles scandinaves des années 1950 pour la salle à manger. Contre un mur blanc s'élevaient des étagères sur lesquelles il avait aligné des isolateurs de pylône bleus, en rang d'oignons comme des chapeaux de verre ; c'était un échantillon de la production de l'usine pendant les années fastes, m'expliqua Keegan, avant que le prix du pétrole ne flambe, que les fibres optiques ne voient le jour, et que les entreprises ne se délocalisent vers les pays émergents. Il les collectionnait. Je touchai le verre bleu turquoise translucide, en essayant d'imaginer le temps où régnaient en ces lieux le grondement des machines, la chaleur étouffante du verre en fusion, et d'où montaient les appels des ouvriers. Maintenant, c'était le grand silence, et, en bas, les eaux du canal coulaient tranquillement.

Keegan avait entrepris de préparer des sandwichs. Il avait posé de larges tranches de pain de mie sur le comptoir et y étalait du beurre de cacahuète et de la gelée de groseille avant de les refermer.

— Tu as faim, Lucy ?

— Non, merci. Je viens de déjeuner.

Je m'assis sur un tabouret tout en regardant Keegan les couper en triangles, me sentant chez moi. Je me dis que Max avait bien de la chance d'avoir un père aussi drôle, aussi intéressant et attentif.

— Tu es sûre que tu ne veux rien ? Même pas une pomme ? Un verre de lait ?

— Merci, rien du tout.

J'aurais voulu demander à Keegan de me parler de la femme qu'il avait épousée, mais c'était impossible en la présence de Max.

— Ça va te sembler idiot, mais j'ai l'impression de me retrouver exactement au temps de la vieille usine. On a la même vue des fenêtres.

— Tu es observatrice. C'est pile le même endroit.

— Non ? Tu as réussi à récupérer ta vieille tanière ?

— Oui, ma résidence secondaire.

Pendant qu'il donnait du lait et une pomme à Max, je fis un tour du loft pour prendre mes repères. Quand il était au lycée, Keegan avait découvert comment entrer dans la vieille usine, et il s'y était aménagé un petit coin entre les machines abandonnées et les déchets industriels. Les seuls éléments de confort avaient été un divan en cuir défoncé et une vieille caisse qui servait de table. Il se réfugiait là pour faire le vide dans sa tête, disait-il, mais je n'avais pas bien compris quel réconfort il y trouvait, car la seule fois qu'il m'y avait emmenée, j'avais eu l'impression d'étouffer. Je préférais l'action, la vitesse de sa moto, ou les nuits au cours desquelles nous partions en canoë sur le lac, nous éloignant du rivage à grands coups de pagaie pour nous laisser dériver ensuite dans le noir, en essayant de ne pas chavirer quand nous nous embrassions.

— Lucy ? dit Keegan en me rejoignant. Ça va ?

— Souvenirs, souvenirs… Tout a tellement changé.

— C'est fou, non ? Moi aussi, ça m'a fait quelque chose de retrouver cet endroit. C'est arrivé totalement par hasard. J'ai fait des études d'arts plastiques, tu savais ? À Chicago. Je crois que je ne t'en avais pas parlé. J'étais sur la liste d'attente depuis le printemps, cette année-là, mais je ne voulais rien dire par superstition. À l'époque, j'étais persuadé que je n'arriverais jamais à rien. Mais j'ai été accepté, et j'ai réussi, avec l'aide de différentes bourses, à réunir assez d'argent pour payer les frais de scolarité. Les deux premiers étés, j'ai travaillé sur un cargo qui faisait la route de l'Amérique du Sud en passant par le Mexique. D'ailleurs, j'ai un peu vécu au Mexique, à un moment.

— C'est vrai ? Mais finalement, tu es revenu ?

— Oui. Quand ma mère est tombée malade. Elle a eu un cancer. Beaucoup trop jeune. Elle est morte il y a quatre ans, mais sa maladie a duré deux ans. Je prenais le car pour revenir la voir une ou deux fois par mois. C'est là que j'ai revu Beth. Elle était devenue infirmière. Beth Rowland, tu te souviens d'elle ?

— Elle n'avait pas un frère ? Dave ?

— Exactement ! Dave. Donc ça s'est fait comme ça. Je suis revenu ici. Je me suis inscrit à Alfred University, et, Beth et moi, nous nous sommes mariés.

Sûrement un peu vite. Nous étions très jeunes. Ça n'allait déjà plus fort entre nous quand Max est né. Un moment vraiment difficile pour moi. Un jour, je me promenais le long du canal quand j'ai vu des panneaux « À louer » sur la façade de l'ancienne usine. Les travaux n'étaient pas terminés, et les lots étaient encore tous libres, alors j'ai pu choisir exactement l'emplacement que je voulais. Ils avaient besoin d'un premier locataire pour lancer l'opération et le prix était avantageux. Un atelier et de quoi faire un appartement à l'étage. C'étaient les conditions rêvées. Je n'ai pas hésité.

— Je suis désolée pour ta mère. Je ne savais pas.

— Elle t'aimait beaucoup.

Je lui souris tout en essayant de me souvenir de Beth Rowland, dont je me rappelais à peine. Une fille gracieuse et athlétique, aux beaux cheveux bruns ondulés. Max lui ressemblait, d'ailleurs, et je fus prise d'une soudaine tristesse. Je n'avais jamais trop voulu penser à ce qui serait arrivé si je n'avais pas quitté Keegan. J'avais besoin de couper les ponts à l'époque, et j'étais partie ; pourtant, nous avions été très proches pendant le printemps qui avait précédé la mort de mon père. J'aurais pu épouser Keegan, sans doute, et partager cette vie stable et intéressante qu'il avait réussi à construire.

— Je peux manger des biscuits ? cria Max.

— Ça dépend combien tu en as déjà pris. Si tu dépasses les trois milliards, il faudra songer à arrêter ! Sa mère ne me trouve pas assez ferme, ajouta Keegan à voix basse pendant que son fils s'esclaffait mais, quand je le vois, j'ai envie de lui faire plaisir.

Je lui demandai où étaient les toilettes, et il m'indiqua, de l'autre côté de la cuisine, un coin où il y avait un grand lit et un lit d'appoint, pour Max. La salle de bains était tout au fond, délimitée par des cloisons à peine plus hautes que moi, et dotée d'une tuyauterie apparente. Je m'essuyai les mains avec une serviette de toilette blanche et rêche, et sortis sans avoir vu de miroir.

En passant la porte, je tombai en arrêt devant des vitraux posés contre le mur qui me faisait face. Il y en avait trois. Deux étaient contemporains, leurs couleurs étaient vives et leurs formes géométriques : ils devaient être l'œuvre de Keegan. Le troisième était très différent : un décor végétal, des teintes chaudes, dans le style Art nouveau. Il représentait une scène qui me sembla vaguement familière : deux hommes qui ouvraient un sac en toile et révélaient en son milieu un calice en argent. Une foule se pressait autour d'eux, et une jeune fille portant une robe verte se détachait du groupe. La qualité du travail était évidente, même pour une néophyte comme moi. Le verre avait beau être noirci – seul un coin avait été nettoyé –, les couleurs étaient magnifiques. Mais ce n'était pas tout. Un détail me frappa tant que j'en oubliai tout le reste : la frise, qui longeait tout le bas, me rappelait en tout point le tissu brodé que j'avais vu le matin même. Lunes blanches entrecroisées, volutes de lianes fleuries.

— Keegan ? D'où vient ce vitrail ?

— Lequel ?

— Celui avec le sac de grains et le calice. Celui avec la frise.

— Ah, le vitrail de Joseph ? dit-il en me rejoignant.

Max le suivait. Il grimpa sur le lit d'appoint et se coucha sur le ventre pour nous regarder, la tête posée sur les bras.

— Tu es fatigué, mon grand ? demanda Keegan. Tu veux faire la sieste ? Je vais te mettre ta cassette.

— Non, je ne veux pas, protesta Max.

— Juste cinq minutes, insista Keegan en étendant une couverture sur son fils. Ferme les yeux.

Keegan enfonça une cassette dans un vieux lecteur, et une joyeuse chanson éclata, qui parlait d'un carnaval d'animaux.

Keegan me fit signe de le suivre. Il souleva le vitrail et l'emporta dans l'espace salon, où il l'appuya contre la baie vitrée. Les couleurs devinrent beaucoup plus intenses.

— Il a besoin d'être nettoyé, comme tu peux le voir. Le panneau a été retrouvé dans un coin de la chapelle de la base militaire. Je ne sais pas pourquoi il n'avait pas été mis en place. Tu sais que la base a été fermée, j'imagine ?

— Oui, je suis tombée sur une manifestation le jour de mon arrivée.

— Tout le monde se bat pour récupérer le terrain. À l'époque des expropriations, le village était si prospère qu'une petite chapelle avait été construite pour servir d'annexe à l'église. Après Pearl Harbor, on a expulsé les gens dans l'urgence pour installer la base. C'est difficile à imaginer aujourd'hui, mais les habitants ont tout juste eu le temps de prendre quelques affaires avant de partir. C'était la guerre. Ils ont tout laissé, leurs maisons, leurs granges, leurs boutiques, et les bulldozers ont tout rasé. Mais les autorités ecclésiastiques ont fait un scandale parce que la chapelle était un terrain consacré, et que, en plus, il y avait quelques tombes, et aussi un site d'inhumation iroquois. Pour finir, la chapelle et les cimetières ont été épargnés quand le village a été démoli. Le mois dernier, le portail a été ouvert pour la première fois depuis plus de cinquante ans. On a trouvé ce panneau appuyé contre un mur à côté de l'autel et on a commencé à retirer les planches de protection des baies. On a trouvé derrière des vitraux extraordinaires. Personne ne savait qu'ils étaient là. Des œuvres d'une telle qualité que la découverte a créé une véritable sensation. Il y en a neuf en plus de celui-ci, et ceux que j'ai vus jusqu'à présent sont exceptionnels. Magnifiques, vraiment. On m'a demandé une première estimation de ce que coûterait leur restauration et quel atelier pourrait mener ce travail à bien. Puisque ce panneau n'était pas monté, je l'ai pris pour l'étudier tranquillement.

— Tu sais qui a fabriqué ces vitraux ?

— J'ai bien une petite idée, mais encore aucune certitude. Pourquoi ?

Je m'assis par terre devant le vitrail et contemplai le verre terni par le temps.

— C'est surtout la frise qui m'intéresse, dis-je en suivant du doigt la trame de plomb qui enchâssait le décor floral et les sphères lunaires, étonnée par l'épaisseur du verre. J'ai trouvé, ou plutôt, ma mère a trouvé dans une malle un tissu qui porte le même motif. Curieux, non ? Je n'avais jamais rien vu de pareil. Et toi ?

— Moi non plus. Pas en verre, en tout cas.

— C'était peut-être un motif de décoration courant à l'époque. Je vais effectuer des recherches, mais la coïncidence est quand même étonnante.

Keegan s'accroupit à côté de moi, si près que je sentis la chaleur de son bras.

— L'église doit avoir gardé une trace du donateur. La plus grande de ces verrières, au moins, est ornée de la même frise. Elle est beaucoup plus élaborée, et c'est la première qui a été démontée. Elle a déjà été restaurée, et elle est exposée dans l'église pour donner aux gens l'occasion de la voir en attendant que les autres soient estimées. Cela permettra de réunir des fonds pour financer l'ensemble de l'opération : la restauration coûte très cher. Va la voir, elle est magnifique. J'y serai demain pour travailler, si tu veux passer.

— Merci, ça me ferait plaisir. Mais pourquoi est-ce que tu l'appelles le vitrail de Joseph ?

— Le recteur a reconnu une scène de la Bible. C'est l'histoire de Joseph le Patriarche. Il a été jeté dans un puits, et puis ensuite il a été emmené en Égypte. Ce serait la scène de la découverte du calice, à la fin, quand il retrouve ses frères pendant la famine.

— Ça ne me rappelle rien.

À la base du vitrail, le verre était épais et déformé, comme s'il commençait à glisser, presque à couler.

— On dirait que ça fond…

— Tu n'as pas tort. Le verre n'est pas une matière totalement solide. C'est comme s'il n'attendait qu'une occasion de retrouver son état fluide. Avec le temps, l'armature de plomb se déforme sous l'action de la gravité et il faut intervenir. Si on ne restaure pas, le verre finit par tomber, et c'est fichu.

On sonna à la porte. Keegan se redressa pour aller ouvrir. Il accueillit la nouvelle baby-sitter et commença à lui donner ses instructions dès qu'elle fut entrée. L'interruption semblait définitive et je sentis qu'il était temps de partir. Je récupérai mon sac et la chemise en carton qui contenait mes documents, excitée par ma découverte.

Je pris congé de Keegan en me dirigeant vers l'escalier.

— À demain, alors ? On se retrouve à l'église ?

Il s'interrompit pour me donner rendez-vous à Saint-Luc à 10 heures, puis reprit sa conversation.

La visite du début d'après-midi avait déjà commencé et les fours fonctionnaient à plein régime. La guide expliquait les étapes du travail du verre à un groupe de touristes tout aussi fasciné que celui dans lequel je m'étais glissée. Comme on ne pouvait sortir qu'en passant par la boutique, j'en profitai pour admirer l'exposition des productions de la verrerie. Des vases, des assiettes, des mobiles teintés et de délicates sphères de verre soufflé. Je ne sais comment, mon sac en bandoulière accrocha une étagère, et le geste que je fis pour rattraper un œuf qui oscillait près de mon coude dérangea des assiettes en domino, jusqu'à un bol en bout de rangée, qui fut projeté par terre.

— Ne bougez plus, ordonna la vendeuse en levant les deux mains. Plus un geste, et respirez doucement.

Je m'immobilisai, et attendis qu'elle répare ma maladresse.

— Il n'y a que le bol de cassé, dit-elle après avoir tout examiné. Ça arrive.

Je lui proposai de le rembourser, mais elle refusa, et je sortis du magasin sur la pointe des pieds, me sentant soudain épuisée. Il faisait toujours aussi doux et le vent, en chassant les nuages, dégageait un beau ciel bleu et ramenait le soleil. Je repris l'Impala et empruntai la route des crêtes qui permettait d'apercevoir le lac entre les arbres. Je ne m'étais pas attendue à être aussi émue de revoir Keegan. La façon dont je l'avais quitté autrefois ne m'avait pas permis de le chasser vraiment de mon cœur. La rupture avait été trop abrupte de ma part. D'un coup, tous les sentiments de cette période resurgissaient, aussi forts, aussi perturbants qu'en ce printemps que nous avions vécu ensemble.

À mon retour, je trouvai la maison vide. Le bruit de mes pas dans le silence me fit mieux comprendre pourquoi ma mère avait fermé autant de pièces. Je montai et m'écroulai sur mon lit, étourdie par la torpeur irrépressible du décalage horaire, et dormis d'un sommeil réparateur, sans rêves.

Je m'éveillai en fin d'après-midi. Ma mère n'était toujours pas rentrée. Les fenêtres étaient ouvertes dans sa petite chambre du rez-de-chaussée, laissant entrer un air frais chargé de la bonne odeur des pins. Une robe jaune avait été jetée sur le lit. La porte de la penderie était ouverte sur un désordre exubérant qui ressemblait peu à ma mère, les vêtements déplacés sans soin, de travers sur leurs cintres, pendus au bouton de la porte. Ne sachant à quoi m'occuper, je remis le maillot de bain bleu que je lui avais emprunté la veille, encore un peu humide, et je descendis au lac.

La porte du hangar à bateau s'ouvrit en grinçant, et je pénétrai dans la pénombre fraîche. L'eau clapotait sous la coque du bateau à moteur, qui était hissé sur son treuil. Je décrochai mon kayak de ses fixations, lui fis passer la porte et le traînai jusqu'à la grève. Je le mis à l'eau, le laissant à moitié sur la rive, soulevé par l'ondulation des vagues. J'entrai dans l'eau et m'installai sur le banc, puis je poussai avec le bout de la pagaie contre le fond pour m'éloigner du bord jusqu'à ce que la profondeur soit suffisante pour me permettre de pagayer. Je retrouvais des sensations familières, le rythme de mes gestes me revenait comme un réflexe. Les feuilles bruissaient doucement dans le ciel resplendissant.

Je filai sur l'eau bleu sombre, longeant la rive qui formait une large baie marécageuse, à l'embouchure d'une ancienne rivière. Je passai derrière les pompons violets d'un groupe de roseaux et me retrouvai au milieu des herbes des marais, dans un paradis de chants d'oiseaux. C'était là que nous nous arrêtions toujours, à cette invisible frontière entre notre propriété et la zone interdite de la base militaire. Je posai ma pagaie devant moi pour me reposer les bras. Des ombres de poissons passaient sous moi. Des goujons ou des perches. Papa aurait été heureux de les voir. Le vent bruissait dans les roseaux et les vaguelettes claquaient sur la coque. Sur la berge, les arbres avaient grandi et la prairie, déjà haute, ondulait doucement.

Et soudain ce beau moment devint encore plus magique, comme surgissent souvent les états de grâce. Alors que j'étais là, silencieuse, à profiter de la nature en songeant aux découvertes de cette journée étrange, un troupeau de cerfs et de biches sortit des arbres. Ces animaux si farouches se dressaient là, devant moi. C'était la première fois que j'en voyais. Je ne fis plus un geste. Ils sortirent du couvert l'un après l'autre, cinq en tout, hésitèrent un instant à la lisière du bois, puis détalèrent, effrayés par je ne sais pas quoi. Ils sautaient, bondissaient, et ils traversèrent les prés, rapides comme des nuages dans le vent.

5

Ce soir-là, ce fut une Prius vert clair qui ramena ma mère à la maison. Elle en descendit en riant, un sac en plastique dans la main gauche, le bras droit en écharpe, et resta sur le chemin pour regarder la voiture qui repartait en marche arrière, un grand sourire sur les lèvres parce qu'elle ne pouvait pas faire de signes d'adieu. Le conducteur, lui, ne se priva pas de sortir la tête par la vitre ouverte et de crier au revoir. Il avait un visage sympathique, anguleux, et les cheveux poivre et sel. Ma mère ne bougea pas tant que la voiture n'eut pas disparu.

Ce fut très agréable de nous retrouver autour d'un simple dîner de pain, d'olives grecques et de brie accompagné d'une salade verte, pris au comptoir de la cuisine, en nous racontant notre journée. Elle mentionna les clients qui étaient venus à la banque et dont je pourrais me souvenir, et moi, je lui confiai mon étonnement devant les évolutions de notre petite ville. Elle avait visité la verrerie de Keegan au printemps précédent et me montra une assiette qu'elle y avait achetée, jaune d'or, à bord gaufré. Ensuite je fis la vaisselle et je sortis avec elle sur la terrasse. Il fallait préparer la fête de solstice du lendemain, et elle me donna des directives pour accrocher les décorations dans le jardin. Il y avait des guirlandes lumineuses qu'elle me fit disposer dans les buissons et parmi les plantes ; elles redonneraient un peu de beauté à son jardin lunaire. Tout en m'activant, je pensais à mon père. Je n'avais plus jamais passé un seul solstice à la maison depuis sa mort. Il accrochait des lanternes tout le long de notre berge et faisait un gigantesque feu de joie qui brûlait toute la nuit. Sous les ordres de maman, je nichai des pots de fleurs dans les arbres, nouai des rubans aux branches et déplaçai les meubles de jardin.

Le matin suivant, il fallut se lever tôt pour gonfler les ballons avec l'hélium en bouteille qu'elle avait acheté. Je les arrimai à la pelouse, à la balustrade de la véranda et dans les branches, où ils flottaient comme des planètes colorées. Ensuite, ce fut l'heure d'aller en ville, un peu tôt pour ma mère, mais je devais retrouver Keegan à 10 heures. Je déposai donc maman à la banque, trouvai une place de stationnement et restai quelques minutes dans la voiture pour relever mes messages téléphoniques. Yoshi m'avait envoyé par e-mail les dates de son voyage en Indonésie et suggérait quelques vols possibles pour son arrivée en Amérique. Je commençai à répondre par texto, mais j'eus envie d'entendre sa voix. Peut-être avais-je besoin de reprendre pied dans le présent pour chasser les étranges sensations qui resurgissaient du passé. J'appuyai sur la touche raccourci correspondant à son numéro, et il répondit presque aussitôt. Sa voix, aimée et familière, me réconforta. Je fus prise d'une telle envie de le voir que j'en fus tout étonnée.

— Tu es où, là ? demandai-je.

— Dans la cuisine. Je bois un verre en bossant un peu.

— Dans la cuisine… Si j'étais là, on pourrait danser…

— Oui, ce serait bien.

— J'adore danser dans le noir avec toi.

Yoshi eut un rire. Il était toujours amoureux…

Je discutai un moment avec lui de sa date d'arrivée, et, en raccrochant, je me sentais nettement mieux.

Il y avait ce jour-là encore plus de touristes qu'à l'accoutumée, attirés par une exposition d'art dans le parc, et je dus traverser la foule avant d'arriver devant l'église. Le portail était cintré, sous une voûte d'inspiration gothique. Les pentures ainsi que les ornementations en fer forgé et une serrure alambiquée lui donnaient un style vaguement médiéval. À l'intérieur régnait un profond silence qui obligeait à tendre l'oreille, et l'air fleurait bon l'encaustique. Je m'arrêtai après un ou deux pas pour m'accoutumer à la pénombre et à cette atmosphère si sereine. Je retrouvais les tomettes rouges, les bancs en chêne ciré, les vitraux qui, dans cet univers sombre, prenaient une vie lumineuse.

Je fermai les yeux un instant pour laisser remonter le passé. Enfant, j'étais venue là deux fois par semaine, pour la chorale et la messe du dimanche. Blake et moi, nous trouvions le temps long. Nous nous agitions, nous nous passions de petits mots et des dessins gribouillés sur le dos des enveloppes des oboles, sous l'œil réprobateur de nos parents. Il fallait se lever, s'asseoir, se lever de nouveau, prier à voix haute en chœur, répéter les mêmes mots semaine après semaine, puis prier pour soi. Même ce moment me gênait, un peu trop énigmatique et intimidant, qu'il fallait passer agenouillé, en silence. En ce temps-là, le bon Dieu me semblait aussi secret que mon père, aussi coléreux que mon oncle, aussi distant que le portrait de mon arrière-grand-père accroché chez nous dans l'entrée. Quand je fermais les yeux pour prier, je sentais les regards de tous ces gens peser sur moi, comme s'ils me reprochaient quelque chose. Mais j'étais sage à huit ans, à dix ans. Je faisais de mon mieux et je me préoccupais de mes désirs d'enfant : avoir de bonnes notes, des amoureux, demander la vie sauve pour un oisillon tombé du nid, dont j'avais découvert l'énergie vibrante en le tenant dans ma main. Vers douze ans, je m'étais éveillée aux dangers de la pollution et j'avais prié de tout mon cœur pour la préservation des rivières et des lacs.

Peu de chose dans la religion, dans les textes comme dans les rites, me concernait directement à l'époque, car une petite fille ne pouvait participer qu'à la préparation de l'autel et à la chorale. Et pourtant, j'étais habitée par un sentiment que j'avais du mal à définir, inspiré par la qualité du silence, peut-être, cette impression de mystère qu'il provoquait. Même pendant ma folle adolescence et ma passion pour Keegan Fall, j'avais continué à aller à l'église. Quand le règlement avait fini par changer, après une longue controverse et des décennies de luttes entre ecclésiastiques, j'avais été l'une des premières filles à devenir enfant de chœur. Je me souvenais du bonheur que j'avais éprouvé en enfilant l'aube de coton blanc qui descendait aux chevilles, en nouant la cordelière autour de ma taille, en portant la lourde croix de cuivre à la tête de la chorale et m'approchant lentement de l'autel par la travée centrale. J'étais heureuse et révoltée, les cheveux coupés ras ce dernier printemps, portant un short en denim sous ma robe d'enfant de chœur.

Et puis mon père s'était noyé. J'avais assisté à la cérémonie funèbre assise à ma place habituelle. Son cercueil était au milieu du chœur, couvert de gerbes et de couronnes.

Seigneur, nous te confions Martin, qui vient de nous quitter… Nous avions défilé pour prendre la communion, avançant lentement dans un bruit de pas lourds et de froissements, de toux étouffées, de raclements de gorge. Nous nous étions agenouillés devant l'autel, moi au milieu, ma mère d'un côté et Blake de l'autre et, entre l'offrande du pain et celle du vin, j'avais guetté leur respiration saccadée, si triste moi-même, si désespérée, que j'avais l'impression que la douleur allait me tuer. Le prêtre se déplaçait derrière la rambarde de bois, passant de l'un à l'autre en présentant l'hostie puis la coupe directement à nos lèvres. *Le corps du Christ, le sang du Christ.* On ne pouvait pas croire à cette transsubstantiation, logiquement, cela n'avait pas de sens, et pourtant, je sentais la force du mystère, l'aspiration vers un ailleurs qui passait à travers ce rituel et ce lieu.

Alors j'avais tout enduré, agenouillée entre ma mère, les yeux rouges et les cheveux sévèrement tirés en arrière, et Blake dans son costume du dimanche trop petit. J'avais tenu bon, mais quand je m'étais relevée, la saveur acidulée et âpre du vin dans ma bouche, et que j'avais pris le chemin de la sortie en passant le long de l'orgue, je ne m'étais pas sentie guérie de ma peine. Rien n'avait changé. La vie restait la même. J'avais regardé les visages familiers, Joey, Art, Austen avec Zoe dans les bras, tout de noir vêtus, les larmes aux yeux. Les riches étaient toujours riches, ces plaisanciers et ces commerçants qui avaient confié leurs serrures à mon père pour accéder à leurs trésors et à leurs secrets. Les pauvres restaient pauvres. Ils gardaient les mêmes rêves, les mêmes déceptions, les mêmes malheurs. Mon père, lui, était parti pour toujours. D'ici quelques minutes, nous qui restions, nous nous retrouverions dehors, identiques à nous-mêmes, la vie reprendrait ses droits et engloutirait son souvenir comme l'eau se referme sur un caillou.

Lucy, avait murmuré ma mère en glissant son bras sous le mien. *Lucy, chérie.* Et elle m'avait entraînée vers la sortie.

C'était la dernière fois que j'avais mis les pieds dans cette église.

L'air était immobile, le silence pénétrant. En Inde et au Japon, dans les temples, régnait ce même silence qui invitait au recueillement et à l'écoute intérieure ; en Indonésie, l'appel à la prière avait éclaté cinq fois par jour. Je n'avais plus eu de contacts avec mes propres traditions depuis trop longtemps. L'église me semblait très familière, mais j'en avais aussi une vision nouvelle. Je la trouvais plus claire, les couleurs des vitraux moins vives. J'avançai vers le chœur. Un échafaudage était dressé devant la baie la plus proche des fonts baptismaux. En dessous, des outils étaient posés par terre sur une bâche. La baie avait été obturée par une grande vitre transparente. Un instant plus tard, Keegan arriva par une petite porte située derrière l'orgue. Il me fit un grand sourire.

— Ah, te voilà !

— Salut.

— Comment es-tu entrée ?

— La porte n'est pas fermée.

— Non ? C'est bizarre. Attends, je reviens.

Il courut donner un tour de clé, puis il me rejoignit et désigna la baie en réparation.

— Le vitrail qui était là a été descellé pour être restauré. On nous le rapporte cet après-midi. J'enlève le vieux joint maintenant pour aller plus vite.

— C'est celui avec la frise ?

— Non, non. Celui dont tu parles doit retourner dans la chapelle de la base militaire. C'est le plus grand, qui a déjà été restauré et qui est exposé ici dans la sacristie. Tu veux le voir ?

— Je veux bien, mais je ne voudrais pas te déranger.

— Ne t'en fais pas. Ça me fait plaisir. Viens.

En le suivant dans l'étroit couloir, je m'étonnai de le retrouver presque comme si je ne l'avais jamais quitté, familier jusqu'à la forme de ses oreilles, sa façon de marcher, ses cheveux qui s'échappaient de l'élastique bleu qui les retenait en arrière. J'avais envie de lui demander : *Tu te souviens ? Tu te souviens des nuits que nous passions sur le lac dans ton canoë à regarder la lune ?*

Après avoir monté les trois marches, Keegan introduisit la clé dans la porte et me fit entrer dans la petite pièce où étaient rangés les vêtements sacerdotaux et les objets du culte. Elle avait une forme en L, et les murs étaient couverts de placards encastrés et d'étagères.

— C'est ici que je rangeais mon aube d'enfant de chœur. Tu sais qu'il ne faut pas se servir de cet évier, j'espère.

— Oui, on m'a averti. La canalisation part directement dans la terre. Pour le vin de messe, seulement. Pas question de se laver les mains.

— C'est intéressant, non ? Comme si la terre était sacrée.

— C'est vrai.

— Que c'est intéressant, ou que la terre est sacrée ?

Il devint songeur.

— Je voulais dire intéressant, mais les deux, en fait. Viens regarder le vitrail. On l'a accroché au fond, devant la fenêtre.

J'allai au bout de la pièce, jusqu'à la base du L, et m'arrêtai, saisie par la taille et la beauté du panneau. Il avait été fixé devant une grande fenêtre face au lac, qui lui donnait un éclairage naturel par l'arrière. Les rayons du soleil tombaient de biais, envoyant des rais de lumière sur mes bras, mes jambes et le plancher. Des oiseaux volaient dans un ciel saphir et, en dessous, des poissons multicolores nageaient dans des eaux sombres. Des volutes végétales grimpaient le long des côtés, piquées de fleurs aux teintes chatoyantes et, parmi des arbres au feuillage délicat, on voyait des animaux de toutes sortes, des zèbres, des lézards, des lapins et des éléphants. L'humanité aussi était représentée, sans distinction entre les hommes et les femmes. Seules des silhouettes jaillissaient de la terre rouge au même titre que les arbres et les fleurs, bras levés, mains pareilles à des feuilles, mais des feuilles qui formaient des mots que je ne comprenais pas. La fameuse frise de lunes entrelacées de pampres de vigne ornait le bord inférieur, surmontée d'une phrase en lettres d'or :

« *Elle est le souffle de la puissance de Dieu... elle renouvelle tout.* »

— Je me doutais qu'il serait beau, dis-je, mais à ce point...

— C'est incroyable, non ? Le vitrail qui est chez moi, celui de Joseph, sera aussi splendide quand il sera nettoyé. Je meurs d'impatience de voir ceux qui sont encore dans la chapelle. Celui-ci représente la création. Il avait été mal protégé et, quand je l'ai vu la première fois, le verre était si sale qu'on ne distinguait même pas les motifs. Tu vois ces formes ? demanda-t-il en désignant des inclusions plus claires en arabesques autour des personnages. C'est une représentation du vent. Avant la restauration, j'ai cru que des morceaux de verre avaient été cassés et remplacés, mais c'est l'original, une partie intégrante du dessin.

Je tendis la main dans la lumière colorée pour frôler la frise lunaire et le décor végétal délimité par les filets de plomb.

— C'est exactement la même bordure.

— Oui, l'œuvre d'un même artiste. C'est du beau travail. Pas du Tiffany ni du La Farge, même si on en retrouve des influences, mais assez exceptionnel. La personne qui a fait ces vitraux était très douée, un grand artiste. Et il devait se faire payer très cher.

Je reculai autant que je pus et pris plusieurs photos avec mon téléphone portable. La définition ne serait pas très bonne et je regrettai de ne pas avoir pensé à apporter mon appareil.

— Il est ancien ? On dirait bien. D'après toi, il remonte à quand ?

— Eh bien, c'est dans le style Art nouveau, mais, vu la modernité du verre, je donnerais une date un peu plus tardive. Je dirais vers 1930, 1940. La technique du vitrail est très ancienne, cependant, au XIXe siècle, on aimait peindre directement sur le verre. Pendant quelques dizaines d'années, le sertissage au plomb a été abandonné pour n'être de nouveau utilisé qu'au tournant du siècle.

— Le vitrail qui est dans ton atelier serait de la même période, alors ?

— Oui, et le travail a été effectué par la même personne, j'en donnerais ma main à couper. Les vitraux de la chapelle doivent tous faire partie de la même commande.

Dans la lumière jaspée de bleus, de verts et de jaunes, je pensai à ce tissu bordé de la même frise. La femme dont j'avais lu les pensées avait peut-être inventé ce motif, et peut-être même fabriqué ces vitraux, pourquoi pas, ou en tout cas participé à leur conception. Qui était-elle, cette mystérieuse personne qui ne signait que de son initiale ? R…

— Ce motif est vraiment particulier, insistai-je. On dirait une signature.

— Tu ne crois pas si bien dire. Les commanditaires des œuvres destinées à décorer les lieux de culte demandaient souvent aux artistes de représenter des signes personnels, des êtres chers, ou parfois eux-mêmes, au sein des scènes bibliques. On pourrait retrouver dans ces vitraux des visages reconnaissables.

— C'est une idée très intéressante ! Il faudrait comparer. Mais l'énigme restera insoluble tant qu'on n'aura pas d'indices supplémentaires… Je ne sais par où commencer. Tu penses que je pourrais aller voir les autres fenêtres à la chapelle ?

— Je ne sais pas si les visites sont autorisées. L'accès est encore très surveillé, mais je vais me renseigner.

Des pas provenant de l'église approchaient dans le couloir. En me tournant vers la porte, je vis une femme blonde entrer dans la sacristie. Elle était grande, presque autant que moi, plus âgée d'une dizaine d'années, et portait les cheveux mi-longs et un col blanc de pasteur.

— Ah ! Keegan, c'est vous. J'ai été surprise, je me croyais seule.

— Bonjour, révérend, dit-il avec une chaleur que je devinai sincère. Je vous présente une vieille amie, Lucy Jarrett. Nous étions fous l'un de l'autre, à une époque.

Elle me serra la main avec un sourire.

— Suzi Wells.

— Nous l'appelons « révérende Suzi », intervint Keegan.

— Suzi suffira amplement.

— Nous admirions le vitrail, expliquai-je.

— Oui, le fameux vitrail ! J'étais absente cette semaine, ce qui fait que je ne l'ai pas encore vu nettoyé. Vous permettez que j'y jette un coup d'œil ?

Je lui cédai la place et elle fit face à la fenêtre. Elle s'arrêta net, saisie comme je l'avais été par la beauté de cette œuvre magnifique baignée de lumière.

— Eh bien ! Il est splendide. C'est superbe, Keegan. Quel changement !

— Oui, le nettoyage lui a redonné une nouvelle jeunesse.

— C'est étonnant. Il était tellement terne.

Elle approcha pour examiner de plus près les silhouettes humaines, les mains levées telles des feuilles qui formaient des mots.

— Vous arrivez à lire ce qui est écrit ? demandai-je.

— C'est de l'hébreu. *Tehillah*, ou louange, et *Adamah*.

— Adam ? Comme dans Adam et Ève ? demanda Keegan.

— Oui, c'est bien ça. *Adamah* veut simplement dire terre arable. Humus, humain. Je pense que c'est à cause de ce rapprochement de sens que les personnages semblent surgir de terre. Cela signifie quelque chose comme : « Le peuple rend grâce à Dieu. » Vous l'avez daté, Keegan ?

— Je le situe aux environs de 1930, 1940 peut-être.

Elle eut l'air songeuse.

— Vraiment ? Pourtant l'imagerie est très contemporaine, sans parler de l'extrait biblique choisi.

— Oui, j'ai été étonnée, moi aussi, commentai-je.

Elle se tourna vers moi.

— Je vais chercher le numéro du chapitre et du verset, mais je suis sûre que cette citation est tirée du livre de la Sagesse, qui énumère tous ses bienfaits. Dans certaines traditions, on l'appelle Sophia, comme en grec. D'après la Bible, la Sagesse était présente à la création du monde. Bien plus que cela, même. Elle en était partie prenante. Elle s'en est réjouie. Elle est décrite comme une force de vie, toute-puissante, unique. Je dirais qu'elle est représentée par ce vent qui entoure les personnages. La Sagesse est aussi associée au Saint-Esprit ; d'ailleurs « esprit » est un mot féminin dans bien des langues – *ruah* en hébreu, qui veut dire souffle. Force présente en toutes choses, renouvellement. Vous êtes sûr de vos dates ? demanda-t-elle à Keegan. Les années 1930, cela me semble un peu révolutionnaire pour ce temps-là.

— J'en suis presque certain.

— Alors c'est d'autant plus extraordinaire. Il y a aujourd'hui un intérêt grandissant pour l'imagerie et les métaphores féminines disséminées dans la Bible, qui avaient été ignorées jusqu'alors. Dans les années 1930 et 1940, ce décryptage ne se faisait pas encore. Je ne me serais pas attendue à trouver une telle interprétation dans une œuvre de cette époque. C'est d'autant plus passionnant. Ça éveille la curiosité, non ? Enfin, ajouta-t-elle avec un petit rire, c'est intéressant pour moi, qui suis prêtre et universitaire. Je reconnais que c'est peut-être moins fascinant pour vous.

— Oh, je m'y intéresse beaucoup aussi, intervins-je, mais peut-être pour des raisons un peu différentes.

Je lui montrai la frise, et lui parlai du tissu et des documents que j'avais dénichés dans la coupole.

— Vous voyez à quel point c'est surprenant pour moi de découvrir ce motif ici. L'ennui, c'est que je ne sais rien de la propriétaire des papiers que j'ai trouvés, sauf qu'elle devait être liée à ma famille.

— Et très certainement aussi à l'église.

— Exactement, vous avez raison. Et justement, je me demandais s'il existait des traces des donations dans les archives de l'église. Vous pensez qu'on pourrait trouver le nom de la personne qui a offert ces vitraux ?

— Bonne question. Je n'en ai pas la moindre idée. Tout ce que je sais, c'est que la chapelle de l'ancienne base militaire était une annexe de cette église, bâtie dans les années 1930. Ce qui correspondrait à la datation des vitraux. Pour l'instant, je ne peux pas vous en dire davantage. Je ne suis pas ici depuis suffisamment longtemps. Il faudrait demander à Joanna, la secrétaire de l'église.

Suzi sortit son téléphone portable et vérifia l'heure.

— Elle ne doit pas encore être partie déjeuner. Joanna est très organisée et elle travaille ici depuis des années. S'il y a quelque chose, elle trouvera.

Elle nous précéda dans le couloir, qui était éclairé d'un côté par une rangée de fenêtres, et orné de l'autre par des photos encadrées, en noir et blanc, des anciens recteurs, depuis 1835.

— Je repasserai la semaine prochaine, Suzi, quand le deuxième vitrail sera nettoyé, dit Keegan. Mardi, ça vous irait ?

— Parfait.

Elle s'arrêta sur le pas de la porte avec un sourire.

— Mais vous savez, vous serez le bienvenu dimanche, Keegan, et vous aussi Lucy.

Je ne répondis pas. La longue rangée de recteurs qui me regardait depuis le mur m'intimidait. Keegan, lui, répondit avec l'aisance de l'habitude et de l'amitié :

— Merci, mais sans vouloir vous vexer, je n'aime pas beaucoup les rituels. Je préfère prier à ma façon.

— Vous m'intéressez. Puis-je vous demander comment vous faites ?

— Moi ? Je prends mon canoë et je pars en balade. Parfois je m'arrête, et je réfléchis à ce qui ne va pas dans ma vie, et à ce que j'aurais dû faire. Et puis je pense à ce qui va bien. Je passe tout en revue. C'est une sorte d'action de grâces, si on veut.

— Eh bien, ça me semble très agréable ! Rien à redire à ça. Mais venez un de ces dimanches. Vous verrez, je pense que ça vous surprendra.

Un sourire aux lèvres, elle repartit vers la sacristie. Keegan proposa de m'emmener au secrétariat, mais je connaissais le chemin.

— En tout cas, merci de m'avoir montré ce vitrail.

— Je t'en prie. Ça m'a fait plaisir de te voir, vraiment plaisir.

Il s'interrompit pour me contempler, et j'eus l'étrange impression que le temps n'avait pas passé et que nous étions revenus aux jours où nous avions été si bien ensemble. J'eus un mal fou à ne pas lui prendre la main comme je l'aurais fait naturellement quand j'avais dix-sept ans.

— Et puis je vais me renseigner pour les visites de la chapelle, ajouta-t-il. En attendant, bonne chance pour ta chasse au trésor.

Malgré le dédale de couloirs, je retrouvai le secrétariat sans me perdre. Joanna était une petite femme rondelette avec des cheveux mi-longs, éclaircis d'un balayage blond. Je ne la reconnus qu'après plusieurs minutes de conversation : nous n'avions qu'un an d'écart au collège et avions été assises côte à côte au cours d'espagnol ! Elle était mariée, mère de deux enfants, et son mari travaillait pour la mairie. Je lui résumai mon histoire, et lui expliquai l'intrigante similitude entre le tissu que nous avions découvert et les vitraux de la chapelle.

Elle chercha dans un meuble de classement, mais sans rien trouver.

— Je vais voir aux archives, dit-elle en se redressant. C'est une façon élégante de dire que je descends à la cave. Ça ne devrait pas prendre trop longtemps.

J'attendis dans le bureau en regardant par les fenêtres un ginkgo biloba dont le vent agitait les feuilles en éventail. Je me sentais nerveuse, troublée comme au temps où j'avais rencontré Yoshi en Indonésie, ces moments fiévreux où l'on se sent à un tournant décisif. Prises séparément, les découvertes du tissu, des lettres, des vitraux, n'auraient rien eu d'extraordinaire. Je m'y serais intéressée, bien sûr, mais sans plus. Leur coïncidence, pourtant, me troublait profondément. Ce mystère que je devinais ébranlait mes certitudes. Or, si les fondations n'étaient pas sûres, tout l'édifice devenait instable. Les plus petits changements prenaient l'ampleur de secousses sismiques, perturbantes comme les tremblements de terre du Japon que je venais de quitter.

J'entendis des pas dans l'escalier. Joanna reparut, un peu essoufflée.

— Je n'ai pas trouvé grand-chose. Il y a peut-être un autre dossier quelque part mais il me faudra plus de temps pour mettre la main dessus. Je sais que la décision de construire une annexe à cette église a été prise à la fin des années 1930. La première pierre de la chapelle a été posée en avril 1938. Je crois avoir vu quelque part aussi qu'elle a été financée par un donateur anonyme, mais j'ai eu beau chercher, je n'ai trouvé aucun détail. Je n'ai qu'une facture avec le nom de l'artisan qui a fabriqué les vitraux.

Elle me tendit une feuille à en-tête, quadrillée de bleu. L'écriture était régulière, appliquée, les prix alignés en colonne sur la droite. Cela me rappela les factures d'autrefois à Dream Master, rangées dans des tiroirs gris métalliques avec les listes de matériel, rédigées à la main avec doubles et triples au carbone. Le papier carbone, voilà quelque chose qu'on ne voyait plus nulle part. Les enfants ne devaient même plus savoir ce que c'était.

J'avais devant les yeux un reçu daté du 6 octobre 1938, qui comportait trois lignes :

8 panneaux vitrail	*250,00 $*
1 verrière vitrail	*650,00 $*
Total	*2.650,00 $*

En bas était écrit : *Don anonyme*, et, en dessous, avait été apposé le tampon de l'artisan :

Frank Westrum, maître verrier
Rochester, New York

— Merci, ça va m'être très utile.

— C'est au moins quelque chose. Je vais te faire une photocopie. J'ai réfléchi à ton histoire pendant que j'étais en bas et je me suis dit que, tant qu'à déranger les souris, je pouvais bien te monter les certificats de baptême de 1910 à 1920, au cas où. Nous avons subi une inondation il y a quelques années, ce qui explique pourquoi certains sont abîmés, mais tu y trouveras peut-être ton bonheur.

Je la remerciai et m'assis sur le vieux canapé. J'ouvris le dossier, imprégné de l'odeur de poussière et de moisissure des vieux documents. C'étaient des papiers ornementés, décorés du dessin d'une colombe aux ailes déployées, surmontée d'un halo, qui descendait du ciel vers une sorte de coquillage. Certains certificats étaient tachés par l'eau, d'autres jaunis. Les prénoms surannés défilaient devant mes yeux : Gloria, Herbert, Evan, Lloyd, Stuart, Susanna, Norman, Earl, Ivy, Bertha, Homer, Gladys, Oscar, Grace. Pour les noms de famille, il n'y avait pas de Jarrett, mais j'en reconnaissais beaucoup qui appartenaient à des habitants de la région et à d'anciens camarades de classe. La vie avait dû être bien différente en 1910, avant les deux guerres mondiales, avant la construction de la base militaire, du temps où les berges étaient encore sauvages et n'avaient pas subi l'explosion des prix de l'immobilier. Il ne devait pas y avoir de routes goudronnées à cette époque. Les enfants dont je feuilletais les certificats de baptême fréquentaient des écoles à classe unique, allaient chercher l'eau au puits et s'éclairaient à la lampe à pétrole.

J'en étais à mai 1911 quand je vis passer le nom que je guettais. J'examinai le certificat, sentant monter la fièvre de l'explorateur. Le papier était épais, auréolé d'humidité en haut à droite, mais autrement intact.

Nous, soussigné, certifions
Que, selon les enseignements de Notre-Seigneur Jésus-Christ, nous avons baptisé
Iris Jarrett Wyndham
Née le 31 mars 1911

Avec de l'eau
Au nom du Père, du Fils et du Saint-Esprit
En *l'église épiscopale de Saint-Luc*
Le *11 mai 1911*
De *George Isaac Wyndham (décédé)*
Et *Rose Jarrett Wyndham*
Parrain *Walter Jesse Evanston*
Marraine *Cora Stuart Evanston*
Signé *Révérend David Prescott* †

— Alors, tu as trouvé quelque chose d'intéressant ? demanda Joanna en se penchant par-dessus mon épaule.

— Oui, je crois. Maintenant, je sais son nom. Elle s'appelait Rose Jarrett.

La lettre trouvée dans la coupole parlait du départ d'Iris et était signée de cette simple initiale, *R*. Cela ne pouvait être qu'elle, Rose. Un grand frisson m'avait parcouru le dos, comme si cette femme qui avait vécu, rêvé et souffert cent ans plus tôt venait d'entrer dans le bureau.

— J'imagine que c'était la sœur de mon arrière-grand-père. Nous n'avons jamais entendu parler d'elle, et pourtant ceci prouve son existence. Elle vivait ici en 1911, elle était veuve et venait d'avoir une fille.

— C'est impressionnant de voir ces cartons. Quand je pense que tous ces gens ont vécu ici, qu'ils se sont même sûrement tenus là où nous sommes, qu'ils se parlaient, qu'ils vivaient leur vie, ça me donne la chair de poule.

J'opinai de la tête, pensant au tissu soigneusement enveloppé dans son papier, caché dans la doublure de la malle de mon arrière-grand-père. Peut-être était-ce un cadeau pour Iris… Une couverture de bébé, pourquoi pas ? Ce serait bien possible, vu sa taille, la délicatesse du tissage, le soin qui avait été apporté à sa broderie. Mais pourquoi la cacher, alors ? Que leur était-il arrivé à toutes les deux ?

— Je sais que ça n'est pas très gai, dit Joanna en me donnant la photocopie de la facture, mais je peux aussi sortir les actes de décès, si tu veux. Beaucoup d'enfants mouraient en bas âge, à l'époque. La grande épidémie de grippe a eu lieu dans ces années-là.

— C'est possible, dis-je, bizarrement soulagée à l'idée de trouver une explication facile, même si elle était triste. On comprendrait que la famille n'ait pas eu envie de parler d'elles, s'il s'est passé une tragédie de ce genre…

Puis je me ravisai. Dans sa lettre, Rose parlait du départ forcé d'Iris, ce qui indiquait qu'elle n'était pas morte prématurément. Je demandai malgré tout à Joanna de me montrer les registres par acquit de conscience.

— Tu pourrais aussi me photocopier l'acte de naissance ?

— Pas de problème. Je ne vais pas redescendre à la cave tout de suite et je n'aurai pas le temps demain non plus mais, si tu me laisses ton numéro, je t'appellerai dès que je les aurai. Tu pourrais aussi aller consulter les archives du cimetière, et chercher dans les actes de mariage. Et tu as pensé aux journaux de l'époque ? Ils pourraient t'apporter des informations.

— Bonne idée. Très bonne idée.

— Ça me fait plaisir de t'aider. J'adore ces énigmes généalogiques.

— Merci. C'est vrai que c'est intéressant.

Intéressant, oui, mais c'était beaucoup plus compliqué pour moi. Ce secret dans notre histoire familiale expliquait bien des silences, bien des malaises. C'était exaltant d'être sur la piste de la solution de l'énigme, mais cela faisait peur aussi. Comme de s'embarquer dans une grande aventure.

6

Il me semblait avoir trouvé le fil d'Ariane qui me conduirait au bout du labyrinthe. En sortant de l'église, je pensais à Rose Jarrett et au maître verrier Frank Westrum. Elle avait dû le connaître ; c'était elle, certainement, qui était à l'origine de cette frise qui permettait le rapprochement entre son tissage et les vitraux de la chapelle, comme une signature. Elle pouvait être leur donatrice, ou leur conceptrice. D'après l'idée que je me faisais d'elle à la lecture de sa lettre et de cette page que j'avais trouvée, elle était aventureuse, passionnée et engagée. Elle s'était intéressée à la lutte pour le droit de vote des femmes. J'avais maintenant une direction à prendre pour découvrir qui elle était. Plus d'un siècle me séparait de sa naissance, mais le temps écoulé ne m'empêchait pas de me sentir liée à elle, et son histoire avait certainement encore des répercussions sur ma vie. J'avais tout de suite été animée d'un intérêt passionné pour cette femme, mais j'éprouvais de l'appréhension aussi, car j'avais peur de ce que je pouvais découvrir.

J'eus envie de retourner voir le vitrail pour m'assurer qu'aucun indice ne m'avait échappé, mais Keegan n'était plus dans l'église. La porte de la sacristie était fermée à clé. J'aurais sans doute pu crocheter la serrure en quelques secondes, mais les regards des recteurs alignés sur le mur me retenaient. Une gêne qui remontait à l'enfance me faisait sentir intruse en ces lieux. J'avais toujours eu ce sentiment de ne pas être tout à fait à ma place dans l'église, quels que soient mes efforts pour m'y intégrer. J'étais une fille, et à ce titre j'avais cru que ma photo ne pourrait jamais rejoindre celles de ces dignes prêtres qui régnaient en maîtres sur la foi. Pourtant, les femmes pouvaient être ordonnées depuis 1976, mais Suzi était la première femme pasteur épiscopalienne que je rencontrais. Il me vint à l'esprit que les choses se passaient comme ça dans ma famille : les femmes n'étaient jamais au centre de l'histoire. C'était sans doute pour cette raison que la découverte de Rose, cette ancêtre oubliée, me semblait si fascinante et si intrigante.

Je retraversai l'église, le son de mes pas résonnant sur les tomettes. En arrivant devant le grand portail, je m'arrêtai pour me retourner. La lumière passait à travers les vitraux, douce et sereine. Chaque verrière narrait une scène différente, qui, masquée la nuit, ne reprenait vie que lorsque le soleil se levait en lui redonnant ses couleurs. Elles conservaient aussi le souvenir des personnes qui les avaient offertes, depuis longtemps disparues, rappelées par les dédicaces inscrites en bas de chaque œuvre en lettres d'or : *En l'honneur de James, d'Hannah, de notre mère bien-aimée, de la famille Evans, de Sarah, de Virginia, fille de Susan et Samuel.* Joanna était impressionnée par le souvenir de tous ces gens qui nous avaient précédés. Mon père avait fréquenté cette église, ainsi que son père avant lui. Mon arrière-grand-père Joseph avait marché sur ces tomettes avant notre naissance à tous.

Et Rose, elle aussi, avait dû venir ici bien avant la construction de la chapelle, sa fille dans les bras, enveloppée confortablement dans sa couverture de bébé parce que même en mai il faisait froid entre ces murs de pierre. Et puis elle était partie, et on n'avait plus parlé d'elle.

Un bruit de porte me tira de mes pensées, suivi par celui de pas qui descendaient les marches du chœur. Suzi avança vers moi.

— Ah, Lucy, c'est vous ! Vous n'êtes pas encore partie ? Vous m'attendiez ?

— J'allais m'en aller. J'avais envie de passer un moment tranquille ici, j'espère que ça ne vous ennuie pas. Je pensais aux gens qui ont prié ici avant nous. Je ne suis pas revenue dans cette église depuis la mort de mon père.

— Mais bien sûr que ça ne m'ennuie pas, au contraire. On m'a parlé de son accident. Je suis désolée. Cela a dû être très dur pour vous.

— Oui, mais les années ont passé.

— Certaines peines restent longtemps en nous.

Nous parlions doucement et nos voix étaient étouffées par les voûtes de pierre. Je fus incapable de répondre tant j'avais la gorge serrée. Suzi me laissa un instant de répit, puis elle reprit.

— Vous êtes la fille d'Evie Jarrett, c'est bien ça ? Comment va votre mère ? Son bras ne la fait pas trop souffrir ?

— Pas trop. Elle va bien. Beaucoup mieux même que je ne l'aurais cru. Elle s'est même débrouillée pour rencontrer un soupirant aux urgences !

Le silence qui suivit me donna à réfléchir sur le ton que j'avais employé. Il y avait eu comme de l'amertume dans ma voix.

— Votre mère se faisait une joie de votre visite. Je suis allée la voir après l'accident et elle ne parlait que de vous. Mais ça ne doit pas être facile de rentrer. Vous trouvez que la ville a changé ?

— Beaucoup ! La ville, et même l'église. Vous savez que j'ai été la première fille acceptée comme enfant de chœur ? C'était il n'y a pas si longtemps de ça.

— Vraiment ? Ce n'est pas facile d'être la première.

Cette réponse me fit supposer qu'elle parlait d'expérience.

— Sans doute, mais je ne m'en rendais pas vraiment compte. J'avais tellement envie d'être enfant de chœur ! J'ai un peu honte de l'avouer, mais je n'imaginais même pas que les femmes pouvaient être pasteurs.

— Certaines évolutions sont longues à s'effectuer. Mais goutte à goutte, l'eau use la pierre, non ? C'est ce qui m'intéresse autant dans ces vitraux. Les prémices d'un changement. Vous avez trouvé quelque chose ? demanda-t-elle en avisant la grande enveloppe brune que m'avait donnée Joanna.

— Oui, tenez, regardez.

Je sortis les photocopies du certificat de baptême et du reçu de la facture, et les lui tendis.

— J'ai trouvé la trace d'une certaine Rose Jarrett. Mon arrière-grand-tante, d'après mes calculs, mais je n'avais jamais entendu parler d'elle. Elle a eu une fille, Iris.

— L'acte a été signé par le révérend David Prescott. Sa photo est accrochée dans le couloir avec les autres. C'était il y a trop longtemps pour que vous retrouviez des gens qui pourraient l'avoir connue. C'est dommage. Ce devait être une femme intéressante. Si elle a conçu ces vitraux, c'est qu'elle voulait représenter les femmes à travers les textes sacrés, donc d'y trouver sa propre place. Elle voulait se voir représentée dans l'histoire sainte, ce qui ne devait pas être du tout facile à l'époque.

— J'imagine bien. Je voudrais savoir ce qui leur est arrivé, à elle et à sa fille Iris. Et puis il y a cette fameuse frise qui m'intrigue aussi. Si les vitraux remontent à 1938 comme l'indique la facture, la frise elle-même pourrait être plus ancienne. Certains des papiers que j'ai retrouvés datent du début du siècle.

— J'admire la précision avec laquelle Keegan a daté les vitraux, remarqua Suzi en jetant un dernier coup d'œil aux photocopies avant de me les rendre. Nous avons beaucoup sympathisé depuis qu'il travaille dans l'église. C'est un excellent verrier et il a eu l'extrême générosité de donner de son temps. Nos verrières sont un trésor, mais qui reviennent très cher à entretenir.

— J'ai été très heureuse de le retrouver.

J'avais été impressionnée de le voir se conduire en si bon père avec Max, responsable et en même temps joyeux. Et maintenant, Blake et Avery allaient avoir un enfant, tandis que ma mère recevait un bouquet d'un admirateur. Et si la découverte de ces vieux papiers était pour moi un événement d'une égale importance ?

Le téléphone portable de Suzi se mit à sonner et elle le sortit de sa poche pour regarder qui l'appelait.

— Désolée, je dois répondre, dit-elle en m'ouvrant la porte. J'ai été ravie de vous rencontrer, Lucy. Revenez quand vous voudrez. Et tenez-moi au courant de vos découvertes, entendu ?

Après avoir quitté l'ombre du sanctuaire, je me retrouvai dans un monde vibrant de vie et de lumière. Les voitures des touristes encombraient les rues et les promeneurs en tenue légère se pressaient sur les trottoirs. Je marchai un moment sans but, absorbée par mes découvertes, allant de boutique en boutique sans vraiment voir ce qu'on y vendait. Arrivée au parc, je traversai la foire artisanale jusqu'à la digue et composai le numéro de Keegan. Il ne répondit pas. Je lui laissai un message pour lui parler du certificat de baptême tout en continuant ma promenade. Je finis par aboutir au ponton où Blake arrimait son bateau. Le *Tigre* était un élégant voilier de neuf mètres pourvu d'un haut mât blanc, qui oscillait sur son amarre. Je descendis sur le pont et l'appelai. Ce ne fut pas sa voix qui monta de la cabine, mais celle d'Avery. Elle apparut sur le pont, vêtue d'un jean et d'un corsage léger de crêpe jaune, ses cheveux bruns retenus en arrière.

— Tiens, Lucy. Bonjour. Blake est au travail. Je triais des papiers. Descends, si tu veux.

L'échelle, étroite et raide, menait dans une cabine lambrissée de bois, compacte et agencée comme un studio, avec une couchette en forme de V qui occupait la proue, une cambuse, une minuscule salle de bains et un coin salon. J'avais toujours admiré la sobriété des goûts de Blake. Il ne s'attachait pas aux objets. Cette tendance minimaliste devait le rassurer. Avery déplaça quelques coussins pour me faire de la place sur le canapé encastré.

— Tu veux du thé ?

— Avec plaisir, merci.

La table était couverte de croquis et je reconnus le papier à dessin de ma mère, son trait précis, et son écriture. Avery se déplaçait aussi efficacement dans la cabine que dans l'espace restreint de son restaurant. Elle empila les papiers qui encombraient la table puis apporta deux grands verres de thé froid, décorés de branches de menthe fraîche, qu'elle posa sur des sous-verres jaune vif. Cela ressemblait si peu à Blake que je ne pus retenir un sourire. Il n'avait jamais dû posséder un sous-verre de sa vie.

— Tu as vu ? Ce sont des plans qu'a dessinés ta mère, dit-elle en s'asseyant. Un projet de potager bio. C'est mon rêve d'en avoir un, un jour, pour approvisionner le restaurant en légumes. Je trouve vraiment idiot de gaspiller de l'argent et de l'essence pour faire venir des produits qui pourraient pousser sur place. Elle me les a offerts pour mon anniversaire. C'est gentil, non ?

Je goûtai le thé qui était parfumé à la framboise. Je connaissais mal Avery, car elle était plus jeune que moi. Je m'en souvenais comme d'une fille timide.

Nous avions à peine échangé quelques mots les rares fois où nous nous étions croisées. Mais les années avaient passé ; entre-temps, elle était allée à l'université et elle avait évolué au gré de sa relation houleuse avec Blake. Elle avait beaucoup changé. Elle semblait savoir exactement ce qu'elle voulait. Elle avait deux ans de moins que moi et pourtant elle avait déjà monté un restaurant, et elle attendait un enfant. J'éprouvai une pointe de jalousie qui m'étonna. Une impression désagréable que j'avais souvent eue au Japon revenait avec force : en dépit de tous mes voyages, je n'avais fait que tourner en rond depuis des années.

— Tu as beaucoup de courage, remarquai-je.

— Pourquoi ? Parce que je vis avec Blake ?

— Il y a de ça, répondis-je en riant, mais aussi pour le restaurant.

— C'était un peu dingue, admit-elle en riant aussi. Parfois je me dis que je suis folle. C'est un beau projet qui m'amuse beaucoup, bien sûr, mais c'est très stressant. Et puis on ne peut jamais vraiment se reposer. Tant pis. J'adore faire la cuisine et je suis heureuse quand la salle est pleine, que les gens ont l'air contents et qu'ils ont de bons produits dans leurs assiettes.

— Je me suis régalée.

— Je te remercie, mais je voudrais pouvoir faire mieux. Si je pouvais me fournir en légumes vraiment frais, ce serait mille fois meilleur. Les artichauts qu'on t'a servis étaient en boîte, et ça ne me plaît pas. Notre projet, à Blake et à moi, serait d'essayer de récupérer un terrain quand la base militaire sera divisée en parcelles. Ou alors une partie de la propriété de ta mère, quand elle vendra.

Je fus très contrariée de me rendre compte que le terrain de maman attirait autant de convoitises. Je devais faire attention de ne pas devenir irrationnelle. J'étais triste de perdre la maison, et en colère aussi de ne pas avoir été avertie plus tôt. J'avais l'impression d'avoir subi une injustice simplement parce que je n'avais pas été consultée, mais quelle importance après tout ? Avery ne se rendit pas compte que ses projets n'éveillaient pas que de la bienveillance en moi et elle continua.

— Pas les parcelles du bord du lac, bien sûr, ce serait trop cher, mais à l'intérieur, c'est de la bonne terre bien riche, comme celle de l'Iowa, et les fermes prospéraient avant qu'on construise le terrain d'aviation et tous ces bunkers. Il y a un grand noyer juste de l'autre côté de la grille d'entrée de la base. C'est mon arrière-grand-père qui l'a planté il y a trente ans quand cette partie du terrain était encore à lui. Je voudrais bien le récupérer.

Je me sentis mieux en comprenant que pour elle aussi l'enjeu était affectif. Cela me fit penser au jour de mon arrivée, et à Pete, le journaliste, qui avait remarqué que tout le monde semblait vouloir se jeter dans la mêlée.

— Tu étais au rassemblement, il y a deux jours ? lui demandai-je.

— Penses-tu, je n'ai pas le temps ! Je passe ma vie au restaurant. Mais j'en ai entendu parler par certains manifestants qui sont venus déjeuner ensuite. J'ai eu beaucoup de monde. Tu y étais ?

— Je suis passée devant la base le jour de mon arrivée, quand Blake est venu me chercher.

Un coup de roulis un peu plus fort fit glisser un dessin de ma mère de la table. Je me baissai pour le ramasser.

— Il y avait foule, ajoutai-je.

— C'est compréhensible. À peu près tout le monde est impliqué. Les défenseurs du marais vont sans doute s'allier au groupe de sauvegarde des cerfs blancs. En tout cas, ils se sont installés à la même table. Soufflés à l'aubergine et vin blanc.

Je me souvins de cette splendide vision des cerfs à l'orée du bois, légers comme des nuages sur l'océan vert de la prairie. Mon père en avait fait une légende, quand j'étais enfant, et parfois nous sortions le soir pour les guetter. Nous roulions doucement sur les chemins de terre qui entouraient la base dans l'espoir de les surprendre. À l'école, des enfants racontaient qu'ils en avaient aperçu sur la route, ou dans la forêt. De notre côté, nous n'avions jamais eu cette chance. Je demandai à Avery si elle en avait vu.

— Une fois. Il y a très longtemps. Sur la route, très tôt le matin. Un cerf a sauté devant la voiture. Mon père a pilé et il s'en est fallu de peu pour qu'on le percute. Il a disparu entre les arbres, et puis cinq ou six biches toutes blanches l'ont suivi. J'étais petite, alors ça m'a semblé magique, comme si j'avais vu des licornes. Nous sommes restés longtemps paralysés, incapables de rien dire. Même mon père.

Tout en buvant mon thé, j'admirai les trois photos encadrées qui étaient accrochées au mur derrière elle. La première avait été prise sur le pont ; mon frère se tenait derrière Avery, la tenant par la taille. Elle avait la tête penchée en arrière, appuyée contre lui, et ils riaient en se regardant, une mèche d'Avery barrant le visage de Blake. Les deux autres étaient plus figées. Ils se tenaient côte à côte, souriant à l'appareil, devant un phare, esquissant presque la forme d'une ancre.

— Elles te plaisent ? demanda Avery en suivant mon regard. Je les ai fait encadrer la semaine dernière. Les deux qui sont à gauche ont été prises pendant notre voyage en Nouvelle-Écosse au printemps dernier.

— Vous avez l'air très heureux.

J'espérais qu'elle allait me dire qu'elle attendait un enfant pour retrouver mon naturel.

— Oui, le voyage s'est plutôt bien passé… Lucy…

Elle s'interrompit comme si elle choisissait ses mots.

— Est-ce que Blake ressemble beaucoup à votre père ?

Je ne leur avais jamais trouvé de points communs mais, depuis qu'il avait décidé de travailler à Dream Master, il fallait bien que je révise mon jugement. Il m'avait expliqué ses raisons, et je les comprenais en partie, mais tout de même, je me demandais s'il ne s'était pas fait piéger par le passé. Il aurait pu travailler ailleurs.

— Je ne sais pas, par certains côtés, peut-être. Le rire, les yeux, ce genre de choses. Mais pas énormément. Pourquoi ?

— C'est difficile de le comprendre, parfois… Il est pris d'accès de mélancolie. Il devient lointain, et triste.

Sa réflexion me frappa. Yoshi n'avait-il pas dit, lui aussi, qu'il me trouvait triste ? Je voulais penser que le passé n'avait plus prise sur moi, mais peut-être que, comme mon frère, notre histoire avait encore des retentissements sur notre vie. Avery se redressa à demi pour attraper sur le comptoir un sachet de pistaches, et je remarquai le léger renflement de son ventre sous son corsage, si léger que je n'aurais sans doute rien vu si je n'avais pas su. Quand Blake était venu me voir en Indonésie, il venait de rompre avec elle. Un soir, il s'était lancé dans un flirt très poussé avec une femme qui était assise à la table voisine. Je n'aurais jamais deviné qu'il finirait ici, avec Avery, et qu'ils auraient si vite un enfant. Le voilier oscillait doucement, faisant frémir le thé froid au fond de mon verre. Le mouvement évoquait les vibrations de la terre au Japon et la main de Yoshi sur ma cuisse, qui me caressait quand les secousses nous réveillaient. Je me rappelai sa gentillesse, son baiser sur le quai. Il y avait si longtemps, me semblait-il.

— Lucy ? dit Avery en me tendant les pistaches. Tu rêves ? Tu veux reprendre du thé ?

— Non, merci. Désolée, je suis encore un peu dans les nuages à cause du décalage horaire. Je vais te laisser.

— Ça m'a fait plaisir de te voir. Tu veux que je transmette un message de ta part à Blake ?

Je fus incapable de formuler ce que j'avais à lui dire. *Déterré aïeule disparue, appelle-moi, STP.* Cela n'était pas aussi simple.

— Ce n'est pas la peine. Je finirai bien par le joindre.

Je traînai un moment sur le port, pensant à Yoshi, à la solitude qui semblait nous poursuivre, Blake et moi, mais qui était peut-être, après tout, le fléau commun de l'humanité. Il n'y avait pas de brume, mais des nuages bas se rassemblaient à l'horizon, et le vent, qui s'était levé, dentelait le lac de crêtes blanches. La sirène retentit. Il était midi. Malgré mes réticences, je me décidai à aller voir Blake à Dream Master. J'étais trop impatiente de lui parler de mes découvertes. Je quittai le port et traversai la rue principale pour marcher le long du canal en m'éloignant du centre.

Malgré toutes ses belles paroles sur l'héritage familial, Art laissait Dream Master se dégrader. Les vitrines étaient sales, et la gouttière tordue. Les briques avaient besoin d'être rejointoyées, la pelouse tondue. J'eus alors l'idée que, si Art avait embauché Blake, c'était moins par générosité que par nécessité. Cela me faisait plutôt plaisir de penser que les affaires d'Art n'étaient pas si florissantes, comme si le destin nous donnait notre revanche. Seul bémol : le sort de Blake était maintenant lié au sien. Je rassemblai mon courage, traversai le parking, et montai les marches. Une petite clochette retentit quand je poussai la porte, exactement comme dans mon enfance. Je m'arrêtai sur le seuil, humant les odeurs de métal, de peinture et de sciure de bois, mêlées à des relents de poussière.

Des étagères s'alignaient tout le long du magasin sur lesquelles étaient exposés des outils – marteaux, scies, rabots et tournevis – et de la quincaillerie – bacs à clous et à vis en plus des sachets préemballés. Des mètres pliants, des réglets, des mètres ruban dans leurs boîtiers jaunes. Des luminaires pendaient par dizaines du plafond.

J'avançai en appelant :

— Bonjour ?

Rien. J'insistai, plus fort cette fois, mais n'obtins toujours aucune réponse.

Je parcourus les allées, notant de petits changements. Art avait posé un lino gris, il avait supprimé les attrape-mouches, sans doute depuis longtemps. Les bureaux étaient toujours là, de l'autre côté du couloir, toujours lambrissé de bois sombre. Celui de mon père, tout au bout, avait complètement changé. Le secrétaire à tambour avait disparu, des stores en plastique pendaient devant les fenêtres, et une table de réunion au plateau de mélaminé noir occupait le milieu de la pièce, entourée de chaises. Une moquette ordinaire grise cachait le plancher. Je cherchai un vestige qui pourrait me rappeler le temps où j'avais joué là avec Blake et Joey, et où mon père avait crocheté tant de serrures et dévoilé tant de secrets, mais peine perdue.

— Lucy ?

Je n'avais pas entendu Art arriver, sa voix me fit sursauter. Sa haute silhouette aux larges épaules occupait tout l'encadrement de la porte. Sa ressemblance avec mon père me serra la gorge une fois de plus.

— Je voulais voir Blake.

— Je l'ai envoyé livrer une commande à Union Springs. Il devrait revenir bientôt.

— Ah ! Je n'arrivais pas à le joindre…

Il y eut un silence embarrassé. Je n'avais pas parlé à Art en tête à tête depuis des années. Pas depuis l'enterrement de mon père, en fait, où nous n'avions échangé que les condoléances les plus classiques. Mais ma mère avait eu raison de me conseiller de l'interroger. Il allait peut-être pouvoir répondre à certaines de mes questions.

— Tu as une minute ? lui demandai-je.

Il regarda sa montre.

— Oui, mais pas beaucoup plus. J'ai une réunion avec l'urbanisme. Viens dans mon bureau.

Je le suivis et m'assis dans un fauteuil pivotant en bois. Enfants, nous jouions pendant des heures à nous faire tourner.

— Alors, Lucy, que se passe-t-il ?

— J'avais juste quelques questions à te poser.

— Si je peux y répondre, j'en serai ravi.

J'avais pris avec moi les papiers de l'église. Rose Jarrett était la grand-tante d'Art, et Iris aurait été une cousine éloignée, mais je ne parvins pas à mentionner Rose d'emblée. La découverte de son existence était sans doute encore trop nouvelle pour que j'aie envie d'en parler. Je préférai commencer par aborder le sujet des papiers de la coupole, et je lui demandai s'il savait qui les avait mis là. Il sembla très intéressé.

— Dans la coupole ? Quel genre de papiers ?

— Tout un tas de vieilleries. Des articles de journaux, des magazines. Il y en a qui parlent du mouvement des suffragettes. J'aime bien les documents historiques. Tu connaissais leur existence ?

— Pas le moins du monde.

— Ils auraient pu appartenir à mon arrière-grand-mère, c'est-à-dire à ta grand-mère Cora. Les dates correspondraient. Je ne l'ai pas connue, et personne ne m'a jamais vraiment parlé d'elle.

Il s'était visiblement détendu. Je me dis que le sujet devait lui plaire. Il se lança dans ses souvenirs.

— Ma grand-mère était une femme charmante. J'avais dix ans quand elle est morte. Elle adorait les enfants. Elle nous gâtait énormément. Elle était très bonne pâtissière, aussi. Il y avait toujours des gâteries pour nous à la cuisine. Nous vivions tous ensemble à la maison du lac. Nous avons emménagé avec elle à la mort de notre grand-père. La santé de grand-maman Cora a décliné quand elle est devenue veuve. Elle dormait dans la grande pièce, en bas, là où vous mettez le piano. Ma mère s'est occupée d'elle jusqu'à la fin. Ah, ça ! Ma mère, ta grand-mère, c'était une femme ! Elle était extraordinaire.

Je me souvenais surtout que, d'après ce que ma mère m'avait raconté, elle avait avantagé Art au moment où mon père était au Viêtnam. Elle était morte quand j'avais sept ans. Je ne revoyais d'elle que des manches flottantes imprimées, des sourcils qui se levaient haut quand elle riait, et la couleur rouge foncé de son vernis à ongles.

— Elle n'aimait pas l'eau, me rappelai-je soudain.

— C'est vrai, mais ça ne l'a pas empêchée de nous faire apprendre à nager très jeunes, à moi et à Marty.

— À propos de ces papiers que j'ai trouvés, j'ai été assez étonnée. On dirait que certains ont été écrits par un membre de la famille. Une lettre est même adressée à ton grand-père, mais non signée. C'était un sujet qui semblait très sensible. Il est question d'une fille qui s'appelle Iris, et qui a été obligée de partir.

Il ne répondit pas tout de suite, et ne le fit qu'avec une grande réticence.

— Tu sais qu'il y a des secrets dans toutes les familles… Il y a eu une sorte de scandale, il y a longtemps. À l'époque de ma grand-mère, à cause de sa sœur, je crois. Je ne sais pas grand-chose, juste quelques conversations surprises quand j'étais petit, des petites phrases par-ci par-là. Je ne sais pas au juste. En tout cas, il s'est passé je ne sais quoi qui a été étouffé. D'après ce que j'ai compris, c'était une question d'honneur. À vrai dire, ça ne me passionnait pas vraiment. Je me préoccupe en priorité du moment présent, de ce qui se passe sous mes yeux.

Je me dis qu'il n'était pas très lucide. Sous ses yeux, il y avait cette entreprise au passé peu glorieux, toutes ces décisions qui avaient été prises derrière le dos de son frère. Malgré la promesse que je m'étais faite de me taire, la question qui me brûlait les lèvres m'échappa.

— Je voudrais bien savoir ce qui s'est passé, entre toi et papa.

Art eut du mal à rencontrer mon regard. Son visage avait pris une expression tragique, le chagrin assombrissait ses yeux, sa bouche avait pris un pli d'amertume.

— Je refuse de dire du mal des morts. Ça, je m'y refuse absolument. Seulement tu n'as sûrement entendu qu'une seule version des faits. Ton père était un type bien, mais il n'avait pas un caractère facile. Il était très dur. Peut-être aurait-il dit la même chose de moi, je ne sais pas. Je ne pense pas que nous aurions songé à diriger une entreprise ensemble s'il n'avait pas été entendu depuis notre naissance que les deux fils reprendraient l'affaire familiale. D'accord, je reconnais que je n'aurais pas dû vendre l'usine pendant qu'il était au Viêtnam. On ne peut pas revenir en arrière, mais je peux me rattraper en vous faisant entrer dans la boîte, toi et Blake. Ma proposition était absolument sérieuse, tu sais.

Je ne sus pas quoi répondre. Ses remords m'avaient prise au dépourvu. J'étais partagée entre deux désirs très forts : celui de défendre mon père – mais contre quoi, je ne le savais pas au juste – et celui de réconforter mon oncle qui semblait, contre toute attente, très affecté par le passé. Ces deux émotions étaient si contradictoires et si intenses que je ne me rendis pas tout de suite compte qu'il n'avait pas expliqué la cause de leur dernière dispute.

— Je ne peux pas travailler ici, dis-je finalement. C'est gentil, j'apprécie ta proposition, bien sûr, mais je ne peux pas.

— Prends le temps d'y réfléchir, Lucy. Il y aura toujours une place pour toi, ne l'oublie pas.

Je le remerciai encore et me levai et, tout en lui disant au revoir, je mis la main dans mon sac pour m'assurer que les papiers étaient bien là.

— À très bientôt, Lucy.

Je répondis par un signe et repartis par la boutique. Quelques clients étaient entrés et déambulaient dans les allées. J'eus la bonne surprise de constater que Blake était revenu. Il était derrière le comptoir et écoutait attentivement une dame qui lui commandait le matériel de plomberie dont elle avait besoin. Il termina de remplir sa fiche, puis il vint vers moi en souriant, l'air un peu gêné par la situation. Cela me fit penser à la joie de Yoshi quand je lui avais appris que Blake allait être père. Nous n'avions jamais parlé d'avoir d'enfants que de façon abstraite, et je me demandais maintenant quel genre de père serait Yoshi.

— Quel bon vent ? demanda Blake.

— Yoshi te salue. Il va essayer de faire passer des ramboutans par la douane en douce.

Cela le fit rire. Je lui parlai ensuite brièvement des lettres trouvées dans la coupole et des vitraux de la chapelle que j'avais vus chez Keegan et dans la sacristie. Cette fois encore, je m'abstins de prononcer le nom de Rose. Blake m'écoutait, mais son attention était distraite par les clients. Puis Zoe entra en faisant sonner le carillon. Elle accourut en me voyant et me serra dans ses bras avec l'exubérance de l'adolescence. Sans me laisser le temps de respirer, elle se mit à me raconter avec force détails le rôle qu'elle tenait dans la pièce de théâtre du lycée. Elle avait grandi, portait de longues boucles d'oreilles, et de temps en temps parlait d'elle-même à la troisième personne comme si elle était sur Facebook et ne s'adressait pas à une personne en chair et en os : « Zoe est trop hypercontente ! » Elle ressemblait un peu à Joey mais en brune, et avait les yeux du bleu intense familial. Blake eut un sourire, me fit un vague clin d'œil et s'éloigna discrètement.

Je promis à Zoe de lui faire signe avant de partir, et elle me rappela qu'elle venait à la fête du solstice avec ses parents. En sortant de Dream Master, je retournai en ville, achetai un sandwich et une bouteille d'eau dans une épicerie, et je m'assis sur un banc au bord du canal pour déjeuner. La lumière jouait sur l'eau et quelques mouettes se rassemblèrent sur un muret en attendant des miettes. Je leur jetai quelques petits morceaux de pain, tout en pensant à mes découvertes et à ma conversation avec Art.

Quand j'eus terminé, je jetai le papier de mon sandwich dans une poubelle, puis m'arrêtai dans l'ombre d'un chêne pour regarder les photos du vitrail de la Sagesse que j'avais prises avec mon téléphone. Malgré la mauvaise résolution, les images étaient étonnantes. Était-ce Rose qui en avait dessiné la maquette originale ? Quel genre de femme avait-elle été ?

Yoshi m'avait envoyé plusieurs messages qui concernaient son vol d'arrivée. Il était inutile de le rappeler car il était plus de minuit au Japon, mais j'écoutai de nouveau l'un d'entre eux à propos d'un travail dont il avait entendu parler qui pourrait m'intéresser, et un autre où il me disait que je manquais à mes élèves presque autant qu'à lui. Je fermai les yeux et les repassai, bercée par le rythme de sa voix.

Keegan avait aussi laissé un message pour me parler des vitraux de la chapelle. Je le rappelai, mais il ne répondit pas.

J'allais à la bibliothèque, installée dans une ancienne maison privée, une belle bâtisse de pierre grise, dotée d'une grande galerie ouverte qui faisait face au lac. La porte moustiquaire claqua derrière moi, ce qui attira l'attention du bibliothécaire, un jeune homme aux cheveux très courts. Je passai devant un panneau d'affichage entièrement couvert d'annonces : chats perdus, réunions municipales, rendez-vous de l'association de défense des cerfs blancs, assemblée générale de la coalition des Iroquois. Je m'assis à l'une des longues tables où il m'était arrivé de faire mes devoirs autrefois. Maintenant, il y avait des ordinateurs à toutes les places. Je tapai « Frank Westrum ». À ma grande surprise, plusieurs articles étaient répertoriés. Tout en me méfiant par principe, je lus le premier avec des battements de cœur. De toute évidence, Westrum avait été plus qu'un artisan, c'était un artiste reconnu dans le milieu de la verrerie.

« Frank George Westrum, 1868-1942. Maître verrier. Associé aux ateliers La Farge, où il fut apprenti entre 1894 et 1901. Marié à Beatrice Mansfield en 1896, départ de New York en 1919 pour Rochester, État de New York, où il ouvre un atelier indépendant. Consultant pour Corning Glass. Deux enfants, Marcus Westrum, né en 1896 et Annabeth Westrum, née en 1897. »

À la fin de l'article, il y avait un lien sur la fondation Frank-Westrum à Rochester. Une photo apparut, une simple sphère en verre aux tons ivoire sur un fond sombre. Une tulipe à longue tige suivait la courbe intérieure du globe, les feuilles si fluides qu'elles semblaient flotter sous la fleur rouge épanouie. Les motifs ne correspondaient pas à la frise que je connaissais, mais le style était clairement similaire. Je lus le paragraphe d'explication.

« Dans cette maison, qui fut celle de Frank Westrum et son atelier de 1920 à sa mort en 1942, ont été rassemblées 27 de ses œuvres qui donnent un aperçu de son travail dans le domaine du vitrail, de la grande verrière de la cage d'escalier à ses plus modestes impostes. Vendu à un particulier en 1945, ce lieu fut acquis par la fondation de conservation du patrimoine Frank-Westrum en 1968, à l'occasion du centième anniversaire de sa naissance. La fondation se consacre à la collecte et à la préservation de son œuvre, qui a participé à la résurgence de l'art du vitrail et a influencé le travail de William Morris, Charles Rennie Mackintosh, et l'Art nouveau. Musée ouvert de mai à septembre, le mardi et le jeudi de 14 à 17 heures. »

Je relus la notice deux fois, pensant au vitrail de la Sagesse, avec ses animaux et ses poissons brillamment colorés, et à la frise de lunes entrecroisées. Rochester n'était qu'à une heure de route. J'avais encore le temps d'y aller. La lumière du soleil filtrait à travers le feuillage, créant des motifs mouvants sur la table. Le bibliothécaire eut l'air un peu étonné quand je lui demandai quel jour nous étions.

— Mercredi, sauf erreur.

Inutile donc de m'y précipiter, et puis il y avait la fête de ma mère.

Prise d'une idée soudaine, je retournai à l'ordinateur et tapai « Beatrice Mansfield ». Parfois je regrettais cette facilité que donnait Internet de céder à toutes les curiosités passagères. Mais, à ma grande surprise, une fois encore, je trouvai une courte note biographique.

« Beatrice Mansfield, née le 23 avril 1873 à Seneca Falls, État de New York. Suit une école d'art graphique à New York. Épouse le maître verrier Frank Westrum à New York en 1896. Active dans la lutte pour le droit de vote des femmes, entretient une correspondance avec Elizabeth Cady Stanton, Amelia Bloomer, Margaret Sanger, conseille Vivian Branch. Deux enfants, Marcus et Annabeth. Décède le 10 avril 1919 de la grippe espagnole. »

Je ne trouvai rien à « Rose Jarrett ». Je poursuivis ma recherche dans le fichier informatique de la bibliothèque. Le vieux fichier en bois sombre de mon enfance avec ses épaisses fiches en bristol rectangulaires avait disparu depuis longtemps. Je ne trouvai rien sur elle là non plus.

Je méditai quelques minutes. Le ventilateur du plafond cliquetait doucement au-dessus de ma tête, remuant de l'air chaud. Un couple de retraités était installé dans de gros fauteuils près de la baie vitrée et lisait des magazines en échangeant quelques mots de temps en temps. Un groupe d'adolescentes entra en ordre dispersé, puis se rassembla comme une volée de beaux oiseaux. L'atmosphère était agréablement tranquille et j'eus envie de finir l'après-midi au calme en lisant un bon livre dans un fauteuil. C'était un de ces plaisirs simples qui m'avaient tentée quand j'avais décidé de venir voir ma mère. Pourtant le passé refusait de me laisser en paix. Maintenant que ma curiosité était éveillée, il fallait absolument que je sache ce qu'il était advenu de Rose et de sa fille, parce que leur vie avait peut-être eu une influence sur la mienne.

Bien sûr, le mystère était amusant, et j'avais envie de savoir le fin mot de l'histoire, mais j'avais aussi l'impression que quelque chose allait m'être révélé qui pourrait changer ma vie. J'avais imaginé m'être libérée grâce à ma vie aventureuse, mais je me rendais compte que j'étais toujours pieds et poings liés depuis la mort brutale de mon père. C'était une blessure dont j'arrivais à masquer la douleur, mais vers laquelle je retournais sans cesse. Blake commençait à construire sa vie, ma mère refaisait la sienne, alors que, malgré tous mes efforts, je me sentais plus seule et plus impuissante que jamais.

Je fermai les yeux, écoutant le ventilateur, le grincement de la porte moustiquaire qui s'ouvrait puis se refermait avec un claquement. Les adolescentes parlaient un peu trop fort, j'entendais pourtant le bruissement des feuilles de magazine. L'air sentait bon le papier, le cuir, le bois. Finalement, je restai. J'allai trouver le bibliothécaire qui me reçut avec un sourire, et je lui racontai mon histoire.

7

À mon retour, le côté ouest de la maison était baigné de soleil, une lumière dorée tombait sur la surface miroitante du lac. La fête du solstice devait commencer à 19 heures et se poursuivre jusqu'à la nuit sous le ciel étoilé. Avery apporterait des salades et le dessert, et je m'étais arrêtée pour prendre les boissons et le poulet à faire griller. Je me garai sur le côté de la maison, près de la véranda, et montai mes sacs. Le supermarché avait doublé de taille depuis ma dernière visite. J'y avais vu des pains fermiers, des fromages et des plats de traiteur de luxe : grands bacs de langoustes, salades, sushis et plats chauds. Il y avait même un café pour les touristes et j'avais erré dans les allées, un peu perdue.

La porte moustiquaire n'était pas verrouillée. Je l'ouvris avec le pied et posai les sacs sur le canapé en rotin pour chercher la clé de la maison dans mon sac. Un paquet, emballé dans du papier rouge foncé, était posé contre la porte d'entrée et un mot était scotché à une vitre.

Voilà la recette de la tarte à la rhubarbe de ma grand-mère et un petit quelque chose qui te plaira peut-être. Je suis désolé de ne pas pouvoir être des vôtres ce soir.

Je t'appelle, amitiés,

Andy

Je rentrai les courses et les rangeai dans le réfrigérateur – de belles escalopes de poulet, énormes, de la taille qu'auraient eue des poulets entiers dans d'autres pays et les bouteilles de vin et d'eau gazeuse. J'avais laissé le mot et le paquet d'Andy – qui était léger et souple – sur le comptoir, où ma mère le verrait tout de suite en rentrant. Ensuite je ressortis pour aller chercher les livres que j'avais empruntés à la bibliothèque et les photocopies des documents que j'avais voulu garder, afin de fixer dans ma mémoire ce voyage dans le passé.

Le bibliothécaire m'avait beaucoup aidée, m'indiquant des livres sur le mouvement féministe ainsi que sur l'histoire locale. Il m'avait aussi montré comment accéder aux anciens journaux sur leur vieille machine à microfilms et j'avais passé deux heures à parcourir d'anciennes éditions de la *Gazette du Lac des Rêves*. Finalement, sur la bobine marquée 1938-1940, entre deux articles concernant la menace de guerre en Europe et le chiffre des récoltes dans la région, j'avais trouvé un bref article sur la consécration de la chapelle d'Appleton, le hameau qui avait plus tard été rasé pour laisser place à la base militaire. Il y avait même une photo de Frank Westrum devant le porche, barbu et svelte, digne monsieur en costume, qui regardait gravement l'objectif. Le recteur, le révérend Timothy Benton, posait avec son épouse aux côtés d'une femme qui n'était pas nommée. Bien que la donation des vitraux ait été anonyme, un article plus récent de la *Gazette* révélait que la généreuse bienfaitrice était une habitante du Lac des Rêves, une certaine Cornelia Elliot, veuve d'un éminent médecin et grande avocate de la cause des femmes. « Un engagement qui expliquera peut-être, continuait l'article rédigé en 1938, la nature très originale, pour ne pas dire excentrique, de ce don. »

Je me remémorai le vitrail de la Sagesse, ses riches couleurs et son décor harmonieux, les silhouettes humaines qui levaient vers le ciel le feuillage de leurs mains formant des mots. Elle m'avait paru extraordinaire, et en aucun cas excentrique. Cela me donnait plus que jamais envie de voir les autres vitraux. Si la chapelle ne contenait que des œuvres de ce maître verrier, elle devait être magnifique. J'avais compris, d'après quelques documents trouvés par le bibliothécaire, que Frank Westrum n'avait pas connu les faveurs de la critique en ce temps-là. Il avait tourné le dos aux modes, si bien que ses vitraux avaient été bradés dans des ventes et des brocantes. Voilà qui expliquait sans doute le commentaire mi-figue mi-raisin du journaliste, et aussi pourquoi l'Église avait simplement fait clouer des planches pour condamner les baies quand la chapelle avait été fermée. J'avais cherché attentivement dans les numéros suivants, mais je n'avais rien trouvé d'autre.

Après deux heures de lecture, les petits caractères m'avaient fatigué les yeux. Je m'étais interrompue et j'étais retournée à l'accueil pour demander au bibliothécaire si le nom de Cornelia Elliot lui disait quelque chose. C'était le cas. Il me demanda d'attendre une minute et ouvrit la pièce des collections spéciales, qui n'était guère qu'un placard sous l'escalier, et me rapporta un petit livre ancien à reliure brune dont le titre était imprimé en grosses lettres noires. *Souvenirs d'une femme dangereuse*, par Cornelia Whitney Elliot. Il m'expliqua que Cornelia, habituellement surnommée Nelia, avait été une personnalité assez controversée à l'époque. Elle avait publié à compte d'auteur cinquante exemplaires d'un ouvrage de souvenirs, qui était donc très rare. Je ne pouvais pas l'emprunter, mais si je voulais le photocopier, cela me coûterait quinze cents la page.

Trop heureuse, j'avais payé sans discuter.

J'avais donc de la lecture devant moi, entre ces mémoires et les photocopies faites à la mairie : le certificat de mariage de mon arrière-grand-père Joseph avec Cora Evanston, en septembre 1916, ainsi que les actes de naissance et de décès de Cora, et le certificat de décès de son premier mari, Jesse, qui était tombé du toit de la grange et était mort après des mois de souffrance à la fin mai 1915. Un avis jauni paru dans le journal y était joint. Cora avait sept ans de plus que Joseph, ce qui, pour l'époque, était surprenant. Tous, Rose et Iris comprises, avaient été notés dans le recensement de 1915. Rose ne figurait plus dans le suivant, en 1925, et le nom de famille d'Iris était devenu Jarrett au lieu de Wyndham. J'avais pris des doubles de tout.

Le dossier avait chauffé au soleil pendant le trajet dans l'Impala. J'étalai mes trouvailles sur la table de la salle à manger, ouvris les portes-fenêtres de la terrasse en grand pour laisser entrer l'air frais du lac et je montai chercher les papiers trouvés dans la coupole pour tout rassembler. En redescendant, je vis que la lumière du répondeur clignotait, indiquant trois messages. Je m'arrêtai pour appuyer sur le bouton de lecture. Il y avait un message de l'orthopédiste pour le prochain rendez-vous de ma mère, un appel de l'entrepreneur pour un devis de réparation du toit, puis une voix d'homme :

« Bonjour, c'est Andy. Il faut croire que tu me manques encore. Un beau refrain pour une chanson country. Je voulais juste te dire que j'avais hâte de te revoir, et de m'assurer que tu avais bien eu mon mot. Joyeux solstice, Evie, un très joyeux solstice. »

Il y eut une hésitation puis il raccrocha sans rien ajouter. Je repassai le message et fus plus attentive aux mots choisis en essayant de me rappeler son visage. Le ton était bas, rocailleux, le vocabulaire un peu emprunté, prudent. Il semblait mal à l'aise, nerveux, comme s'il était intimidé par ma mère, ce qui était plutôt mignon. J'imaginai un bon vivant qui aimait son confort, ses jeans, et se sentait bien dans sa peau. Je réécoutai son message pour me concentrer un peu mieux sur le timbre de sa voix. Je me trouvais indiscrète d'étudier d'aussi près l'admirateur de ma mère, mais je voulais m'assurer qu'il était digne d'elle, et tâcher de deviner ses intentions. Quand il se tut, j'appuyai sur sauvegarde, me versai du vin, puis m'installai pour étudier mes documents. Je pris d'abord la photocopie du petit livre de souvenirs de Cornelia Elliot, publié en 1927 et dédicacé à sa sœur, Vivian Whitney Branch.

Vivian Branch. J'avais déjà rencontré ce nom. Je fermai les yeux pour tâcher de retrouver le lien et me souvins de la biographie que j'avais trouvée sur Internet. Son nom figurait en effet dans la courte note dédiée à Beatrice Mansfield que j'avais imprimée. Je tenais là une piste très intéressante car je savais déjà une ou deux choses sur Vivian Branch : pendant un cours d'histoire, au lycée, une élève avait fait un exposé sur elle. Cette grande militante avait été infirmière dans sa jeunesse, puis était devenue très active dans les cercles féministes de New York au tournant du siècle et pendant les années qui avaient suivi. Elle avait donc été très impliquée dans la lutte pour le droit de vote des femmes et sa sœur avait vécu au Lac des Rêves. Se pouvait-il que Rose l'ait connue ? Je pris la première page des mémoires de sa sœur et me mis à lire.

« Les lectrices et lecteurs de ce petit ouvrage se demanderont sans doute pourquoi son auteur, Cornelia Whitney Elliot, a été poussée à écrire ces lignes et quels événements ont formé son jugement. Disons simplement qu'elle a attendu d'avoir atteint la relative sagesse de ses cinquante-sept ans pour consigner sur le papier son témoignage sur certains faits marquants de ce nouveau siècle. Son objectif est de laisser en héritage aux prochaines générations un récit honnête des combats qu'elle a menés avec ses sœurs de lutte pour le vote des femmes et l'égalité des droits. Une nouvelle génération monte, qui n'imagine pas les vicissitudes que nous avons traversées lorsque rien n'avait encore été conquis. Celles qui ne l'ont pas vécue ne conçoivent pas cette période, encore récente, où leurs voix n'auraient pas été entendues. Elles ne peuvent donc naturellement pas éprouver de gratitude, puisqu'elles-mêmes n'en ont pas souffert, mais elles ont néanmoins la charge d'apprendre, et c'est leur plus grand devoir, les batailles qui leur ont permis de mener une vie plus facile, et cela grâce à des femmes qui ne se sont pas contentées d'être des témoins de leur temps, mais qui ont été les actrices d'une révolution. C'est dans cet unique objectif que ce modeste mémoire a été écrit. »

Le bibliothécaire m'avait avertie du ton très virulent de l'auteur. Juste avant d'écrire ces lignes, Cornelia Elliot avait été évincée de la direction de l'association dont elle avait été l'une des fondatrices par des femmes plus jeunes qui se formalisaient de ses prises de position non concertées et de son attitude par trop autocratique. La nouvelle génération avait fait peu de cas de son expérience, et sa colère pouvait se concevoir. Je parcourus le reste du mémoire, cherchant des dates ou des événements qui auraient pu avoir un lien, proche ou lointain, avec Rose.

Je ne trouvai rien sur elle ni sur Frank Westrum. Le texte correspondait en tout point à ce qui était annoncé dans l'introduction. Nelia relatait la lutte des suffragettes et s'arrêtait en particulier sur les actions qu'elle avait menées après avoir emménagé au Lac des Rêves. Son époux, un médecin, l'avait entraînée dans la région par amour de sa beauté sauvage, mais Cornelia, qui préférait l'animation de New York, avait eu beaucoup de mal à s'adapter. Elle s'était rattrapée en se lançant dans la lutte féministe, et il semblait, si on lisait entre les lignes, que plus ses activités avaient irrité son mari, mieux elle s'en était portée.

La manifestation pour le droit de vote qu'elle avait organisée en octobre 1914, inspirée par le grand rassemblement de Washington l'année précédente, occupait un chapitre entier et était racontée avec une évidente jubilation. Cornelia Elliot décrivait les manifestantes, déterminées et animées d'un grand enthousiasme malgré l'hostilité des spectateurs qui ne restaient pas toujours courtois. Elle décrivait son arrestation et la nuit qu'elle avait passée en cellule avec fierté. Non seulement on lui avait reproché de manifester sur la voie publique, mais aussi d'avoir distribué des documents ayant trait à la physiologie humaine et au contrôle des naissances, ce qui était alors illégal aux termes de la loi Comstock contre l'obscénité.

Être traitée en criminelle pour avoir diffusé des informations sur la contraception, c'était barbare. J'eus envie de relire la page écrite par Rose, qui racontait comment elle avait fermé la porte pour se regarder nue pour la première fois. Une chose toute naturelle pour moi, mais qui avait bouleversé sa vie. Rose avait-elle connu Cornelia Elliot ? Était-ce par cette femme qu'elle avait obtenu les brochures ? Avaient-elles parlé de tous ces sujets ensemble ? Ses souvenirs, jetés sur le papier, ressemblaient davantage à une confession intime qu'à un récit. Elle n'avait sans doute eu aucune intention de les montrer.

Je m'interrompis pour chercher Cornelia Elliot sur Internet, mais ne trouvai rien de plus que ce que je savais déjà. Ensuite, je tentai de dénicher d'autres informations sur sa sœur, Vivian Branch. Cette fois, plusieurs sites étaient répertoriés, dont l'un concernait une donation qui avait été faite de ses archives privées aux collections du Serling College. J'écrivis un petit e-mail au service des archives de cette université, en demandant s'il existait des documents qui pourraient me servir à mieux cerner la vie et la personnalité de Vivian Branch et de sa sœur Cornelia Elliot. Ensuite, sentant que j'allais vite me perdre dans ce flot d'informations, je pris un papier et établis la liste des dates qui se bousculaient dans ma tête pour clarifier mes idées.

Westrum, Frank, 1868-1942
Westrum, Beatrice Mansfield, 1873-1919
Jarrett, Cora, 1887-1958
Jarrett, Joseph, 1894-1972
Jarrett, Rose, 1895-????
Jarrett, Iris, née en 1911
Manifestation droit de vote des femmes, Washington, 1913
Manifestation droit de vote des femmes, Lac des Rêves, 1914
Ouverture Dream Master, 1919
Obtention droit de vote des femmes, 1920
Départ Iris, 1925
Naissance de mon grand-père, 1925
Achèvement des vitraux, 1938
Construction base militaire, fermeture chapelle, 1940
Naissance Arthur, 1952
Naissance papa, 1953

Je réfléchis tout en buvant mon vin. L'air était pur, les bouées métalliques cliquetaient dans l'eau. En entendant des voix monter du lac, je rassemblai mes papiers et les posai sur le bar en bas de l'escalier avec ma pile de livres. Dehors, Blake aidait ma mère à passer du voilier à la jetée en la tenant par son bras valide. Ensuite, il tendit la main à Avery, qui portait deux grands cabas en bandoulière. Elle fut déséquilibrée par le tangage, et se rattrapa à lui. La lumière, reflétée par le miroir du lac, accentuait les contrastes et donnait de la petite troupe une image à contre-jour, si bien que je ne vis que des silhouettes traverser la pelouse vers moi. Quand ils arrivèrent sur la terrasse, je fus prise au dépourvu. Ma mère avait changé, mais sans que j'arrive à déterminer en quoi. Ce n'était ni sa jupe de lin blanc, ni la tunique de lainage bleu clair parcourue de fils argentés assortis à ses sandales et à ses boucles d'oreilles. Je lui connaissais tout cela. Je crus d'abord qu'elle avait un chignon, puis je vis qu'elle s'était fait couper les cheveux. Une totale transformation qui leur donnait du volume et du mouvement. Cela lui allait très bien.

— Tes cheveux !

— Ça te plaît ? Un coup de folie ! Je ne sais pas ce qui m'a pris. Je voulais juste un rafraîchissement, et puis tout à coup, j'ai demandé à Josh de tout couper. J'adore, en fait. Je me sens tellement plus légère ! J'ai l'impression que ma tête va s'envoler !

— Ça te va très bien. Ça te change, mais vraiment, c'est magnifique.

— Il m'en a retiré trente centimètres ! J'en ai fait don à une association. C'est quoi, tout ça ?

demanda-t-elle en passant devant les livres et les papiers entassés sur le bar.

Elle ne s'arrêta pas et, accompagnée d'Avery, elle alla dans la cuisine pour vider les sacs : des boîtes de taboulé, de houmous, de poivrons grillés, de salade de pâtes, et du pain frais.

— Des documents que j'ai trouvés, tu veux que je les range ailleurs ?

— Non, laisse, ça ne me dérange pas.

Elle se tourna pour prendre un plat de tranches de pastèque dans le réfrigérateur, et son cou me parut encore plus long, plus élégant. C'était fou ce qu'une simple coupe de cheveux pouvait changer quelqu'un. Andy allait tomber encore plus amoureux d'elle, songeai-je en me rappelant la voix grave et chaleureuse du répondeur.

— C'est extraordinaire comme je me sens libre, dit-elle en passant la main dans sa nuque. Libre comme l'air !

Je montai me changer, ce qui ne me prit pas longtemps car je n'avais emporté qu'une seule robe, puis je redescendis, pour trouver Blake au barbecue et Avery qui sortait les plats sur la terrasse. Ma mère avait invité beaucoup de monde : ses collègues, la famille, ses voisins. Les convives commençaient à arriver. Ils se garaient sur le bas-côté engazonné de la route et traversaient la pelouse, portant des bouteilles ou des plats couverts. Les ballons que nous avions gonflés le matin flottaient comme de petits soleils et de petites lunes dans les arbres, et les guirlandes lumineuses préfiguraient les premières étoiles du soir.

Ce fut une soirée très agréable et tranquille au bord de l'eau. Les gens riaient et parlaient entre eux, formant de petits groupes ici et là. Je passais des uns aux autres, saluant chaleureusement d'anciennes connaissances. M. Hardesty, le voisin le plus proche, me parut avoir beaucoup maigri depuis douze ans. La dernière fois que je l'avais vu, c'était le matin du drame, où il avait agrippé Blake et ma mère comme s'ils risquaient eux aussi de se noyer. Météorologiste à l'époque, il m'informa qu'il avait pris sa retraite. Il voulait tellement couper avec son ancien métier qu'il ne regardait plus un seul bulletin et préférait se promener avec un parapluie et des bottes en permanence dans sa voiture, et se laisser surprendre par les changements de temps. Georgia, qui vivait de l'autre côté de la route, avait à peine changé, elle. C'était une potière qui avait fabriqué tous les carillons qui tintinnabulaient sur sa véranda et celles de nos voisins. Elle me parla de la verrerie de Keegan, puis elle m'apprit qu'elle donnait depuis peu des cours de formation permanente en arts plastiques. Elle était contente d'avoir ainsi un revenu fixe et une assurance sociale car son fils était entré à l'université. Elle le chercha du regard et l'appela. Autrefois, Jack était un petit gamin énergique qui galopait dans les champs avec ses amis et jouait à cache-cache. C'était devenu un jeune homme très sûr de lui qui suivait les cours d'art dramatique de l'université de New York et portait les cheveux longs coiffés en queue de cheval. Il était méconnaissable.

— Tu sais que j'ai invité Keegan, me dit ma mère en s'arrêtant à côté de moi un verre de vin à la main. Il est passé à la banque aujourd'hui, et je me suis dit que ça serait sympathique de le voir.

Elle eut un sourire, et je ne sais pourquoi je me rappelai les petites mèches qui descendaient dans le cou de Keegan et la chaleur de son bras contre le mien quand nous avions examiné les vitraux.

— Il va venir ?

— Il a dit qu'il essaierait de se libérer. Il a demandé si tu serais là. Je crois qu'il a été vraiment très content de te revoir.

Je tâchai de ne rien montrer de ma joie. S'il venait, cela ne serait sûrement pas à moto, songeai-je ; et il emmènerait Max, mais cela ne me dérangeait pas, bien au contraire.

— Keegan a beaucoup changé, remarquai-je. Il semble plus en paix avec lui-même, et puis il a bien réussi sa vie.

— Il pourrait dire la même chose de toi.

Quelqu'un que je ne connaissais pas accapara ma mère avant que je puisse répondre, et elle se consacra de nouveau à ses invités. Le bruit des conversations et des rires montait autour de moi. Je m'occupai de servir les boissons et de faire passer les délicieux amuse-gueules aux épinards et au fromage de chèvre qu'avait préparés Avery. Art arriva avec Joey. Sa voix un peu forte m'empêcha d'ignorer sa présence. Je l'entendis dans la cuisine, puis sur la terrasse, qui saluait ma mère, puis avec Lawson, le mari de Georgia, qui était venu directement de la banque où il travaillait et dont la tenue un peu trop soignée semblait incongrue en cette occasion. Joey prit une bière et s'isola au bord du lac avec Blake, en grand conciliabule, tandis que Zoe, prise d'un accès de mélancolie adolescente, s'empara du hamac où elle lut ostensiblement un livre en regardant de temps en temps le lointain d'un air boudeur. J'hésitai à la déranger, ne sachant si elle avait réellement envie d'être seule ou cherchait simplement à attirer l'attention.

Quand je demandai à sa mère si Zoe avait des soucis et si je devais aller lui parler, elle m'assura qu'elle agissait par pur caprice. Austen, une rousse pleine de vitalité, était devenue marchand de biens depuis quelques années. Elle avait adopté l'aspect prospère et ultrasoigné des agents immobiliers, et aussi leur brusquerie.

— Tu lui ferais trop plaisir. Elle me rend folle. À cet âge, il n'y a rien à faire. Tout devient une tragédie. Elle se conduit comme si nous étions des bourreaux. Nous lui refusons tout, ses amies sont toutes mieux traitées qu'elles, et j'en passe. Lucy, si jamais tu as envie de prendre une pensionnaire au Japon, je te l'envoie. Non ? Sans façon ? Tu as raison. Si j'ai réussi à supporter l'adolescence de Joey, j'imagine que je survivrai à celle de Zoe.

Joey, au lycée, avait en effet été un petit monstre méprisant, mais je m'en étais bien vengée.

Les invités firent honneur au buffet et au vin. Le jour baissa, puis les premières étoiles apparurent. Avec l'arrivée de la nuit, la lune, presque pleine, se leva à l'horizon et me fit penser à la frise de Rose sur son magnifique tissu et sur les vitraux. Avery sortit les gâteaux, coupés en tranches, et ma mère apporta des bols de crème fouettée et de fraises. Je m'éloignai un peu pour prendre du recul. Dans mon coin d'ombre, je me sentis étrangement détachée des autres, comme s'ils évoluaient sur une scène de théâtre. Les petites fêtes de ce genre étaient fréquentes, même en mon absence, et continueraient après mon départ. Je sortis mon portable pour regarder l'heure. Presque 22 heures. Keegan ne viendrait plus. Il avait sa vie et s'était très bien débrouillé sans moi, lui aussi. Je descendis à la jetée, ôtai mes chaussures, et m'assis au bout, les pieds dans l'eau. J'appelai Yoshi qui décrocha tout de suite. J'entendis la rumeur de son bureau en bruit de fond.

— Coucou !

— Lucy…

— Je suis à une fête, lui dis-je en m'allongeant sur les planches. Le ciel est plein d'étoiles. C'est la nuit la plus courte de l'année, tu te rappelles ?

— Pas ici, malheureusement, dit-il d'une voix contrainte. Je ne peux pas te parler maintenant. On se parle sur Skype ce soir ? C'est-à-dire… demain matin en Amérique.

— D'accord. Tout va bien ?

— Oui. Oui et non. Le voyage en Indonésie est en train de se compliquer. Je te raconterai plus tard. Et toi, ça va ?

— Le ciel est complètement dégagé, répondis-je en cherchant la Grande Ourse.

En Indonésie, nous avions devant notre chambre une galerie ouverte où nous pouvions dormir sous les étoiles quand il faisait très chaud.

— Tu me manques.

— Je préférerais être avec toi, je t'assure.

— Bientôt.

— Oui, bientôt.

Il raccrocha et je fermai le téléphone, mais je ne me levai pas tout de suite, profitant encore un peu du ciel étoilé. J'avais senti que Yoshi avait des ennuis au bureau. Il était très rare qu'il soit stressé.

À mon retour, je vis que les gens commençaient à partir. De loin, cela faisait un joli tableau : la lueur des bougies, les tables jonchées d'assiettes en carton et de serviettes en papier. Georgia passait avec un sac-poubelle qu'elle remplissait de détritus avant de partir ; Austen ramena Zoe qui devait réviser un examen. Moi, je m'attardai dans le vieux jardin lunaire de maman où quelques roses émergeaient du fouillis végétal, pâles et odorantes. Les belles-de-nuit étaient ouvertes et exhalaient, comme la lavande, un parfum délicieux. Je me surpris à penser à mon père, et à ce soir fatal où nous nous étions vus pour la dernière fois, quand le jardin était encore si beau. Je me demandai si cette fête aurait été différente s'il y avait assisté et ce qu'il aurait pensé de ma vie. Prise d'une profonde tristesse, je m'arrêtai dans ma jungle odorante. Les invités partirent les uns après les autres, et il ne resta bientôt plus qu'Art et Joey, ma mère, Blake et Avery, assis autour du barbecue sur la terrasse. Blake fit passer une photo de la pose de la première pierre de Dream Master qu'il avait trouvée dans un vieux meuble de classement au magasin. On y voyait, disait-il, notre arrière-grand-père donner solennellement un coup de pioche près du canal. Ils la commentèrent, la firent tourner de main en main, puis ma mère s'excusa et rentra en refermant la porte moustiquaire derrière elle. Il y eut des bruits de répondeur, puis un murmure de voix, qu'elle écouta sans allumer la lumière. Je l'imaginai en train de sourire en entendant la voix d'Andy. Sur la terrasse, la conversation languissait. Art leva son verre pour porter un toast.

— À notre projet, dit-il. Au Débarcadère.

J'avais été sur le point de les rejoindre, mais je me figeai en entendant cela et vis Joey, Blake et Avery lever leurs verres pour trinquer. Je me souvins des plans qu'avaient étudiés Art et Joey au Green Bean et de ceux qui se trouvaient sur le bureau d'Art. J'avais bien vu qu'un projet était en cours, mais sans me douter qu'il était aussi avancé. J'attendis la suite.

— Il n'est pas un peu tôt pour trinquer ? demanda Blake. Rien n'est encore fait.

Je lui trouvai un air embarrassé, mais trop poli, trop soucieux de plaire à Art. Je sentis monter la colère. Comment mon frère pouvait-il travailler avec lui ?

— Je ne vois pas ce qui pourrait se passer maintenant que nous avons trouvé les terrains qui nous conviennent et que le montage financier a été finalisé, dit Art. Bien sûr, il faut encore faire changer le plan d'occupation des sols, mais nous attaquerons, et nous gagnerons. Je ne me fais aucun souci pour la deuxième étape, ta mère va certainement accepter de vendre, Blake. Nous en avons parlé plusieurs fois.

— Je ne sais pas, intervint Avery. La mère de Blake est peut-être partante, et le reste plus ou moins réglé, mais l'opposition est assez forte. Les groupes écologistes se réunissent demain. Et Keegan Fall est très actif.

— Tu penses, personne ne veut que les terrains retournent aux Iroquois, protesta Blake. Politiquement, ça n'est pas porteur. Sa verrerie a l'air de bien marcher, d'accord, mais il n'a aucun pouvoir.

— Et puis on ne sait pas ce qui peut arriver avec une toute jeune entreprise, intervint Joey, enfoncé dans sa chaise longue. Keegan Fall peut très bien se planter.

— Il fait une grosse erreur de tactique en se rangeant du côté des écolos, appuya Art. Il va se faire une très mauvaise presse, et les gens ont la mémoire longue par ici.

— C'est un raté, ricana Joey avant de prendre une longue gorgée de bière. Il est revenu ici parce qu'il n'avait pas le choix.

Je passai la main dans la lavande pour que son parfum apaisant monte jusqu'à moi. J'étais indignée. Keegan avait un an de plus que moi, mais nous avions fait notre scolarité dans la même classe. Quand il était revenu à onze ans de l'année qu'il avait passée à voyager avec sa mère, il avait maigri, et son jean était un peu trop court. Il avait été mis dans ma classe, où il s'était assis seul, près de la fenêtre. On se moquait de lui à la récréation, et mon cousin Joey était l'un des plus acharnés parce qu'il était plus grand, plus fort et que c'était déjà un imbécile. Il traitait Keegan de « sale Peau-Rouge » et lui demandait pourquoi il n'avait que deux chemises. Keegan ne répondait pas à la provocation. Il gardait ses distances, impassible, ses yeux noirs ne laissant filtrer aucun sentiment.

Un jour, je m'étais assise à côté de lui aux balançoires, en calant mes pieds sur la terre sèche pour ne pas bouger. Nous étions allés en voyage de classe à Syracuse, où nous avions vu les grandes meules rondes dont se servaient autrefois les Iroquois pour broyer le maïs. J'avais demandé à Keegan s'il était vraiment iroquois.

Il m'avait regardée pour s'assurer que je ne me moquais pas de lui, mais il savait que ma famille ne s'entendait pas avec celle de mon oncle, donc il devait se douter que je ne serais pas du côté de Joey. Plus loin, des garçons tapaient dans un ballon de foot sur le terrain. L'école était construite en haut de la colline et, même si nous ne pouvions pas voir le lac à cause des maisons et des arbres, nous sentions sa présence.

— La grand-mère de ma mère était séneca, finit-il par dire. Tu sais, ce grand terrain où il y a la base militaire ? Eh bien, c'était leur territoire, avant.

— Peut-être qu'un de tes ancêtres était chef, dis-je, pensant aux parures de perles que nous avions vues, si jolies et si colorées que j'avais eu très envie de les toucher.

— Peut-être, je ne sais pas.

Nous n'avions pas entendu Joey arriver derrière nous. Il s'était exclamé en se tapant sur la poitrine :

— Moi grand chef !

Cela avait fait hurler de rire le clan des garçons et le visage de Keegan s'était de nouveau refermé.

— Pourquoi tu ne lui colles pas ton poing sur le nez ? lui avais-je demandé à mi-voix.

Keegan n'avait pas répondu et ne m'avait même pas regardée. La cloche de fin de récréation avait sonné et nous étions rentrés en classe. L'après-midi avait été tranquille, mais, le lendemain, quand Joey avait recommencé à faire l'imbécile en plaisantant sur les signaux de fumée, Keegan avait réagi comme l'éclair et lui avait envoyé un direct en pleine figure.

Keegan et Joey avaient été suspendus pour la journée, et, quand Keegan était revenu le lendemain, il avait repris son ancienne place près de la fenêtre, mais cette fois quelques garçons étaient allés lui parler pour lui demander ce qu'avait dit le directeur. Quand il avait été de nouveau seul, j'étais allée m'asseoir à côté de lui et lui avais offert un chewing-gum. Il l'avait accepté et m'avait étudiée avec la même intensité que la veille, puis il avait souri, mais si vite que j'avais presque cru l'avoir imaginé.

Après cela, nous étions devenus amis. Nous ne nous parlions pas beaucoup, nous ne prenions pas nos déjeuners ensemble, mais je m'étais installée à côté de lui en classe et nous nous offrions des cadeaux : un crayon de couleur, un gadget trouvé dans une boîte de biscuits, des dessins comiques. Nous restions discrets pour éviter les moqueries.

C'était une amitié forte, l'histoire d'une grande complicité. Nous en avions reparlé quand nous nous étions retrouvés plusieurs années plus tard, assis sur le même gradin à un match de basket. Keegan était avec ses amis et moi avec les miens, mais, au milieu du match, il s'était penché pour me regarder avec ce drôle de demi-sourire si séduisant, et il m'avait fait passer un petit mot : *Salut, Lucy. Alors, ça va ? Ça fait un bail.*

— C'est vrai, disait Art. Keegan ne vaut pas grand-chose. Il a eu de la chance, mais il n'a que les mois d'été pour faire son chiffre, comme nous tous. Steve Peterson a appelé aujourd'hui, à propos. Il accepterait de s'associer avec nous pour la première étape.

— La première étape de quoi ? demandai-je en sortant de l'ombre.

Il y eut un grand silence.

— Autant la mettre au courant, finit par dire Art. C'est pratiquement fait.

— Nous avons fait une offre pour deux parcelles sur les terrains de la base, expliqua Joey. Une des deux est proche du village, et c'est quasiment dans la poche. L'autre est juste adjacente au terrain de ta mère, de l'autre côté des arbres.

— Un beau projet, intervint Blake.

Son enthousiasme me fit peur pour lui car, quoi que notre oncle veuille bien en dire, je ne lui faisais aucune confiance. Il ne se montrerait jamais équitable avec Blake.

— Nous voulons construire un lotissement qui s'appellerait le Débarcadère, reprit-il. Autrefois, c'était là qu'accostaient les bateaux à vapeur. C'est un lieu historique. Tu as peut-être vu les plans à Dream Master.

— Mais la parcelle de maman est en grande partie du marécage.

J'aimais tellement ce marais, avec ses roseaux, ses poissons qui venaient y frayer.

— Aucun problème, coupa Art, nous l'assécherons. Les écolos en font toute une histoire, mais ça n'ira pas bien loin.

— Tant qu'il y a des emplois à la clé, la majorité sera de notre côté, Lucy, intervint Avery qui était restée tellement silencieuse jusque-là que j'avais presque oublié sa présence. C'est très joli de défendre l'environnement, mais des quantités de gens vont se retrouver sans emploi avec la fermeture de la base. La situation n'était déjà pas brillante avant. Vue de loin, on peut croire que cette région est riche, mais ce n'est qu'une apparence. Il y a ceux qui profitent du tourisme, et puis tous les autres qui ont du mal à joindre les deux bouts.

— Nous n'avions pas l'intention de te laisser de côté, Lucy, je t'assure, dit Art. Si tu veux participer, nous serons ravis. C'était à ce genre d'association que je faisais allusion quand tu es venue au bureau. Rien n'est plus simple, tu n'as qu'un mot à dire.

Je ne le prononçai pas. Le craquement de la porte moustiquaire annonçait le retour de ma mère. Elle apportait une bouteille de vin et une pile de gobelets en plastique retournés sur le goulot.

— Tout va bien ? demanda-t-elle en remarquant le silence.

Je la connaissais, et, malgré son ton léger, je devinai qu'elle était sur ses gardes. Ou bien je lui prêtais le malaise que je ressentais moi-même après ce que je venais d'apprendre. Des soupçons me prenaient. Je me demandais si Andy, lui aussi, était dans le coup et si maman avait déjà accepté de vendre la propriété à Art.

— Nous mettions Lucy au courant de nos projets, expliqua Art. Tu sais, notre petite transaction.

— Ah oui ? Eh bien j'espère que tu lui as dit aussi que j'étais loin d'avoir pris ma décision. Tu le sais, Lucy ? demanda-t-elle en se tournant vers moi.

— Ça n'était pas très clair.

— J'y venais, j'y venais ! lança Art. Nous ne voulons pas te forcer la main, Evie. J'espère simplement que tu vas y réfléchir sérieusement. Blake et moi, nous l'espérons tous les deux.

— Je n'ai pas dit oui. Ça ne signifie pas que je refuserai, mais je suis toujours chez moi ici.

Dans le silence qui s'ensuivit, elle distribua les verres. J'eus l'impression qu'elle n'était, au fond, pas si mécontente que cela d'avoir ce petit pouvoir sur eux. Tant qu'elle laisserait sa décision en suspens, Art et tous ceux qui convoitaient sa parcelle seraient sur des charbons ardents. C'était un aspect de sa personnalité que je ne soupçonnais pas et que je trouvai vaguement dérangeant.

— Je vais vous faire passer la bouteille avant de l'ouvrir pour que vous puissiez bien l'admirer, dit-elle. Ce n'est pas vraiment le moment, et si j'avais su j'aurais attendu, mais, puisque je l'ai sortie, autant l'ouvrir. Je l'ai trouvée au sous-sol quand je me suis attaquée au rangement. Elle était dans une caisse, enveloppée dans un tissu qui est tombé en lambeaux quand je l'ai retiré. Je veux la boire.

La bouteille passa de main en main. Quand elle arriva à moi, je l'inclinai pour présenter l'étiquette à un rayon de lumière. Elle était blanche, calligraphiée à l'encre noire, d'une écriture penchée, mais qui n'était pas celle de Rose.

Cru de la comète
Langport, Angleterre
1910

Art toussota, se préparant à faire une déclaration, solennel comme les membres de la famille l'étaient toujours quand il s'agissait de Joseph Arthur Jarrett et des espoirs qu'avait éveillés en lui le passage de la comète.

— Mon grand-père nous parlait de ce vin. J'étais encore petit, mais je me souviens bien de l'histoire. Cet automne-là, une vendange spéciale a été faite avec le raisin qui avait poussé sous l'influence de la comète. La famille l'a vinifié dans sa propre cave, et quand mon grand-père a émigré il en a emporté trois ou quatre bouteilles. Il y a tout un mythe autour de ce cru de la comète, qui est censé avoir des vertus particulières. Eh bien, quelle surprise ! Je ne pensais pas qu'il en restait une bouteille.

Une image de mon arrière-grand-père surgit dans mon esprit : il levait le visage vers le ciel, comme illuminé par une lueur céleste et par ses rêves d'une nouvelle vie. Comme tout le monde, j'avais toujours trouvé touchante cette histoire qui traversait les générations. Cela m'avait semblé être un beau mythe fondateur, mais je ne savais plus qu'en penser. Rose n'avait-elle pas joué un rôle dans l'histoire familiale ?

— Cette bouteille a dû être remisée en attendant une grande occasion, et puis oubliée, dit ma mère. Voyons si ce vin a vraiment un pouvoir magique.

— Tu ne penses pas que nous devrions attendre, Evie ?

Ma mère regarda Art droit dans les yeux. On sentait sa détermination.

— C'est mon vin, non ? Je l'ai trouvé chez moi après tout. J'ai envie de le goûter maintenant.

Elle sortit le tire-bouchon de la poche de sa jupe et demanda à Blake de déboucher la bouteille. Après une infime hésitation, il obéit. Le bouchon, vieux de près d'un siècle, grinça en tournant dans le goulot.

Ma mère lui prit la bouteille des mains et nous en versa à chacun un quart de verre. Le vin était d'un rouge si foncé que j'eus l'impression de tenir un peu de la nuit entre mes mains. Je me souvenais du retour de la comète dans mon enfance, en 1986. Nous l'avions guettée dans la coupole jusque tard dans la nuit et, quand nous l'avions enfin distinguée, j'avais été déçue de la voir aussi pâle et aussi lointaine. C'était un souvenir très vif, mais il était possible que ma déception ait eu pour cause un autre événement récent. Je mélangeais sans doute à cette contrariété l'angoisse que j'avais ressentie en voyant mon père revenir de Dream Master avec ses affaires, car le hasard voulait que ce jour coïncidât avec celui où il avait définitivement quitté l'entreprise familiale.

— Au solstice, dit ma mère.

Tout le monde leva son verre.

Le vin était madérisé et légèrement vinaigré. Ce n'était pas mauvais mais un peu décevant. Une fois nos verres vides, les conversations reprirent jusqu'à ce qu'Art se lève pour partir.

— Evie…

Il s'interrompit, hésita, puis se ravisa et dit simplement :

— Une fête très réussie ! Viens, Joey, il est temps de rentrer.

Blake et Avery restèrent encore un peu pour aider à ranger, puis ils retournèrent à leur bateau main dans la main. La voile se gonfla dans le vent comme une aile.

— Tout le monde s'est bien amusé, dis-je à maman en empilant les restes dans le réfrigérateur. Ça m'a fait plaisir de les revoir.

— Oui, je suis contente, ça s'est bien passé.

Nos regards se croisèrent au moment où je refermais la porte du frigo.

— Lucy, j'étais sincère, tu sais, tout à l'heure. Je ne sais pas encore si je veux vendre. Et même si je vendais, rien ne dit que ce serait à Art.

— Mais si je comprends bien, ce n'est pas exclu… Enfin, je n'ai rien à dire, ça ne me regarde pas.

— C'est toi qui as voulu partir, non ?

— J'ai fait comme j'ai pu.

— Tu n'étais pas obligée de choisir une université à l'autre bout du pays, Lucy. Ni d'accepter des missions qui t'ont emmenée dans tous les coins du monde. C'est toi qui as voulu t'éloigner.

Je fus blessée qu'elle me fasse ce reproche qui me semblait très injuste.

— J'ai choisi la meilleure université… J'ai accepté les offres d'emploi les plus intéressantes. Tu m'avais dit de ne pas hésiter. L'été où papa est mort. Tu m'as dit de ne pas me faire de soucis pour toi.

— Oui, c'est vrai, c'est vrai, soupira-t-elle. Je voulais que tu vives ta vie, que tu sois heureuse. Et c'est toujours ce que je souhaite. Mais je m'inquiète pour toi. C'est dur de te savoir si loin. Tu n'as pas l'air de t'en rendre compte, Lucy, mais après le tsunami, par exemple, j'étais morte d'angoisse parce que je ne pouvais pas te joindre.

— Mais j'étais en vacances ! Je n'étais même pas en Indonésie !

— Tu vivais là-bas, non ? Je n'avais pas de nouvelles ! J'ai cru que tu étais morte !

J'étais en Nouvelle-Zélande à l'époque de la catastrophe. Je faisais une randonnée avec Yoshi et des amis, et nous n'avions appris la nouvelle que plusieurs jours plus tard. Quand j'étais rentrée à Jakarta, Yoshi et moi étions retournés à l'orphelinat où nous avions fait du bénévolat l'année précédente et qui était dépassé par le nombre d'enfants dont ils avaient la charge. Nous avions fait ce que nous pouvions, même si c'était peu face à la tragédie.

— Je suis désolée. J'ai promis de faire plus attention, de ne pas te laisser sans nouvelles.

— Je ne t'en veux pas, Lucy. Tu es libre. Mais il faut que ce soit réciproque, alors. Moi aussi, j'ai besoin de vive ma vie. Tu voudrais peut-être que je finisse mes jours à m'user à entretenir cette grande maison, mais il n'en est pas question. C'est fini. Je ne sais pas si je vendrai à Art. À lui, à quelqu'un d'autre, on verra. Et puis pas nécessairement tout de suite. J'attendrai peut-être un ou deux ans avant de me décider. Je ne veux pas qu'on me force la main. Personne ne me dictera ma conduite, ni toi, ni Art, ni personne.

Elle était vraiment en colère.

— Je te comprends maman. Et Andy ? demandai-je, ayant aussitôt honte d'aborder le sujet.

— Quoi, Andy ?

— Il est au courant ?

— Non. Ça ne le regarde pas non plus, Lucy. Je viens de le rencontrer. Je suis contente. Ça m'amuse beaucoup de le voir. Je suis heureuse. Ça te dérange ?

— Je n'ai jamais dit ça !

— Alors pourquoi me parler de lui ?

J'étais très perturbée par cette conversation. Le bourdonnement du réfrigérateur me semblait assourdissant. Je lui avais posé la question sans réfléchir, et je ne savais pas pourquoi cette histoire m'angoissait autant. Notre famille avait un passé compliqué, lié au partage de la propriété et de l'entreprise. L'attitude de Blake me blessait beaucoup, elle aussi. Je me sentais trahie qu'il se joigne à Art, et l'excuse de l'enfant ne me convainquait pas vraiment. Le vin de la comète me laissait un goût amer dans la bouche. Je n'avais jamais dit à ma mère que j'avais rencontré mon père dans le jardin le soir de sa mort. Elle ne savait pas qu'il m'avait proposé de l'accompagner à la pêche et que, si j'avais accepté, tout aurait été différent. Nous serions revenus avec de beaux poissons, et le lendemain nous aurions fait griller nos truites au soleil. La face du monde en aurait été changée et nous n'en serions certainement pas là où nous en étions.

Soudain, je ne lui en voulus plus. Je fus prise d'une immense fatigue. Le décalage horaire, peut-être…

— Je ne sais pas pourquoi je t'ai parlé d'Andy. La peur du changement, sans doute. Tout est allé tellement vite.

— Oui… Pour toi, sûrement, le temps a passé vite. Je comprends. Mais tu sais, ça n'a pas été aussi rapide que tu l'imagines.

Je faillis lui dire à quel point je me sentais coupable de ne pas être allée à la pêche avec papa cette nuit-là, mais à quoi bon gâcher son bonheur ? Elle semblait heureuse. Je préférai la laisser tranquille.

— Tu as raison. Ce sera sans doute mieux pour toi de vendre la propriété, et pourquoi pas à Art, finalement. Blake et Avery ne vont pas pouvoir élever leur enfant sur le voilier.

Je me rappelai d'un coup que j'étais censée garder le secret. Je me maudis de l'avoir laissé échapper.

— Leur enfant ? Ils vont avoir un enfant ?

— Je suis désolée. J'avais promis de ne rien dire. Avery est enceinte, et c'est à cause de ça que Blake a voulu prendre un travail plus sédentaire. Tu n'as pas remarqué qu'elle n'avait pas goûté au vin de la comète ?

— Ah ! Si ! Ça explique bien des choses… Mais pourquoi ne m'en ont-ils pas parlé ?

— Avery tient absolument à l'annoncer elle-même. Ne leur dis pas que je t'en ai parlé. Ils m'en voudraient.

— Je suis la future grand-mère, c'est normal que je sache. Je suis sûre qu'ils ne t'en voudront pas. Quel bonheur ! Tu as raison. Ils ne peuvent pas élever un enfant sur ce voilier. Attends, je les appelle tout de suite.

— Non, maman, je t'en prie.

— Je dirai que j'ai deviné. Après tout, j'avais remarqué qu'elle ne buvait pas d'alcool. C'est pour quand ?

— Octobre, je crois.

Ma mère s'était déjà emparée de son portable et elle ne se rendit même pas compte que je quittais la cuisine pour monter dans ma chambre.

Je me couchai, mais les événements de la soirée me tournèrent dans la tête longtemps avant que j'arrive à m'endormir. Dans la nuit, un orage troubla mon sommeil, ce qui me fit souvenir de mon rêve. Je cherchais frénétiquement des objets sous les feuilles d'un sous-bois, comme je l'avais déjà rêvé à mon arrivée, mais cette fois, je les trouvais. C'étaient des sphères de verre, d'une beauté inouïe, délicates comme des gouttes de pluie. J'étais émue par leur beauté et saisie d'un désir fou de les posséder. Mais quand je les ramassais, elles m'échappaient, fuyantes comme des billes, et me tombaient des mains. Je les cherchais par terre, le cœur brisé d'avoir perdu ces merveilles. Assise sur le tapis de feuilles mortes, j'essayais de les réparer, avec de la colle, du fil de fer, mais, obstinément, elles se désagrégeaient.

8

Je me réveillai tôt, par une aube grise et pluvieuse qui estompait la limite entre le ciel et le lac. L'orage avait décroché les ballons des arbres. Les lanternes en papier que nous avions pendues autour de la terrasse s'affaissaient sous le poids de l'eau. Je descendis, encore perturbée par ces objets d'une saisissante beauté que j'avais vus dans mon rêve sans pouvoir les retenir. Je me fis du thé, aussi silencieusement que possible. Ma mère n'avait pas besoin de se lever tôt car elle ne commençait qu'à 10 heures, et j'étais heureuse d'avoir un moment de répit après notre dispute de la veille. Comme il restait du fromage et des crackers sur le comptoir, je pris un peu de brie et montai une grappe de raisin avec ma tasse. Je fermai la porte de ma chambre et, assise en tailleur sur le lit, je bus mon orange pekoe tout en regardant par la fenêtre. Un voile de bruine cachait le lac et l'herbe détrempée s'aplatissait. Yoshi m'avait donné rendez-vous à 19 heures, heure du Japon, pour me parler. Il ne restait que cinq minutes. Je me connectai sur Skype ; il répondit aussitôt. Son visage apparut à l'écran.

— Je me suis rapporté des nouilles, me dit-il. Je suis dans la cuisine. Ça te dérange si je dîne en te parlant ? Je meurs de faim.

— Tu les as prises au bout de la rue ?

Notre traiteur préféré était une petite boutique aux murs lambrissés de bois clair, où on mangeait de grands bols de soupe de nouilles au comptoir, assis sur des tabourets. C'était notre repaire du week-end.

— Oui, j'ai pris celles que tu adores, les nouilles au curry, dit-il en levant sa cuillère avant de la porter à sa bouche pour me montrer ce qu'elle contenait. Dommage que tu ne sois pas là.

— Je n'ai pas à me plaindre, répondis-je en lui montrant mon raisin. Tu sais, je me réveille. Tes nouilles au curry ne me font pas très envie. Comment ça va ?

— Pas très bien, en fait. Désolé de n'avoir pas pu te répondre au bureau, mais l'atmosphère était un peu tendue quand tu as appelé.

— Que se passe-t-il ?

— Il y a un gros problème avec le projet indonésien. Tu te souviens que les gens du village ne voulaient pas qu'on touche à leur site sacré. Mon équipe a passé la semaine à mettre au point un projet parallèle qui permettrait de faire passer le pont à l'extérieur du territoire en question. Tout le monde aurait été content.

— Et la boîte n'a pas voulu ?

— Attends une seconde…

Il disparut soudain. Je me pris à penser aux croyances indonésiennes. On m'avait souvent conseillé là-bas de ne pas sortir au crépuscule, car à ce moment de la journée, entre le jour et la nuit, l'âme court le danger de s'égarer. Cela peut sembler irrationnel, mais je n'étais pas loin d'y croire moi aussi.

Les entre-deux ne sont pas des moments faciles, entre passé et présent, entre la vie qu'on quitte et celle vers laquelle on se dirige. Parfois, j'avais l'impression d'être sur le point de me perdre.

Yoshi reparut. Il était allé chercher une bouteille de saké.

— Donc tout le monde gagnerait à adopter notre solution, mais la direction n'a pas voulu. Trop cher. D'ailleurs, ils ont déjà obtenu des autorités l'autorisation de construire à cet endroit, ce qui fait qu'ils n'ont aucune raison de faire des concessions.

— Alors on t'a sabré ton projet.

— Oui, mais l'ennui, c'est que j'ai protesté.

— Ah… Je vois…

Beaucoup d'expatriés travaillaient dans son entreprise, ce qui donnait plus de souplesse à l'habituelle discipline japonaise. Mais le cas de Yoshi était un peu différent. À cause de ses origines et de son bilinguisme on s'attendait à plus de respect de sa part. J'avais toujours pensé qu'il en faisait davantage que les autres pour s'intégrer. Il restait plus longtemps au bureau, il allait boire avec les clients plus souvent qu'à son tour, parce qu'il lui fallait compenser des moments comme celui-ci, où ses convictions l'obligeaient à s'opposer à ses chefs.

— Bon, mais ce n'est pas trop grave quand même ? demandai-je. Ils ne vont pas te virer pour ça.

Je plaisantais à moitié, mais Yoshi, lui, était très sérieux.

— J'espère que non, mais ils ne sont pas très contents et ils me le montrent. Ils m'ont embauché en espérant que mon expérience en Indonésie leur serait utile, mais pour obtenir ce qu'ils voulaient, pas pour défendre les habitants. Donc maintenant, on m'a assigné quelqu'un pour m'accompagner à Jakarta la semaine prochaine.

— Un chaperon ?

— En gros, oui. Ça ne me plaît pas du tout. On ne peut pas dire que ce soit très grave, mais, en même temps, pour être honnête, ça me donne envie de leur coller ma démission.

— Ça ne serait pas un peu excessif comme réaction ?

J'essayais d'en plaisanter, mais j'étais prise d'un horrible accès de panique. S'il démissionnait, nous n'aurions plus de travail ni l'un ni l'autre.

— Je ne sais pas encore ce que je vais décider, c'est juste une idée qui commence à germer. Sans doute un coup de déprime après une journée difficile.

— Si tu démissionnes, on vivrait de quoi ?

Il dut entendre mon angoisse, parce qu'il me sourit, tâchant de me rassurer à dix mille kilomètres de distance.

— Ne t'en fais pas. Je suis juste un peu sur les nerfs. Ce n'est pas grave. Et toi ? J'ai regardé votre météo. Est-ce qu'il pleut ?

— Oui, à torrents.

Pourtant une vague éclaircie nacrait le ciel au-dessus des arbres. On pouvait encore espérer une belle journée.

— J'ai fait des découvertes sur mes ancêtres…

Je lui racontai mes recherches et mon intention d'aller visiter la fondation Westrum à Rochester. Il s'embrouillait dans les liens familiaux.

— Donc cette Rose, ce serait ton arrière-grand-mère ?

— Non, mon arrière-grand-tante. La sœur de mon arrière-grand-père. C'est fou que nous n'ayons jamais entendu parler d'elle, non ? Il y a eu un scandale, je crois.

— Et tu es sûre de vouloir fouiller dans tout ce linge sale ?

Moi aussi, je m'étais posé la question. Après tout, le passé avait peut-être été caché pour d'excellentes raisons. Mais ma curiosité l'emportait sur mes craintes.

— J'ai vraiment envie de savoir. Je ne pourrais pas t'expliquer exactement pourquoi. C'est comme un épisode qui manquerait à mon histoire. Par exemple, si Rose avait été chassée de la famille parce qu'elle était une meneuse du mouvement des suffragettes, je serais très fière. Nous aurions bien besoin d'une héroïne dans la famille.

Cela m'aurait même bien aidée moralement quand, beaucoup plus modestement, j'avais lutté pour gagner ma place dans un domaine scientifique encore très majoritairement masculin. Dans le milieu de l'entreprise, il arrivait encore souvent qu'on me coupe la parole en pleine présentation, ou qu'on me laisse faire le secrétariat, alors qu'un homme aurait eu droit à une assistante. J'étais exclue presque naturellement de certaines conversations informelles qui se révélaient pourtant importantes pour le travail.

Yoshi me parla encore un peu de son imminent voyage en Indonésie, puis il me dit qu'il devait me laisser car il avait quelques rapports à lire avant de se coucher. Il but une longue gorgée de saké, et son air fatigué m'inquiéta.

— Ne te couche pas trop tard.

— Dès que j'aurai fini. Je compte m'effondrer devant la télé. Au fait, Mme Fujimoro a demandé de tes nouvelles. Elle a remarqué que tu n'étais pas là.

Ce moment où elle m'avait pris la main pendant le tremblement de terre avait donc laissé quelques souvenirs.

— Comment va-t-elle ? Il y a encore eu des secousses ?

— Une un peu violente hier. Quand je suis rentré, la bibliothèque était tombée, et toutes les plantes qui restaient de la cuisine.

— Je ne peux pas dire que les tremblements de terre me manquent, mais toi, si, ajoutai-je.

— Tu me manques aussi.

— Nous serons bientôt ensemble. Je t'aime.

— Moi aussi.

Avant que j'aie pu lui reprocher son manque de tendresse, il déconnecta.

Je tins compagnie à ma mère pendant son petit déjeuner, puis je la conduisis en ville. Nous étions embarrassées, sur nos gardes. Blake lui avait semblé content de lui parler de l'enfant, mais il lui avait demandé de ne pas propager la nouvelle parce que Avery se réservait la joie de l'annoncer elle-même.

— Maman, j'espère vraiment que tu ne lui as pas dit que ça venait de moi !

— Pas directement, mais je crois qu'il a deviné. Il a eu l'air un peu embêté au début, j'avoue, mais ne t'en fais pas, Lucy, il n'y a pas de quoi en faire toute une histoire.

Je la déposai devant la banque. Elle se dépêcha de monter les marches en serrant son imperméable autour d'elle pour protéger son attelle. Ensuite, je partis pour Rochester. Sur les routes de campagne, les vaches me regardaient passer, les champs de maïs tremblaient sous la pluie. Je rejoignis ensuite la route 20 qui relie les lacs Finger entre eux par leurs pointes nord, suivant plus ou moins l'ancien trajet du canal Érié. Elle traverse des villes du XIXe siècle, dignes et blanches, confites dans leur gloire passée. Un siècle plus tôt, dans les rues de terre battue circulaient des voitures à cheval. Sur les quais des ports du canal, on chargeait les péniches qui convoyaient les caisses de verrerie ou de vêtements, de pompes à eau, de cordes, produits dans cette région industrielle. Avec la fermeture des usines, ils étaient tombés en désuétude. Certaines villes avaient retrouvé vie grâce au tourisme, mais d'autres étaient abandonnées, les vitrines vides ou condamnées, ou reprises par des entreprises de travail temporaire. Les banlieues étaient tentaculaires, envahies par les centres commerciaux et les fast-foods.

La fondation Westrum n'ouvrant pas avant 14 heures, je m'arrêtai pour visiter les jardins de Sonnenberg à Canandaigua, où je déjeunai. Ensuite, je repartis et, arrivée à Rochester, je me garai dans le centre-ville. La fondation Frank-Westrum était cachée derrière une épaisse haie de forsythias, dans une rue où s'alignaient de hautes maisons en brique. Une allée dallée traversait un jardin mystérieux plein de coins et de recoins, de bancs cachés, et de glycines qui grimpaient le long de leurs treilles. L'architecture du bâtiment était étonnante. Deux étages, dans un style moderne qui rappelait celui de Frank Lloyd Wright, organique, intégré à la nature, avec des lignes horizontales et de nombreuses ouvertures. Le lieu semblait désert, au point que j'eus peur que, malgré les horaires indiqués sur Internet, la maison ne soit pas ouverte aux visiteurs. En arrivant à la porte d'entrée, abritée sous un portique soutenu par de longues poutres en porte-à-faux, j'avisai une petite pancarte qui indiquait en rouge que l'endroit était ouvert. J'entrai dans le hall. Il était désert.

— Bonjour ?

Des articles de presse encadrés accrochés à un mur retraçaient l'historique de la maison. Je les lus en attendant qu'on veuille bien m'accueillir. Le quartier avait été construit en 1873 et les maisons en brique dataient de cette époque. Puis, en 1910, un incendie qui s'était propagé de maison en maison en avait détruit une grande partie. Il n'y avait pas eu de victimes, mais de nombreuses familles avaient tout perdu dans le sinistre et avaient dû se reloger ailleurs. Le terrain était resté vide jusqu'à ce que Frank Westrum s'en porte acquéreur en 1920 et entreprenne cette construction originale, qui avait duré pratiquement dix ans pour des raisons financières. Le dernier article traitait de la restauration de la maison dans les années 1960 par la fondation et la création d'un musée destiné à rassembler les œuvres de verrerie de Frank Westrum.

Un bruit de pas rapides retentit au loin et un homme de haute taille, vêtu d'un pantalon kaki et d'une chemise blanche, arriva dans le hall. C'était un vrai roux aux cheveux flamboyants, le visage criblé de taches de rousseur. Le badge qu'il portait sur la poitrine indiquait son nom, Stuart Minter, en grosses lettres d'imprimerie. Stuart devait avoir environ mon âge et il m'adressa un sourire embarrassé en approchant, parlant si vite que j'eus du mal à le comprendre.

— Bonjour, bienvenue, désolé de vous avoir fait attendre. Il n'y a jamais beaucoup de monde en début d'après-midi, vous m'avez pris par surprise. Désolé, vraiment confus. Vous vouliez faire la visite ?

— Oui, j'aimerais bien, mais j'aurais quelques questions à vous poser d'abord.

Je lui parlai des vitraux du Lac des Rêves, et de leurs frises si particulières de lunes et de vignes.

— Voilà le motif. Il vous est familier ? demandai-je en lui présentant la photo prise sur mon portable. On ne voit pas très nettement, mais j'ai trouvé un document à l'église, une facture qui indique que Frank Westrum a exécuté ce travail pour une commande en 1938.

Stuart Minter prit le téléphone pour mieux voir l'image.

— Non, dit-il après réflexion, nous n'avons pas de motif de ce type ici et, à ma connaissance, il n'y en a pas non plus dans les archives Westrum. Je m'en souviendrais, son style était tellement original. Mais malgré la mauvaise qualité de l'image, je détecte des caractéristiques du travail de Westrum dans le sertissage. Regardez, cette forme de fleur qui relie les morceaux de verre. Vous la remarquerez dans tous les vitraux que vous verrez pendant la visite.

Voilà qui intéresserait beaucoup Keegan, me dis-je.

— Y aurait-il un moyen de trouver dans quelles circonstances cette commande a été passée à Frank Westrum ? Il s'agit d'une donation d'un particulier à une église. Avez-vous des traces des anciennes transactions ?

— Je ne vous promets rien, mais nos archives sont très complètes. Je vais vérifier pendant que vous faites la visite, si vous voulez.

— Merci beaucoup.

— Je vous en prie. C'est extrêmement excitant, je dois dire. Je ne m'attendais pas à faire une pareille découverte aujourd'hui !

Il me confia un iPod contenant un commentaire enregistré, ainsi qu'un plan du musée et des notes sur les objets exposés, puis il reprit le couloir par lequel il était arrivé, que fermait une porte marquée « privé ». La maison n'était pas immense, mais les espaces non meublés et ouverts semblaient spacieux. Ils étaient éclairés par d'innombrables baies devant lesquelles étaient accrochés les vitraux de Frank Westrum, qui jetaient des taches bariolées sur les murs, les plafonds et le sol. J'appuyai sur la touche de lecture et je déambulai de pièce en pièce à travers cette jungle colorée, tout en recevant par les écouteurs une foule de détails sur la vie de Westrum, son enfance, son bref mais marquant apprentissage chez John La Farge, la rupture avec son maître, très déterminante pour lui, son mariage, la naissance de ses deux enfants, le décès de sa femme et son installation à

Rochester. Quand on voyait ses œuvres, on était frappé par sa fascination pour l'eau : des étendues paisibles, des tourbillons, des vagues écumeuses. Elle était omniprésente, sous toutes ses formes. Il semblait avoir aussi particulièrement aimé les vignes, dont les motifs ornaient les impostes des portes et des fenêtres, et toutes les fleurs. Au milieu de sa carrière, il s'était inspiré de la géométrie, son travail devenant beaucoup plus sobre après la luxuriance des scènes complexes de ses débuts. Une série de fenêtres carrées me frappa notamment, où il avait joué avec les verts, les bleus et le blanc, leur donnant une forme de losange ou de triangle assez remarquable.

Je trouvai son style apaisant. Peut-être parce que ses œuvres étaient exposées dans des pièces claires aux murs blancs, mais surtout grâce à la qualité des vitraux. Leurs couleurs chatoyantes, les représentations de la terre, de la nature, de l'eau, les personnages aux robes flottantes, et puis les motifs géométriques répétés, qui donnaient une impression d'ordre et de continuité.

Je traversai ainsi les quatre pièces du bas, puis je fus guidée vers le hall et un petit couloir. Je suivis les instructions tout en jetant des coups d'œil à la brochure, et puis soudain je m'arrêtai net, saisie par ce que je vis en arrivant en bas des marches. La cage d'escalier était vaste, entièrement vitrée. La luminosité y était magnifique et mettait en valeur une verrière immense accrochée sur le palier, resplendissante dans ses or, ses verts, ses aigue-marine, ses vermillon, et ses ambre sombre. C'était le portrait d'une femme qui marchait sur le chemin de gravillons bleutés d'un jardin, tenant dans un bras une gerbe de longues fleurs multicolores. Ses cheveux flottaient sur ses épaules en une noire cascade. Sa robe mordorée à la coupe simple lui descendait aux chevilles, retenue à la taille par une ceinture plus foncée. Elle était pieds nus, le visage doux et pâle tourné vers les fleurs. Je remarquai le sertissage sur lequel Stuart avait attiré mon attention, en bas à gauche, et aussi sur le bord de la manche. Mais ce qui me bouleversa le plus, ce ne fut pas tant sa beauté que sa posture, cette façon de se tenir de trois quarts, le regard porté au-delà du cadre, comme si elle contemplait quelqu'un. Son visage, aussi, était familier. Long, les yeux grands, et très bleus. Je pris mon portable et fis défiler les photos que j'avais prises pour retrouver la verrière de Joseph. Oui, elle ressemblait bien à cette femme qui se tenait à part, dans une posture tout à fait semblable. C'était la même forme de visage. L'image était trop petite pour distinguer d'autres détails. Abritant l'écran de la main pour le protéger de la lumière, je comparai les images, le cœur battant. Oui, j'en étais sûre, la même femme avait servi de modèle aux deux œuvres de cet artiste.

Il y eut des pas dans le couloir et Stuart reparut, portant plusieurs dossiers sous le bras. Il était presque aussi rouge que ses cheveux, s'étant dépêché, sans doute, pour ne pas me laisser trop longtemps seule.

— Elle est belle, n'est-ce pas ? dit-il en s'arrêtant à côté de moi. Ce vitrail vient d'une collection privée de New York et n'était pas répertorié. Nous pensons qu'il a été créé vers la fin de la carrière de Westrum.

En tout cas, certainement après son arrivée à Rochester.

Je l'écoutai poliment et refermai mon téléphone sans lui montrer la photo, parce que j'avais envie de garder ma découverte pour moi.

— C'est une très belle femme qui a posé pour lui, ou du moins une femme très originale. Vous ne savez pas qui elle était ?

— Malheureusement, non. Nous savons très peu de chose sur cette période de la vie de Westrum. À cette époque, il avait perdu les faveurs de la critique et il s'est retiré ici après la mort de son épouse. Il a encore vécu une vingtaine d'années. Personne ne s'intéressait plus à son travail. Nous supposons qu'il s'agissait d'une personne de la famille qui avait commandé son portrait, mais nous n'avons aucune certitude. Cela pourrait aussi être sa fille, Annabeth. Les couleurs sont particulièrement magnifiques, vous ne trouvez pas ?

— Extraordinaires. Et j'ai remarqué le motif en fleur dont vous m'avez parlé.

— Vous noterez aussi la gradation des teintes du bouquet. Il a utilisé le spectre de l'arc-en-ciel, du rouge au violet. C'est plus une allusion littéraire qu'une représentation réaliste, bien sûr, puisque les fleurs sont des iris et que, dans la mythologie grecque, Iris est la déesse de l'arc-en-ciel.

— Je ne savais pas. Merci, c'est très beau…

Une émotion d'une intensité folle m'avait saisie. Iris, la fille de Rose, qui avait été chassée de la famille.

— Et vous m'apportez d'autres informations dans vos dossiers ? demandai-je en tâchant de ne rien laisser paraître.

— Il n'y a pas grand-chose. Suivez-moi à l'accueil, je vais vous montrer.

Je repris avec lui l'étroit couloir et il étala ses papiers sur le bureau. Il y avait la copie d'une lettre de réception des vitraux de la chapelle et de remerciement de l'église, accompagnée d'autres lettres.

— J'ai l'impression que toutes ces lettres ont trait à la même commande, dit Stuart. Je ne les ai parcourues que très vite. Lisez-les, si vous voulez. J'en ai conclu que les vitraux ont été commandés par un client du nom de V. W. Branch en 1936. Une adresse à New York. J'imagine que Westrum l'a connu quand il vivait là-bas. Il n'y a pas grand-chose d'autre à part les dimensions et quelques croquis des images qui doivent y figurer.

Je parcourus les lettres, tapées à la machine, signées à l'encre noire V. W. Branch.

— Je crois que le client est une cliente. C'est sans doute Vivian Whitney Branch, une grande féministe de l'époque.

J'étais dans un tel état d'excitation que j'avais le plus grand mal à m'exprimer calmement. Ces nouveaux éléments commençaient à donner une forme de plus en plus précise au puzzle dont j'avais découvert les premières pièces dans la coupole de notre maison.

— Vivian Branch avait une sœur, Nelia Elliot, qui vivait au Lac des Rêves. C'était le lien que je cherchais entre les vitraux de la chapelle et Frank Westrum.

Nelia Elliot militait elle aussi pour les droits des femmes.

Je lus les papiers attentivement, cherchant un lien tangible avec Rose, mais ne trouvai rien.

— Je suis un peu déçue. J'espérais que la personne qui avait commandé ces vitraux était une de mes aïeules, dis-je à Stuart qui semblait attendre une explication. Je ne vois pas son nom dans ces courriers. J'ai trouvé quelques lettres d'elle chez ma mère, que je n'ai malheureusement pas apportées, mais j'aurais reconnu son écriture.

— Je ne vois pas comment votre aïeule aurait pu connaître Frank Westrum, observa Stuart. À moins qu'elle ait vécu à New York avant 1920, ou à Rochester ensuite.

— Je ne sais pas où elle vivait, mais je suis intimement persuadée qu'elle le connaissait.

— Vous savez, les intimes convictions… Il n'y a rien de plus trompeur.

Sa condescendance me porta sur les nerfs. Je sortis mon téléphone de mon sac et cherchai de nouveau la verrière de Joseph parmi mes photos.

— Regardez. Vous voyez, cette femme derrière le sac de blé ?

Stuart étudia l'écran, et dut revenir sur son jugement.

— C'est vrai qu'elles se ressemblent.

— Je suis sûre que c'est la même femme qui a servi de modèle pour ces deux vitraux.

— Et vous dites que c'est une de vos aïeules ?

— Je n'en ai aucune preuve, mais, comme je vous l'ai dit, j'ai retrouvé des lettres. Personne ne parle d'elle dans la famille. Elle s'appelait Rose Jarrett, et j'ai retrouvé son acte de naissance. Elle a eu une fille en 1911. Et puis ensuite, je ne sais pas ce qu'elle est devenue.

Je n'eus pas envie de lui révéler que cette fille s'appelait Iris. C'était comme un trésor que j'avais encore envie de protéger un moment. J'hésitais à rendre trop vite publique cette histoire privée.

— Cette église, où se trouve-t-elle, déjà ?

— C'est l'église Saint-Luc, au Lac des Rêves.

Stuart ne commenta pas, mais, de toute évidence, il connaissait ce village. C'était toujours drôle de voir la réaction des gens quand on leur parlait du Lac des Rêves. Le village avait la réputation d'être un peu snob et réservé aux riches, jaloux de la pureté de leurs eaux et de la beauté de leurs maisons. De deux choses l'une, soit on adorait l'endroit soit on le détestait. J'eus l'idée que Stuart faisait plutôt partie de ses admirateurs.

— C'est bien joli, dit-il après un silence, mais tout ça ne m'explique toujours pas ce qui vous fait penser que votre aïeule est la même femme qui a posé pour ces deux vitraux.

— C'est à cause de la frise. Regardez. Vous voyez ces lunes et ces vignes sur la photo ? Le même motif figure sur une broderie que j'ai trouvée chez nous. Il en est fait mention dans une lettre qu'elle a écrite.

— Un peu léger, non ?

— Oui, bien sûr ! admis-je en riant. Ce n'est qu'une intuition, mais je pense qu'il y a un lien. Je peux me tromper, j'en suis consciente.

— Vous permettez ?

Il reprit le téléphone pour examiner le vitrail de la Sagesse. Ce fut assez long, il finit cependant par hocher lentement la tête.

— J'aurais tendance à vous donner raison, même sans être formel.

— J'ai vu votre affichette qui interdit de prendre des photos mais, étant donné les circonstances, j'aimerais que vous me donniez l'autorisation d'en prendre une de la verrière de l'escalier.

Stuart se raidit et me rendit mon portable.

— Désolé, mais c'est tout à fait impossible. Le conseil d'administration du musée…

— Une petite exception…

Il hésita et regarda sa montre.

— Je vais passer un coup de fil pour demander l'autorisation. De toute façon, il faut que je les avertisse de la découverte de ces nouveaux vitraux. Ils voudront voir vos photos.

Il fit le tour du bureau et appuya sur une touche correspondant à un numéro enregistré. Il s'entretint avec son correspondant à voix basse en me tournant le dos, puis, à la fin de la conversation, il se tourna de nouveau vers moi.

— Bien, j'ai contacté un membre du conseil d'administration, un spécialiste de Frank Westrum. Il accepte de vous laisser prendre une photo à condition que vous nous laissiez une copie de celle que vous m'avez montrée, et vos coordonnées. Votre histoire l'intéresse beaucoup, comme je m'y attendais.

— Je vous l'envoie par e-mail immédiatement.

Je pris leur carte sur un présentoir et tapai l'adresse e-mail dans mon téléphone.

— Vous ne m'avez pas montré ce qu'il y avait dans les autres dossiers, remarquai-je.

— Ils ne contiennent que des bons de commande de verre de différentes couleurs.

J'y jetai un coup d'œil par acquit de conscience, mais Stuart avait raison, je n'y trouvai rien d'utile. Je recopiai ensuite l'adresse de New York pour la comparer à celle que je ne manquerais pas de trouver sur les lettres de Vivian qui se trouvaient au Serling College, le jour où l'archiviste me recontacterait. Je photographiai la verrière en prenant soin de bien la cadrer, puis je laissai mon nom et mon numéro de téléphone à Stuart avant de partir.

Il était plus de 17 heures quand je sortis de la fondation. Il faisait encore très gris, le vent agitait le feuillage sur un ciel crépusculaire. Je m'arrêtai un instant sous une glycine. Un papillon passa devant moi et se posa dans l'herbe, comme une feuille qui tombe.

Je pensai à Frank Westrum, à sa femme, Beatrice Mansfield, et aux liens que Rose Jarrett pouvait bien avoir eus avec eux. J'étais encore dans le jardin quand une grosse voiture noire se gara devant la grille. Un homme de grande taille assez corpulent, aux cheveux clairsemés, en sortit précipitamment, me jeta un coup d'œil au passage et entra dans le bâtiment, pour en ressortir presque aussitôt. Il descendit les marches du perron en courant et avança vers moi, la cravate au vent.

— Excusez-moi, vous êtes Lucy Jarrett ?

— Oui, c'est moi.

— Enchanté, dit-il en me tendant la main. Je m'appelle Oliver. Oliver Westrum Parrott. Je suis le président du conseil d'administration, et l'arrière-petit-fils de Frank Westrum. Stuart vient de m'appeler et je me suis dépêché de venir. J'aimerais beaucoup voir la photo du vitrail que vous avez trouvé, si ça ne vous ennuie pas. S'il s'agit réellement d'une œuvre de Frank Westrum, cette découverte serait du plus haut intérêt pour nous.

— Je vous en ai envoyé une copie par e-mail mais, si vous voulez, je peux vous la montrer sur mon téléphone. Elle n'est pas de très bonne qualité.

Je sortis mon portable à contrecœur, surprise de me sentir si réticente à partager le peu que je savais sur Rose. Il se mit dans l'ombre de la glycine pour mieux voir la photo et la regarda sans faire de commentaire, mais je sentis qu'il était fortement ébranlé.

— En effet, finit-il par dire d'une voix étranglée. C'est extrêmement intéressant.

Il leva vers moi un regard où je lus une avidité qui me parut inquiétante.

— Lucy… Je peux vous appeler Lucy ? Puis-je vous inviter à boire un verre ? J'aimerais beaucoup discuter de tout ceci avec vous.

— Je n'ai pas vraiment le temps. J'ai une heure de route pour rentrer.

— Cela ne prendra pas longtemps, je vous le promets. Vous savez, j'en sais plus long sur Frank Westrum que n'importe qui d'autre.

Ma curiosité eut raison de moi, et j'acceptai.

Je suivis la voiture d'Oliver Parrott jusqu'à un vieux quartier rénové où s'alignaient restaurants et boutiques de mode. Il se gara et je trouvai une place non loin. Je le rejoignis devant un petit café aux vitres décorées. Oliver me tint la porte, puis nous traversâmes une salle remplie de consommateurs qui venaient se détendre après leur journée de travail. Au fond, une petite terrasse donnait sur le lac. Grâce au mauvais temps, il restait plusieurs tables libres, pourtant protégées par des parasols. Oliver prit un gin tonic, et moi de l'eau gazeuse.

— Donc, qu'avez-vous à me raconter sur Frank Westrum ? demandai-je dès que la serveuse se fut éloignée. Je dois avouer que je ne connais son existence que depuis quelques jours.

— Un personnage extraordinaire. Je ne suis pas objectif, je le reconnais : son héritage a eu une énorme influence sur ma vie. Ma femme et mes enfants peuvent en témoigner. Ils s'en plaignent beaucoup d'ailleurs. Je ne suis pas artiste moi-même, précisa-t-il très vite comme si cela aurait été vaniteux de le prétendre. J'ai un peu tâté du pinceau, mais j'ai vite compris que je n'avais pas de talent. Et puis c'est une vie trop difficile. Dès qu'une place s'est libérée dans le conseil d'administration de la fondation Westrum, je l'ai acceptée avec plaisir. Mon arrière-grand-père est devenu ma raison de vivre en fin de compte. Une sorte de vocation.

» Il a émigré d'Allemagne à une époque où cela se faisait beaucoup chez les artisans. Il est arrivé en 1885, à l'âge de dix-sept ans, et il s'est fait embaucher dans une verrerie des environs de New York. Là, il a rencontré plusieurs maîtres verriers qui avaient entrepris de faire revivre l'art du vitrail, lequel était pratiquement tombé dans l'oubli. Ils faisaient des recherches pour retrouver les méthodes du Moyen Âge. Frank Westrum a été l'apprenti de l'un d'entre eux. C'étaient les débuts de l'Art nouveau et mon arrière-grand-père a tout de suite adhéré à ce style qui lui convenait à merveille. Il aimait la fluidité des lignes, la sensualité de la nature telle qu'elle était représentée. C'était un grand romantique.

— J'ai un ami verrier qui travaille aussi à l'ancienne. Keegan Fall, vous avez entendu parler de lui ?

— Mais bien sûr ! s'exclama Oliver dont le visage s'éclaira. C'est un verrier très talentueux. J'apprécie beaucoup son travail. Comment va-t-il ? J'espère que son atelier va marcher. C'est un emplacement idéal qu'il s'est trouvé dans ce charmant village. Il attire une foule de touristes.

— Pour l'instant, je pense qu'il est satisfait.

— Tant mieux, tant mieux. Je lui ai déjà commandé quelques restaurations, ajouta-t-il en prenant une grande gorgée de gin tonic. Les affaires de mon arrière-grand-père ont été florissantes pendant une quinzaine d'années. Beaucoup de gens fortunés lui commandaient des vitraux, mais il n'a pas voulu s'adapter aux nouvelles modes. L'Art nouveau n'a duré qu'un temps. Après la guerre, plus personne ne s'y intéressait. Il avait un caractère difficile, intransigeant. Il s'accrochait à ses convictions. Pour lui, le verre opalescent était une hérésie qui tuait la beauté du vitrail, dont toute la puissance vient de la transparence et de l'utilisation de la lumière. Il n'en démordait pas. Je l'admire pour son intégrité. Il a gardé un certain nombre de clients fidèles, qui lui ont permis de continuer à vivre de son art, mais il n'a pas connu la gloire de son vivant et n'a pas produit beaucoup de pièces. Voilà pourquoi celles que vous avez trouvées dans cette église ont une telle importance. Maintenant, parlez-moi de votre aïeule.

— Elle s'appelait Rose Jarrett. Elle avait une fille, qui est née en 1911. Je n'en sais pas plus.

— Je vous trouve bien secrète.

J'eus un rire, mais je ne tenais pas à lui donner le nom d'Iris.

— Je vous assure que je ne vous cache rien ! C'est justement parce que je cherche des informations sur Rose que je suis venue à la fondation Westrum. Frank Westrum a reproduit une frise dont elle se servait elle-même, et qu'elle a peut-être dessinée. Attendez, je l'ai aussi photographiée.

Je cherchai la photo dans mon téléphone et la montrai à Oliver.

— Je voudrais en savoir plus sur elle, mais j'ai très peu d'éléments, à part quelques papiers qui datent de 1925.

Oliver devint pensif.

— Frank était déjà à Rochester à cette époque. Il s'y est installé après la mort de sa femme, parce que la vie y était moins chère qu'à New York. Et puis peut-être aussi pour changer de vie. Beatrice avait de la famille dans la région, donc il avait dû en entendre parler par elle. Et comme vous avez pu le constater à travers son travail, il adorait la campagne, surtout le milieu aquatique.

— Beatrice Mansfield.

— Oui, vous avez entendu parler d'elle ? C'était mon arrière-grand-mère. Ma mère a été baptisée du d'Oliver me faisait redouter une offre que l'Église trouverait difficile de refuser. Je me sentais très mal. Il me semblait m'être trahie moi-même, avoir donné accès à un domaine très privé sur lequel je ne voulais pas qu'on empiète. Je fus inquiète pendant tout le trajet du retour, par l'autoroute puis en passant par les jolis villages avec leurs boutiques chic, leurs salons de tatouage, leurs distributeurs automatiques, leurs fast-foods, leurs agences immobilières, leurs épiceries, leurs cafés, leurs boutiques de souvenirs et leurs vieilles salles de spectacle.

Quand la tempête éclata, ce fut avec une telle violence que je dus m'arrêter car je ne voyais plus rien à travers le pare-brise. Je me réfugiai sur le terre-plein du point de vue de la route du lac. La pluie ayant cessé, je descendis de voiture et allai m'accouder à la balustrade pour regarder le lac qui s'étendait à mes pieds, entre les collines. Un arc-en-ciel se déploya au-dessus de l'eau couleur d'ardoise, jusque derrière la masse sombre des arbres. C'était d'une beauté à couper le souffle, un cadeau de la nature qui m'emplit d'une puissante émotion. La netteté lumineuse du spectre des couleurs me rappela celle des vitraux et je pensai de nouveau à Rose. J'avais compris qu'elle avait beaucoup souffert d'être éloignée de sa fille. La vie de cette arrière-grand-tante remettait en cause l'idée que je m'étais faite de ma famille, de sa droiture, de sa stabilité. Je me sentais responsable de son malheur. Rose n'était plus là pour se défendre, et je voulais au moins empêcher qu'elle disparaisse des mémoires.

rejoignant, je me levai et maman nous présenta. Il avait une poignée de main ferme, un sourire chaleureux, et il me posa des questions sur le Japon, démontrant une réelle curiosité. Je n'avais aucune raison de le trouver antipathique, et pourtant je restais sur mes gardes.

— Je vais chercher un autre verre, dit ma mère.

— Attends, j'y vais, m'empressai-je de dire.

Je me rendais soudain compte que ce n'était pas lui qui dérangeait, mais moi. Le verre qu'elle m'avait donné avait été destiné à Andy, pas à moi.

Je leur tins compagnie pendant environ une demi-heure. Ma mère parla beaucoup, nous racontant à tous deux ce que nous faisions l'un et l'autre – mon travail d'hydrologue, son brevet de pilote, mes voyages, les siens – pour alimenter la conversation. Il avait grandi dans la région, mais était parti jeune et avait vécu un peu partout sur la côte Est en exerçant son métier de contrôleur aérien. Il avait trois grands enfants ; sa femme était morte d'une crise cardiaque deux ans plus tôt. Ma mère lui toucha la main quand il me donna cette information, et il lui fit un bref sourire.

— Et donc, où étiez-vous ? demandai-je en regardant le bouquet de glaïeuls dans le silence gêné qui s'ensuivit. Le jour du premier pas sur la lune, je veux dire.

Il eut l'air étonné. Ma mère me jeta un coup d'œil irrité, mais, au bout de quelques secondes, il reprit contenance et eut un petit rire.

— Eh bien, j'étais ici. Ou plutôt à cap Canaveral. Je suis allé assister à la mise à feu avec d'anciens copains de fac. Nous avions vingt-cinq ans. Nous avions tous de bons boulots, certains étaient déjà mariés, mais, pour ce moment historique, nous avons fait le déplacement. C'était extraordinaire, je dois dire. Nous sommes allés sur la plage avec des télescopes le soir de l'alunissage et nous les avons imaginés en train de marcher sur la mer de la Tranquillité. Vous savez que le Lac des Rêves doit son nom à la lune ? Du moins en partie. Les Iroquois l'appelaient le Lieu-des-Songes et, quand les pionniers sont venus s'installer, ils l'ont rebaptisé en s'inspirant des régions lunaires. Je suppose que je ne vous apprends rien. *Lacus somniorum* : le lac des Rêves, à deux pas de la baie des Arcs-en-ciel et de la mer de l'Ingénuité.

J'avais contemplé les posters de Blake assez souvent pour connaître par cœur tous les noms lunaires ; des appellations belles mais pas toujours aussi harmonieuses. J'eus peur de jeter un froid, mais je ne pus résister.

— L'océan des Tempêtes, le marais de la Putréfaction, le lac de la Mort. Pour la poésie, vous repasserez.

Cela le fit rire.

— Eh bien, vous connaissez bien la géographie lunaire, à ce que je vois.

— J'avais quinze ans cette année-là, intervint ma mère sans tenir compte de ma remarque. Nous sommes sortis, nous aussi, mais nous sommes allés dans les champs. Nous avions attendu l'alunissage toute la journée devant la télévision. Nous nous sommes installés sur des couvertures et nous avons passé toute la nuit à boire des sodas en regardant la lune. Nous n'avions pas de télescopes, nous, et rien ne semblait avoir changé, et pourtant cela faisait une énorme différence.

— Je me demande où papa était cette nuit-là.

J'avais dit cela par simple curiosité, parce que je ne pouvais plus lui poser la question à lui. Ce ne fut qu'en parlant que je me rendis compte de mon manque de tact. Il était même tout à fait possible que, très inconsciemment, j'aie eu envie de l'introduire dans cette conversation pour rappeler à ma mère qu'elle avait eu une autre vie.

— Je ne sais pas où il était, répondit-elle. Nous n'en avons jamais parlé.

Andy lui prit la main, et elle sourit.

Il me fallait bien rester encore un peu pour ne pas avoir l'air de me sauver. Ils me proposèrent de sortir dîner avec eux, mais je refusai en prétextant que j'étais fatiguée, ce qui était un peu vrai. La Prius hybride d'Andy était aussi différente de la voiture de mon père qu'il était possible de l'être. J'agitai la main en les regardant partir, puis je rentrai pour me préparer un sandwich au beurre de cacahuètes dans la pénombre, sans allumer. Je l'avalai debout au comptoir avec un verre de lait, puis lavai le peu de vaisselle sale. Il faisait nuit quand j'eus terminé, mais je sortis tout de même et traversai pieds nus la pelouse humide. J'eus envie de nager, mais je n'avais pas le courage de rentrer pour me changer. J'hésitai un peu, puis je me déshabillai au bout de la jetée et plongeai. L'eau était froide et écumeuse, encore agitée par la tempête. Je montai sur le ponton flottant et y restai assez longtemps, même si je n'avais pas très chaud, car là, au milieu de l'eau, j'étais tranquille. Doucement caressée par le vent, j'étais libre de réfléchir aux événements de la journée. Au sud, il y avait le marécage et l'immense enclos de la base militaire. J'avais très envie d'aller voir les vitraux de la chapelle, car j'espérais qu'ils m'aideraient à comprendre un peu mieux Rose. Et puis, aussi, je voulais avertir le révérend Wells, c'est-à-dire Suzi, qu'elle risquait d'avoir bientôt la visite du très aimable mais inquiétant Oliver Parrott qui allait déployer des trésors de persuasion, et peut-être agiter un gros chèque, pour essayer de nous dépouiller de notre trésor.

Au bout du compte, je ne savais toujours quasiment rien. Je n'avais même aucune certitude sur l'identité de Rose Jarrett ni preuve qu'elle était venue en Amérique avec mon arrière-grand-père Joseph. Si c'était le cas, pourquoi n'avait-il jamais parlé d'elle ? Pourquoi cette couverture de bébé confectionnée avec amour avait-elle été cachée ? Oliver Parrott pouvait penser ce qu'il voulait, j'étais persuadée que la femme des vitraux était Rose. Je me sentais liée à elle comme si je l'avais connue dans une autre vie, ou en rêve. Il me semblait que si j'arrivais à remonter à la source de ces événements, je trouverais la paix qui m'échappait depuis la nuit de la mort de mon père.

Les mouvements du ponton me berçaient doucement. La lune, presque pleine, jetait sur notre grande vieille maison une douce lumière. Il faisait froid, mais je n'avais pas envie de rentrer. Je restai allongée dans le noir, guettant pensivement les étoiles qui pointaient de temps en temps derrière les nuages.

9

Je ne sais si mon bain de minuit m'avait délassée ou si je m'étais simplement remise du décalage horaire, mais cette nuit-là je dormis d'un sommeil réparateur et me réveillai en pleine forme. Je restai au lit le temps de relever mes e-mails, curieuse de savoir si Yoshi avait enfin pris ses billets. Ma boîte était presque pleine parce qu'il m'avait fait suivre des photos de nos amis Neil et Julie, qui prenaient le soleil sur une plage de sable blanc devant une mer d'azur. Ils avaient fait de la plongée et photographié sous l'eau des poissons fluorescents, jaunes et bleu électrique, qui nageaient parmi des coraux ondoyants. Ils avaient découvert une île à cinq ou six kilomètres de la côte indonésienne, où ils se trouvaient si bien qu'ils avaient proposé à Yoshi de venir les rejoindre puisque sa mission ne l'amènerait pas trop loin de là. Il me demandait si cela m'ennuierait car, dans ce cas, il arriverait deux jours plus tard en Amérique.

Je n'avais aucune raison de le priver de ce plaisir. Si j'avais été à sa place, j'aurais eu très envie d'aller voir Neil et Julie et de me reposer un peu sur cette plage magnifique. Je lui dis de ne pas s'inquiéter et d'en profiter, mais j'avais le cœur gros. Pour la première fois depuis mon arrivée, je souffrais vraiment de notre séparation. J'étais prise d'un désir immense d'être avec lui et de me plonger en sa compagnie dans cette eau qui devait être délicieusement chaude. Pour me réconforter, je l'appelai sur son portable et je pus lui parler quelques minutes. Il attendait son train et la gare était bruyante, ce qui m'empêcha de lui raconter dans le détail ce que j'avais découvert à Rochester, mais je lui promis de lui envoyer les photos que j'avais prises des vitraux de Frank Westrum et que nous irions les voir ensemble dès qu'il serait là.

Pendant notre conversation, j'avais entendu que ma mère s'activait en bas. Le bruit de sa douche, les portes du placard qui s'ouvraient et se refermaient, le claquement de ses talons. Il faisait froid et je dus fouiller dans mes tiroirs pour voir s'il ne restait pas quelques vieux pulls. Je n'avais pas apporté assez de vêtements chauds. Dans la chaleur du Japon, j'avais oublié que, au bord des lacs, la fraîcheur printanière durait une bonne partie de l'été. Je dénichai un vieux sweat-shirt bleu foncé qui portait les mots *Night Riders* imprimés en orange sur le devant. C'était le nom de l'équipe sportive de mon lycée. Nous avions tous bien aimé ce nom « les chevaliers de la nuit », et Keegan et moi l'avions pris au pied de la lettre bien souvent pendant notre dernière année, sur sa moto, ou dans son canoë quand nous chevauchions les vagues au cœur de la nuit.

Ma mère était prête quand je descendis, et terminait un reste de houmous avec quelques crackers debout devant le comptoir, en buvant un verre de lait. Le petit mot qu'Andrew avait laissé pour accompagner son cadeau était à côté d'elle, avec un très joli foulard en soie corail. Elle s'arracha à ses pensées pour se tourner vers moi avec un sourire.

— Bonjour, ma chérie.

— Tu as passé une bonne soirée ?

— Très. Nous ne sommes pas allés loin, juste dans le nouveau petit restaurant qui vient de s'ouvrir au village, celui qui a une terrasse qui donne sur l'eau. C'était délicieux. Tu aurais dû venir.

— Je ne voulais pas déranger les deux tourtereaux.

J'avais voulu faire une plaisanterie, mais je me rendis compte trop tard qu'elle était assez malvenue.

Maman me regarda d'un drôle d'air.

— Mais qu'est-ce que tu racontes ? Je le connais à peine, voyons.

— Il a l'air de te plaire.

— Oui, assez.

— Eh bien, parfait ! Je suis contente. J'étais fatiguée, et j'avais besoin de réfléchir au calme. Ces vitraux sont incroyables, maman. Il faut absolument que tu voies ça. Il fait froid, ce matin, ajoutai-je en me versant un café. J'ai récupéré ce vieux sweat-shirt au fond de la commode, j'étais gelée.

— Il y a encore de vieux vêtements dans ta chambre ? Après tout ce temps, c'est idiot ! Tu sais, je me disais justement que nous pourrions profiter de ta visite pour trier tes affaires. Il y a encore tout un tas de paperasses et de fouillis. Je n'ai pas eu le courage de m'y attaquer toute seule, mais il va bien falloir finir par le faire.

Elle était donc pressée de vider la maison pour la vendre. Je tâchai de ne pas trahir ma contrariété.

— Oui, si tu veux. Ce week-end, peut-être ? Avant l'arrivée de Yoshi. Il va arriver deux jours plus tard que prévu, et quand il sera là je n'aurai sûrement pas envie de ranger.

— Il a été retardé ? Dommage. Tout va bien, j'espère.

— Oui, tout va bien.

— Bon, parfait. Je ne veux pas me mêler de ce qui ne me regarde pas, mais je me disais que nous pourrions lui préparer sa chambre, pendant que nous y sommes.

Je la dévisageai, médusée.

— Enfin, maman !

— Quoi ? Qu'est-ce qui ne va pas ?

— Je te rappelle que nous vivons ensemble depuis deux ans.

— Je sais. Tu feras comme tu voudras, mais nous sommes ici chez moi et je tiens à lui préparer une chambre.

— Tu n'es pas croyable, répondis-je en riant. Quelle tête de mule !

Elle fut bien obligée de rire aussi.

Il ne faisait pas très beau quand je l'emmenai en ville. La brume qui s'accumulait dans les creux donnait l'impression que l'Impala traversait des nuages. En haut des côtes, nous retrouvions le vert intense du maïs, le toit rouge des granges. La discussion fut laborieuse entre maman et moi, mais elle prit affectueusement ma main avant de descendre devant la banque. Je me garai dans le parking, tout au bout, puis je retournai dans le restaurant d'Avery pour prendre un café à emporter. J'aurais voulu lui demander pardon d'avoir parlé du bébé à ma mère, mais elle n'était pas là. Cette fois encore, une délicieuse odeur de beurre, de miel, de pain et de café vous accueillait en entrant, et ce matin toutes les tables étaient occupées à l'intérieur, des parapluies mouillés pliés aux pieds des clients. Quand je ressortis, je vis en face de moi la forme sombre de Dream Master qui se dressait sur le ciel gris, les briques noircies par la pluie.

Il n'y avait pas de visites guidées à la verrerie le vendredi, ce qui permettait au personnel de finir d'exécuter les commandes et de se préparer à accueillir les hordes du week-end. La boutique était ouverte et l'étalage dans la vitrine avait été changé. J'aperçus ce jour-là une série de bols, rubis, saphir et améthyste, mais je n'eus pas envie d'entrer. J'allai me poster devant la vitrine à un endroit où l'on voyait les verriers plonger leurs cannes dans le four pour en retirer les boules de verre en fusion. Les objets prenaient forme lentement sous leur souffle, un vase, un verre à vin, un bol. Je sonnai deux fois, mais, soit ils ne m'entendirent pas, soit ils étaient trop occupés car personne ne releva la tête. Keegan n'était pas là ou, du moins, je ne le voyais pas, mais je tenais à lui raconter ma rencontre avec Oliver Parrott à Rochester et à lui parler de Rose. Après une seconde d'hésitation, je me souvins qu'il m'avait donné son numéro de portable quand nous étions à l'église. Je le cherchai dans mon sac et composai son numéro. Il répondit à la quatrième sonnerie et, quand je lui appris que j'étais en bas, il appuya sur l'ouverture automatique.

Il faisait très chaud dans l'atelier malgré toutes les fenêtres ouvertes sur le canal et l'énorme ventilateur qui tournait au plafond. Son assistante me regarda entrer, m'adressa un petit signe de reconnaissance, puis reprit son travail. Au bout de sa canne, une bulle de verre gonflait, d'un vert profond qui devenait iridescent comme le cou d'un col-vert et changeait de forme comme un être vivant. Je m'arrêtai pour admirer les gestes fluides et précis de la jeune femme avant de me diriger vers l'escalier.

Je trouvai Keegan en train de lire une histoire à son fils, assis sur un gros pouf à billes, Max niché dans le creux de son bras. Ce n'était pas un livre d'images, ni même de contes pour les petits, mais d'histoires de la mythologie grecque. Perséphone et Déméter. L'enlèvement de la jeune fille, les recherches éperdues de la mère pour la retrouver, ce qui avait mis les récoltes en péril. Puis Perséphone ayant eu le malheur de manger quelques grains de grenade était condamnée à passer six mois tous les ans dans l'obscurité. J'aurais cru qu'un enfant aussi jeune trouverait cela un peu compliqué, mais il n'en perdait pas une miette. Keegan avait levé les yeux et souri en m'entendant entrer, sans toutefois interrompre son histoire. Je m'appuyai à une poutrelle métallique pour l'écouter en me laissant bercer par sa voix, animée et réconfortante. Max nageait dans le bonheur, absorbé, et jetant à Keegan des regards d'amour éperdu.

Quand l'histoire fut terminée, Keegan ferma le livre, se leva et s'étira.

— Encore une, papa ! s'écria Max. Encore une !

— Tu n'en as pas assez eu ? Même si je t'en lisais jour et nuit, tu m'en réclamerais encore.

Max rit et cria qu'il en voulait encore, et encore.

— Et si tu regardais des dessins animés pendant un quart d'heure pour me laisser le temps de discuter un peu avec Lucy ?

Max me jeta un regard perçant, puis s'empara de la télécommande. Keegan me rejoignit et m'embrassa sur la joue, un baiser amical, rien de plus, mais qui me ramena aux temps anciens. La chaude pression de ses lèvres, l'odeur familière de sa peau, mêlée de savon et, ces temps-ci, de la fumée de ses fours.

— Ça fait un sacré bout de temps que je n'ai pas vu ce sweat-shirt, commenta-t-il. Il te va très bien.

— Je te remercie ! Je l'ai retrouvé au fond d'un tiroir. Alors, tu n'as pas pu venir, l'autre soir ?

J'eus peur d'avoir révélé l'impatience avec laquelle je l'avais attendu à notre fête du solstice. Il posa brièvement la main sur ma joue, là où il m'avait embrassée.

— Ta mère ne m'avait invité que par politesse, et puis nous avons eu beaucoup de travail dans la soirée. Une commande spéciale de décoration de table pour des fiançailles.

— Ce n'était pas seulement par politesse, elle t'aime bien, tu sais. C'était très réussi.

— Je m'en doute. L'année prochaine, peut-être. Tu veux encore du café ? demanda-t-il en désignant mon gobelet.

— Avec grand plaisir, merci.

Je le suivis jusqu'au comptoir. Il se déplaçait avec la même assurance que j'avais admirée dans son atelier quand il soufflait le verre. Je m'assis et retirai le couvercle en plastique pour qu'il puisse me servir.

— Ma mère a dit que tu avais appelé.

— Oui, j'ai une bonne nouvelle. J'ai la permission de t'emmener à la chapelle. Pas avant mercredi, malheureusement, parce qu'on n'a pas encore arraché toutes les planches devant les baies. J'ai hâte de voir ce qu'il y a là-bas, moi aussi.

— Formidable ! Il faut que je te raconte. J'ai découvert qui avait fabriqué ces vitraux et je pense qu'il y a un lien avec ma famille. J'ai une aïeule dont je n'avais encore jamais entendu parler. Elle s'appelait Rose. Et cette Rose a eu une fille en 1911. Après cela, je ne sais plus grand-chose d'elles. Elles ont plus ou moins disparu, mais j'ai quelques pistes, ajoutai-je en pensant à la femme de la verrière qui portait une gerbe d'iris.

Keegan eut l'air surpris. Il nous connaissait bien.

— C'est un peu bizarre chez des gens qui ont autant l'esprit de famille que vous. Le clan Jarrett est tellement soudé qu'on a du mal à imaginer qu'ils aient pu oublier quelqu'un en route.

— Tu penses que nous sommes trop renfermés sur nous-mêmes ?

— Peut-être un peu. Rien de bien méchant.

— Je ne me vexe pas, mais tu trouves que je leur ressemble ?

— Je ne sais pas, Lucy, répondit-il avec un rire, tu as peut-être beaucoup changé. Mais autrefois ta famille te préoccupait pas mal, il me semble.

Il avait sans doute raison, mais ma vie nomade m'avait justement permis de considérer de plus loin les interactions familiales sans me sentir trop impliquée, comme on regarde passer une rivière. Soudain, j'eus peur de m'être de nouveau laissé entraîner par le courant.

— Le plus grave, Keegan, c'est que je ne pense pas que Rose ait été oubliée. Je crois qu'elle a été volontairement effacée. D'après moi, c'était une suffragette, une femme en avance sur son temps, mais peut-être un peu trop pour la famille. Frank Westrum, ça te dit quelque chose ?

— Westrum ? Tu penses ! s'exclama Keegan. Alors, ce sont des vitraux de Westrum ? J'avais envisagé qu'ils puissent être de lui. Ça colle parfaitement. Le style, l'époque, tout. Tu as trouvé son nom dans les archives de l'église ?

— Oui, c'est lui. Il y a encore la facture originale. Je suis allée à Rochester hier visiter la fondation Westrum. J'ai rencontré Oliver Parrott, qui t'envoie ses amitiés.

— Tiens, dit Keegan avec un sourire indulgent. Un sacré personnage, celui-là. Il portait un nœud papillon ?

— Oui !

— C'est un drôle de type. J'aime bien travailler pour lui parce qu'il se préoccupe vraiment de la qualité du verre et qu'il tient à l'authenticité des restaurations. Du coup, ça le rend un peu tatillon. Il te fera recommencer quelque chose dix fois avant d'être satisfait.

— La découverte de ces vitraux l'excite énormément. Je crains de lui en avoir trop dit. Ça ne m'avait pas traversé l'esprit avant de le rencontrer qu'il voudrait les acquérir mais, maintenant que j'ai vu la fondation, ça me fait peur. J'ai envie d'appeler l'église pour les avertir qu'il risque de venir.

— Ne te fais pas trop de soucis. Suzi n'est pas née de la dernière pluie et Oliver aurait fini par l'apprendre, avec ou sans ton intervention.

Je pris mon gobelet que Keegan avait rempli à ras bord, et du café se renversa sur des papiers qui traînaient sur le comptoir. J'attrapai vite un torchon pour essuyer et tamponnai les taches. Il y avait plus de peur que de mal, même si une vague trace brune restait sur un prospectus. C'était la même annonce que j'avais vue affichée à la bibliothèque, informant les Iroquois d'une réunion au cours de laquelle ils pourraient définir leur position concernant l'ancien terrain de la base. Je crus d'abord que Keegan en avait récupéré un ou deux quelque part, mais je me rendis compte que ce que j'avais pris pour une pile de papiers divers était en fait un paquet du même *flyer*.

— C'est toi qui les distribues ?

— Oui, ne t'inquiète pas, j'en ai des quantités.

— Tu t'intéresses au terrain de la base ? demandai-je, me souvenant qu'à la fête du solstice Avery avait dit qu'il était très actif, mais qu'Art et Joey, et même Blake, l'avaient pris pour quantité négligeable.

— Je ne suis pas très impliqué dans l'histoire. On m'a juste demandé de participer à la diffusion des *flyers*, et ça me fait plaisir. Depuis la naissance de Max je suis devenu beaucoup plus conscient de l'importance de mon héritage culturel. J'ai envie de lui transmettre quelque chose. Je trouve que la question qui est soulevée à travers la restitution du terrain a son importance.

— Les parcelles doivent avoir beaucoup de valeur. Ma famille a des vues sur des lots.

— Oui, dit Keegan en riant. J'ai vu qu'il y avait du mouvement de ce côté. J'ai été étonné de voir que Blake s'était associé au projet de ton oncle. Le Débarcadère, ajouta-t-il d'un ton ironique. Il y a comme un petit parfum historique là-dedans… Nous nous ancrons tous dans le passé à ce que je vois…

— Et quelle est ton opinion à ce sujet ?

— Je pense que ce terrain tranquille ne devrait servir à rien du tout. Ni à l'agriculture, ni à entasser des armes, ni à construire des villas haut de gamme. Laissons la nature faire son boulot, et c'est tout.

— Pas de casino, alors ?

— Non. Pas de casino. Le projet des Iroquois serait d'en faire un parc naturel. Pour nous, Lucy, cet endroit est sacré. Nous voulons le protéger. Il n'y a plus beaucoup de coins sauvages dans la région. Même s'il y a eu des armes et des bombes, et Dieu sait quelles saletés enterrées là depuis des dizaines d'années, l'endroit a plus ou moins été préservé. Un troupeau de cerfs blancs a même prospéré derrière les grilles, et c'est devenu une zone de nidification des sternes noires, qui est une espèce menacée. Nous travaillons avec les groupes de protection de la nature et nous avons fait du bon travail. Mais les entrepreneurs sont acharnés. Ils veulent s'en mettre plein les poches. Pour être juste, il faut reconnaître que beaucoup de gens ont été spoliés lors de l'ouverture de la base et que sa fermeture a mis du monde au chômage. La différence n'est pas très visible en ville à cause des touristes mais, dès qu'on quitte les bords du lac et qu'on s'enfonce un peu dans les campagnes, les difficultés économiques sautent aux yeux.

— Je me suis baladée en kayak le long de la base, mais je n'ai pas voulu aller trop loin. J'ai vu les cerfs blancs. Il y en avait cinq. Ils ne sont pas restés longtemps, mais ils étaient tellement beaux ! J'ai aussi remarqué plusieurs petits cours d'eau. Je ne savais pas que des rivières alimentaient le lac. Tu crois qu'une étude hydrologique a été conduite ? On a tellement construit sur les rives du lac ces dernières années que les besoins vont très vite dépasser les capacités naturelles : les fosses septiques, les amenées d'eau. À un moment, le système écologique va être saturé. Et puis il y a aussi le problème des inondations quand on bétonne, ajoutai-je en pensant à l'Indonésie. Quand on construit trop, l'eau ne peut plus pénétrer dans le sol et l'écoulement ne se fait plus.

— Il y a eu des inondations, en effet, vers l'extrémité sud du lac, mais je n'ai jamais entendu dire qu'il y avait un lien avec les nouvelles constructions. Je n'y connais rien. Tu devrais te joindre à nous pour nous conseiller.

Je fus flattée.

— Je suis sûre qu'il y a des hydrologues dans la région qui connaissent le terrain mieux que moi.

— Possible, mais tu nous serais tout de même d'une grande utilité. Tu as une vue globale du problème. Tu pourrais inspecter les rives du lac pour te faire une idée ? De toute façon, j'avais l'intention de sortir le bateau pour emmener Max se promener. Sa mère est encore malade et la baby-sitter ne peut pas venir avant midi.

Il me considérait avec son sourire charmeur qui me ramenait à ce printemps où nous avions passé tant de nuits sur sa moto à rouler face au vent. L'ennui, c'était que ces souvenirs me semblaient de moins en moins lointains. Je m'étais inventé une bonne raison de passer le voir. Il fallait que ça s'arrête. J'avais une autre vie, dans un autre pays, et Keegan ne pourrait que me briser le cœur. C'était beaucoup trop dangereux.

— Eh bien, allons-y, dis-je.

— Parfait ! Je prends les clés.

En bas, Courtney apportait un beau vase vert au four pour le recuire puis le faire refroidir lentement. Elle souleva ses lunettes de protection et interpella Keegan quand il passa à sa hauteur. Elle avait de jolis yeux, noirs et très grands, des traits bien dessinés. C'était une fille solide, capable et séduisante. Keegan s'arrêta pour lui parler une minute pendant que Max et moi attendions. Au terme de leur discussion, Courtney vint s'occuper de Max tandis que Keegan me prenait par la main en criant pour couvrir le grondement des fours :

— Tu veux essayer ?

J'acquiesçai d'un mouvement de tête.

Keegan commença la chorégraphie, cueillant la boule de verre en fusion, puis la faisant tourner sur la table métallique pour commencer à lui donner forme. Il plaça la canne creuse entre ses lèvres et le verre gonfla sous son souffle.

— À toi ! cria-t-il en me tendant la canne.

Je posai les lèvres à l'endroit que les siennes venaient de quitter, et fus surprise par le contact tiède du métal. Keegan se tenait tout contre moi pour m'aider à faire tourner la pâte de verre tandis que je soufflais. La bulle enfla doucement. Nous prîmes chacun notre tour, nos lèvres se succédant sur l'embout, nos souffles se mêlant à l'intérieur du verre. À la fin, il détacha la magnifique sculpture en goutte d'eau que nous avions créée et la porta au four en la tenant entre ses gants amiantés. Je tremblais, fatiguée par le poids de la canne, par la chaleur, et troublée par le contact des bras de Keegan contre les miens. Je ne pouvais pas m'empêcher non plus de songer à ce rêve des sphères qui m'échappaient. J'appréciais à sa juste valeur le mélange de force et de délicatesse qu'il fallait à Keegan pour manipuler cette matière fragile. Quand nous sortîmes tous les trois de l'atelier, l'air humide et frais me remit un peu les idées en place.

— C'était très beau, je te remercie.

— Tu t'es très bien débrouillée. On ne produit jamais deux pièces identiques. C'est surtout cela que j'aime. J'avoue que c'est une façon très agréable de gagner sa vie.

— Quand est-ce que ça sera prêt ?

— D'ici deux jours. Je passerai te l'apporter, si tu veux.

— Merci, c'est très gentil.

Max courait en rond dans l'herbe, plein d'énergie.

— Écoute, dit Keegan, Courtney vient de m'avertir qu'un fournisseur devait venir me livrer d'un instant à l'autre. Ça ne devrait pas prendre longtemps mais je dois le voir. Ça t'ennuierait de te promener un peu avec Max le long du canal ? Il a besoin de se dépenser.

Je vous rattrape dans cinq minutes et nous prendrons le bateau.

— Bien sûr, pas de problème. Ça me fera plaisir de voir un peu le canal, je ne me suis pas promenée par là depuis des années.

— Merci, à tout de suite !

Je n'avais pas beaucoup d'expérience avec les enfants aussi jeunes mais, comme Keegan ne semblait avoir aucune difficulté avec lui, je ne me fis aucun souci. Je le laissai repartir vers l'atelier, et je me dépêchai de rejoindre Max, pensant encore à la pression du métal chaud sur mes lèvres.

— Où est papa ? demanda-t-il.

— Il a dû retourner à l'atelier pour cinq minutes. Nous allons nous promener un peu en l'attendant. Il nous rattrapera.

— Je veux papa !

— Tu sais, j'étais très amie avec ton papa, il y a quelques années.

— Mon papa connaît tout le monde !

— Je m'en doute. Tu viens ? Tu n'as pas envie de faire un tour ?

— Non !

Je fus prise au dépourvu. Comme il avait décidé de ne pas bouger, je cherchai une astuce pour le convaincre.

— Ton papa m'a dit que tu me montrerais le chemin du canal. Il pense que tu le connais mieux que moi, mais ça m'étonnerait.

La réaction fut immédiate et je me sentis honteuse de l'avoir si facilement manipulé.

— Si, c'est vrai ! Si, je sais où c'est !

Il partit comme une flèche et je n'eus plus qu'à lui courir après.

C'était un sentier gravillonné qui serpentait sous les arbres, encore mouillés par la pluie. Nous longions le canal à quelques mètres, nous en éloignant dans certains virages, pour nous en rapprocher ensuite. Max refusa obstinément de me donner la main, disant qu'il devait marcher devant pour me montrer le chemin.

Je le laissai donc faire, le surveillant pendant qu'il courait et sautait sur le gravier. Il portait un jean, une doudoune rouge et ses chaussures avaient de petites lumières dans les talons qui s'allumaient à chaque pas. Il était facile à repérer, mais pas à suivre, car il avait de l'énergie à revendre, comme son père.

— Max ! Nous sommes allés assez loin. Nous allons attendre ton papa ici.

Une courbe du chemin nous cachait les bâtiments de l'ancienne usine. Il y avait un panneau d'information historique, indiquant qu'à cet endroit s'étaient dressés des logements ouvriers collectifs et que plus tard, au tournant du siècle, l'époque industrielle la plus prospère, des maisons individuelles avaient été construites. Il ne subsistait plus que l'ossature d'une maison.

— Hé ! Max !

Je n'avais pris le temps que de lire trois lignes, mais il m'avait déjà beaucoup distancée.

— Hé ! Viens regarder cette maison !

Il ne se retourna même pas.

— Max, attends-moi ! Tu es trop loin !

— Mon papa me laisse courir devant ! cria-t-il. Mon papa veut bien ! Je te montre le chemin !

— Bon, d'accord, mais attends quand même !

Je le rejoignis au pas de course et la promenade continua, Max mettant un point d'honneur à rester toujours à quelques pas devant. Le chemin passait maintenant tout au bord des eaux rapides qui coulaient, tumultueuses, vers les arbres. Mes pensées retournaient sans cesse à Keegan, à ses lèvres qui s'étaient posées au même endroit que les miennes sur le métal, avaient soufflé dans le verre pour agrandir la même bulle, au feu qui s'était reflété sur sa peau. Et puis j'entendis la sonnerie de mon portable et je m'arrêtai pour le sortir de mon sac.

— Max, attends-moi !

Je le vis se tourner vers moi au moment où j'ouvrais mon portable en m'arrêtant sous les arbres pour regarder qui appelait. C'était Keegan.

— Qu'est-ce qui se passe ? demandai-je.

— Désolé Lucy, mais il y a un contretemps. Le fournisseur vient d'appeler pour dire qu'il serait en retard. Je ne vais pas pouvoir vous rejoindre tout de suite, alors il vaut mieux que tu rentres. Ce n'est pas urgent, prends ton temps. Tout se passe bien ?

— Oui, nous nous entendons bien tous les deux. Il est très indépendant, ton fils.

— À qui le dis-tu ! C'est un petit diable. Tout le portrait de sa mère, de ce point de vue.

— Sûrement. Et il a hérité tout son charme de toi...

Keegan eut un rire, séduisant, familier, qui me fit encore penser à son souffle sur ma joue, à nos lèvres sur le métal.

— C'est gentil de dire ça.

— Il est très mignon.

Je souris en le cherchant des yeux, m'attendant à voir sa doudoune rouge devant moi. Mais le chemin était vide. Je l'avais perdu de vue. Je fis quelques pas en regardant autour de moi sous les arbres. Il devait se cacher, ou il s'était éloigné dans le sous-bois sa curiosité éveillée par quelque chose. Je marchais vite, maintenant, le téléphone collé à l'oreille.

— Ramène-le dès que tu voudras, dit Keegan. Je suis sûr qu'il adorerait passer la journée avec toi, mais tu dois avoir autre chose à faire.

— Ne t'en fais pas.

Je le rassurais alors que je sentais monter un accès de panique. J'avais cru retrouver Max après le tournant, mais le chemin était toujours aussi vide. J'avais l'impression de vivre un cauchemar.

— Dis, c'est vrai que tu le laisses courir en avant ? Il dit qu'il a le droit.

Keegan rit de nouveau.

— Il a bien vu que tu n'avais pas l'habitude, il en profite, ne te laisse pas faire.

— D'accord, bon, on rentre bientôt, dis-je en coupant court à la conversation.

Je refermai le téléphone, me mettant à courir de toutes mes forces et à appeler Max à tue-tête. Le feuillage mouillé me fouettait les bras et le gravier glissait sous mes pieds. J'avais l'impression que mes cris étaient étouffés par l'humidité, et ce diable d'enfant ne répondait pas ! On ne disparaissait pas comme ça en une seconde ! Et si on l'avait enlevé ? N'importe qui avait pu nous suivre, l'attirer sous les arbres, le retenir, tout près, en l'empêchant de répondre à mes appels, pendant que moi je m'égosillais.

Après le tournant suivant, j'éprouvai un intense soulagement en apercevant la doudoune rouge de Max. Je ralentis pour reprendre mon souffle et calmer les battements désordonnés de mon cœur.

Mais mon répit fut de courte durée quand je vis sur quoi il avait grimpé.

Autrefois, un pont avait traversé le canal à cet endroit. Il avait été détruit, et il n'en restait que les deux premiers piliers, l'un sur la rive et l'autre à environ un mètre du bord, reliés par les vestiges d'une étroite passerelle. Max avait joué au funambule jusqu'au deuxième pilier et se tenait penché tout au bord, regardant l'eau les mains derrière le dos, comme un vieux pêcheur, guettant calmement le courant violent qui évacuait la crue des dernières pluies.

J'avançai vers lui en tâchant de ne pas montrer ma terreur. Il ne fallait pas l'affoler.

— Alors général, on n'attend pas sa troupe ? Qu'est-ce que tu fais ?

Il tourna la tête pour me regarder, ce qui ne fit que m'inquiéter davantage.

— Tu veux voir l'eau comme elle va vite ? Il y a des formes, dedans.

— Ah, oui ? Fais voir.

Je montai sur le premier pilier lentement pour ne pas le faire reculer, sans mettre le pied sur la passerelle, ne sachant pas si elle supporterait mon poids en plus du sien. Max semblait fasciné par le courant, ce que je comprenais car le spectacle était violent et assez beau. À cet endroit, le canal se rétrécissait et l'eau brune bouillonnait autour du pilier avec une force décuplée. Je redoutais à tout instant de le voir basculer. Déjà, le bout de ses chaussures dépassait dans le vide. Les enfants sont tellement imprévisibles que j'étais morte de peur. Il fallait absolument que je trouve un moyen de le faire revenir calmement sur la berge.

— Dis donc, Max, ton papa vient d'appeler. Viens voir, j'ai quelque chose à te dire.

Il ne bougea pas. Je restai un long moment immobile, comme lui, hypnotisée par la force du courant. Des branches et des détritus filaient sous la passerelle, entraînés sous la surface par des tourbillons.

— Max ?

Il se tourna vers moi, fit un pas dans ma direction puis deux. Je lui pris la main et la retins fermement quand il voulut la retirer.

— Allez, on saute pour descendre !

Sans lui laisser le choix, je le tirai vers moi sur mon pilier et le fis sauter sur la rive argileuse.

— Ouille ! C'est trop haut !

— Bravo ! Tu as très bien sauté !

Mon admiration l'amadoua peut-être. En tout cas, il laissa sa main dans la mienne.

— Il a dit quoi, papa ?

— Que c'est l'heure de rentrer.

— Déjà ?

— Oui, déjà.

Sur le chemin du retour, Max retira sa main de la mienne et je lui laissai sa liberté, mais cette fois en lui faisant promettre de ne pas s'éloigner. Je ne le quittai pas des yeux. J'étais épuisée en arrivant à l'atelier. Sur le trottoir, Keegan prenait réception d'un chargement de sable. Max courut se serrer contre les jambes de son père, joyeux, ne s'étant rendu compte de rien, alors que je ne m'étais pas encore remise de ma frayeur. Keegan le tint contre lui, une grande main affectueuse posée sur son épaule, tout en continuant de discuter avec le livreur. Quand celui-ci remonta dans son camion, Keegan se pencha vers son fils.

— Alors, cette promenade ? Tu t'es bien amusé ?

— Je lui ai montré le sentier ! Elle ne connaissait pas le chemin !

Je racontai brièvement à Keegan ce qui était arrivé, que son fils m'avait échappé et qu'il était monté sur la passerelle pour regarder l'eau. En entendant cela, Keegan comprit aussitôt. Il s'accroupit devant Max et le prit par les épaules.

— Max, tu sais que tu aurais pu tomber dans la rivière ?

— Je ne suis pas tombé !

— Je sais bien, et tant mieux, mais tu te rends compte que c'était très dangereux de faire ça ? Tu sais ce qui aurait pu arriver ?

— L'eau m'aurait emmené, comme la branche.

— Oui, et tu ne sais pas nager, alors tu n'aurais pas pu revenir. J'aurais été très triste. Très, très triste. Il ne faut jamais recommencer, d'accord ? Tu n'as pas le droit d'approcher de l'eau. Je te l'ai dit mille fois.

— Je suis désolée, intervins-je. J'ai eu une peur horrible.

— N'en parlons plus, Lucy, dit Keegan fermement.

Il envoya Max jouer à quelques pas, puis me prit la main. Il avait la paume rugueuse d'un travailleur manuel.

— Tout va bien. Si les parents passaient leur temps à imaginer toujours le pire, ils deviendraient fous. Max n'est pas très obéissant et j'aurais dû vous accompagner. Il va bien, donc ne te torture pas.

Il avait beau dire, j'étais sûre de ne jamais oublier la terreur que j'avais ressentie quand j'avais cru que son fils allait se noyer sous mes yeux.

— Je ne me doutais pas que c'était aussi éprouvant d'avoir des enfants. J'admire ta faculté à rester aussi calme.

— Tu penses, c'est du bluff ! Tous les parents cachent leur peur. Si ça ne t'a pas trop dégoûtée de nous, tu es toujours partante pour cette balade en bateau ?

Max se plaça entre nous, donnant à son père sa main droite et à moi la gauche. Je montai avec eux dans le bateau à moteur de Keegan qui était amarré devant la verrerie, à l'endroit où les péniches venaient se ranger autrefois. Nous étions à l'avant, Max assis entre nous, disparaissant presque dans un gilet de sauvetage orange fluorescent. Le ciel s'était un peu dégagé et du bleu apparaissait timidement entre les nuages, mais le temps restait assez couvert. Je serrai les bras contre mon sweat-shirt pour me tenir un peu chaud, contente d'avoir au moins cette vieillerie sur le dos pour me protéger du vent et des embruns. Le bateau fendit les flots pendant plusieurs kilomètres le long de la côte. Je reconnus l'endroit qui marquait la limite de la zone interdite de la base.

On passait d'abord des vallons verdoyants, couverts de prairie et de bois qui descendaient en pente douce vers la grève. Un peu plus loin, le paysage changeait. Des bunkers camouflés par de l'herbe surgissaient à intervalles réguliers. Même cachées de la sorte, leurs formes massives étaient laides, d'une régularité triste et menaçante. Il s'agissait sans doute de silos à armement. J'avais lu un éditorial de 1940 qui s'indignait que la terre soit « semée de bombes au lieu de blé ». Ils étaient vides, à présent, le matériel militaire ayant été transféré mais, même ainsi, ils me mettaient mal à l'aise, comme s'ils violaient la nature.

Quand nous les eûmes dépassés, Keegan coupa les gaz et laissa le bateau dériver. Des bulldozers orange et jaune s'alignaient sur la berge. La terre avait été scalpée de sa couche végétale, l'herbe retournée sur des collines artificielles de terre exposée à tous les vents. Une grande zone avait déjà été saccagée et des flaques inondaient les cavités après les dernières pluies. Dans cette lumière grise, c'était un désert inhospitalier, boueux et sinistre.

— Ces promoteurs sont de vrais vandales, remarqua Keegan. Les travaux de terrassement du premier chantier ont déjà commencé. Ce n'est pas la parcelle que veulent exploiter ton oncle, Joey et Blake, dont le projet n'est pas encore aussi avancé. Nous avons demandé un arrêté de justice pour faire stopper la construction. Il nous faut le temps de prouver que la vente de ces terres n'est pas légale.

— J'espère que vous gagnerez. Pour renforcer votre dossier, si j'étais vous, j'étudierais les nappes phréatiques. La couche sédimentaire qui se trouve sous l'humus sert de filtre à l'eau de pluie. Plus elle sera endommagée, plus l'écosystème du lac sera fragilisé. Sans parler des constructions elles-mêmes qui lui imposeront une charge supplémentaire. Cette région est le bassin versant qui alimente le lac Ontario. L'hydrologie est un système complexe. Tout est lié, et chaque modification affecte l'ensemble.

— Il faut vraiment que tu rejoignes le comité. Je suis sérieux, Lucy. J'ai appelé un ami pendant que tu promenais Max et j'ai appris que les associations écologistes s'intéressaient à cette question des eaux souterraines. C'est notre argument fort avec la protection animale.

— Parfait. C'est exactement ce qu'il faut faire. Tu penses que vous avez une chance de gagner ?

— Je ne sais pas. Tu viens de me redonner un peu d'espoir.

Il remit le moteur en marche et nous dépassâmes les engins de terrassement, puis une zone forestière, suivie d'un groupe de bâtiments. Apparut alors une colline dégagée au sommet de laquelle se dressait la chapelle. Elle était en grès rose, les boiseries grisées par les intempéries. À côté, s'étendait un petit cimetière, enclos derrière une grille de fer forgé.

— Nous y voici, dit Keegan. J'ai hâte de voir les vitraux quand ils auront été dégagés. C'est une bonne chose qu'ils aient été protégés par des planches, sinon ils auraient été perdus. Et heureusement aussi que la chapelle était éloignée du terrain d'aviation. Les vibrations auraient été fatales.

— C'est bizarre de la voir toute seule, là-haut.

— Autrefois, elle était au milieu du village. Il y avait un forgeron, un épicier, une couturière. Plus de cinq cents personnes vivaient ici et ils ont tous été expropriés du jour au lendemain. Avant eux, les Cayugas et les Sénécas venaient pêcher et chasser sur ce territoire.

— J'ai faim ! interrompit Max.

— Il y a des Granola et du jus de fruits dans le sac à dos, répondit Keegan. Il est juste là, à l'avant.

Max souleva un rideau et rampa dans l'espace de rangement étroit aménagé à l'intérieur de la proue.

— Il adore aller là-dessous, expliqua Keegan. Je te parie qu'il va y rester jusqu'à la fin de la balade.

Le bateau longea encore des bois, puis des prairies, puis je vis la propriété de ma mère depuis le lac : le hangar à bateau, mon kayak sur la grève, la pelouse qui montait jusqu'à la maison, avec ses vérandas, ses portes-fenêtres et son dôme.

— Tu te souviens quand tu m'avais rejoint pour passer la nuit sur le lac ? Je t'avais attendue dans le canoë, un peu à l'écart. Tu portais une robe blanche.

— J'avais failli nous faire tomber à l'eau en montant dedans. J'étais trempée.

— Il faisait doux.

— C'est vrai.

Nous avions passé des heures dans les bras l'un de l'autre, sous le regard de la lune.

— Nous étions jeunes…, soupirai-je.

— Oui, très jeunes.

Keegan avança à petite vitesse pendant encore un moment avant de faire demi-tour en décrivant une large boucle, qui nous ramena à notre point de départ, fouettés par un vent humide.

Il accosta et porta Max sur le quai, tout en prenant rendez-vous avec moi pour le mercredi suivant, à la chapelle. Je lui dis au revoir sur le trottoir, mais je ne partis pas avant de les avoir regardés s'éloigner vers la fournaise et l'activité de ruche de l'atelier, Max sautillant à côté de son père, ses semelles envoyant des éclairs lumineux.

Il faisait très chaud aussi dans l'Impala. J'ouvris les vitres et les portières, puis vérifiai mon téléphone pour voir si j'avais reçu des messages. Il n'y avait pas d'e-mails de Yoshi, ce qui m'inquiéta un peu. Sans doute était-il trop occupé. Je relus un message précédent, puis regardai une photo de nous deux prise par un inconnu devant les sources chaudes. Yoshi m'enlaçait les épaules et nous faisions tous les deux un grand sourire. Rien dans cette photo conventionnelle ne pouvait laisser deviner la passion de nos danses amoureuses la nuit dans la cuisine, ou nos petites disputes, ou les angoisses qu'éveillaient chez moi les tremblements de terre.

Un message provenait du service des collections du Serling College qui confirmait la présence des papiers de Vivian Branch et annonçait que ma demande était en cours d'examen. Le dernier message, inattendu, émanait d'Oliver Parrott. Il me proposait très officiellement de revenir à la fondation pour consulter les images qui se trouvaient dans leur banque de données. Stuart et lui m'y accueilleraient le samedi, bien que ce soit un jour de fermeture. Il m'invitait aussi à me faire accompagner si je le souhaitais. Il avait téléphoné à l'église Saint-Luc et se passionnait décidément pour l'affaire. Il avait hâte de pouvoir examiner les autres vitraux, et il avait longuement étudié la verrière de la cage d'escalier et cette femme remarquable qui tenait les fleurs dans ses bras.

Des iris, songeai-je.

Je répondis en style télégraphique : *OK. À samedi.*

10

À la différence de certains rêves qui révèlent des intuitions profondes, d'autres sont décousus comme ceux que je fis la veille de ma deuxième visite à Rochester. Max m'échappait, je devais franchir de hautes clôtures pour entrer dans la base militaire, Yoshi voulait m'aider mais n'arrivait pas à me trouver. Une nuit agitée, qui ne me reposa pas, et je me réveillai le matin d'humeur maussade, comme le temps qui était abominable. Le ciel était si gris, la pluie tombait si fort qu'on ne voyait pas l'autre côté du lac.

J'enfilai le seul jean que j'avais apporté, mon dernier T-shirt propre et le même sweat-shirt que la veille. Sa couleur bleu foncé me donnait l'air fatigué. Je me brossai les cheveux, les dents, et rassemblai mon linge sale pour le descendre.

Maman avait beau ne pas travailler ce samedi-là, elle était déjà levée et habillée, ravissante avec sa nouvelle coiffure courte. Je la trouvai assise par terre dans le salon, près de la porte de la véranda d'hiver, une tasse de café près d'elle. Plusieurs gros cartons étaient alignés devant elle le long du tapis.

— Voilà, je m'y mets, déclara-t-elle. Je vais profiter du week-end pour trier tout ce vieux fatras. Tu m'aides ?

— Je n'en ai pas très envie. Avec toute cette pluie, je ne sais pas, je ne suis pas d'humeur.

— Jette quand même un petit coup d'œil pour voir si quelque chose t'intéresse. Blake doit passer tout à l'heure pour récupérer deux ou trois affaires.

Je me versai un café et m'assis par terre à côté d'elle pour regarder dans les cartons. Le premier était rempli de livres pour enfants. J'en sortis deux ou trois que j'avais beaucoup aimés, particulièrement défraîchis et écornés.

— Ce que j'ai pu te les lire, ceux-là, dit ma mère. J'ai promis à Blake de lui donner les affaires d'enfant, puisqu'il va en avoir besoin. Je suis ravie que tu m'aies mise au courant, Lucy. Ça n'a pas été facile au début parce que Blake était un peu fâché, mais je pense que ça l'a soulagé, au fond, et quand il a vu à quel point j'étais heureuse de devenir bientôt grand-mère, il a été content. Tu sais, malgré ce que disent les gens, je n'étais pas sûre que ça me toucherait autant. Je leur ai déjà mis de côté les vieux jouets.

— Et moi ?

J'avais voulu plaisanter, mais je me rendis compte que j'avais pris un ton revendicatif. La joie de ma mère à la perspective d'être grand-mère rendait l'arrivée de cet enfant beaucoup plus concrète, et même si c'était bête, je me sentais rejetée, délaissée, comme si la vie continuait sans moi. Moi, je n'évoluais pas. Je continuais à faire la même chose, ailleurs.

— Ne fais pas attention, maman, je n'ai pas bien dormi. Je me suis levée du pied gauche. Je voulais juste dire que, le jour où j'aurai un enfant, il n'y aura plus rien à lui donner.

— Ne crains rien, ces affaires-là circulent vite. Blake t'en donnera. Mais, ajouta-t-elle gentiment, si tu tiens particulièrement à quelque chose, dis-le. Blake et Avery ne s'en rendront même pas compte.

— Ce n'est pas grave, je t'assure. À part peut-être le mobile que papa avait fabriqué pour ma naissance. Oui, je voudrais bien garder mon mobile.

— Je l'ai déjà mis de côté, dans une boîte que j'ai rangée dans ta penderie, il y a plusieurs années de cela. J'ai aussi gardé les petits trains de Blake.

Elle sortit des dossiers d'un carton et les étala devant elle.

— Dois-je en déduire que toi et Yoshi vous faites des projets plus précis ?

Sa tentative pour paraître désinvolte était si contrainte que je ne pus m'empêcher de rire.

— Il nous arrive d'en parler, mais pour l'instant, non, nous n'avons pas encore décidé d'avoir des enfants.

Elle posa la main sur mon bras comme si elle me plaignait, ce qui me mit de plus mauvaise humeur encore. Elle dut le sentir, car elle me relâcha vite.

— Je posais juste la question.

— Tu veux que je t'aide à trier tes dossiers ? Ça ne doit pas être facile d'une seule main. Comment va ton bras ?

— Bien mieux. J'ai vu le médecin hier. Ça progresse. Dans le meilleur des cas, je pourrai enlever l'attelle mercredi prochain. Ouf ! Tiens… Regarde.

Elle me tendit un poème calligraphié sur du vieux papier d'écolier quadrillé de lignes bleues. J'avais décoré les marges avec des dauphins et des poissons, des vagues et des coquillages. Le fruit de mon imagination, puisque je n'étais jamais allée à la mer.

— Déjà voyageuse dans l'âme, remarquai-je.

— Oui, déjà…

Elle jeta dans la corbeille plusieurs chemises contenant des papiers qui remontaient au temps où mon père travaillait à Dream Master, pendant que je retrouvais des relevés de notes. Je mis de côté ceux de Blake et examinai l'un des miens qui remontait à la dernière année d'école primaire. Je lus à voix haute :

— « Écrit bien et aime les sciences. Un peu dissipée. » Mme Blankenthorpe. Je me souviens bien d'elle. Elle faisait peur à tout le monde, sauf à moi.

— Oui, tu l'adorais, commenta ma mère en riant.

Finalement, je restai pour l'aider tout en buvant café après café. Le toit de la véranda gouttait dans un seau que maman devait aller vider dehors de temps en temps. Je lui suggérai d'installer un récupérateur d'eau de pluie au milieu de la pièce, et cela la fit à peine sourire.

— Je sais que c'est lourd d'entretenir cette grande maison, maman.

— Si tu savais à quel point… Je ne sais pas quoi décider. Art a ses idées, mais ce ne sont pas nécessairement les miennes.

Je ne répondis pas. Je n'avais pas envie d'entrer en conflit avec elle. Malgré ce qu'elle affirmait, j'avais l'impression qu'elle s'était mise d'accord sur le principe avec lui, même si elle ne pouvait pas encore tout à fait se le pardonner.

Quand Blake arriva, la pluie avait cessé, mais il était trempé parce qu'il avait passé la matinée à vérifier l'étanchéité du voilier. Ce fut l'occasion de s'interrompre pour un déjeuner d'œufs brouillés et de divers restes de la fête : du taboulé encore délicieux, du pain un peu rassis, un pâté d'épinards sur des crackers. Ensuite, il fallut se remettre au rangement. Le portable de ma mère sonna et elle sourit en regardant le numéro qui s'était affiché.

— Je vous laisse une seconde, je reviens.

Elle sortit de la pièce et ferma même la porte.

Blake se tut comme moi en tendant l'oreille. Seul un murmure nous parvenait. Mais cet instant de complicité ne brisa pas la tension qui était dans l'air. Je ne savais pas si elle était due à la conversation que j'avais surprise à la fête, ou à ma gaffe à propos de l'enfant.

Finalement, Blake me demanda si j'avais des projets pour la journée. Je lui dis que j'allais voir Oliver Parrott et lui proposai de m'accompagner.

— Je ne peux pas, je travaille cet après-midi. Tout le monde n'est pas en vacances !

Je laissai passer le commentaire, pour ne pas avoir à dire que travailler avec Art et le projet de bétonnage des rives du lac, cela n'avait rien de bien admirable. Blake faisait sûrement de son mieux mais, même en période de crise économique, il y avait peut-être d'autres moyens de subvenir aux besoins de l'enfant qu'on allait accueillir en ce monde.

— Une autre fois, alors. Tu devrais aller voir la fondation avec Avery. La balade est belle, et la verrière de l'escalier est vraiment extraordinaire, même si le modèle n'était pas Rose. J'ai l'impression qu'Oliver

Parrott a découvert quelque chose dans ses archives et je suis impatiente de voir ce que c'est.

— Il m'a l'air un peu allumé ton conservateur. Consacrer sa vie à l'œuvre de son arrière-grand-père, je trouve ça bizarre.

— N'exagérons rien. Ce n'est pas très différent de ce qui se passe entre toi et Art finalement. Vous travaillez pour Dream Master, l'entreprise d'un arrière-grand-père.

C'était sorti malgré moi. Blake, évidemment, ne le prit pas très bien.

— J'essaie juste de gagner ma vie, Lucy, ça te dérange ?

Le silence s'installa. Blake avait vraiment l'air très mal à l'aise et cela ne m'étonnait pas. Il me semblait que l'attitude d'Oliver s'expliquait beaucoup mieux que la sienne.

— Non, ça ne me dérange pas, dis-je finalement, mais ça m'a fait un drôle d'effet d'apprendre que tu faisais des projets derrière mon dos avec Art et Joey pour que maman vous vende la maison et le terrain. Je sais que ça ne me regarde pas, mais quand même.

— Justement, ça n'a rien à voir avec toi ! Personne n'essaie de t'escroquer, que je sache. Si maman a envie de vendre, elle y trouvera son compte. Elle ne s'en sort pas et elle ne peut pas compter sur toi pour entretenir la maison.

Je me retins de rétorquer que, moi, j'étais parvenue à prendre le large, contrairement à lui qui semblait incapable de couper le cordon. Mais je n'eus pas à lutter longtemps pour préserver mon amour-propre, car, de son côté, il n'hésita pas à m'envoyer un coup bas.

— Tu sais, Lucy, tu devrais accepter le changement. Les choses ne peuvent pas toujours rester pareilles.

— Tu me dis ça à moi ! J'ai quitté les jupons de ma mère, moi, au moins. J'ai vécu dans deux États, dans quatre pays différents, et j'ai changé sept fois de boulot. Je me suis adaptée à de nouvelles cultures, à des gens nouveaux. Alors tu n'as pas de leçons à me donner ! Il me semble que j'ai démontré bien mieux que toi ma faculté d'adaptation.

— Ça n'a rien à voir. Je te parle d'un autre type de changement. Toi, tu cours dans tous les sens, mais tu restes collée au passé.

Il m'était déjà arrivé de penser cela, parfois… J'adorais ma vie, et pourtant j'avais eu le cœur serré en pensant que je ne verrais plus nos livres d'enfants et nos anciens jouets.

Je faisais face à Blake en tremblant d'indignation, incapable de parler. J'étais tellement en colère que je devais me retenir de lancer contre le mur la coupe de natation qui était posée sur la table.

— Ça suffit, tous les deux !

La voix de notre mère nous fit sursauter. Elle avait rouvert la porte, son téléphone toujours à la main.

— Je m'inquiétais simplement pour Blake, intervins-je.

— Mais bien sûr, toujours tellement plus généreuse que tout le monde, rétorqua-t-il.

— Je vous ai dit d'arrêter ! Vous avez l'air d'oublier que, dans cette affaire, c'est moi qui décide. Je ne suis pas une imbécile, et vous, vous vous comportez comme deux adolescents. Je n'ai pas besoin de vos conseils et je ne veux pas de disputes chez moi. Oui, vous m'avez bien entendue. Ici, c'est chez moi, c'est ma maison, et j'en ferai ce que je veux. Compris ?

Elle traversa la pièce pour aller s'asseoir dans le gros fauteuil où elle s'installait autrefois pour nous lire des histoires.

— Bon, je vais continuer à trier les affaires. Blake, je suis sûre que Lucy voudra bien t'aider à porter ces cartons jusqu'à ta voiture.

Blake refusa mon aide, mais je l'accompagnai tout de même. J'attendis, les mains dans les poches de mon jean, qu'il dépose les cartons de jouets et de livres sur la banquette de sa camionnette, et qu'il claque la portière. Mon frère ne se mettait pas souvent en colère mais, quand cela lui arrivait, il avait du mal à s'arrêter. J'étais un peu comme lui. Depuis des années, nous faisions très attention à ne déclencher aucun conflit, parce que nous nous voyions très peu. Cette fois, toutes les tensions de l'adolescence que nous n'avions pas réglées ressortaient d'un coup.

— Je ne veux pas qu'on se dispute, Blake.

— C'est toi qui as commencé. Tu n'aurais pas dû parler du bébé à maman. Je t'avais demandé de te taire. C'est Avery qui a répondu au téléphone, et tu peux imaginer l'effet que ça lui a fait.

— Désolée. C'est sorti tout seul après la fête du solstice. J'avais un peu trop bu et j'ai gaffé.

C'était un peu vrai mais, pour être tout à fait honnête, je devais reconnaître que j'étais en colère contre Blake ce soir-là parce que j'avais appris qu'il avait pactisé avec Art.

— Bon, ça va, soupira-t-il. On fait la paix ? Je te demande pardon d'avoir dit que tu ne savais pas accepter le changement. Je ne le pensais pas vraiment.

— D'accord, d'accord.

— Alors c'est oublié ?

— C'est oublié.

— Tant mieux.

Il monta dans sa camionnette et me fit un signe d'adieu. J'y répondis pendant qu'il s'éloignait dans la brume.

Quand je rentrai, maman était de nouveau à quatre pattes au milieu de ses piles de papier. Elle dit qu'elle en avait assez et accepta de m'accompagner à Rochester dès que je le lui proposai. Je montai pour prendre mon sac et mes documents, et en redescendant je vis qu'elle s'était changée. Elle avait passé un jean noir et un chemisier blanc, le foulard corail était noué à son cou et elle portait ses boucles d'oreilles en argent. Il pleuvait si fort que nous fûmes obligées d'ouvrir nos parapluies pour récupérer la voiture dans la grange. L'Impala me sembla accueillante et le chauffage très agréable.

Sur la route, alors que nous parlions de tout à fait autre chose, elle me demanda brusquement si Blake et moi nous nous étions réconciliés.

— Plus ou moins. Je n'arrive toujours pas à accepter l'idée qu'il travaille pour Art et qu'il fasse tous ces projets avec lui. Ça s'est mal terminé la première fois avec papa et ce n'est pas Blake qui va pouvoir effacer le passé. Je ne fais pas confiance à Art. Il a beau dire, je ne vois pas pourquoi il partagerait avec les enfants de son frère quelque chose qui pourrait revenir intégralement aux siens.

Elle soupira en contemplant la grisaille.

— Je ne sais pas non plus ce qui le motive, mais est-ce qu'il faut comprendre à tout prix ? Ton père a pris des décisions qui lui semblaient indispensables à l'époque, Art aussi. On ne peut plus rien y faire. Et même si tu avais raison, même si Blake courait à la catastrophe, c'est à lui d'assumer le risque qu'il prend. Moi, je n'ai rien à dire. Et toi non plus, ma chérie.

Je n'étais pas d'accord, mais je ne voulus pas discuter. Le silence dura pendant le reste du trajet. Il pleuvait encore à notre arrivée à la fondation Westrum. Abritées sous nos parapluies dégoulinants, nous attendîmes qu'on veuille bien nous ouvrir. Il s'écoula plusieurs minutes avant que des pas se fassent entendre. Il y eut un bruit de clés, puis Oliver Westrum nous accueillit. Il nous serra aimablement la main à toutes les deux et s'effaça pour nous laisser entrer.

La maison était très silencieuse, davantage, même, que le jour de ma première visite, et nos pas résonnèrent avec des claquements presque inquiétants. Stuart nous fit faire un tour rapide des pièces d'exposition principales, puis nous offrit du thé. Ensuite, Oliver nous conduisit à l'escalier et nous laissa admirer longuement la femme à la gerbe de fleurs.

— Elle te ressemble, Lucy, remarqua maman pensivement. Tu ne trouves pas ? Si tu avais un chignon, comme elle, ce serait encore plus évident.

— Peut-être un peu, admit Oliver avec un manque d'enthousiasme flagrant. Il y a un petit quelque chose, mais avec le même chignon, un peu n'importe quelle femme lui ressemblerait. Je vais vous montrer une photo de Beatrice quand nous redescendrons. Il adorait sa femme, et il l'a dessinée très souvent, même à partir de photos après sa mort. J'ai aussi plusieurs photographies de sa fille, Annabeth. Elle a souvent posé pour lui et nous avons toujours pensé que c'était l'une ou l'autre qui figurait sur ces vitraux. Vous verrez, il y a une ressemblance.

Il nous fit prendre un couloir et nous mena dans une pièce sans fenêtres, équipée d'un projecteur. Il expliqua que la fondation archivait sous forme de diapositives tous les vitraux recensés, qu'ils fassent partie de la collection ou qu'ils appartiennent à des propriétaires privés. La seule condition était que la provenance soit avérée et, bien sûr, que les propriétaires acceptent de les montrer. Maman et moi nous prîmes place sur deux chaises au milieu de la pièce. Elle s'assit bien droite, pieds rentrés comme une bonne élève, alors que j'étendais les jambes devant moi et les croisais au niveau des chevilles.

— Tiens-toi bien ! souffla ma mère, sans évidemment que je lui prête attention.

La première image était celle d'un vitrail qui représentait deux grandes colombes grises à tête et poitrail orangés. Elles se faisaient face de part et d'autre d'un buisson orné de baies couleur d'ambre rouge. C'était une fenêtre carrée, bordée d'une frise de carreaux aux couleurs alternées.

— Cette imposte se trouve encore à Mount Vernon, dans l'État de New York, expliqua Oliver d'une voix recueillie, caché derrière le faisceau de lumière du projecteur. Elle a été faite sur mesure pour la maison d'un naturaliste en 1919 en commémoration du dernier pigeon migrateur, une espèce désormais éteinte. Le propriétaire était un amateur d'art, et un grand défenseur de l'environnement. Fondateur du Sierra Club quand il vivait en Californie, avant de revenir sur la côte Est. Dans les années 1800, les pigeons migrateurs étaient si nombreux que leurs vols pouvaient noircir le ciel comme un nuage d'orage, mais ils ont été exterminés, leurs zones de nidification systématiquement détruites. Le dernier d'entre eux est mort en mars 1911 dans un zoo de Cincinnati. La reproduction que vous voyez là est fidèle et les couleurs du verre sont particulièrement remarquables. Nous espérons l'acquérir un jour – la place est toute trouvée, dans le hall d'entrée – mais les propriétaires actuels ne veulent pas s'en séparer. Nous n'abandonnons pas, cela prendra le temps qu'il faudra.

Il fit passer plusieurs diapositives, s'arrêtant pour commenter un point ou un autre de la conception ou de l'histoire de chaque vitrail. Ses connaissances de l'œuvre de son arrière-grand-père et de tout ce qui le concernait semblaient inépuisables. Il faisait très chaud dans la pièce et le ronronnement du projecteur me berçait. Ma mère étouffa un bâillement et, malgré mon intérêt et ma curiosité, moi aussi, je commençais à m'assoupir.

— Je vais passer un peu plus vite sur les prochaines, annonça Oliver qui devait sentir notre apathie. Les diapositives qui vous concernent portent le numéro quatre-vingt-neuf, ainsi que le numéro quatre-vingt-dix-sept. J'ai revu la collection après votre visite, Lucy, et ce sont ces deux-là qui m'ont poussé à vous rappeler. Cette histoire me travaillait. Surtout la femme du vitrail dont vous m'avez montré la photo, cette verrière que Keegan Fall a retrouvée. Tenez.

Le défilé d'images s'arrêta sur un vitrail rectangulaire tout en hauteur.

C'était une image de femme stylisée. Grande, mince, elle portait un chignon dont s'échappaient des mèches auburn. Elle portait une robe empire, bleu profond, qui lui arrivait aux chevilles. Ses mains, son visage, ses bras et ses pieds, chaussés de sandales, étaient d'un blanc opalescent, et elle regardait vers le bas, yeux mi-clos, trois œufs bleu pâle tenus devant elle dans ses paumes ouvertes.

— C'est difficile de voir une ressemblance, remarquai-je. L'angle est très différent.

— C'est vrai, approuva ma mère. Cette fois, cela pourrait être à peu près n'importe qui. La similitude que vous voyez se trouve peut-être dans le style de l'artiste ?

— C'est un peu vrai, répondit Oliver, à la fois impatient et passionné. Dans ce vitrail, ce n'est pas tant le visage qui m'intéresse, car il est en effet assez passe-partout, ce qui a attiré mon attention et qui me fait penser qu'il s'agit de la même femme, c'est le pendentif qu'elle porte. Vous voyez ? Et ce bracelet au poignet gauche ? Ce sont les mêmes.

Il avait raison. Le pendentif était une pierre ovale, un lapis-lazuli peut-être, qui reposait sur la couleur pâle de sa poitrine. Le bracelet, lui aussi, était d'un bleu intense, formé de pierres de même forme. Je m'étais tellement focalisée sur le visage et les fleurs de la verrière de l'escalier que je n'avais pas prêté attention aux bijoux. Oliver, lui, connaissait ces œuvres par cœur. Il passa à la diapositive suivante, justement celle de la verrière de l'escalier. Le bracelet n'était pas visible sous les fleurs, mais le pendentif de lapis-lazuli était là.

— Bien, et maintenant la dernière, annonça Oliver après nous avoir laissé le temps de bien regarder. Il s'agit d'une acquisition récente – elle remonte à deux mois. J'ai découvert cette pièce dans une vente aux enchères d'une succession, ici même, à Rochester, à quelques kilomètres. La proximité me fait bien sûr penser que les anciens propriétaires avaient connu Frank Westrum, au moins professionnellement, mais l'exécutrice testamentaire n'a pas pu me renseigner. C'était leur nièce, ou leur petite-nièce, une femme assez âgée elle-même. Elle m'a appelé quelques jours plus tard pour me dire qu'elle ne trouvait aucun lien particulier avec Frank Westrum. Donc nous n'avons rien pour soutenir notre hypothèse, mis à part le style de l'artiste.

Il y eut un déclic, et la diapositive apparut sur l'écran.

C'était une très grande verrière, de dimensions semblables à celle de l'escalier, qui représentait une femme à la silhouette maintenant familière. Elle descendait une marche, un pied, chaussé d'une sandale, se posant sur le degré inférieur. Sa tunique, liée étroitement à la taille, lui laissait une épaule nue. Son regard se dirigeait hors cadre et elle souriait, les mains levées comme pour attraper quelque chose qui tombait du ciel – des gouttes de pluie, ou de la neige, ou des rayons de soleil. Elle ne portait pas de pendentif, mais le bracelet bleu était visible à son poignet. Un entrelacs de plantes grimpantes fleuries ornait les côtés, d'où tombaient des pétales rouges sur les marches à ses pieds.

— Des roses, dis-je. Elle marche sur des pétales de rose.

— Possible, admit Oliver. Cela pourrait être un rosier, ou des clématites. Mais je vous accorde que cela ressemble à des roses. Je vous rappelle tout de même qu'il n'y a aucune preuve que Frank Westrum ait personnellement connu Rose Jarrett.

— Il ne l'a peut-être pas bien connue, suggéra maman, mais elle a pu poser pour lui.

— Peu probable. Il ne prenait jamais de modèles. Il préférait connaître les gens qu'il dessinait.

Je me tournai de nouveau vers Oliver qui contemplait pensivement la diapositive.

— Donc, vous avez eu l'occasion de parler avec l'exécutrice testamentaire ?

— En effet, répondit-il en me regardant. Comme je vous l'ai dit, j'ai essayé de clarifier les liens qu'il pouvait y avoir entre cette œuvre et Frank Westrum. Je lui ai apporté des photos de ses autres travaux.

— Vous ne lui avez pas parlé de Rose ?

— C'était il y a deux mois. Je ne connaissais pas son existence. Mais je ne pense pas que cela aurait changé grand-chose.

— Cela pourrait valoir la peine d'essayer. On ne sait jamais.

— Menez l'enquête si ça vous amuse…

Après cette réponse à peine aimable, il retourna à ses diapositives. L'existence de Rose ne l'intéressait pas. Au contraire, cela semblait le déranger qu'elle ait pu jouer un rôle dans la vie de Frank Westrum, et lui ait servi de modèle.

Je l'observai dans la lumière blafarde, l'air un peu usé malgré le soin qu'il prenait de son apparence, le crâne dégarni. La remarque de Blake me donnait à réfléchir. Pourquoi Oliver avait-il dédié sa vie à son aïeul, et pourquoi voulait-il à tout prix s'accrocher à un passé immuable ? Pourtant, il m'avait demandé de venir. Il devait bien y avoir une raison, et qui, de toute évidence, n'avait rien à voir avec Rose.

Il éteignit le projecteur.

— Je voudrais vous montrer quelque chose qui ne fait pas partie de la visite guidée. J'emmène rarement les gens visiter l'atelier de Frank, mais je voudrais vous le montrer.

Il nous ramena au rez-de-chaussée, puis nous fit prendre un couloir qui donnait sur une véranda ouverte. Comme il fallait traverser le jardin, il nous fournit à chacune un parapluie. Le gravier du chemin qui menait à l'ancienne écurie était très glissant, et il fallait faire attention. Oliver s'agrippait à son parapluie bleu roi, et son nœud papillon battait des ailes pendant qu'il affrontait le vent et la pluie. Il nous fit passer une porte cochère, et nous nous arrêtâmes dans un rez-de-chaussée sombre au sol cimenté qui sentait la poussière et les feuilles mortes.

— C'est en haut, expliqua Oliver en secouant son parapluie.

Nous empruntâmes un escalier plutôt raide qui aboutissait dans un superbe espace. Une très grande pièce éclairée par de larges baies vitrées et une verrière. Même par cette journée maussade, elle était lumineuse. Plusieurs chevalets étaient dressés au fond de l'atelier, et il y avait une table basse entourée de fauteuils. Le centre était occupé par un immense établi à multiples tiroirs plats. Oliver s'en approcha, et en ouvrit plusieurs. Nous vîmes qu'ils servaient à ranger des morceaux de verre de couleur et des feuilles de papier-calque.

— C'est Frank lui-même qui a conçu cet atelier, expliqua Oliver. Il a rénové l'écurie qui avait réchappé à l'incendie. Vous savez qu'il a fait construire cette maison juste après la mort de Beatrice, en 1920, quand il a voulu quitter New York pour moins penser à elle. Voyez comme l'organisation est rationnelle. Les tiroirs sont étiquetés par années. Cela nous a beaucoup aidés dans nos recherches pour reconstituer son processus créatif. Et voilà ce que je voulais vous montrer.

Il tira de l'un des longs tiroirs la photographie encadrée d'une femme. Elle était grande, les cheveux cachés sous un chapeau cloche orné d'une fleur audessus de l'oreille gauche. La femme se tournait à demi pour regarder derrière elle en riant, insouciante, charmante.

— C'est Annabeth Westrum, ma grand-mère. La photo a été prise en 1925, ici, dans le jardin, sous le treillage de la glycine qui venait d'être plantée. En voici une autre, de face, le même jour, celui de son mariage. Elle avait vingt-cinq ans. Je lui trouve une ressemblance étonnante avec la femme des verrières. J'ai toujours pensé que sa fille avait été sa muse, ou en tout cas, sans aller aussi loin, que c'était elle qu'il représentait.

Je m'emparai de la photo pour l'examiner. Le visage d'Annabeth était long et ovale, son regard rieur. Oliver n'avait pas complètement tort. Elle aurait très bien pu être la femme des vitraux. C'était une supposition naturelle. Et pourtant, je n'étais pas convaincue. Je m'abstins de tout commentaire, et, au bout d'un instant, je tendis la photo à ma mère et fis quelques pas dans l'atelier en direction des chevalets. Rose était-elle venue ici ? Avait-elle posé pour Frank Westrum dans cette belle lumière ? J'entendais les voix basses et tranquilles de ma mère et d'Oliver qui parlaient de la photo et du contenu des tiroirs. Oliver avait inspecté pour nous ceux qui concernaient les années allant de 1936 à 1938 et correspondaient donc à la fabrication des verrières de la chapelle, mais il n'avait trouvé ni dessins ni maquettes. Il avouait trouver cela bizarre. Pour toutes les autres commandes, il restait des traces de chaque étape de la conception. Ma mère admira beaucoup les dessins qu'elle feuilletait, tandis que, moi, j'essayais d'imaginer Frank Westrum, précis et méticuleux, son crayon traçant les contours du corps de Rose.

— Lucy ? appela ma mère. Viens voir !

Elle regardait un dessin d'iris sauvages, avec leurs longues feuilles lancéolées, leurs fleurs largement ouvertes.

— Regarde, il y en a une liasse entière. Des études d'iris, mais aussi quelques croquis de roses.

Sans me laisser le temps d'intervenir elle se tourna vers Oliver et ajouta :

— Rose avait une fille. Une fille qui s'appelait Iris. J'ai l'impression que Frank Westrum devait la connaître, qu'en pensez-vous ?

Le visage d'Oliver se referma. J'eus la même appréhension que lorsque je lui avais appris l'existence des vitraux de la chapelle. J'avais peur qu'il ne me prenne quelque chose. Je ne fis qu'entrevoir des dessins d'iris des champs, d'un vase ne contenant qu'une seule fleur splendide, car il les rassembla brusquement et les rangea dans le tiroir marqué 1938.

— Vous auriez pu m'en parler en voyant la verrière de l'escalier, me dit-il.

— Cela aurait changé quelque chose ?

— Non, bien sûr.

Et pourtant, je voyais bien que la mention d'Iris avait éveillé en lui une pensée, un souvenir, peut-être, dont il ne voulait pas nous parler.

Il regarda sa montre et nous proposa de revoir les vitraux avant de partir. Je redescendis sans protester, me contentant de noter sa hâte à nous éloigner de l'atelier. Je manquais de preuves mais, plus cela allait, plus il me semblait évident que Frank Westrum et Rose avaient été très proches.

Je m'arrêtai devant la porte ouverte de l'écurie. Dehors, il pleuvait à verse et des flaques remplissaient les creux de gravier.

— J'ai oublié mon parapluie là-haut ! m'exclamai-je. Allez-y, je vous rejoins.

Je remontai en courant. J'avais posé mon parapluie contre un chevalet quand maman m'avait appelée pour regarder les dessins. L'oubli n'avait pas été volontaire, mais l'occasion était trop belle. Je retournai à l'établi et ouvris le tiroir de l'année 1938. Il y avait plus d'une dizaine de croquis. L'artiste avait estompé les traits, jouant des contrastes entre la couleur des feuilles, leurs ombres et les fleurs foisonnantes. Je les feuilletai sans oser les sortir du tiroir, sur le qui-vive. Je refermai en hâte dès que j'entendis les pas d'Oliver qui s'impatientait en bas.

À notre retour dans le musée, Oliver fut aux petits soins avec ma mère, sut se montrer amusant et charmant, lui racontant des anecdotes sur l'archipel des Mille-Îles où les Westrum passaient toutes leurs vacances. Pendant ce temps, je déambulai de vitrail en vitrail, les écoutant à moitié, cherchant d'autres preuves de l'influence de Rose sur le travail de Frank, tout en me demandant ce qu'Oliver nous cachait. Ma curiosité pour Rose ne faisait que croître. Qui avait-elle été ? Comment avait-elle vécu ? Qu'était-il advenu d'elle et de sa fille ? Près d'un siècle plus tard, elle s'était figée dans le temps. Pourtant, dans les quelques lignes que j'avais lues, jetées sur le papier, j'avais reconnu une passion, une exigence pareilles aux miennes. J'y voyais le miroir de mon propre besoin d'absolu et de vérité. À ma naissance, mon arrière-grand-père n'était déjà plus en vie. Rien ne m'avait jamais donné à penser qu'il avait douté de ses décisions, ou commis la moindre erreur. Et voilà que je découvrais cette femme, cette sœur si bien cachée qui me ressemblait tant. Je voulais à tout prix retrouver la trace de Rose, découvrir son histoire et la comprendre. Peut-être m'indiquerait-elle la voie, à moi qui avais tant de mal à trouver mon chemin.

Avant notre départ, Oliver me communiqua les coordonnées de la personne qui avait vendu le vitrail aux pétales de roses. Elle s'appelait Joan Lowry et il m'indiqua même comment me rendre chez elle avec d'autant plus de bonne volonté, me sembla-t-il, qu'il était persuadé que je n'en tirerais pas grand-chose. Il alla jusqu'à noter les indications à la main. Il avait trouvé l'adresse dans un fichier rotatif des plus classiques. Pas de BlackBerry pour notre ami Oliver. Il me tendit la feuille en me demandant quand nous irions visiter la chapelle. Je me sentis obligée de répondre, mais à grand regret. J'avais l'impression d'être tombée dans un piège. J'eus même le soupçon qu'il m'avait lancée sur la piste de Joan Lowry uniquement pour me soutirer cette information.

— Mercredi à 9 heures.

— Ah, très bien. Keegan m'avait parlé de la visite mais je ne savais pas si la date était déjà fixée. Votre pasteur ne m'a pas encore contacté. Elle n'a peut-être pas eu mes messages. Mercredi, c'est parfait. Je l'inscris dans mon agenda tout de suite. Nous nous verrons là-bas, alors.

Il me serra la main, puis fit un baisemain à maman en se déclarant enchanté d'avoir fait sa connaissance. Elle eut un petit rire, gênée et flattée à la fois.

— Quel hypocrite ! m'exclamai-je alors que nous retournions à la voiture sous la pluie. Il ne m'a fait venir que pour ça ! Il voulait m'obliger à lui dire quand aurait lieu la visite de la chapelle.

— Mais non, ma chérie, dit ma mère en montant du côté passager. Ne sois pas paranoïaque. Je l'ai trouvé tout à fait charmant.

Dès qu'elle eut fermé sa portière, je fis tourner le moteur pour mettre le chauffage en marche et j'essuyai la condensation qui couvrait l'intérieur du pare-brise.

— C'est vrai qu'il a été charmant avec toi. Tu as l'air de lui plaire.

Ma mère ne répondit que par un sourire.

— Et je ne suis pas paranoïaque, repris-je. Je suis prudente et je me méfie un peu de lui. Ce n'est pas pareil.

— De quoi le suspectes-tu, au juste ? Est-ce que ça serait une telle catastrophe qu'Oliver Parrott ajoute ces vitraux à sa collection ? Ils seraient peut-être mieux à la fondation. Après tout, c'est un musée. Ce n'est pas comme si on les vendait au marché noir ou qu'on les réduisait en miettes.

— Je ne sais pas, dis-je en dépliant la carte pour chercher l'adresse qu'Oliver m'avait donnée. J'en fais une affaire un peu trop personnelle, c'est vrai, mais pas plus qu'Oliver avec Frank Westrum. C'est important pour moi d'en savoir plus sur cette femme qui a été rejetée par la famille. Et puis je pense qu'Oliver en sait davantage qu'il ne veut le faire croire. Tu as remarqué sa réaction quand tu as mentionné Iris ? J'aurais préféré qu'on ne lui dise rien.

— Mais pourquoi donc ? Je n'ai rien remarqué de spécial. Je l'ai trouvé normal.

— Je ne lui fais pas confiance.

— Lucy, là, tu déraillles… En tout cas, j'espère que tu arriveras à résoudre l'énigme qui entoure Rose, mais j'ai peur que tu ne sois déçue.

Je lui abandonnai la carte et les indications, et elle me guida. Nous passâmes d'abord devant la haute maison de brique où avait eu lieu la vente du vitrail. La dame qui avait organisé la succession vivait un peu plus loin, juste en dehors de la ville. Joan Lowry possédait un appartement dans une résidence de retraités, un bâtiment de trois étages fonctionnel, sans doute, mais pas très beau. C'était une résidence avec services, qui disposait, le moment venu, d'une unité médicalisée dans un autre bâtiment. C'était pratique et logique, mais déprimant.

Joan était chez elle et, quand la réceptionniste l'appela par l'interphone pour lui annoncer notre visite, elle se déclara tout à fait disposée à nous recevoir immédiatement. Je pris l'ascenseur avec maman jusqu'au troisième étage. Le couloir qui menait au 354 était longé par des rampes en bois pour aider les pensionnaires qui avaient du mal à se déplacer. Joan nous ouvrit au premier coup donné à la porte. C'était une vieille dame fluette dotée d'une belle masse de cheveux gris, et qui portait des lunettes de marque. Son pantalon en tissu synthétique bleu, son pull bleu marine et ses chaussures de marche la rendaient un peu moins chic. L'appartement était petit, peint en beige, et bourré de meubles qui devaient venir d'une maison beaucoup plus grande. Un vaste canapé en velours prenait toute la place, la télévision était gigantesque, et la table ronde à pieds sculptés de salle à manger ne servait plus qu'à elle seule. Elle tint absolument à nous préparer du thé, qu'elle nous servit sur la table basse devant le canapé. J'examinai la décoration pendant qu'elle nous servait d'une main tremblante. C'était une fanatique des petits chiens. Il y en avait partout, en dessins accrochés aux murs, sur la frise au pochoir de la tapisserie, imprimés sur les rideaux, et, sous forme de figurines et de sculptures, posés sur toutes les surfaces libres.

— Ils sont mignons, hein, mes toutous ? dit-elle en suivant mon regard. J'ai toujours eu des scottish-terriers. Je n'ai pas pu en reprendre après la mort du dernier parce que, ici, nous n'avons pas droit aux animaux domestiques. Pour les chats, c'est plus facile de s'arranger. Je crois que M. Ketteridge, à quelques portes d'ici, en cache un chez lui.

Elle prit place face à nous dans un fauteuil et nous mit au courant des dernières nouvelles de la résidence pendant que nous buvions notre thé. Heureusement que maman était là pour lui donner la réplique, car, si j'avais été seule, j'aurais attaqué trop tôt et j'aurais effarouché la vieille dame. Oliver avait dû la braquer en la pressant de questions. Elle finit par nous apprendre que la succession qu'elle avait réglée était celle non pas de sa tante, mais de sa grand-tante.

— Le déménagement n'a pas dû être facile à organiser, remarquai-je. Nous n'avons trié que quelques cartons chez nous ce matin et je suis crevée.

— Moi, ça m'a épuisée, il y avait un fatras invraisemblable. Des cartons partout, au grenier, dans la cave, dans les chambres d'amis. Elle ne jetait jamais rien. Comme elle ne s'est pas mariée, j'étais la seule à pouvoir m'en occuper. Et elle avait mené une vie très active. Elle appartenait à je ne sais combien d'associations. Et puis il y avait aussi les affaires de la personne qui partageait la maison avec elle autrefois. Tout, absolument tout, était entassé au grenier.

Je dressai l'oreille.

— Elle ne vivait pas seule ?

— Ça remonte à loin, aux années 1940. La pauvre femme est morte il y a longtemps.

— Vous savez comment elle s'appelait ?

— Oui bien sûr. C'était Rose. Elles étaient très amies. Jusqu'à la fin de sa vie ma grand-tante a continué de parler d'elle. Elles ont lutté pour les droits des femmes ensemble. Des bas-bleus comme on disait à l'époque. Des originales. Elles ne faisaient rien comme tout le monde. Ma grand-tante était un peu la révolutionnaire de la famille. Pour l'époque, ne pas se marier, avoir un métier, ça ne se faisait pas. Les gens la trouvaient trop affranchie. Elle m'aimait bien parce qu'elle disait que j'avais de la volonté, et elle m'envoyait de l'argent pour m'acheter des livres tous les semestres quand j'étais à l'université. Nous nous écrivions souvent.

— Une femme extraordinaire, on dirait.

— Absolument. C'était une suffragette, et la première femme du pays à mettre son bulletin dans l'urne en 1920. Il y a eu un article dans le journal. Je l'ai quelque part.

— Et tous ces cartons qui appartenaient à Rose, intervins-je en tâchant de ne pas montrer mon impatience, que sont-ils devenus ?

— Attendez que je ne vous dise pas de bêtises… J'ai fait venir les gens de la salle des ventes. Ils se sont chargés du vitrail, par exemple, qui semblait tellement intéresser votre M. Parrott. Tous les gros meubles ont aussi été vendus aux enchères. Le reste, la vaisselle, les petits objets, il a fallu les brader. J'ai organisé un vide-greniers avec l'aide de ma voisine, Bobbie Jean. Elle est un peu autoritaire, mais efficace, alors je ne peux pas lui en vouloir. Mais il restait encore beaucoup de choses. Des tonnes de cartons de paperasses que je n'avais pas le cœur de jeter. Bobbie Jean a eu une bonne idée. Elle les a apportés au Domaine national des droits des femmes de Seneca Falls. Parce qu'elles étaient connues, toutes les deux. Ma grand-tante, Lydia Langhammer, a même été arrêtée et a passé la nuit au poste. Elle adorait me raconter ces histoires. Elle et Rose, elles s'entendaient bien sur ce point comme sur beaucoup d'autres.

— Rose aussi a été arrêtée ?

— Je crois que oui. Cette fois-là, et plusieurs autres, même, d'après ce que disait tante Lydia. Elle l'entraînait, ou c'était ma tante qui la poussait, je ne sais plus. Parfois je ne me souviens plus… Il faudrait consigner ces histoires quelque part… La mémoire se perd, c'est terrible.

Il ne fallait pas la laisser perdre le fil de ses idées.

— Et ces papiers ? Ils ont été archivés au Domaine national des droits des femmes, alors ?

— D'après moi, oui. Bobbie Jean n'est pas revenue avec, en tout cas. Je remets de l'eau dans la théière ? demanda-t-elle en me voyant échanger un regard avec ma mère.

— Non, merci, pas pour moi, répondis-je.

— Nous allons devoir reprendre la route, intervint maman.

— Juste une tasse, cela me ferait plaisir.

— Nous devons rentrer, mais merci mille fois pour votre accueil.

Elle nous raccompagna à la porte sans cesser de parler et ne s'arrêta que quand je lui posai la main sur le bras.

— Merci, Joan. Je vous tiendrai au courant si nous découvrons quelque chose.

Je descendis presque en courant et me sentis libérée en arrivant dehors. L'air frais me fit du bien. La pluie s'était arrêtée et le ciel, bien que toujours nuageux, était plus clair.

— Elle a l'air très seule, commenta ma mère.

— C'est triste…

J'avais vu sur un meuble une photo de Joan quand elle était jeune. Sans une ride, l'œil vif, le corps alerte. Il fallait profiter de la vie.

Sur le chemin du retour, les panneaux défilèrent : sorties pour Geneva, Seneca Falls, Waterloo, puis ce furent les méandres des chemins de campagne dans les derniers kilomètres. Le gravier de l'allée était saturé d'eau ; un déluge dégringola du feuillage qui se pressait autour de la grille quand la voiture passa. Sur la véranda, le seau débordait. Les cartons nous narguaient dans le salon, les affaires non triées étalées par terre.

— C'est l'heure que j'aime le moins, me confia ma mère. Et quand il y a du vent. Dans ces moments-là, la maison me semble vraiment hostile.

— Tu serais plus heureuse si tu habitais ailleurs, dans un endroit plus petit ?

— Mille fois ! dit-elle en allumant la lumière. Un appartement dans un immeuble bien entretenu, c'est mon rêve. Cette maison est magnifique, mais je ne m'en sors pas.

Cette nuit-là, j'eus du mal à m'endormir. J'écoutais la pluie crépiter sur le toit en pensant aux archives de Rose confiées au Domaine national des droits des femmes. J'étais survoltée, impatiente, mais inquiète, aussi, parce que je n'avais eu aucun signe de Yoshi depuis deux jours, à part son e-mail laconique. Quand je l'avais appelé, il n'avait pas eu le temps de me parler parce qu'il finissait de préparer sa valise, avant de partir pour l'aéroport. Il n'arriverait pas à Jakarta avant quelques heures. Alors je restai les yeux grands ouverts dans le noir, pensant à ma dispute avec Blake, perturbée par ce qu'il avait dit de mon rapport au changement. Tout bougeait autour de moi et je me demandais où cela allait me mener, et si, au bout du compte, je ne regretterais pas d'être venue.

11

Un brillant soleil me salua à mon réveil. L'air frais et pur entrait par la fenêtre ouverte et les cristaux que j'avais autrefois accrochés devant la fenêtre envoyaient des myriades de petits arcs-en-ciel sur les murs. Il était encore tôt et j'étais bien au chaud sous ma couverture. J'entendis arriver la voiture d'Andy qui venait chercher maman pour l'emmener prendre un brunch en ville. Il s'arrêta devant la maison avec un crissement de gravier, la portière claqua, ses pas résonnèrent sur les marches, la porte moustiquaire claqua. Il y eut des rires, quelques mots échangés, puis un silence. Je les imaginai en train de s'embrasser dans la cuisine ensoleillée. En me redressant dans le lit, j'aperçus Andy qui ouvrait la portière devant ma mère, puis la voiture qui reprenait l'allée.

Je pris mon ordinateur portable et m'assis en tailleur sur le lit. Je regardai le lac en attendant que la connexion à bas débit me donne accès à Internet. Seules quelques crêtes blanches brisaient l'étendue bleu saphir. Au loin, des carillons sonnaient dans le vent. Les couleurs des prismes dansaient sur mes bras et sur les draps. Yoshi m'avait envoyé un message de Jakarta pour m'annoncer que son voyage s'était bien passé. Il était arrivé le soir et avait dîné sur une terrasse au milieu de fougères en pot. J'imaginai des meubles en rotin dans le crépuscule tropical. Quand nous vivions en Indonésie, nous aimions aller dans les marchés de nuit pour acheter des brochettes satay, du poisson grillé ou des bols de nouilles. Mais l'entreprise de Yoshi l'avait sans doute fait descendre dans un hôtel international. Il aurait de la chance s'il arrivait à s'échapper un quart d'heure pour s'acheter un gobelet de glace pilée au sirop de maïs. Cette vie de rêve que nous avions menée alors me semblait beaucoup trop lointaine. J'essayai de le joindre sur Skype, mais il n'était pas connecté.

En bas, maman avait laissé le café au chaud, un bol de myrtilles dans le réfrigérateur et un mot pour me dire qu'elle était partie. Je pris mon petit déjeuner au comptoir en lisant le dernier numéro de la *Gazette du Lac des Rêves* où je trouvai un article sur l'atelier-galerie de verre soufflé de Keegan. Il y avait une photo de lui devant l'un de ses fours, la main sur les épaules de Max. Un dossier de quatre pages exposait la bataille qui se livrait autour du terrain de la base.

Le Domaine national des droits des femmes de Seneca Falls n'était qu'à une heure de voiture, et je vis que le parc, le musée et le centre étaient ouverts au public le dimanche. Après avoir lavé ma tasse et mon assiette, je rassemblai mes notes, mes photocopies et les documents originaux trouvés dans la coupole, et me mis en route. J'avais très peur de ne pas retrouver les cartons que Joan Lowry avait fait déposer. Je fondais beaucoup trop d'espoirs sur eux, sans doute, mais mon attente inquiète donnait du piment au trajet. Je traversai la campagne verdoyante et les villes de l'ancien canal qui avaient été si prospères à l'époque de la jeunesse de Rose. J'étais intimement persuadée que l'histoire de sa vie donnerait un sens à la mienne.

À Seneca Falls, je fis une première halte à la maison-musée d'Elizabeth Cady Stanton, la célèbre suffragette, qui y avait vécu de 1847 à 1862. J'arrivai juste à temps pour me joindre à une visite guidée. C'était une demeure simple, aux murs épais et aux planchers à larges lattes. Elle avait joui d'une belle vue dans cette cité industrielle pourtant très active, car ses fenêtres donnaient sur les vastes jardins et vergers qu'elle entretenait tout en élevant ses sept enfants. Son mari, avocat dans les tribunaux itinérants d'alors, n'avait pas été souvent présent. Dans ses écrits, elle mentionnait le manque de stimulation intellectuelle dont elle souffrait malgré des journées très pleines qui l'occupaient sans la satisfaire.

Après la visite, je m'attardai sur la pelouse, imaginant les enfants d'Elizabeth Stanton en train de jouer, surveillés par leur mère vêtue des fameux pantalons couverts d'une jupe arrivant au genou. Pendant les longues soirées de ce mois de juillet, une fois ses enfants au lit et après le départ des invités, elle avait rédigé dans le salon la célèbre Déclaration des sentiments inspirée de la Déclaration d'indépendance. Elle avait plus tard lu ce texte devant une assistance de plusieurs centaines de personnes, marquant ainsi le début du mouvement de lutte pour la défense des droits des femmes. Quelle période passionnante, et quelle exaltation elle avait dû ressentir en prenant la parole ! Ses opinions d'avant-garde et son engagement avaient ouvert la voie à Rose, deux générations plus tard, et m'avaient permis, à moi, d'aller à l'université et de mener ma vie vagabonde en toute liberté. Quelle ténacité ces femmes avaient montrée : après ce premier discours, il avait encore fallu attendre plus de soixante-dix ans pour que les femmes obtiennent le droit de vote, et aucune des intervenantes de cette convention de Seneca Falls en 1848 n'avait vécu assez longtemps pour voir ce jour.

Dans le bâtiment qui hébergeait le centre de documentation, les statues grandeur nature qui occupaient le hall représentaient les participants de la première convention comme s'ils étaient en train d'y arriver : Elizabeth Cady Stanton, Lucretia Mott et sa sœur Martha Coffin Wright, les McClintock, les Hunt et Frederick Douglass. L'employé qui s'occupait de l'accueil me conduisit à l'étage pour me présenter à l'archiviste. Elle s'appelait Gail, et était une grande jeune femme à la voix rauque et au regard intelligent. Je lui expliquai la raison de ma visite.

— Notre mission principale, dit-elle, est de conserver tout ce qui a trait aux événements et aux objets liés à la convention de 1848, donc, si vos cartons n'entrent pas dans cette catégorie, il est peu probable que nous les ayons encore.

Elle tira un registre d'une étagère et le consulta en suivant les lignes du bout du doigt.

— J'ai une entrée au nom de Joan Lowry. Elle concerne un don de trois cartons.

— Et ils sont toujours ici ?

— Non, désolée. Nous les avons triés il y a quatre mois. Nous avons gardé trois documents qui se rapportaient à la convention. Ils sont en cours de classement. Le reste… Le reste nous l'avons expédié à la Lafayette Historical Society. Nous leur transmettons un grand nombre des documents que nous ne conservons pas ici. Je ne connais pas la nature de ceux que nous avons enregistrés dans nos archives, mais je peux me renseigner.

— Ce serait gentil, merci. Une dernière chose : cela vous ennuierait de me dire ce que vous pensez de ces brochures et de ces tracts ? ajoutai-je en ouvrant ma chemise en carton.

Elle examina le tout attentivement.

— Ils ne concernent pas la période que nous traitons, mais vous pourriez aller aux archives Margaret-Sanger. C'est elle qui a écrit les articles sur le planning familial, probablement autour de 1912, 1913. Ces brochures sont des premières éditions et on n'en trouve plus beaucoup. Elles ont été censurées par la poste parce qu'elles contrevenaient à la loi Comstock qui interdisait la distribution du courrier jugé obscène. Cette mesure s'appliquait aussi bien aux textes sur la contraception, même expliquée par des médecins, qu'à ceux traitant de l'hygiène. Margaret Sanger a été emprisonnée pour avoir défendu le droit à la contraception. Sa sœur Ethyl Byrne est allée encore plus loin en entamant pendant son incarcération, une grève de la faim qui a failli lui coûter la vie.

Je la remerciai et lui donnai mes coordonnées pour qu'elle puisse me joindre. Ensuite je repris la voiture et traversai les rues cossues, bordées de riches demeures et de belles pelouses, pour me rendre à la Lafayette Historical Society. Elle était abritée dans une grande maison du début du XIXe siècle à tourelle, ornementée de bois découpé en bordure de toit. J'eus de la chance, car l'association, bien que fermée habituellement le dimanche, était ouverte pour un cours de généalogie. Le hall d'entrée avait été restauré de façon charmante, avec des lambris d'acajou sombre et un papier mural crème à motif floral vert. Une jeune femme résolument moderne, couverte de piercings, dont un à une narine, et un petit diamant sous la lèvre inférieure, était assise derrière le bureau à l'accueil. Elle termina son paragraphe avant de refermer son livre et leva la tête vers moi.

— Oui, je vois de quoi il s'agit, dit-elle quand je lui eus expliqué le but de ma visite. J'étais là quand on les a apportés. Je ne crois pas qu'ils aient encore été ouverts. Suivez-moi jusqu'à la salle de lecture et puis j'irai vérifier.

Je montai le grand escalier derrière elle. La pièce était entièrement tapissée de bibliothèques. Une grande horloge de parquet marquait doucement les secondes contre le mur et une longue table en merisier entourée de lourdes chaises occupait le centre de la pièce. Il n'y avait pas de rideaux aux fenêtres, et je remarquai que les carreaux étaient un peu déformés, comme du verre ancien. Elle revint quelques minutes plus tard, un grand carton dans les bras. Il y en avait encore deux, m'annonça-t-elle. J'étais folle d'impatience et je plongeai dans le premier pendant qu'elle montait me chercher le reste. J'y trouvai un fouillis de papiers, de brochures et de coupures de journaux.

— Tenez, dit la jeune femme en posant le dernier carton sur la table. Rien n'a été classé, ajouta-t-elle en voyant les documents que j'avais déjà étalés devant moi. La plupart du temps, les cartons de ce genre contiennent surtout des reçus, des factures, des notes personnelles indéchiffrables. J'espère que vous trouverez votre bonheur. Nous fermons à 16 heures.

Je jetai un coup d'œil à l'horloge : il était déjà plus de 14 heures.

— Je me dépêche !

Lydia Langhammer avait en effet gardé beaucoup de papiers inutiles. Je les examinai les uns après les autres méticuleusement, mais sans rien découvrir de passionnant.

Le contenu du deuxième carton ressemblait à celui du premier, comme si on y avait jeté à la hâte le contenu d'un secrétaire ou de tiroirs de classement. Je trouvai pourtant quelques mentions de Rose dans les cahiers de compte et des talons de reçus de partage des frais établis à son nom. J'en fis une petite pile, mais l'émotion qui m'avait prise en voyant son nom fut de courte durée. Cependant, je m'acharnais, pressée par le temps. Et puis, tout au fond, je tombai sur un dossier en cuir, fermé par un ruban. Encore des factures, songeai-je. Mais quand je l'ouvris, des enveloppes s'en échappèrent. Toutes les adresses avaient été rédigées de la même main. J'y reconnaissais la cursive inclinée de Rose. J'ouvris la première et en tirai un papier épais, jauni, à l'encre rendue sépia par le temps. Elle était datée du 21 septembre 1914.

Ma petite Iris chérie,

Ma toute belle, je t'ai quittée ce matin. Tu étais dans le jardin, en train de faire un pâté de sable, près du bassin aux poissons. Tu portais la petite robe jaune que je t'ai faite. Tu es très en avance pour tes trois ans. Tu as arraché les pétales d'un souci orange et tu les as semés sur l'eau. Tu nourrissais les poissons, disais-tu. Je t'ai serrée dans mes bras. Tes cheveux qui n'étaient que du duvet autrefois sont devenus bien beaux et brillants. Tu sentais le savon et le soleil. Et puis Mme Elliot est arrivée et Cora t'a appelée pour le déjeuner. Tu as monté les marches une à une, parce qu'elles sont hautes pour tes petites jambes. Tu t'es retournée en riant pour me dire au revoir en agitant la main, et puis tu as passé la porte.

Mme Elliot m'a dit qu'il fallait se dépêcher, mais je ne pouvais plus bouger. Je n'arrivais pas à quitter cette porte des yeux, espérant te voir reparaître, mais le perron est resté vide.

J'ai gardé un morceau du ruban de ta robe. Je le noue à mon poignet. Il dépasse de mon revers de manche quand j'écris. Les autres passagers ne s'occupent pas de moi. Ils ont l'air de gens ordinaires et je me demande si, moi aussi, j'ai un aspect aussi trompeur. Du coup, je me demande quels secrets ils peuvent bien porter en eux. Cette vieille dame, en face de moi, qui regarde dehors, quels souvenirs rumine-t-elle ? Et le monsieur à côté qui fait ses comptes dans un cahier ? Et le jeune fermier et sa femme qui s'émerveillent de chaque chose qu'ils découvrent ? Quels sont leurs désirs cachés, leurs rêves ?

Je suis vêtue simplement, de mon seul tailleur taupe et d'un corsage jaune. Je suis assise, modeste, ma sacoche à mes pieds. Comment pourraient-ils imaginer, en me voyant, que tu existes ?

Tu ne savais pas que j'allais partir.

C'est mieux ainsi. Je me le dis et me le répète.

Je te promets, absolument, que je reviendrai te chercher bientôt.

En attendant, je t'écrirai tous les jours. Peut-être ne liras-tu jamais ces lettres. Peut-être serai-je si vite rentrée que tu ne te seras même pas rendu compte que je suis partie. Un jour, quand tu seras grande, elles te prouveront à quel point je t'ai aimée, même si tout peut te laisser croire que je t'ai abandonnée.

J'espère qu'ils te traiteront bien.

Malgré ta naissance scandaleuse, Joseph t'aime, parce qu'il aimait ton père. Et Cora, qui ne m'aime pas, t'adore comme elle adore tous les enfants car elle n'a pas encore eu le bonheur d'en avoir.

Arrivée en bas de la page, je m'interrompis. Des voix lointaines montaient du cours de généalogie. L'émotion m'étreignait. Je reconstituais la chronologie des événements. La lettre que j'avais trouvée dans la coupole datait de 1925, onze ans plus tard, donc quand Iris avait quatorze ans. J'en déduisais que Rose n'était pas revenue la chercher comme elle l'espérait. Je pensai à ma mère qui redoutait que je sois déçue. Rose était-elle moins digne de mon admiration que je l'avais espéré ? Les lettres s'étalaient sur le plateau de bois ciré. J'avais peur de ce que j'allais découvrir, mais je rassemblai mon courage et tournai la feuille.

À la gare, Mme Elliot m'a donné un poème qu'elle avait recopié d'un magazine. Un poème pour les voyageurs, m'a-t-elle expliqué. L'auteur est une femme, mais qui ne signe que de ses initiales, H. D. Mme Elliot sait que j'aime lire, et elle m'a donné des livres. Je relis sans cesse l'un des vers : « Le vent souffle dans les dunes, et l'herbe rêche caparaçonnée de sel lui répond. » Je ne le comprends pas bien, et pourtant, il exprime la tristesse que je ressens.

Iris, où es-tu à présent, que fais-tu ? Je t'ai nommée Iris, car j'aime ces fleurs, leur couleur, qui est celle des yeux de ton père. Je veux te raconter ton histoire, car ton oncle, qui n'y comprend rien, ne t'en dira rien.

Et puis il commencerait par la comète, qui n'est pas le début, comme il l'imagine.

Je l'ai rencontré bien plus tôt, un jour d'été ordinaire. Je sarclais les vignes. Je me suis arrêtée pour me désaltérer. C'est alors que j'ai vu de la poussière s'élever au loin, et des éclats de lumière à travers les arbres.

— Qu'est-ce que c'est ? ai-je demandé à mon amie Ellen.

— Je ne sais pas.

— Je crois que c'est une voiture automobile !

C'était un événement, car je n'en avais encore jamais vu.

— Les Wyndham en ont une.

— Allons voir.

Nous abandonnâmes notre travail pour courir au village.

Les gens étaient sortis des boutiques pour l'admirer. M. Marcus, l'épicier, a dit que c'était une Rolls-Royce. Une Silver Ghost.

L'auto était arrivée sans bruit et s'était arrêtée sur la place, brillante comme un miroir. Elle faisait rêver. Je rejoignis ton oncle, qui se penchait sur le capot. La carrosserie était argentée et le bouchon du radiateur représentait une femme qui déployait ses ailes.

— Elle te plaît ? me demanda Geoffrey Wyndham qui en était descendu.

Bien sûr qu'elle me plaisait ! Trop timide pour lui répondre, j'avais juste hoché la tête. Presque toutes les maisons du village appartenaient à sa famille. Dans le cimetière, une de leurs tombes remontait à 1134. Un hiver, nous étions allés faire du patin sur la mare, et Geoffrey m'avait poursuivie jusqu'à un endroit où la couleur de la glace avait changé, la pellicule était devenue translucide, et l'eau noire visible en dessous. Il avait poussé un cri et m'avait rattrapée par le bras pour me tirer en arrière.

Il avait grandi. Je ne lui arrivais plus qu'au menton.

— Vas-y, dit-il. Touche, si tu veux.

Alors j'avais posé la main sur l'ange d'argent.

Au souper, ce soir-là, nous n'avions parlé que de l'événement devant mon père qui ne desserrait pas les dents. Finalement, il avait posé sa fourchette et s'était levé.

— Il y a encore du travail, avait-il dit à Joseph. Allons-y.

— *Nous perdons notre temps, avait protesté ton oncle. Nos roues en bois ne valent rien quand celles des automobiles vont deux fois plus vite sur leurs pneumatiques.*

J'avais senti monter la fureur de notre père. Il était sorti de la salle sans mot dire. Joseph l'avait suivi dans l'atelier. Quelques minutes plus tard, j'avais entendu repartir la querelle, qui durait encore quand nous eûmes fini de desservir la table.

La nuit est tombée. J'y vois à peine assez clair pour écrire. Le jeune couple est allé au wagon-restaurant. La vieille dame a enlevé son chapeau, a soigneusement déplié une serviette sur ses genoux et a tiré un sandwich de son sac. Le comptable s'est assoupi. Le train a longé des maisons et des immeubles si lentement que j'ai vu des gens attablés devant leur dîner, ou qui lisaient dans leurs fauteuils, ou qui tiraient les rideaux. Puis le train a repris de la vitesse et la ville a laissé place aux usines. Loin des lumières, il faisait plus sombre. J'ai sorti mon petit pain en tâchant de ne pas trop jalouser ma voisine car le sien était garni d'une tranche de rosbif.

Quand on voyage, rien n'est plus pareil. Cette nuit ressemble davantage à celle de mon arrivée dans ce Nouveau Monde avec Joseph, il y a trois ans, qu'à celle d'hier, quand j'étais couchée près de toi dans notre petite chambre et que j'écoutais ta respiration d'enfant. Dans le train, je me réveillais à chaque arrêt, gênée par les lumières et les bruits qui régnaient dans les gares.

Joseph, lui, dormait, le manteau plié sous sa tête. Je reconnaissais bien là l'insouciance de mon frère. Le train nous menait alors vers l'inconnu. J'avais fermé les yeux et réglé mon souffle sur le sien. Quand je m'étais réveillée, un soleil d'or jetait ses rayons sur le blé tendre et sur l'azur des lacs.

Je t'ai laissée là-bas, mon ange. Mes doigts sont gourds, crispés sur le stylo, et mon cœur souffre davantage à chaque tour de roue.

Toute l'affection de ta mère qui t'aime,

Rose

En effet, vers la fin de la lettre, l'écriture devenait plus large, plus indécise, et certains mots étaient coupés par le bord de la page. Tremblante, je posai les pages, et me frottai les yeux.

Cette lettre était une révélation, car dans la mythologie familiale tout commençait en effet par la comète. Et Rose avait su que Joseph ne commencerait pas là où il fallait…

Alors, que s'était-il passé pour les faire fuir ? Ce que je devinais était-il donc aussi terrible pour chasser deux enfants de leur pays ? Je considérai les autres lettres, imaginant Rose penchée sur ces pages, écrivant dans la pénombre, le cœur serré.

La pendulette de la cheminée sonna quatre coups cristallins. Presque au même instant, j'entendis les pas de l'archiviste dans l'escalier. Prise de court, sans réfléchir, je remis vite les enveloppes dans le dossier en cuir et je fis glisser le tout dans mon sac. Dans la ville, des carillons sonnaient 16 heures, se répondant de quartier en quartier. Elle entra, presque intimidante avec les rangées d'anneaux qui perçaient ses oreilles.

— Combien de piercings avez-vous ? demandai-je pour me donner une contenance. Au moins dix, non ?

— Huit dans la gauche, et neuf dans la droite. La semaine dernière, je m'en suis fait mettre un au nombril. Le prochain, ce sera dans la langue.

— Ça ne fait pas mal ?

Elle eut un sourire poli, parce que, sans doute, on lui posait souvent la question.

— Pas trop. Ceux tout en haut des oreilles, un peu. Vous avez trouvé des documents intéressants ?

— Une lettre, dis-je en montrant celle que je venais de lire et qui était toujours sur la table, sortie de son enveloppe. Elle pourrait m'être utile. Ça vous ennuierait que je vous l'emprunte pour quelques jours ?

— Désolée, elle n'a pas été encore répertoriée. Je n'aurais même pas dû vous montrer les cartons. C'est important ?

Elle prit la lettre sur la table et commença à la parcourir. Je dus me retenir pour ne pas la lui arracher des mains.

— Elle l'est pour moi, parce qu'elle a été écrite par quelqu'un de ma famille, en revanche, je ne vois pas le profit que l'Histoire, avec un grand « h » pourrait en tirer.

— Désolée.

— Tant pis, je reviendrai demain.

— Demain, nous sommes fermés. Nos jours d'ouverture sont le mercredi et le vendredi, de 9 heures à 13 heures.

— Dommage… Vous ne pouvez pas faire d'exception ?

Je vis qu'elle hésitait.

— Je serais bien venue pour vous, mais je dois aller camper quelques jours avec mon copain.

Mon insistance avait éveillé sa curiosité. Elle lut à voix haute les dernières lignes :

— *Je t'ai laissée là-bas, mon ange. Mes doigts son gourds, crispés sur le stylo, et mon cœur souffre davantage à chaque tour de roue.* On dirait une lettre d'amour.

— L'amour d'une mère pour sa fille.

— Vous êtes sûre que ça n'est pas important ? Je peux appeler la directrice, si vous voulez.

— À mon avis, c'est inutile, dis-je en me levant et en m'éloignant du carton qui recelait peut-être d'autres trésors. Des affaires familiales, comme je vous l'ai dit. Je ne peux pas venir avant vendredi prochain. À quelle heure, déjà ?

— Nous ouvrons à 9 heures.

— Très bien.

Je traversai la pièce et je descendis devant elle, serrant mon sac contre moi, comme pour mieux en protéger le contenu. Elle me suivit jusqu'à la porte. Serrure électronique, notai-je en passant, donc inattaquable par mes faibles moyens. Il faudrait décidément que je me résolve à attendre.

Il faisait une chaleur étouffante dans la voiture. Je descendis la vitre pour laisser entrer de l'air. Je mourais de faim : j'avais oublié de déjeuner. Cela ne m'empêcha pas de sortir la deuxième lettre de la chemise en cuir.

En face, la porte du musée s'ouvrit, et je vis l'archiviste sortir. Elle s'arrêta pour bien fermer derrière elle, puis partit d'un pas vif jusqu'à une Volkswagen jaune dans laquelle elle monta.

Elizabeth Cady Stanton était passée dans ces mêmes rues avec ses enfants, pensant à ses discours pendant qu'elle achetait du sucre, des œufs, et rentrait chez elle très vite pour prendre des notes avant de ranger ses courses, de peur de laisser échapper ses idées. Des phrases révolutionnaires pour l'époque et, à la clé, une déclaration d'une portée essentielle, que j'avais lue dans le musée : « Nous arrivons seuls en ce monde, différents, tous, de ceux qui nous ont précédés… La nature ne se répète jamais ; le potentiel que renferme l'âme humaine n'est jamais identique d'une personne à une autre. » Ses enfants l'appelaient et elle posait son stylo avec un soupir pour leur répondre. Je l'imaginais, parlant au coin d'une rue avec Susan Anthony et Amelia Bloomer, la scandaleuse, qui avait inventé les fameux pantalons bouffants pour avoir plus de liberté de mouvements. Elles avaient toutes provoqué l'indignation, Elizabeth, Susan, Amelia, trois femmes intelligentes qui avaient courageusement défendu leurs idées.

Je tournai l'enveloppe dans mes mains. Rose Jarrett était leur héritière, pourtant elle avait été bien seule dans ce train. Où allait-elle ? Pourquoi était-elle repartie sans son frère, pourquoi avait-elle laissé son enfant ? De quel scandale parlait-elle ? Je sentais une colère en moi : si on m'avait parlé d'elle, j'aurais pu apprendre tellement plus du passé que le vague passage d'une comète et de bons sentiments qui ne voulaient rien dire. Il me restait encore tout à découvrir : comment elle en était venue à influencer la conception des magnifiques vitraux de Frank Westrum, quel destin lui avait inspiré cette lettre déchirante. Derrière sa grille de fer forgé, la Lafayette Historical Society s'était refermée sur ses secrets.

Le vent apportait l'odeur des lacs dans la voiture. Cela me fit penser à mes élèves japonais et à nos promenades au bord de la mer qui avaient influencé le vocabulaire que je leur apprenais : *vague, eau, caillou*, et la phrase qu'ils n'avaient pas comprise : *Un jour, vos petits-enfants boiront peut-être vos larmes.* Je dépliai la deuxième lettre, écrite sur une page de cahier de comptabilité, quadrillé de pâles lignes bleues et de colonnes.

Le 15 septembre 1914,

Ma petite Iris chérie,

C'est une bien triste lettre que je t'ai écrite hier soir, mais la nuit m'a reposée.

Le comptable a appuyé la tête contre mon épaule dans son sommeil et en a été tellement embarrassé qu'il m'a donné une page arrachée à la fin de son cahier pour se faire pardonner. Il vit à Poughkeepsie et s'occupe de la comptabilité de l'usine à papier. Une vie monotone, à ce qu'il semble, mais il a l'air satisfait de son sort. Il m'a parlé de sa ville. Il est propriétaire de sa maison et il est célibataire. Il a regardé mon annulaire et, n'y voyant pas d'alliance, m'a pressée de questions. Je me suis demandé ce que serait ma vie si je la consacrais à tenir son ménage. Alors je lui ai dit que ton père faisait la guerre en France et que j'attendais de ses nouvelles.

Il a hoché la tête comme s'il venait d'achever une addition qui tombait juste, puis il est retourné à ses comptes. J'ai déjeuné des deux pommes que j'avais dans mon sac.

Mme Elliot voit la fenêtre de ta chambre de chez elle. Elle a promis de veiller sur toi de loin. Elle te fera donner la couverture. Je me suis dépêchée de la terminer quand j'ai compris que j'allais devoir partir. Joseph ne m'a même pas dit au revoir, mais il a laissé un mot dans ma poche, avec cinq dollars. Je pourrais les dépenser pour m'offrir un œuf au wagon-restaurant, mais je préfère les économiser. Chaque pièce mise de côté me rapprochera du moment de te retrouver. Mme Elliot m'a recommandé de ne pas m'inquiéter car ses amies sont de bonnes personnes, et elles viendront m'attendre à la gare, mais je ne suis pas tranquille.

La voie ferrée suit la rivière, qui coule, sombre, marbrée du reflet bleuté du ciel. Il y avait une rivière près de chez nous autrefois dont les crues nous inondaient presque tous les printemps. Pendant quelques jours, nous vivions dans un pays enchanté, où l'on attrapait le poisson dans les rues et où l'on posait des nasses dans les champs pour piéger les anguilles.

Je vais terminer mon histoire. Je marchais le long de la rivière portant un panier d'œufs quand

Geoffrey Wyndham est arrivé dans sa voiture, Joseph à côté de lui. Il s'est arrêté à ma hauteur, semblant heureux de me voir. Il m'a appelée en riant, le visage protégé du soleil par son canotier. Il m'a proposé de monter avec eux et j'ai accepté. J'ai pris place à l'arrière de son automobile argentée.

C'était fou ! Nous volions à travers la campagne et moi je m'agrippais à mon siège, terrorisée, le vent dans les cheveux, des larmes dans les yeux. Jamais je n'aurais cru qu'on puisse rouler à une telle vitesse.

Au bout d'une longue course, Geoffrey s'arrêta à côté d'un muret de pierre sèche couvert de ronces. Il se tourna vers moi, un bras sur le dossier de son siège de cuir noir, un sourire aux lèvres.

— Tu as eu peur ?

J'étais livide, sûrement, et ne pouvais pas parler. Il rit et descendit de voiture pour m'ouvrir la portière. Il me tendit la main et je la pris comme une riche héritière.

— Moi, je n'ai pas eu peur, affirma Joseph.

— Bravo ! Vous voyez, là ? ajouta Geoffrey en désignant des ruines qui surgissaient dans la brume au milieu de la campagne. C'est un ancien monastère qu'Henry VIII a fait saccager. Il était pourtant bien protégé car il avait été construit comme une forteresse : pendant les grandes marées d'été, ce tertre devient une île et reste entouré d'eau parfois pendant des semaines entières. J'ai toujours eu envie de le visiter.

Il partit à travers champs, Joseph derrière lui, et je les suivis. Il faisait très chaud. Par deux fois, des libellules s'envolèrent en nuée des herbes hautes, dérangées par notre passage.

L'abbaye nous plongea dans un respect silencieux. Elle n'avait plus de toit, mais les murs étaient encore debout. Geoffrey se glissa dans une ouverture de la clôture, et pénétra à l'intérieur. Joseph le suivit, et moi aussi, mais à la traîne. Les dalles étaient patinées par le temps. La pluie avait noirci la pierre à l'intérieur et des feuilles mortes couvraient le sol.

J'étais arrivée au bout de la page, et il n'y avait rien d'autre dans l'enveloppe. Je sortis les autres lettres de mon sac, fébrile, car j'avais peur d'avoir laissé le deuxième feuillet dans la boîte, ou même que la fin de la lettre ait été perdue. J'étais avide de connaître la suite, écartelée entre le présent et le passé, entre mon Impala américaine et cette Rolls-Royce un siècle plus tôt, en Angleterre, qui avait roulé sur une route de campagne vers les ruines de l'abbaye. Quelle expérience cela avait dû être de monter en voiture pour la toute première fois, même si elle n'était pas montée à plus de vingt ou trente kilomètres à l'heure. Encore innocente, ignorant tout des épreuves que la vie lui réservait, elle avait pu profiter pleinement de l'expérience. Je triai les lettres comme un paquet de cartes à jouer et, vers le milieu, je vis une feuille du même format et du même papier que celle que je venais de lire, qui dépassait d'une enveloppe. Je la sortis et la dépliai avec un immense soulagement.

Au détour du couloir, il y avait un escalier qui montait vers le bleu du ciel. À travers les brèches des murs effondrés, on voyait les prés ondoyer sous le vent. Nous atteignîmes une grande pièce dotée d'une cheminée caverneuse. Geoffrey se plaça au milieu et tourna sur lui-même, les joues rosies par notre promenade en plein air.

— On sent presque la présence des moines, vous ne trouvez pas ?

— Le silence est un peu inquiétant, intervint Joseph.

— C'est parce que l'abbaye renferme beaucoup de secrets. C'est ce que m'a raconté mon oncle. Il paraît que tous ceux qui viennent ici doivent révéler une chose qu'ils n'ont jamais dite.

— Eh bien, quel est ton secret, à toi ? demandai-je.

J'avais été très intimidée jusqu'alors, mais, dans ces ruines, je me sentais plus libre, comme dégagée d'un filet invisible. Je me sentais autorisée à dire tout ce que je pensais.

Geoffrey prit l'air songeur.

— Je voudrais… aller en Inde. Je dois entrer à Cambridge l'année prochaine, et puis ensuite je dois revenir pour travailler avec mon père, mais je n'ai pas envie de mener la même vie que lui. Ce que je veux, c'est voir le monde. Je vais m'engager dans la Royal Navy pour devenir officier. Voilà, mon secret.

Joseph était si pressé de parler qu'il attendit à peine la fin pour se lancer.

— Moi, je veux aller en Amérique ! J'ai un cousin qui a émigré au Nouveau Monde et, dès que j'aurai un capital de dix livres, il pourra se porter garant pour moi.

Je fus très surprise. Je savais de qui il s'agissait, bien sûr. Une fois l'an, Jesse, un cousin de notre mère, nous envoyait un colis de jouets et de bonbons, parfois de l'argent. Elle conservait les lettres qui accompagnaient ces cadeaux dans le tiroir de la cuisine.

— C'est vrai ? Tu veux partir ? m'exclamai-je.

— Surtout ne dis rien. Si tu me dénonces, tu le regretteras.

— Rose n'est pas une rapporteuse, intervint Geoffrey, et puis elle sera tenue par le secret qu'elle va nous révéler à son tour. Quel est ton rêve caché, Rose ? Dis-nous. Tu voudrais devenir princesse ?

Je ne sais ce qui me poussa à me dévoiler. Peut-être la qualité du silence, le sens d'un passé si fortement imprégné dans ces murs, les prières qui étaient montées, des années durant, en ces lieux.

— Je veux être prêtre. J'aimerais dire la messe à l'église.

J'avais parlé sans réfléchir mais, dès que les mots furent prononcés, je sentis à quel point ils étaient vrais.

Le vent même sembla s'arrêter de souffler l'espace d'un instant, puis ils se mirent à rire.

— Prêtre, répéta Joseph avec mépris. Quelle idiote !

— Les femmes ne peuvent pas être prêtres, dit Geoffrey, mais plus gentiment.

Je devins rouge de honte, et me tus sans insister. Je n'avais pas mesuré à quel point ce sentiment était profondément ancré en moi avant de le formuler à voix haute. J'avais toujours su, pourtant, que ce que j'éprouvais en entrant dans l'église pour repriser le linge de messe était un recueillement d'une qualité rare, un état de conscience plus vif, plus attentif.

J'interrompis ma lecture pour regarder dehors. Deux garçons passèrent à vélo et disparurent au coin de la rue. Cette sensation que Rose essayait de décrire, je l'avais ressentie, moi aussi. Elle m'était revenue depuis que j'avais vu le vitrail de la Sagesse, et sa représentation saisissante de la Création. Ces quelques lignes me convainquaient que l'âme de Rose avait présidé à la création de ces vitraux, à leurs couleurs, aux tourbillons de vent, à ce sentiment de la vie dans un monde toujours en mouvement : *ruah*, le souffle, l'esprit.

Je repris où je m'étais arrêtée.

— Bien, dit Geoffrey, je vais vous raconter une histoire terrible. Une histoire vraie. Il y avait une fois une jeune fille très belle, issue d'une famille noble. Elle tomba amoureuse d'un homme qui n'avait pas de titre et qui fut chassé au loin. Quelques années plus tard, elle visita ce monastère où nous sommes et découvrit que son bien-aimé était devenu moine. Ils eurent des rendez-vous

secrets... Mais, ajouta-t-il après un silence en baissant la voix, ils furent découverts. Elle fut emmurée ici, vivante.

Joseph, qui se taisait comme moi, avait les yeux posés sur les belles bottes de Geoffrey Wyndham. Ce n'était pas l'histoire d'horreur qui faisait réfléchir mon frère, car il ne devait pas y croire plus que moi, mais celle du jeune homme d'humble extraction. J'eus honte, comme lui, de nos godillots usés et boueux. Nous non plus, nous n'avions aucun espoir de sortir de notre condition.

— Moi, je m'en vais ! lança Joseph.

Il sortit de la salle et disparut dans le couloir. Je fis un pas pour le suivre, mais Geoffrey me rattrapa par le bras. Les feuilles mortes étaient sèches sous mes pieds, le plafond ouvert sur le ciel.

— Ne sois pas fâchée, dit-il. Tu es trop jolie pour être prêtre.

Il se pencha soudain pour m'embrasser. Je fus surprise, mais heureuse, comme une fleur s'ouvre au soleil, et je ne le repoussai pas.

— C'est cela, mon vrai secret, me murmura-t-il à l'oreille, sa joue contre la mienne. Un secret que tu dois être la seule à connaître, Rose.

C'est ainsi que tout a commencé, un an avant la comète.

Il est près de midi. Le comptable est parti. Il a pris sa valise et m'a discrètement saluée avant de descendre sur le quai. Il avait si bien dormi, la tête appuyée à mon épaule... Je suis un peu triste à l'idée de ne plus jamais le voir et de devoir tout ignorer désormais de sa vie, mais je sais que, une fois descendue moi-même, je n'y penserai jamais plus.

J'ai tant d'autres choses à t'écrire, mais il te faudra attendre.

La lettre, non signée, se terminait par le dessin d'une rose.

Je restai là à réfléchir, le papier entre les doigts. Son histoire avait commencé, disait-elle, un an avant la comète. Le mythe fondateur qu'avait bâti mon arrière-grand-père n'était que du vent. On avait transmis cette histoire de génération en génération comme si Rose n'avait pas existé. Je me sentais aussi déstabilisée qu'au Japon, quand la terre, en tremblant, me réveillait au milieu de la nuit, trop fragile pour supporter le poids du monde. Rose, elle, avait tissé la légende de sa vie, frise délicate de lunes et de vignes.

Ma mère avait trouvé ce tissu enveloppé dans un simple papier d'emballage, caché à l'intérieur de la doublure de la malle de mon arrière-grand-père, accompagné du petit mot. La lettre que je venais de lire dévoilait quelques éléments, mais elle laissait beaucoup de choses en suspens. J'imaginais Rose, assise dans un salon sans feu, tissant. Oui, je la voyais plus clairement, maintenant, mais je ne comprenais toujours pas pourquoi elle était partie ni pourquoi son ouvrage était resté caché si longtemps. Et puis, presque autant qu'au destin de Rose, je m'intéressais à celui de sa fille.

Un coup d'œil à ma montre m'apprit qu'il était déjà plus de 17 heures. Voilà plus d'une heure que j'étais assise dans ma voiture. J'avais envie de lire la suite, mais je n'en pouvais plus. Je remis les lettres dans leurs enveloppes, puis les enveloppes dans le dossier que j'avais posé sur le siège à côté de moi. Ensuite, je tournai la clé dans le contact et rentrai par les petites routes de campagne, vitres baissées, tâchant de faire le point sur ce que j'avais appris et qui bouleversait si profondément mon univers.

C'était jour de régate au Lac des Rêves. Les rues étaient encombrées de voitures, les trottoirs noirs de monde. Devant cette foule, je préférai éviter le port et prendre par les petites rues. Le Green Bean était complet, et de nombreux clients attendaient dehors qu'on appelle leur numéro pour rejoindre leurs tables. Un brouhaha de voix et de rire descendait de la terrasse jusqu'à la rue. La verrerie aussi était prise d'assaut.

Je me garai derrière Dream Master, sans me préoccuper du panneau « parking privé ». La quincaillerie était fermée, il n'y avait pas d'autre emplacement disponible dans cette ville où laisser ma voiture. Je glissai le dossier en cuir sous le siège, et verrouillai les portières, vérifiant deux fois que j'avais bien les clés. Le gravier était dur sous les pieds et avait emmagasiné la chaleur. J'avais envie de voir Keegan, mais nous devions bientôt aller à la chapelle pour regarder les vitraux, et il était pris par son travail et par Max. S'il avait un instant, il devait en profiter pour se reposer sur son canapé, ou sur son lit, allongé sous le ventilateur de plafond. Je m'imaginai avec lui et songeai qu'il me prendrait dans ses bras, comme autrefois nous avions appris à nous connaître au milieu des vieilles machines, dans ce même lieu. La force de l'illusion était telle que j'en fus décontenancée. J'avais une violente envie de revivre ces moments, sans savoir vraiment s'il s'agissait d'un désir nouveau, ou d'un désir ancien, resurgi d'un passé inachevé. Mais ce passé auquel je pensais n'était pas seulement celui que je n'avais pas vécu avec Keegan, c'était aussi mon ancienne vie d'errance, qui me faisait toujours tout quitter, les gens que j'aimais, mes pays d'adoption, mes emplois.

Derrière Dream Master, il y avait un quai de déchargement qui m'avait semblé d'une hauteur impressionnante quand j'étais petite, un vieux distributeur de boissons, vide à présent. Je montai les marches jusqu'à la porte. Les serrures n'avaient pas été changées depuis qu'Art avait vendu l'usine et les brevets. J'avais toujours au fond de mon sac de quoi crocheter une serrure. Il ne me fallut qu'une minute. C'était un barillet simple. La porte de l'entrepôt s'ouvrit. La lumière entrait à l'intérieur par les fenêtres et une verrière au plafond. De grandes allées d'étagères, assez espacées pour laisser passer un chariot élévateur, servaient à stocker les cartons de matériel. La porte se ferma derrière moi et j'avançai dans le silence.

La porte du bureau d'Art était ouverte. J'entrai, comme je l'avais si souvent fait étant enfant, insouciante comme si l'usine était mon terrain de jeu. Un jour, au cours d'une partie de cache-cache, je m'étais dissimulée au fond d'un de ces placards dans ce qui était le bureau de mon père à l'époque. J'avais tendu l'oreille pour guetter mes poursuivants, et leurs voix qui appelaient au loin. Soudain, la porte du bureau s'était ouverte et mon père était entré avec Art. Ils se disputaient. J'avais fermé les yeux, croyant me rendre encore plus invisible. Leur fureur m'avait fait si peur que j'avais rouvert les yeux, mais il faisait trop noir et je ne voyais rien. Je restai immobile, trop apeurée pour faire un geste. Puis la dispute s'était achevée et j'avais entendu les pas s'éloigner. J'avais alors rampé hors de ma cachette, ankylosée, éblouie par la soudaine clarté.

J'ouvris l'un de ces placards pour regarder à l'intérieur. Les étagères étaient encombrées de papiers, de dossiers, de livres de compte. Je le refermai. Sur la table d'architecte, sous la fenêtre, des plans du Débarcadère étaient étalés. Des devis couvraient le bureau. J'en pris un, puis le reposai. Le silence me fit soudain peur. Je me sentais indiscrète, comme lorsque j'étais enfant dans ma cachette, oppressée par la discorde familiale, ressentant une forte impression de trahison. Je n'arrivais plus à séparer mes sentiments présents de ceux que j'avais éprouvés alors.

Je sortis du bureau et pris l'escalier au bout du couloir pour monter dans la partie de la serrurerie où s'était trouvée l'usine. Le premier et le deuxième étage étaient entièrement vides, et les vitres poussiéreuses ne laissaient passer qu'une lumière glauque. Autrefois, il y avait eu des machines, un va-et-vient ininterrompu d'ouvriers qui façonnaient les clés, les composants des serrures, mus par tant d'automatismes qu'ils semblaient ne pas avoir besoin de penser à ce qu'ils faisaient. En 1919, l'année de la fondation de Dream Master, c'était mon arrière-grand-père qui avait occupé le bureau directorial dont je venais de sortir. D'après mes calculs, pratiquement cinq ans après le départ de Rose, quatre ans avant l'achat de la maison du lac, six ans avant que mon grand-père voie le jour, et le départ d'Iris.

J'approchai des fenêtres pour regarder dehors. Les mâts des voiliers du port oscillaient au loin. Dans la vieille usine, l'air immobile était oppressant. Je traçai mes initiales du bout du doigt dans la poussière d'une vitre, puis les effaçai. L'Impala était en bas, posée sur le gravier comme un gros canari anachronique. Je passai de fenêtre en fenêtre pour regarder la foule qui entrait et sortait du centre artisanal de l'autre côté de la rue. Les gens avaient l'air détendu de touristes qui profitaient de leurs vacances sans une pensée pour ceux qui avaient travaillé là autrefois.

La chaleur devenait étouffante. J'étais en nage. Je redescendis en pensant à Rose et aux lettres que j'avais laissées dans la voiture, témoins de cette époque si vite oubliée. Sur le palier, je me heurtai à Joey. Je poussai un cri et il s'arrêta net, aussi surpris que moi. Les cheveux blondis par le soleil, il portait un short en denim et des tongs. Je vis derrière lui une jeune femme et remarquai le pack de bières qu'il tenait sous le bras.

— Qu'est-ce que tu fais là ? demanda-t-il.

— Je cherche Blake, dis-je, ne mentant qu'à moitié. La porte était ouverte à l'arrière.

— C'est bizarre. Le dimanche, nous fermons à 17 heures.

— Ah, oui, c'est vrai, on est dimanche ! Désolée. Je croyais trouver Blake, et puis ça m'a rappelé tellement de souvenirs de notre enfance que je suis restée. Tu te souviens de nos parties de cache-cache ? Je suis montée pour jeter un coup d'œil. Et toi, qu'est-ce que tu viens faire ? Tu ne nous as pas présentées, ajoutai-je en me tournant vers la jeune femme, ayant retrouvé un peu de mon assurance.

— Oui, je me souviens, dit Joey comme s'il n'avait pas entendu ma dernière phrase. Cela semble loin tout ça…

— Le temps passe.

— Eh bien, je ne veux pas te retarder, Lucy. Je te raccompagne pour fermer derrière toi.

Quelques secondes plus tard, je me retrouvai sur le quai de déchargement dans le soleil et j'entendis la serrure se refermer.

12

La maison du lac était vide et se réchauffait au soleil de cette fin d'après-midi. Affamée, je mangeai ce que je trouvai dans le réfrigérateur, des morceaux de bagel trempés dans du yaourt à la vanille. Il n'y avait rien d'autre, à part quelques carottes fripées et une livre de beurre. J'avalai vite, presque sans mâcher, et je bus coup sur coup trois verres d'eau. Ensuite je rassemblai mes documents en y ajoutant le dossier en cuir et je montai dans la coupole. J'ouvris les fenêtres qui donnaient sur le lac pour aérer. J'avais déjà exploré la pièce de fond en comble pour m'assurer qu'il ne s'y cachait rien d'autre, mais je n'avais trouvé que deux boutons perdus et une petite paire de ciseaux. C'était seulement pour lire les lettres que j'étais montée dans cet endroit où j'avais trouvé les premières traces de l'existence de Rose.

En tout, il y avait sept enveloppes. Certaines avaient été tamponnées par la poste, d'autres ne portaient que le nom d'Iris en guise d'adresse, tracé de l'écriture de Rose. La première que je pris avait été envoyée à Rose à New York, le cachet illisible. La lettre était écrite sur un seul feuillet d'épais papier blanc, dont l'une des faces était satinée et l'autre poreuse comme du buvard, ce qui avait empâté une écriture déjà maladroite. Une mèche de cheveux châtain clair, retenue dans le pli de la feuille, tomba sur mes genoux.

Le 17 octobre 1914,
Chère Rose,

J'ai travaillé à la ferme toute la semaine. Quand je suis rentré, ta lettre était sur le plateau de l'entrée. Ici, on ne parle plus de toi. Ton nom n'est jamais prononcé. Je suis content de te savoir bien arrivée.

Tu seras heureuse d'apprendre qu'Iris est en bonne santé. Je t'envoie une mèche de ses cheveux. Je la lui ai coupée pendant qu'elle jouait devant la maison avec des cailloux qu'elle alignait pour former des lettres. Cora lui apprend à écrire. Elle est très intelligente, comme toi, mais j'espère que cela lui réussira mieux qu'à toi.

Tu me dis que l'argent est bien arrivé. C'est bien. Je t'en renverrai dès que je le pourrai. Ne me laisse pas sans nouvelles. Mme Elliot se conduit comme si de rien n'était. Je ne crois pas qu'elle a une bonne influence sur toi.

Avec toute mon affection fraternelle,
Joseph

Je posai la lettre sur mes genoux et tâchai d'assimiler ce que je venais de lire, les yeux posés sur les lointains du lac. Cette brève missive de mon arrière-grand-père me désarçonnait plus que les longues lettres de Rose. Il avait vécu ici, avait construit la coupole, prenant sans doute le temps, au cours de ses pauses, de regarder, comme moi, cette eau bleue. Son portrait était accroché au-dessus du bureau d'Arthur à Dream Master et, bien qu'il n'ait pas vécu assez longtemps pour me voir naître, j'avais grandi avec une idée précise de lui : un homme mûr, sûr de lui, maître de sa famille et de son entreprise, qui avait réussi dans la vie. Pourtant, la voix qui s'élevait d'entre ces lignes était très différente de l'image que je m'en étais forgée. Il semblait avoir eu bon cœur, comme en témoignait l'envoi de la mèche de cheveux, mais aussi avoir eu des difficultés à s'exprimer, et les idées assez étroites.

Je remis la feuille dans l'enveloppe avec les cheveux, me souvenant que, dans la première lettre, Rose avait parlé des beaux cheveux de sa fille. La lettre suivante était, de nouveau, adressée à Iris. Je trouvai plusieurs feuillets de papier pelure, l'encre noire éclaircie par le temps, l'écriture inclinée, rapide, assurée. Il n'y avait pas de date, et sur la fin l'encre changeait, devenait plus claire, puis plus foncée, comme si la lettre avait été écrite en plusieurs fois, sur une période prolongée.

Ma petite Iris chérie,

Je suis à la gare. Il y a beaucoup de monde. Personne n'est venu me chercher. Je suis restée longtemps sur le quai, puis j'ai dû me résoudre à m'asseoir sur un banc. Le hall de gare est grand, avec une horloge au beau milieu. J'ai l'adresse de l'endroit où je dois me rendre, mais j'avais pour consigne d'attendre qu'on vienne me chercher. Je ne sais que faire. Il faut à tout prix que je retienne mes larmes. Je dois sembler calme quel que soit le tumulte de mes sentiments et c'est pourquoi j'ai commencé cette lettre.

Il est tard. Il fait si froid dans cette gare que je suis heureuse d'avoir mon manteau.

Je me réconforte en pensant que tu es bien au chaud dans ton lit. J'espère que Mme Elliot a donné ta couverture à Cora et que tu dors sous son influence protectrice. Je l'ai tissée pour toi l'hiver dernier, dans le grenier. De l'autre côté de la rue, les lumières de Mme Elliot, qu'elle laissait souvent allumées tard, me tenaient compagnie. Mme Elliot est une suffragette à qui rien ne fait jamais peur. Tant qu'elle est présente, les autres dames n'osent pas ouvrir la bouche mais, dès qu'elle s'absente, certaines murmurent que ses idées sont trop extrêmes. Cora a jeté les tracts que Mme Elliot avait apportés, mais je les ai récupérés dans la corbeille. Je les ai montés pour les lire. Ils m'ont enflammée par leurs idées neuves. Ensuite, j'ai fait en sorte de rester dans les parages quand Mme Elliot venait nous rendre visite, gardant un visage calme même si l'envie me démangeait de l'applaudir. Je crois que les dames qui viennent prendre le thé chez Cora sont trop installées dans la vie pour comprendre. Elles n'ont à se préoccuper de rien et ne voient pas ce qui ne va pas dans le monde qui les entoure. Mais pour moi ces discours ont fait jaillir la lumière.

Une heure s'est écoulée depuis mon arrivée. Je suis fatiguée, mais je dois continuer d'écrire parce que cela me donne une contenance. Tout à l'heure, quand j'ai eu le malheur de poser mon stylo, un homme est venu s'asseoir à côté de moi et m'a fait une proposition malhonnête. Mon indignation l'a laissé imperturbable.

Descendre si bas, jamais. Du moins, je l'espère…

Je n'ai jamais voulu en arriver là, créer le scandale, me retrouver seule dans cet endroit que je ne connais pas.

Il est près de minuit. Je tâche de garder les yeux ouverts. Je me suis un peu assoupie et j'ai rêvé que ton père disparaissait dans le clocher de l'église, comme un fantôme argenté, et que je grimpais sans arriver à le rejoindre.

Quand il m'a embrassée dans les ruines, j'ai cru vivre un rêve tant ce baiser répondait à mes désirs d'alors. Cela réparait aussi un peu la blessure qu'avaient causée ses moqueries. Il disait vrai pourtant : je pouvais travailler tant et plus à recoudre les aubes, raccommoder le linge d'autel, m'escrimer à servir le recteur et l'évêque mais, quelle que soit la puissance de ma foi, mon dévouement à l'Église et à Dieu, je ne pourrais jamais porter le vin, le bénir et l'offrir pour la communion. Les femmes n'en ont pas le droit. Pas même Mme Wyndham malgré sa fortune et ses robes de soie. Plus j'y pensais, plus ma colère montait. C'était une souffrance. Si l'Église voyait en moi un être inférieur, alors pourquoi devrais-je obéir à ses préceptes ? Je m'égarais, je le sais à présent. J'étais jeune et fougueuse. Je m'épuisais aux travaux du ménage, ma peau brunissait dans les

y avait en moi un être libre, plein de désirs qui ne demandaient qu'à se réaliser.

Nous sommes restés sous l'influence de cette étrange lumière jusqu'à ce que les premiers oiseaux entonnent leur chant dans les arbres sombres.

Alors, Geoffrey a replié son télescope et a dit à Joseph :

— Rentre, Joey, si tu veux. Je vais la raccompagner.

— Je ne suis pas pressé.

— Tu peux nous laisser, a répliqué Geoffrey d'un ton autoritaire.

Les Wyndham étaient propriétaires de toutes les terres, de notre métairie. Joseph a hésité un long moment, le regard noir, et puis il a cogné dans le mur avec le poing, et il est descendu.

Moi, j'étais muette, aussi impuissante que Joseph à lui résister. J'étais prise d'un sentiment étrange, comme l'oiseau qui sent la présence du chat dans le buisson mais ne peut résister à l'attrait des fleurs. Quand il descendit avec moi l'escalier en colimaçon, qui tournait, tournait jusqu'en bas, je crus que, en fin de compte, il ne se passerait rien, mais, quand nous atteignîmes le palier, il m'attrapa par le bras et m'attira dans la pièce des cloches, percée de ses hautes baies.

La première fois, il ne m'a pas touchée, mais m'a seulement ordonné de me mettre dans un rayon de cette pâle lumière. Il voulait juste me regarder, disait-il. Que j'ôte ma vieille robe et que je reste là. Je restai longtemps immobile, je versai beaucoup de larmes, mais je dus céder. Oui, cette fois, il tint parole et se contenta de tourner autour de moi en murmurant que j'étais belle, sans même m'effleurer. Mes mains tremblaient pendant que je me rhabillais.

Quand je suis sortie de la tour, le village émergeait de la nuit. Joseph m'attendait. Nous n'avons pas dit un mot de tout le trajet du retour.

Jamais, de tout l'été, je n'ai essayé de le voir, mais lui, il me trouvait. Dans une clairière, près d'un ruisseau, dans la grange au bout du chemin. « Ma beauté, je t'épouserai, un jour. » Il disait cela à chaque fois. Moi, je le croyais. J'étais très niaise, je m'en rends compte, maintenant. Je me voyais princesse de conte de fées, dans un carrosse d'argent, cheveux défaits en haut de la tour, même si je n'étais pas en paix avec ma conscience. Plus tard, quand Mme Elliot parlait de la dignité des femmes, la chaleur me montait aux joues en songeant que j'avais fait si peu de cas de la mienne. Mais j'étais très jeune, très simple, et je pensais obéir à un destin contre lequel je ne pouvais rien.

La sonnerie de mon portable me fit sursauter si fort que la lettre m'échappa des mains. Je dus fouiller au fond de mon sac pour le trouver et, quand je finis par le trouver, il était trop tard. Appel manqué de Yoshi. C'était lundi chez eux, tôt le matin. Il devait m'appeler avant sa première réunion. J'appuyai sur la touche de rappel, me levant pour me dégourdir les jambes dans la petite pièce. Le lac ressemblait à un miroir.

— Hello, dis-je quand Yoshi décrocha. Où tu es ?

— Sur le balcon, à l'hôtel, qui donne sur une avenue très passante. Et toi ?

— Dans la coupole en haut de la maison, avec une belle vue du lac et des bateaux. J'ai trouvé des lettres, Yoshi. Des lettres de Rose. Je suis en train de les lire.

— Intéressantes ?

— Plus que ça. C'est très touchant, et l'histoire a l'air compliquée. Tu me manques, ajoutai-je, alors que j'avais à peine pensé à lui tant j'avais été absorbée par mes recherches.

— Je préférerais mille fois être avec toi. Ah ! Si je pouvais !

— Plus que quelques jours. Comment ça se passe ?

— Le pire reste à venir. Je redoute ces réunions. Sinon, tout va bien. Désolé, mais il faut que je te laisse pour y aller. J'ai une pause normalement dans trois heures. Je peux te rappeler ? Je te raconterai sur Skype.

— D'accord ! Parfait. Vers midi, heure de chez toi. Je me connecterai.

— Et toi ? Tu es sûre que tu vas bien ? Je te trouve une drôle de voix.

— Oui, oui, ça va. C'est juste les lettres qui me perturbent un peu.

En raccrochant, je vis que Zoe m'avait laissé trois messages, mais j'avais tellement envie de lire les lettres que je m'y remis directement sans la rappeler. Je ramassai les pages qui étaient tombées par terre et parcourus rapidement les derniers paragraphes que j'avais lus. Cet été-là, il l'avait suivie partout où elle allait et, elle, malgré sa honte, elle n'avait pu que lui céder.

Et puis il est parti en vacances. J'étais dans les champs quand sa Rolls-Royce est passée sur la route. Les amies avec qui je sarclais les rangs furent alarmées par ma pâleur. Elles me firent asseoir et me donnèrent une grappe de raisin. Je le trouvai écœurant et le jus me tacha les mains de rouge. Comme du sang, songeai-je. Cela me rappelait le prophète Isaïe et le sang du pressoir, la colère éveillée par l'injustice.

Je finis par me confier à Joseph. Les Wyndham étaient rentrés de vacances. Le visage grave, il alla au manoir.

Je l'attendis dehors. Ou plutôt, j'attendais Geoffrey. Je n'étais entrée dans la grande maison qu'une seule fois. J'avais été émerveillée par la hauteur des plafonds et par le mobilier magnifique. Une horde de domestiques entretenait la maison et s'employait à préparer le repas. Bientôt, je vivrais là et je boirais du chocolat toute la journée.

J'étais très naïve. Il avait promis de m'épouser, et j'y avais si bien cru que je mis un moment à comprendre ce que Joseph me disait quand il ressortit, seul, et qu'il m'entraîna sur le chemin. Il parlait de partir tous les deux en Amérique, d'une nouvelle vie, d'une deuxième chance pour moi. Personne ne saurait, et il me soutiendrait toujours.

Il rapportait une enveloppe contenant assez d'argent pour payer le passage en paquebot.

— Mais il veut m'épouser !

— Ne dis pas de bêtises ! Tu as de la chance, encore, qu'on te donne de l'argent pour partir.

— Mais il avait promis ! insistai-je en songeant à l'éclat de sa Rolls-Royce entre les arbres, aux ruines, au clocher.

Joseph se mit en colère.

— Je suis allé quémander pour toi ! Tu pourrais au moins me remercier.

C'était plutôt à moi qu'il pouvait dire merci. Derrière son lit, dans une niche, il gardait les pièces qu'il amassait à grand-peine pour émigrer au Nouveau Monde. Il les comptait comme un avaricieux.

— Tu vas réaliser ton grand rêve grâce à moi…

— Tu ne peux pas aller seule en Amérique.

— Et si moi, je ne veux pas y aller, en Amérique !

Je me sentais très petite, soudain, dans la campagne crépusculaire. Derrière nous, le manoir ressemblait à un grand navire. Geoffrey était chez lui, dans un salon brillamment éclairé, et il riait en dépliant sa serviette pour le dîner.

— Je vais aller lui parler. Je resterai devant la porte jusqu'à ce qu'il me voie et qu'il sorte.

— Rose, il prétend à peine te connaître. C'est ce qu'il raconte à sa famille et il n'en démordra pas.

— Il t'a bien donné de l'argent. C'est une preuve, non ?

Joseph m'attrapa le bras pour m'obliger à m'arrêter.

— Tu penses qu'on te croira ? C'est ta parole contre la sienne.

— Mais c'est vrai !

— Et alors ?

— C'est parce que tu veux aller en Amérique.

— Si tu insistes, ils reprendront tout, et toi, tu perdras ta chance de garder ton honneur.

Il fallut bien que je me range à ses arguments.

Les jours passèrent comme un cauchemar. Je vaquais à mes occupations par automatisme, comme si mon âme s'était détachée de mon corps. Je ne revis pas ton père. J'entendis dire qu'il était parti pour les Indes. Une prière fut même dite pour lui à l'église.

La veille de notre départ, je m'échappai de la maison pendant la nuit et traversai les vignes et les vergers. Il faisait froid en ce mois d'octobre, et les feuilles mortes crissaient sous les pieds. En haut de la colline, je me retournai pour regarder derrière moi. Le manoir se dressait à l'extérieur du village, masse sombre et lointaine, impassible.

J'étais tout aussi capable de crocheter la porte de l'église que Joseph. Son mécanisme n'avait pas de secrets pour moi. Les rangées de prie-Dieu se perdaient dans l'ombre et les hautes baies cintrées laissaient à peine passer la lumière. J'en connaissais tous les coins que j'avais si bien balayés, si bien astiqués. Ma main était passée, maniant l'aiguille, cent fois sur la nappe blanche de l'autel. Je m'assis dans le fauteuil tapissé de velours rouge de l'évêque. Jusque-là, j'avais toujours senti un lien particulier avec cet endroit, son silence, la présence invisible qui emplissait l'espace. Mais cette nuit-là, j'étais si malheureuse que je m'y sentis étrangère.

Je restai un long moment. Lentement, le jour se leva, et les couleurs des vitraux se réveillèrent. La coupe et le plat de communion me semblaient de lointaines planètes, deux cercles d'argent, l'un grand, l'autre petit. J'avais préparé l'autel assez souvent pour savoir que sur le pied du calice était gravé : « Don de la famille Wyndham ». Je le pris entre mes mains. Il était lourd, en argent massif. Je passai le doigt sur l'inscription. Geoffrey m'avait donné de quoi traverser l'Atlantique, certes, mais rien pour t'élever, toi, notre enfant. La coupe en argent luisait d'une lueur pâle dans la lumière naissante. Cela ne leur coûterait pas grand-chose, songeai-je, de la remplacer. C'est ainsi que j'ajoutai à mes autres erreurs celle qui fut de cacher le calice sous mon tablier, et de l'emporter.

La lettre s'arrêtait net, sans signature, sans dessin, sans rien. J'avais été si absorbée par ma lecture que je n'avais pas vu le jour baisser. Le soleil descendait de l'autre côté du lac et on sentait la fraîcheur du soir. Je rassemblai mes documents et les descendis dans ma chambre, où je les étalai sur le plancher peint, formant une pile des lettres de Rose, une autre de celles de Joseph, et une troisième des photocopies et autres papiers trouvés dans la coupole.

Je trouvais cette lettre de Rose si extraordinaire que je la relus d'un bout à l'autre avant d'en ouvrir une autre. C'était frappant, cette attente devant le manoir pendant que d'autres décidaient pour elle de son avenir. Sa solitude, plus tard, dans l'église, me touchait profondément, aussi, et la tentation qui l'avait poussée à se faire justice elle-même en s'emparant du calice. C'était moi, juste après la mort de mon père. Comme elle, je n'avais plus su ni qui j'étais ni ce que je faisais. La lettre m'évoquait aussi le vitrail que j'avais vu dans l'atelier de Keegan, la verrière de Joseph, qui montrait un calice retrouvé dans un sac de blé. N'était-ce pas encore un lien avec Rose ? J'avais recherché sur Internet l'histoire du patriarche. Il avait été jeté dans un puits par ses frères par jalousie. Il avait été sauvé et était parti en exil en Égypte où il était devenu prophète. Une famine était survenue et ses frères avaient été envoyés dans ce pays pour demander de la nourriture, sans savoir à qui ils s'adressaient. Il leur avait donné du blé, mais leur avait aussi tendu un piège en cachant sa coupe de divination dans les sacs qu'il leur avait fait prendre ; quand ils étaient revenus pour la rendre, on les avait accusés de vol. J'avais aussi relu des légendes du Saint-Graal et trouvé que les trames de ces histoires étaient très proches : discorde, famine, quête de la paix, et une coupe ou un calice en argent.

Ce vitrail était comme un symbole de la vie de Rose, envoyée en exil, et puis chassée de nouveau par un scandale et obligée de laisser sa fille. Peut-être était-ce pour cette raison, parce qu'il était venu le dernier, que le vitrail n'avait pas été posé. Je pouvais seulement faire des suppositions. On pouvait aussi penser que c'était l'image du calice qu'elle avait voulu représenter. Je me demandais ce qu'il était devenu, et surtout je voulais savoir ce qui était arrivé à Rose.

J'ouvris la lettre suivante, datée du 11 avril 1938. Elle était de Frank Westrum.

Rose, mon aimée,

Les vitraux avancent à bonne allure et mon seul regret est que tu ne sois pas là pour les voir. Ma très chère, je pense que tu serais satisfaite. J'ai pris en compte toutes tes suggestions tant pour les scènes que pour les images à mettre en lumière. J'ai reproduit ta frise et la plupart de tes maquettes pratiquement à l'identique. Nelia est venue surveiller l'avancée du travail hier et elle a approuvé nos efforts avec enthousiasme. Elle dit même qu'il s'agit d'un chef-d'œuvre. C'est peut-être aller un peu loin, mais j'ai grand plaisir à les réaliser. En premier lieu parce que cela me donne l'occasion de travailler à tes côtés, de concrétiser toute cette communion de pensée qui nous lie depuis tant d'années en cette réalisation finale qui nous tient tant à cœur à tous deux. Et puis il y a toujours le plaisir d'exercer mon art, de former le verre, le découper, l'assembler, le mettre au plomb. Tes gabarits sont magnifiques, et la maquette très belle. Je viendrai te voir le 30 à moins que tu ne sois suffisamment rétablie pour rentrer à la maison. Dans cette attente, je t'adresse tout mon amour,

Frank

Voilà, je la tenais, ma preuve. Rose avait connu Frank, elle avait dessiné la frise et inspiré les vitraux. C'était une lettre intime, chaleureuse, qui ne me laissait pas le moindre doute sur la nature de leurs relations. Je me demandai comment Oliver réagirait en apprenant qu'ils avaient été amants. Il faudrait bien lui montrer cette lettre, malgré mes réticences. Il semblait tellement attaché à l'image de veuf inconsolable qu'il se faisait de son aïeul. Pour ma part, j'étais soulagée que la vie de la jeune femme que j'avais laissée abandonnée dans une gare ait connu un dénouement qui semblait heureux.

La lettre suivante était écrite sur le même papier épais que la première lettre de Joseph et je reconnus son écriture. Le cachet de la poste indiquait le 24 mars 1915.

Chère Rose,

Nous sommes montés sur le toit de la grange hier. Il faisait beau, mais il y avait du vent. Nous avions presque fini de changer les ardoises cassées quand Jesse est tombé. J'ai entendu un cri et puis le bruit de sa chute. Il y a une bonne hauteur, et il est tombé sur le dos. Il n'arrive plus à bouger. J'espère qu'il va se remettre.

Ton frère Joseph

Et puis la lettre suivante, écrite sur le même papier, deux mois plus tard.

Le 25 mai 1915,

Chère Rose,

J'ai le regret de t'apprendre que notre cousin Jesse est mort hier. Il souffrait énormément depuis sa chute, et est enfin délivré. Cora ne veut voir personne, donc avant de venir attends que son chagrin se soit un peu dissipé. Je t'envoie un dessin qu'Iris a fait des fleurs du jardin.

Joseph

J'ouvris de nouveau l'enveloppe, mais n'y trouvai aucun dessin. Rose l'avait peut-être accroché au mur, là où elle s'était installée à New York.

J'entendis une voiture dans l'allée, et regardai par la fenêtre. C'était un doux crépuscule d'été. Une guirlande de minuscules lumières éclairait les bords du lac dans la pénombre violette. Les phares de la voiture d'Andy illuminaient d'un double faisceau blafard le côté de la grange, ce qui me permit de voir ma mère descendre. Après un moment, je l'entendis monter, et elle apparut à ma porte, un sac de plats à emporter dans la main gauche.

— Je n'en peux plus de porter cette attelle, dit-elle. Tu as faim ?

— Je suis affamée.

Elle s'assit par terre avec moi, étala les boîtes entre nous et me tendit une assiette.

— Je croyais qu'il était interdit de manger dans les chambres, dis-je, lui rappelant une vieille règle de la maison.

Elle sourit, recula pour s'appuyer le dos au mur, et attrapa la boîte la plus facile à atteindre ; une bonne odeur de poulet aux noix de cajou monta quand elle l'ouvrit.

— Je suis devenue plus libérale. Décadente, même, je dirais. La plupart du temps, je ne me prépare même pas à dîner. Ça ne m'intéresse plus beaucoup. C'est Andy qui m'a amenée dans ce restaurant chinois. Nous y avons déjeuné cette semaine. J'ai trouvé les plats délicieux, alors je me suis arrêtée pour nous prendre de quoi dîner.

— Il a l'air sympathique, dis-je au bout d'un silence un peu gênant.

— Oui, très. Très sympathique. Tu sais, j'ai bien l'intention de faire ce que je veux, même si ça vous dérange, toi et ton frère. C'est quand même drôle. Vous en feriez toute une histoire si je me mêlais autant de votre vie privée.

Cette remarque m'étonna et je me demandai si Blake lui avait reproché de fréquenter Andy. Je me gardai bien de lui poser la question.

— Alors ? demanda ma mère. Tu as fait de nouvelles découvertes ? Tu sembles avoir de plus en plus de documents.

— Je suis tombée sur un vrai trésor. Des lettres écrites par Rose Jarrett, ou qui lui ont été adressées. Certaines sont de son frère, l'illustre aïeul Joseph Arthur Jarrett. Je les ai trouvées à la Lafayette Historical Society. Les cartons de papiers légués par Joan Lowry ont abouti là-bas. Les archives allaient fermer, alors j'ai mis ce qui m'intéressait dans mon sac.

— Quoi ? Tu as volé des documents ? Lucy !

— Pas volés. Disons plutôt empruntés. Mais je ne vois pas ce que cette correspondance peut leur apporter là-bas, elle ne concerne que nous. Et Iris, ajoutai-je en songeant à la mèche de cheveux. Il faut absolument qu'elle récupère ce courrier qui lui est destiné, si elle est encore en vie.

— Si c'est le cas, elle doit avoir plus de quatre-vingt-dix ans.

Ma mère posa son carton de poulet, ses baguettes en équilibre au milieu. Quand elle eut la main libre, elle prit les lettres que je lui tendais et les parcourut rapidement.

— Incroyable, commenta-t-elle en les posant sur ses genoux.

— N'est-ce pas ? Je suis plongée dans leur lecture depuis des heures.

— Il y en a d'autres ?

— Oui, une ici que je n'ai pas encore lue. J'espère en trouver d'autres dans le dernier carton que je n'ai pas pu examiner.

Je sortis la dernière lettre d'une simple enveloppe carrée blanche, adressée à Iris, et datée du 12 octobre 1914, écrite sur un papier jaune ligné. Je la lus à voix haute.

Ma petite Iris chérie,

Je suis arrivée, tout va bien. Je dors dans une petite chambre mansardée au grenier. La tapisserie est jaune pâle avec un motif vert. Le plancher est gris foncé. J'ai une cruche et une cuvette, et un lit étroit recouvert d'une courtepointe blanche des plus simples. Je n'ai besoin de rien d'autre.

J'ai attendu longtemps à la gare mais, comme personne ne venait me chercher, j'ai décidé de me rendre à l'adresse qui m'avait été indiquée par mes propres moyens. J'ai demandé mon chemin. On m'a dit que c'était loin, à plus de cinq kilomètres, et qu'il me fallait prendre une voiture. Moi, j'ai préféré aller à pied. Ma valise était si lourde que j'ai cru que mes doigts allaient être paralysés. C'était pour ne pas arriver trop vite, parce que le courage me manquait. J'ai dû vérifier cent fois l'adresse et le trajet, mais, finalement, j'ai trouvé à quelle porte sonner.

La dame qui m'héberge s'appelle Vivian ; c'est la sœur de Mme Elliot. Elle était en train de parler à quelqu'un quand elle est venue m'ouvrir. Elle s'est arrêtée net de rire en me voyant. Elle a une peau pâle de blonde, mais sans taches de rousseur, les cheveux châtain clair tirant sur le roux, parsemés de quelques mèches grises, tirés en chignon. Elle portait comme sa sœur une jupe mise sur des pantalons mais, hormis sa façon de s'habiller, elle ne ressemble en rien à Mme Elliot.

Je lui ai tendu ma lettre d'introduction, alors qu'elle se remettait à peine de sa surprise. « Mais je ne vous attendais que demain ! Vous avez l'air épuisée ! Entrez, entrez vite », m'a-t-elle dit.

Je suis donc enfin arrivée. Cette maison est très particulière, très simple, presque dépouillée de meubles et sans un tapis. En revanche, les murs sont couverts de tableaux et de bibliothèques. Elle m'a d'abord emmenée dans la cuisine. J'y ai trouvé un monsieur et une dame, Hubert et Jane, qui triaient des papiers. Vivian m'a fait asseoir et ils se sont tous empressés autour de moi. Hubert m'a proposé de me verser un verre de cognac, mais Jane a protesté en disant que j'étais encore pratiquement une enfant. Vivian a fait remarquer que j'étais plus qu'adulte puisque j'avais une fille et que, si j'avais envie d'un remontant, je l'aurais bien mérité. Elle a posé une assiette de petits sandwichs devant moi, au bœuf et aux œufs, et un verre de lait chaud. J'ai tâché de manger lentement, mais j'étais trop affamée. Ils m'ont regardée engloutir mon repas avec bienveillance. Quand j'ai été rassasiée, Vivian m'a montré ma chambre, d'où je t'écris. Je me suis endormie tout de suite et j'ai fait le tour du cadran.

S'il y a peu de mobilier, les visites ne manquent pas. Il y a du monde sans arrêt dans cette maison, pour des réunions, des dîners animés de discussions passionnées. Les gens viennent bien souvent sans s'annoncer. Ils entrent sans frapper. Tu n'imagines pas les idées qui sont brassées ici. Les opinions de Mme Elliot ne sont rien, par comparaison.

Pendant les repas, je me tais et j'écoute. On me pose beaucoup de questions sur les événements qui m'ont conduite ici. Alors je raconte comment j'ai découvert la condition des femmes par Mme Elliot quand elle venait chez le cousin Jesse pour parler à Cora du droit de vote et des grands rassemblements auxquels elle était allée à Washington. Je leur dis que, malgré les avertissements de Cora, j'ai commencé à me rendre aux réunions qu'elle organisait chez elle. Je restais aussi discrète que possible. J'étais dans une situation délicate chez Jesse et Cora : ils ne connaissaient pas la vérité quand ils ont accepté de nous accueillir. Ils me croyaient veuve et avaient eu pitié de moi.

Un jour, Mme Elliot a organisé un défilé au Lac des Rêves. Je travaillais au jardin quand j'ai vu passer la tête du cortège. J'ai d'abord entendu des chants, et puis j'ai vu des femmes, surtout des femmes, sans doute trois cents. J'ai posé mes cisailles, j'ai retiré mes gants. Toi, tu étais en haut, endormie. Cora était sur la véranda et elle m'a rappelée, mais j'étais tellement contente que je n'y ai pas pris garde. J'ai descendu l'allée, j'ai passé la grille, et je me suis jointe au cortège et aux chants.

Nous avons continué à travers le village pour nous rassembler dans le parc. Il y avait une table chargée de tracts que distribuaient des femmes, un sur le droit de vote, un autre, que j'avais déjà eu, et que j'ai gardé, était intitulé : « Ce que toute jeune fille devrait savoir ». Mais cette fois, sous le titre, la page était blanche, et un tampon avait été apposé : le mot « RIEN ! » en lettres capitales, et puis « censuré par la poste ». J'écoutais les discours quand un policier vint à moi, me prit par le bras et me passa les menottes. Je fus terrorisée, mais je n'étais pas la seule. Mme Elliot et des dizaines d'autres femmes furent arrêtées elles aussi. Nous passâmes une très longue nuit assises sur les bancs d'une cellule, à nous raconter des histoires et à chanter. On ne nous apporta aucune nourriture et nous n'eûmes de l'eau qu'au matin. Midi venu, nous en avions plus qu'assez, et nous décidâmes de ne pas nous laisser faire sans réagir. Quand on nous apporta à déjeuner, nous refusâmes de toucher à la nourriture. Nous persistâmes au dîner, déclarant une grève de la faim générale, qui fut rapportée par les journaux.

Joseph vint me rendre visite. Il apportait de la nourriture, mais il était en colère. Il m'exhortait à être raisonnable et à montrer plus de gratitude envers les gens qui m'accueillaient et disait que, si je ne pensais pas à moi, qu'au moins, je pense à toi. Je lui dis que, si j'étais en prison, c'était pour que tu puisses avoir une vie meilleure quand tu serais grande, ce qui le calma quelque peu, par amour pour toi. Il me rassura sur ton sort : Cora s'occupait de toi, tout en étant très en colère contre moi. Cela m'ôta une grande inquiétude.

Notre grève de la faim dura trois jours. Quand on nous libéra, nous repartîmes chacune de notre côté, après des embrassades. Je rentrai à pied, courant presque tant j'avais hâte de te serrer dans mes bras.

Mais je trouvai porte close. Personne ne répondit à mes coups de sonnette, à mes appels.

J'essayai la porte de la cuisine, mais elle était verrouillée également, ainsi que celle de la cave.

Tout le monde était parti, où, je ne le savais pas, et ils t'avaient emmenée.

Ne sachant que faire, je m'assis sur la véranda, trop affamée, et désespérée, pour pleurer.

Je trouvai refuge chez Mme Elliot, et Cora et Jesse refusèrent de me rouvrir leur porte, disant que j'avais apporté la honte sur leur maison et qu'ils ne voulaient plus de moi.

C'est ainsi que j'ai dû partir si loin de toi. Mme Elliot m'a conseillé d'aller chercher du travail à New York, ce qui serait plus facile qu'au Lac des Rêves, et me permettrait d'économiser de quoi te faire venir auprès de moi. Quand j'exposai mes projets à Vivian, elle soupira en disant que sa sœur était une idéaliste et que les emplois étaient fort rares en ville.

Elle me demanda ce que je savais faire et je lui dis que j'étais bonne couturière. C'était à cette occupation que je m'étais employée tout l'hiver pour Cora, pendant que tu jouais auprès de moi. Il y avait tant à faire, à repriser, à ourler, à broder, que je m'usais les yeux et les doigts, mais c'était préférable aux travaux du ménage et au blanchissage, car cela me permettait de rester avec toi.

— Combien vous payait-on ? me demanda Vivian.

— Nous étions nourries, ma fille et moi. Je ne suis pas paresseuse.

— Je n'en doute pas…

Je rougis, percevant du sarcasme, mais sans savoir ce qui me valait son mépris.

— Je me vante peut-être. On louait mon travail au village, mais c'est un très petit village.

Vivian se radoucit.

— Ma colère ne s'adresse pas à vous, mais à la situation sociale. On voit tant de femmes émigrer tous les jours, débarquer par centaines des vapeurs avec leurs valises. Ce sont les mêmes qui prennent les premiers emplois qui se présentent dans les usines, au plus faible salaire. On les épuise, et puis on en prend d'autres. Je ne les vois que malades, puisque je suis infirmière. Voyez, je n'ai

plus foi en rien. Quoi qu'il arrive, n'allez pas à l'usine.

— Votre métier vous plaît ?

— Pas beaucoup, me répondit-elle après réflexion. J'aime soulager les gens quand je le peux, mais c'est souvent loin d'être le cas. Je gagne cependant assez pour être indépendante, et la liberté n'a pas de prix. Vous n'avez pas d'expérience dans ce domaine ?

Je lui répondis que non, et que je regrettais le temps de la traversée, car, sur le bateau, je m'étais sentie libre.

— Oui, en bateau, on n'est plus nulle part... Mais maintenant, ajouta-t-elle après un silence, vous êtes arrivée, et vous devez trouver un emploi.

En bas, j'entends les allées et venues, les discussions, les voix qui viennent cogner à ma porte. Parfois, je vais me joindre à nos visiteurs, mais souvent je reste seule pour dormir, pour lire, pour écrire. Je ne sais pas ce que je vais devenir.

— Montre, dit ma mère.

Je lui tendis la lettre et cherchai parmi les documents de la coupole le tract dont Rose parlait, l'un des premiers que j'avais lus, jaune, fragile, imprimé serré, qui donnait des informations élémentaires sur la physiologie et la reproduction. Un texte qui énonçait les faits tout simplement. Je me demandai si Cora l'avait lu ou si elle avait été trop prude pour le faire. Elle avait dû le voir car, si Rose avait laissé ces papiers quand elle était partie pour New York, il avait bien fallu qu'on les introduise dans la maison du lac qui n'avait été construite que plus tard. Cora avait-elle trouvé les papiers de Rose pendant le déménagement ? Les avait-elle cachés dans la banquette pour ne plus y penser et faire taire sa mauvaise conscience ?

Je passai encore quelques heures, avec maman, à lire et à commenter les lettres et les papiers, tâchant de reconstituer la chronologie des événements. Je n'avais toujours pas sommeil quand elle alla se coucher et je passai encore un long moment à noter des noms, vérifier des dates, compléter des fiches. Je terminai allongée sur mon lit, la tête bouillonnant de cette histoire. Je fermai les yeux, simplement pour mieux réfléchir, mais je m'endormis.

Dans mes rêves, je refis le voyage de Rose. Je débarquais dans la gare vide d'une ville inconnue. Je m'en éloignais à pied, m'arrêtant en chemin devant des maisons dont l'entrée m'était interdite. L'angoisse me prenait. Je posais ma valise et elle disparaissait. J'avançais jusqu'à un parc où une foule se pressait devant de hautes barrières métalliques. Nous voulions tous voir ce qu'il y avait derrière, mais la foule était trop dense. Une femme me demanda mon nom et fut très surprise en l'entendant. *J'ai quelque chose pour vous*, dit-elle en plongeant la main dans son sac. *Je vous attends depuis très longtemps. Vous avez perdu ceci, je crois.* Elle sortit mon portefeuille et me le donna. J'y trouvai tous mes papiers d'identité. *Cela fait tellement longtemps que je les cherche ! Où étaient-ils ? Ici*, répondit-elle, *dans le musée.* Je m'apercevais alors que nous étions, en effet, dans une salle d'exposition, tableaux sur les murs, verrières à vitraux. Les personnages des vitraux se mettaient à bouger, des hommes et des femmes très beaux, lumineux, qui descendaient de leurs baies. Je n'avançais plus qu'avec d'infinies précautions car je devais contourner ces êtres fragiles. Je me réveillai avant d'arriver à la sortie.

Je me redressai en me massant le cou, encore imprégnée de l'atmosphère inquiétante de mon rêve. C'était le matin. Des papiers étaient tombés par terre, la lumière était encore allumée. Puis, d'un coup, je me souvins que j'avais promis à Yoshi de l'appeler la veille et que je ne l'avais pas fait.

À cette heure, c'était le soir en Indonésie. Il répondit dès que je fus connectée à Skype. Son visage apparut à l'écran, mécontent. Il était de mauvaise humeur car l'un de ses vols avait été annulé et il avait dû modifier tout son voyage. Il s'était inquiété en ne recevant pas de mes nouvelles et son angoisse se transformait en colère. Assise sur mon lit d'enfant, je n'avais pas envie de me disputer avec Yoshi qui était à seize mille kilomètres de moi, à Jakarta.

— Si c'est comme ça, il vaut mieux que je ne vienne pas, maugréa-t-il.

— Non, je t'en prie, Yoshi, viens. J'ai envie que tu viennes.

— C'est bizarre, j'ai l'impression que nous nous sommes quittés depuis beaucoup plus longtemps qu'une semaine.

— Cela ne fait qu'une semaine ? m'exclamai-je.

Je fis le compte à rebours. Il ne s'était en effet écoulé que quelques jours, mais tellement de choses s'étaient passées que cela donnait l'impression d'avoir été beaucoup plus long.

— Tu verras, tout ira mieux quand tu seras là.

— Alors tu as été trop occupée pour m'appeler ?

— J'étais simplement plongée dans l'histoire familiale. Je te raconterai tout quand tu arriveras.

— Ça va ? Tu as une drôle de mine.

— Je viens de me réveiller, expliquai-je en me demandant si nous arriverions à nous reconnaître à son arrivée. Je me suis endormie au milieu de mes recherches. La journée d'hier a été bien remplie. J'étais épuisée.

— Moi aussi, j'ai eu une journée difficile. Tu cherchais quoi ?

Je lui racontai la découverte des lettres et lui parlai de Rose et d'Iris, mais j'étais encore trop endormie pour être très claire, et j'eus peur de l'assommer de détails. Je préférai abréger.

— Et tes réunions ? Elles se sont bien passées ?

— Comme ci comme ça. Il y a une visite de chantier demain.

— Alors tu vas voir ces fameux lieux sacrés ? lui demandai-je, en songeant pour ma part à la chapelle de la base et aux sites d'ensevelissement autochtones.

— Je crois que je n'aurai pas beaucoup de temps à consacrer au tourisme. Le conflit s'enlise et je sens que nous n'allons pas aller très loin.

— Ce n'est peut-être pas très grave.

— Sauf si je me fais virer.

— Ils ne feraient pas ça, quand même !

— Non, sans doute pas, dit-il d'un ton peu convaincant. Bon, écoute, je vais te laisser parce que je n'ai pas encore dîné et qu'il faut que je me couche.

— Pense à tes vacances. Plus que quelques jours.

— Je ne sais pas trop, Lucy. Ça n'est peut-être pas un très bon moment pour partir.

— Mais tu as tous tes billets !

— C'est vrai, seulement je préfère attendre de voir comment les choses se passent avant de me décider.

Je le sentais tendu, et moi j'étais si fragile après mon rêve que je préférai ne pas insister. Je m'en voulais d'avoir oublié de l'appeler, de m'être tellement laissé absorber par les mystères du passé que je l'avais négligé.

— Tiens-moi au courant, d'accord ? Pour l'instant, disons que tu vas venir, il sera toujours temps de changer d'avis plus tard.

— D'accord.

— Bonne chance pour tes réunions.

— Merci. Je t'appelle bientôt.

Il se déconnecta.

13

La révérende Suzi Wells montait à la chapelle, menant une procession disparate vers le haut de la colline. Keegan la suivait, vêtu d'un jean et de ses grosses chaussures de travail, une petite déchirure visible à l'épaule de son T-shirt. Ensuite venait Oliver Parrott en costume noir de bonne coupe et souliers cirés, qu'il levait exagérément pour éviter de les mouiller dans l'herbe trempée de rosée. Un reporter chauve, envoyé par la *Gazette du Lac des Rêves*, marchait à côté de lui, profitant de ce moment pour lui poser des questions sur Frank Westrum, un petit micro accroché au revers de son blouson de cuir. Oliver répondait volontiers, donnant de nombreux détails sur son illustre ancêtre et sur le musée qui lui était consacré. Je me disais que Suzi avait convoqué la *Gazette* peut-être pour faire parler de l'église, mais surtout pour canaliser Oliver et l'empêcher de présenter des offres d'acquisition trop agressives. Derrière suivait Zoe, en short, tongs et débardeur, sac en toile en bandoulière, qui cognait contre sa hanche à chaque pas. Elle m'avait rappelée pour l'accompagner en ville et je lui avais parlé du projet de visite sans imaginer qu'elle voudrait se joindre à nous. Elle avait accouru. Elle marchait avec moi, traversant la prairie avec précaution, s'arrêtant pour chasser un insecte ou ôter les herbes qui se coinçaient entre ses orteils. Ce jour-là, elle ne boudait pas, au contraire. Elle parlait d'elle à n'en plus finir.

Elle bavardait en circuit fermé, sans attendre de réponse, ce qui m'arrangeait car j'avais d'autres sujets en tête. Depuis deux jours, je ne pensais guère qu'à l'histoire de Rose, mourant d'impatience d'en connaître la suite, ce qui devrait attendre que les archives rouvrent leurs portes. J'avais lu et relu ses lettres et pensé à elle tout en faisant du kayak, en nageant, ou en me prélassant sur le ponton. Je m'identifiais à elle, comprenais son désir de devenir prêtre et ses sentiments ambivalents pour Geoffrey Wyndham, de jeune fille à la fois fascinée et prise au piège, car elle n'avait pas vraiment eu le choix. C'était une histoire touchante, forte et dérangeante. J'aurais voulu pouvoir retourner dans le passé pour l'aider et je me demandais si ce drame et son influence sur la vie de mon arrière-grand-père avaient eu des retentissements sur nous, ses descendants. En manipulant mes fiches, j'avais l'impression de jouer avec les ossements d'un animal disparu que je devais reconstituer.

À l'avant, Keegan s'arrêta sur le côté pour me laisser le temps de le rejoindre. Je vis combien le travail du verre avait musclé ses bras. Une longue marque brune sous le coude trahissait une ancienne brûlure.

— Tu dois être impatiente, dit-il en reprenant sa marche à ma hauteur.

— Très. Toi aussi, je suppose.

— Absolument, mais pas autant que notre ami Oliver.

— Tu as vu sa collection ? Les diapositives des archives du musée Westrum ?

— Il te les a montrées ?

— Oui, l'autre jour, quand je suis allée là-bas avec ma mère.

— C'est que tu lui as fait bonne impression, alors ! Il ne les montre pas à tout le monde. Qu'en as-tu pensé ?

J'avais été sincèrement impressionnée par le musée silencieux, refermé sur lui-même, la salle de projection et la passion de l'homme pour son sujet.

— Je les ai trouvées d'une beauté exceptionnelle. Mais Oliver me fait un peu peur : il n'a pas besoin d'acquérir tous les vitraux de Westrum qui existent. Quel intérêt, s'il ne peut pas les mettre en valeur ? Il n'a pas assez d'espace d'exposition. Tu penses qu'il va vouloir acheter ceux de la chapelle ?

— Mets-toi à sa place ! Une série de cette envergure, c'est une trouvaille. Il vous a invitées à prendre le thé ?

— Oui, un délicieux mélange aux épices et à l'écorce d'orange. Avec du miel.

Les herbes de la prairie frôlaient le bas de ma robe, la seule que j'avais mise dans ma valise, en tissu doux et infroissable, parfaite pour voyager. Elle était noire, et mes sandales, noires, elles aussi, avaient été trempées dès les premiers pas. Le jean de Keegan était mouillé jusqu'aux genoux, ce qui me rappela notre insouciante jeunesse, quand il tirait le canoë sur la grève, de l'eau à mi-cuisse, ses pieds très blancs sur les galets. Nous avions été heureux, en ce temps-là, et même si la date de mon départ était fixée elle me semblait encore très lointaine. J'avais eu un sentiment d'éternité, comme si rien ne changerait jamais. Je me demandai si Keegan se souvenait parfois de ce monde innocent qui avait été le nôtre avant la disparition de mon père.

— Comment va Max ? Je m'en veux encore de l'avoir laissé approcher de l'eau.

— Il va très bien. Ça ne l'a pas traumatisé, je t'assure, alors ne t'en fais pas. J'aurais bien voulu l'amener aujourd'hui pour lui montrer les fouilles.

Nous apercevions déjà le petit cimetière de l'église, ceint de sa grille en fer forgé. Les archéologues n'avaient pas chômé. Ils avaient quadrillé avec des rubans en plastique bleu foncé la zone où vivaient autrefois les Iroquois, avant que le village d'Appleton soit construit, puis détruit à des fins militaires. Il était encore tôt, mais deux d'entre eux étaient prêts à se mettre au travail, juste à l'extérieur de la surface de fouille, un gobelet de café à la main. Ils nous firent signe de loin et Keegan, qui semblait les connaître, leur répondit d'un geste. C'était émouvant de songer que ces rives avaient accueilli tous ces peuples différents, vu passer autant de saisons.

— Max n'a pas voulu venir ?

— Tu veux rire ! Il ne rêvait que de ça. C'est un fondu d'archéologie. Mais en fin de compte, je me suis dit qu'il serait trop dans nos jambes. Il paraît qu'on a découvert des bols, hier. Sans doute des mortiers en pierre, avec des pilons en granit, pour moudre la farine de maïs.

Nous dûmes interrompre notre conversation car Suzi s'était arrêtée à la porte de la chapelle. Elle portait un jean noir et une simple chemise noire, fermée d'un col blanc d'ecclésiastique. Dans mon enfance, les pasteurs étaient des hommes, élégants comme Oliver, et ils possédaient des voitures luxueuses comme la sienne. Suzi, elle, conduisait une petite utilitaire bleue, prenant surtout son vélo pour se déplacer dans le village.

— Eh bien, quelle escalade ! commenta Oliver en tirant son mouchoir pour essuyer ses chaussures.

Keegan me jeta un regard complice qui me fit sourire.

— C'est top ! s'exclama Zoe. La chapelle était fermée depuis combien de temps ?

— Depuis 1941, répondit Suzi en sortant la clé.

C'était une clé ancienne, en fer ornementé, sans doute fabriquée par Dream Master. Je songeai sans le dire que mon arrière-grand-père ou mon grand-père auraient pu l'avoir faite.

— On ne pensait sans doute pas qu'elle resterait fermée aussi longtemps, reprit Suzi. Mais, autant que je sache, personne n'y est entré depuis.

La serrure semblait grippée, mais la clé finit par tourner et la vieille porte s'ouvrit. Nous entrâmes les uns derrière les autres dans le sanctuaire humide et silencieux. Tout semblait intact, comme si rien n'avait bougé depuis le dernier service qui y avait eu lieu, mais il y régnait une forte odeur de moisi. Plus tard, je remarquai que, sous l'épaisse couche de poussière, le sol était carrelé, mais sur le moment je ne vis rien d'autre que les vitraux.

Les vitraux, seules sources de lumière dans la chapelle obscure, semblaient flotter dans les airs. Les couleurs, comme celles du vitrail de la Sagesse, étaient chatoyantes, et le style aux formes allongées, purement Art nouveau. Et elles étaient toutes bordées en bas par la frise de vignes et de sphères, blanc de perle par contraste avec les autres couleurs. J'avais beau m'y attendre, la découverte du motif me fit un effet saisissant. Le groupe se dispersa. Suzi approcha du mur ouest, Zoe à sa suite, et Keegan du mur est, mieux éclairé par la lumière matinale.

— L'œuvre de Frank Westrum, sans aucun doute possible, affirma Oliver d'un ton péremptoire. Un travail magnifique, continua-t-il en tournant sur lui-même pour embrasser l'ensemble du regard. Quelle aubaine pour la fondation ! C'est un trésor.

Il approcha d'un vitrail pour l'examiner en détail. Je lui en voulus de se conduire comme s'il en était déjà le propriétaire. Pour moi, c'étaient tout autant les vitraux de Rose que ceux de Frank Westrum. Il n'était pas question qu'elle soit reléguée au second plan, celui d'un amour de passage dans la vie du grand homme.

Oliver et Keegan échangèrent leurs impressions avec passion à voix basse, parlant de la nature du verre, de la qualité du sertissage et s'étonnant de voir les verrières en si bon état, conservées par les panneaux de bois qui venaient d'être retirés. Le journaliste prenait des notes.

— Vous voyez, ce motif en fleur dans la découpe ? s'enthousiasma Oliver. C'est la marque de fabrique Westrum. Ce sont bien des vitraux de Frank.

Certes, mais il faudrait lui rappeler l'existence de Nelia, qui les avait commandés et financés, et de Rose qui les avait conçus.

Sa vie, telle que je la connaissais d'après ses lettres, prit une nouvelle dimension devant ces images. Les verrières jetaient sur le sol, nos visages et nos mains des couleurs vives, jaune d'or, rouge sang, vert émeraude. J'étudiai les personnages : une femme pensive, tenant une cruche d'albâtre se tenait à côté de Jésus, assis à une table, entouré d'un halo. Ensuite, deux femmes au ventre rond se parlaient dans un jardin. Sur la troisième verrière, une femme s'éloignait d'une grotte, mains ouvertes, pâle et illuminée par un sublime émerveillement. Sur la dernière, du côté de la chapelle où je me trouvais, une femme se tenait devant le temple, un rouleau de papier à la main, pendant qu'un groupe d'hommes se rassemblait autour d'elle pour l'écouter.

— Ces vitraux sont d'une beauté incroyable, souffla Suzi en me rejoignant.

Elle avait l'air très émue. Ils évoquaient visiblement pour elle plus que le travail d'un remarquable artiste. Je me demandai ce qu'elle y voyait, elle qui n'y recherchait pas les signes d'une ancêtre disparue. La dimension spirituelle, bien sûr, à laquelle je n'avais pas été insensible par le passé et qui avait dû être très importante pour Rose, une femme qui avait désiré devenir prêtre à une époque où cette vocation lui était interdite. C'était le mystère de la foi, une présence bien réelle et puissante, mais inaccessible à la raison. Je compris soudain que c'était uniquement pour traduire ce sentiment que Rose avait conçu les verrières de cette chapelle. La plus belle récompense était le regard de Suzi qui semblait si bien comprendre ce qu'elle avait voulu exprimer. Mais à moi aussi la chapelle apportait beaucoup, malgré mes doutes et cette voie que je cherchais en m'égarant si souvent.

Keegan continuait sa conversation avec Oliver.

— Ce sont les mêmes tonalités, le même verre, la même technique de montage que pour le vitrail de la Sagesse. Toutes ces verrières ont été fabriquées en même temps, pour la même commande. Je me demande à quelle époque de la carrière de Westrum. À votre avis, Oliver ?

Ce dernier se donna un instant de réflexion, bras croisés, tandis que les pas de Suzi résonnaient doucement dans sa lente déambulation.

— Je dirais une époque tardive, si on se réfère à la technique, mais le style me laisse perplexe. Il a toujours aimé l'Art nouveau, c'est vrai, mais il y a quelque chose de différent. Je sais que vous avez sa facture, donc la datation n'est pas difficile à déterminer, pourtant cela ne ressemble pas à ses derniers travaux. C'est déroutant, je dois dire. Il y a une originalité qui distingue cette série du reste de son œuvre.

Arrivée au bout du mur ouest, je passai devant la baie du fond, où aurait dû se trouver le vitrail de la Sagesse, puis je longeai le mur est. Il y avait quatre vitraux aussi de ce côté, qui représentaient des personnages de femmes. Je reconnaissais la première, agenouillée au bord d'une rivière qui repêchait un panier : c'était la fille du pharaon et Moïse sauvé des eaux. Ensuite, il y avait une jeune femme dans un champ ensoleillé qui présentait une gerbe de blé à une vieille dame. La troisième près d'un puits offrait de l'eau à Jésus, coiffé d'un halo. Jésus était aussi représenté dans le quatrième vitrail, assis face à une femme qui l'écoutait, tandis que, derrière elle, une autre femme, debout, tenait une corbeille de fruits.

J'étudiai ces images, tâchant de me rappeler les histoires de la Bible auxquelles elles faisaient allusion et les cours de l'école du dimanche. Il me restait de vagues souvenirs de calamités, de batailles et de fuite dans le désert. Ève mise à part, la seule femme qui me revenait à l'esprit était Marie, vêtue de bleu. Nous avions toutes voulu jouer son rôle dans la crèche de Noël, même si elle ne disait pas un mot.

D'où venait cette beauté rayonnante ? Les moments dépeints étaient, somme toute, assez ordinaires : des femmes portant des gerbes de blé, des cruches, des paniers de fruits ; des femmes dans un jardin, près d'une rivière ou d'un puits. Tout tenait à l'harmonie de la composition, aux couleurs, à la luminosité. Il y avait aussi la puissance de l'accumulation picturale qui transfigurait la chapelle en un autre univers et laissait un sentiment d'émerveillement et de joie. Dans l'église de mon enfance, j'avais surtout vu des hommes, Jésus et ses disciples, et pendant les services aussi il n'avait été question que d'hommes. Ici, le mythe se renversait et changeait la vision que je me faisais de l'histoire sainte. Pour la première fois, je m'y sentais représentée. Près du mur ouest, Keegan et Oliver discutaient encore de la qualité du verre et de l'œuvre de Westrum. Zoe, qui était restée d'une discrétion étonnante depuis que nous étions entrés dans la chapelle, me rejoignit.

— C'est vraiment joli, chuchota-t-elle.

— Oui, très. Tu sais que c'est une de nos arrière-grand-tantes qui a dessiné ces vitraux ? En tout cas la frise qu'on voit en bas. Tu vois, ces lunes ? C'est elle qui a inventé ce motif.

Zoe ne me demanda ni comment je le savais ni même le nom de notre aïeule, et encore moins des détails sur sa vie.

— C'est drôle, moi aussi j'aime dessiner. J'ai peut-être hérité ça d'elle.

— Peut-être…

Je n'étais pas très enthousiaste car il me semblait que Rose m'appartenait, que j'étais son unique héritière, la seule capable d'honorer son originalité.

— Tu sais ce que ça représente ? demanda Zoe.

— Non, il va falloir le demander.

Tout en lui parlant, je scrutais les personnages, essayant de retrouver la silhouette de la jeune femme aux iris de la verrière qui ornait la cage d'escalier de la fondation, mais je ne trouvai aucune ressemblance.

Keegan m'appela doucement à travers la chapelle.

— Tu as remarqué leurs vêtements ?

J'examinai de nouveau les verrières. Les personnages portaient les robes flottantes traditionnelles, bleues comme le lac, vert intense… Et puis je vis ce qui m'avait jusque-là échappé. Dans tous les vitraux, à une ceinture, au bord d'un pli, dans une boucle des cheveux, se trouvait une fleur, la signature Westrum. Partout il y avait des roses, petites mais très distinctes, d'un rubis profond.

Je m'exclamai en tendant le doigt vers celle qui flottait sur la rivière dans le vitrail le plus proche.

— Quoi ? demanda Oliver.

— Les fleurs, ce sont toutes des roses.

— Vraiment ? Oui, sans doute, ajouta-t-il en les considérant pensivement. Oui… Peut-être… Cela semble significatif… Vous aviez peut-être raison. Frank devait connaître votre aïeule. Même très bien, il me semble. C'est touchant, toutes ces petites roses. Cela lui arrivait d'intégrer un motif dans le verre, comme un clin d'œil aux gens qui lui commandaient son travail. Un détail que personne d'autre n'aurait pu identifier. Parfois même une petite plaisanterie qu'il se faisait à lui-même. Par exemple, par besoin d'argent, il a dû fabriquer un vitrail pour un voisin qu'il n'appréciait pas. Nous avons appris par sa correspondance qu'il le trouvait agaçant. Le voisin s'appelait Baum, c'est-à-dire « arbre », en allemand. Le vitrail est très beau, et M. Baum en a été très satisfait, mais il n'a pas remarqué que le sertissage prenait la forme de branches d'arbre, détail presque invisible, mais insolent.

L'anecdote sembla beaucoup amuser Keegan.

— Oui, intervins-je, mais là, c'est très différent. C'est un bel hommage.

— Entièrement d'accord. On voit toute la délicatesse de l'intention. Nous avons là un des plus beaux exemples de son travail. Il devait avoir une grande affection pour elle.

Échaudée par les réticences qu'il avait montrées pendant la visite de la fondation, je n'eus pas envie de lui parler des lettres de Rose et de ce que j'avais appris. Je ne voulais pas livrer Iris à sa curiosité, ni qu'il interprète mal le départ de Rose et qu'il s'imagine qu'elle avait abandonné sa fille, alors qu'elle voulait simplement réunir assez d'argent pour l'élever.

Je m'assis sur un prie-Dieu à côté de Zoe. Suzi s'installa juste devant nous et se tourna pour nous parler, un bras appuyé au dossier.

— Eh bien, cette Rose Jarrett, en savez-vous un peu plus sur elle ?

— D'après Lucy, dit Zoe, c'était quelqu'un de la famille, mais je n'en ai jamais entendu parler. Je voudrais bien savoir ce que ces vitraux illustrent.

— Les quatre verrières du mur ouest représentent des prophétesses. La première dépeint la visite de Marie à Élisabeth. On voit qu'elles sont toutes les deux enceintes. Élisabeth, qui se croyait trop âgée pour enfanter, portait en elle saint Jean-Baptiste, et Marie, jeune et sans époux, allait donner naissance à Jésus. Élisabeth prophétise le grand destin qu'aura l'enfant de Marie. Dans ce vitrail, Marie lui répond. Elle dit le Magnificat, appelé aussi le cantique de Marie, qui est un chant, prophétique, lui aussi, de la justice qu'obtiendront les humbles et les pauvres contre les nantis. Elles prophétisent donc toutes les deux, attendent chacune un enfant et sont sur le point de voir leur vie bouleversée par des événements sur lesquels elles n'ont aucun contrôle.

» Dans la verrière suivante, la femme qui tient le parchemin s'appelle Huldah. Elle apparaît dans l'Ancien Testament. C'est une très belle histoire. Le roi, ayant trouvé un vieux document caché dans les murs du Temple, consulta cette femme, célèbre pour ses dons, pour en connaître la signification. Il y avait des quantités de prophètes hommes, mais il choisit cette femme pour sa sagesse et sa compassion. Vous voyez sa position, sur les marches du Temple, alors que la foule se rassemble pour l'écouter.

» La suivante est peut-être ma préférée, continua-t-elle en montrant la verrière de la femme s'éloignant de la grotte. C'est Marie-Madeleine. Voyez son expression d'émerveillement et de terreur. L'histoire est si connue qu'on passe souvent à côté de sa signification profonde. Imaginez qu'un être cher trouve la mort, que vous alliez au cimetière et que vous tombiez sur lui. C'est bien ce qui est arrivé à Marie-Madeleine. C'est la première personne à qui la résurrection a été révélée et qui fut chargée de transmettre la nouvelle. On souligne très peu que ce premier témoin de la résurrection était une femme, pourtant ce n'est pas sans importance. Voilà pourquoi je trouve votre aïeule très fine dans ses choix de représentations.

Il y eut un silence. Un instant, je ne pensai plus aux vitraux, mais à mon père, au moment où son corps avait été sorti de l'eau. Je me repris vite.

— Et c'est aussi Marie-Madeleine, là, avec la cruche ?

— Je ne pense pas. Cette femme à la cruche d'albâtre est mal identifiée dans les Évangiles, mais rien n'indique que ce soit Marie-Madeleine.

— Vous disiez que les femmes représentées ici étaient des prophétesses, mais Marie-Madeleine était une femme de mauvaise vie, non ?

— C'est une erreur commune. Marie-Madeleine n'était pas une prostituée, pourtant c'est ce que l'on raconte toujours. Cette idée remonte au IVᵉ siècle. Les premiers papes considéraient les femmes comme des suppôts de Satan, et cette mauvaise réputation leur est restée. Rien ne pourrait être plus faux. Le Nouveau Testament ne dit rien de semblable. Cette femme à la cruche d'albâtre est mentionnée dans les quatre Évangiles, ce qui montre son importance, mais seul Luc la désigne du terme très vague de « pécheresse », qui peut s'appliquer à n'importe quel être humain. Dans l'Évangile de Jean, elle est présentée comme étant Marie de Béthanie, la sœur de Marthe et de Lazare. Elle n'avait rien d'une prostituée et pourtant, c'est la réputation qu'elle a eue pendant des siècles, comme Marie-Madeleine. À mon avis, c'était pour faire diversion. En la méprisant, on pouvait la passer sous silence et ignorer du même coup le reste de son histoire. On ne veut pas reconnaître que cette femme qui se présente devant Jésus avec des huiles qu'elle lui verse sur la tête ne peut être qu'une prophétesse. Et pourtant, c'est bien l'onction d'un roi.

Nous regardions cette femme aux longs cheveux détachés, à la robe flottante, tenant la cruche d'albâtre.

— C'est un moment très intense et très intime, reprit Suzi. Imaginez la scène. La pièce emplie du parfum des huiles, et puis l'onction. Les disciples protestent : elle gaspille de l'argent, mais Jésus la défend. « Cette histoire sera racontée pour perpétuer son souvenir », voilà ce qu'il dit. Et pourtant, nous ne savons même plus son nom.

— Pas une femme perdue, une femme oubliée, commentai-je.

Je pensais à Rose qui n'était ni une prophétesse ni une sainte, mais une jeune femme ordinaire qui était rentrée chez elle en empruntant un chemin de campagne par une chaude nuit d'été sous la lueur de la comète, après un événement qui avait bouleversé sa vie. Elle était rentrée doucement par le jardin et la porte de derrière, et elle était montée dans sa petite chambre où elle était restée éveillée toute la nuit, à revivre ce qui venait de se passer. Sa vie allait changer, elle le savait, mais elle ignorait de quelle manière. Elle se pensait sans doute encore maîtresse de son destin. Et puis l'histoire l'avait effacée, et, sans le tissu qu'elle avait brodé, elle aurait entièrement disparu des mémoires.

— Rose Jarrett aurait voulu devenir prêtre, expliquai-je. Elle savait que c'était impossible, mais c'était son rêve secret.

Suzi se redressa, pleine d'intérêt.

— Vraiment ? Cela explique le choix des images, alors. Quelle tristesse pour elle. C'était à quelle époque ? Dans les années 1930, je crois ?

— Elle y a pensé dès sa jeunesse, vers 1910, 1914.

— Que lui est-il arrivé ?

— Une triste histoire. Elle a été abusée par un garçon plus âgé qu'elle, plus riche, dont la famille avait du pouvoir sur la sienne. Elle s'est convaincue qu'elle était amoureuse. Elle n'avait que quinze ans. Il s'est débarrassé d'elle en apprenant qu'elle était enceinte. Rien de très original. Elle a émigré en Amérique totalement démunie. Je ne sais pas encore comment elle a rencontré Frank Westrum.

— Triste, en effet, commenta Suzi. Je me demande si elle savait que, dans les débuts de l'Église, les femmes pouvaient accéder à la prêtrise. Il y a beaucoup d'éléments qui le prouvent.

— Je pense plutôt qu'elle croyait ses aspirations sacrilèges. Elle a volé un calice, ajoutai-je. Un calice en argent de l'église de son village, parce qu'elle n'avait rien.

J'avais honte de l'avouer, mais Suzi n'eut pas l'air choquée.

— Elle devait avoir très peur de l'avenir pour se résoudre à une telle extrémité, commenta-t-elle simplement.

— Je pense que oui. Elle l'a beaucoup regretté plus tard.

J'avais froid. Je n'avais pas pris de pull et il faisait très humide dans la chapelle. Et puis j'étais désolée que ces belles images de femmes aient été enfermées pendant tout ce temps. Quelle tristesse de penser au dernier office, aux prières, au chagrin de la petite congrégation qui avait dû se disperser. Le destin de Rose, aussi, me pesait sur le cœur.

— Et les autres vitraux ? demanda Zoe. Ils représentent aussi des prophétesses ?

Keegan et Oliver revenaient vers nous, aussi préoccupés par la datation des œuvres de Westrum que nous l'étions par la vie de ces femmes. Le journaliste photographiait les vitraux sous tous leurs angles.

— Pas tous, mais ils sont très intéressants. J'ai essayé de trouver un lien entre eux, et voici ma supposition : ce sont des images de femmes fortes qui n'avaient pas peur de défier les conventions. Par exemple, il y a ici la fille du pharaon, qui sauve Moïse en bravant les ordres de son père. À côté, Ruth, présente le grain qu'elle a glané dans les champs de sa belle-mère, Noémie. À la mort de leurs maris, en dépit des coutumes du veuvage, elles se sont soutenues. Il y a la Samaritaine au puits, qui donne de l'eau à Jésus malgré la barrière des cultures. Elle ne s'éloigne pas alors que c'est un homme, un étranger, et qu'ils n'ont pas la même religion. De nouveau, comme pour Marie-Madeleine, l'histoire est montrée de son point de vue à elle. La dernière verrière illustre l'histoire de Marie et de Marthe, que vous connaissez peut-être. Marthe se plaint que sa sœur Marie ne participe pas aux travaux ménagers, et Jésus prend sa défense en disant qu'elle a le droit d'enlever son tablier et de s'asseoir pour l'écouter. Cela peut sembler trivial, mais il faut se souvenir qu'il s'agit d'une société qui ne respectait pas beaucoup les femmes. Et pourtant, Jésus parle à cette femme, il la considère comme une personne à part entière. C'est très nouveau, très révolutionnaire, complètement à contre-courant des coutumes de l'époque. Certains commentateurs pensent que ces deux femmes n'étaient pas sœurs, mais plutôt deux femmes qui jouaient des rôles importants dans la communauté qui s'était formée autour de Jésus. Il était fréquent que des femmes tiennent des rôles de premier plan dans les débuts de l'Église, même si cela a été occulté plus tard. Eh bien, Lucy, reprit Suzi en se tournant vers moi, connaissez-vous d'autres détails sur la vie de Rose et sur la conception de ces vitraux ?

— Pas pour l'instant. Je continue de chercher.

L'ensemble des vitraux constituait un univers si vivant que j'avais l'impression que ces femmes allaient sortir de leurs cadres, avec fruits, blé, et cruche d'albâtre. C'était peut-être l'impression que Rose, Cornelia, Vivian et Frank avaient voulu donner dans cette chapelle. Je ressentais une émotion intense que je ne voulais pas interrompre.

Nous restions tous là, fascinés. Zoe se leva pour regarder de nouveau les vitraux, forte de ces explications, mais Suzi resta assise avec moi en silence. Finalement, je me penchai vers elle.

— C'est fou ce que c'est beau. Envoûtant. Mais je n'y comprends rien. Ce n'est pas logique.

— La logique n'a sans doute rien à voir là-dedans. J'aime beaucoup ce verset d'Ézéchiel qui parle de remplacer le cœur de pierre par un cœur de chair. Au sens littéral, ça n'a pas de sens non plus, mais la métaphore est belle. Pour moi, c'est ce qui fait la force de ces histoires. Plus on les regarde, plus elles nous ouvrent à des idées nouvelles.

Je fus sur le point de lui parler de ce qui était arrivé la nuit de la mort de mon père. De ce destin si puissant qui m'avait guidée vers le jardin, mais fait refuser de l'accompagner à la pêche. Cet instant où tout aurait pu basculer si j'avais été une autre. Finalement, je préférai parler de Rose.

— Elle a peut-être commis des erreurs, mais elle était très jeune. Elle se cherchait. Cela semble injuste que, pour un instant d'égarement, elle ait perdu tout ce qu'elle aimait.

— Que savez-vous de la fin de sa vie ?

— Rien pour l'instant. Une fin tragique, sans doute.

— Pas nécessairement. Ces verrières rayonnent de joie. Elles traduisent une compréhension profonde de la foi. Seule une grande paix intérieure peut générer cette sorte de créativité. Je pense qu'elle ne s'est pas laissé vaincre par les difficultés et qu'elle a su transformer la souffrance en beauté.

Nous méditâmes sur ce sujet quelques instants, puis Suzi se leva en disant qu'elle devait rentrer pour une réunion. Nous sortîmes de la chapelle sous un soleil éclatant. Keegan et Oliver nous avaient précédées dehors, le journaliste était parti. Un souffle de vent du lac faisait ondoyer la prairie et agitait les cimes des arbres au loin. Notre petit groupe se dispersa. Suzi et Oliver repartirent vers leurs voitures, plongés dans une intense conversation. Zoe hésita, puis sortit son portable et l'ouvrit. C'était son rempart contre l'embarras, tout comme Rose, dans la gare, avait voulu écrire pour se donner une contenance. Je proposai à Zoe de la déposer en ville, mais elle refusa, arguant que sa mère allait venir la chercher. Elle repartit alors vers le parking à travers les herbes hautes, jeune et vulnérable.

Keegan, qui était allé parler aux archéologues, revint vers moi.

— C'est fou ce que nous venons de voir, non ?

— Oui, incroyable.

— J'aime bien Suzi. Elle m'autorise à rester dans l'église après le travail. Ça me plaît. Le silence, surtout. Je préfère le recueillement aux vociférations des prédicateurs de la télévision. J'ai une cousine, Becky, qui vit à Orlando. Elle est venue me voir, un jour, avant la mort de ma mère. Maman lui avait préparé un bon dîner, un dessert incroyable, un gâteau au Grand Marnier. Becky avait l'air de le trouver délicieux et elle a demandé la recette. Quand ma mère a expliqué qu'il y avait de l'alcool, Becky est allée se faire vomir ! Voilà quelque chose que je ne comprendrai jamais. Je ne vois pas pourquoi Dieu voudrait qu'on se prive de tous les plaisirs de la vie.

— C'est vrai.

Quand j'étais petite, moi aussi, je m'étais sentie en paix dans les églises. Et puis j'avais le souvenir d'un temple dans la montagne où j'étais allée avec Yoshi. Un bâtiment de bois sombre au toit de pagode, environné du lointain chant d'un ruisseau.

— Ces vitraux, reprit-il, c'est un trésor. Ils sont uniques en leur genre. Tu as vu la réaction d'Oliver ? Il en est pratiquement tombé par terre.

— Oui, il s'y intéresse même un peu trop à mon goût. J'ai peur qu'il n'ait l'intention de les intégrer à son musée. La restauration sera importante ?

— Pas trop. Ils sont restés pratiquement intacts. Tiens, dit-il. Je t'ai apporté ton œuvre.

Il déposa quelque chose dans mes mains. C'était l'objet que nous avions réalisé ensemble à la verrerie. J'en rougis, comme s'il avait pu lire dans mes pensées. J'avais touché avec mes lèvres l'endroit où les siennes s'étaient posées sur la canne, mon souffle s'était mêlé au sien pour gonfler la bulle de verre incandescente. Elle était assez lourde, parcourue de couleurs iridescentes, comme une pellicule d'huile sur de l'eau, et se logeait parfaitement entre mes paumes.

— J'ai soudé un anneau de verre pour que tu puisses l'accrocher.

— Merci. C'est doux au toucher. C'est très beau. Merci.

— Je t'en prie. J'avais pensé profiter de la visite pour faire un tour. Tu n'as pas envie de te promener ?

— Ça n'est pas interdit ?

— Autrefois, ça ne nous arrêtait pas !

Cela me fit rire. Nous marchâmes donc à travers champs jusqu'aux arbres.

Il fallait passer des broussailles pour accéder à la forêt mais, une fois cet obstacle franchi, on se retrouvait sous une haute futaie de chênes, d'érables et de châtaigniers. La terre était riche, souple sous les pieds, couverte d'un tapis de feuilles et d'aiguilles de pin qui amortissait les pas. Nous marchions sans bruit, sans parler. Le vent faisait frémir les feuilles au-dessus de notre tête, mais pas un souffle ne parvenait jusqu'à nous.

— Tu es déjà venu ici ? demandai-je à Keegan qui avançait si tranquillement que je le suivais comme un guide.

— Jamais, mais je me sens chez moi.

— L'inconscient collectif, plaisantai-je.

— Possible.

Le terrain descendait en pente douce. Un bruit d'eau nous attirait. Nous entendions des animaux invisibles s'enfuir devant nous. La lumière qui filtrait entre les feuilles faisait danser les ombres autour de nous. Dans un buisson, nous vîmes une bande de tout petits oiseaux bruns qui s'envolèrent à notre approche. J'avais l'impression d'être dans un pays enchanté, en dehors du temps. Nous atteignîmes le bord d'un petit ravin, au fond duquel un ruisseau bondissait sur des rochers plats. Nous longeâmes son cours et Keegan descendit même pour marcher dans l'eau. Mes sandales étaient incrustées de terre et de débris végétaux et ma robe n'était guère pratique, mais je continuai malgré tout. Le silence de la forêt semblait un prolongement de celui de la chapelle, comme si le monde entier était un lieu sacré, et j'étais prise du désir de suivre le ruisseau jusqu'au bout. Il s'élargissait et formait des tourbillons dans des trous peu profonds. J'ôtai mes sandales pour entrer, moi aussi, dans l'eau. Nous avançâmes ainsi entre les arbres jusqu'au lac dans lequel il se jetait.

Nous nous arrêtâmes au bord, de l'eau aux mollets.

— Lucy, dit-il.

Il se tourna vers moi, posa une main sur ma joue et m'embrassa avec la même douce assurance qui l'avait guidé dans la forêt. Ses lèvres, sur les miennes, abolirent le temps. Un feu furieux grondait dans ma tête. Je lui rendis son baiser, puis je me détachai de lui.

— Non, il ne vaut mieux pas.

Nous avions à peu près la même taille. Ses yeux, face aux miens, me regardaient avec chaleur et gentillesse.

— Tu es sûre ? J'en ai envie depuis que nous nous sommes revus.

— Je vais partir bientôt.

— Pour l'instant, tu es ici, dit-il en promenant une main caressante sur mon bras.

— C'est vrai…

J'essayai de penser à Yoshi, de le revoir sur notre petite terrasse, ou en train de soulever ses haltères dans le salon, beau dans l'effort. Les rues pavées, les barrières fleuries, les soubresauts de la terre, tous ces souvenirs défilèrent trop vite, pour ne me laisser que celui de notre dernier appel téléphonique et d'un triste malentendu.

Nos lèvres s'étaient retrouvées et je laissai Keegan m'embrasser. J'eus un sursaut de lucidité et je m'éloignai de nouveau. Le ronronnement d'un hors-bord montait au loin.

— Il ne faut pas réveiller le passé, Keegan.

— Je comprends, dit-il avec un sourire, c'est un peu trop pour moi aussi. Ne t'en fais pas, Lucy, ajouta-t-il en me posant de nouveau la main sur le bras. Nous n'avons qu'à rentrer et faire comme si de rien n'était.

C'était impossible, bien sûr. Sur le chemin du retour, le long du ruisseau puis dans la forêt, je fus consciente de chacun de ses pas, de son souffle. Il me montra un endroit, dans une sorte de clairière, où le sous-bois était dérangé, et je vis des traces de sabots de cervidés presque effacées dans la terre. J'imaginai les cerfs blancs, mystérieux, puissants et silencieux. J'aurais voulu que Keegan et moi n'ayons jamais quitté ce temps de l'innocence, avant la violence de l'accident et du deuil. Pour ne pas les déranger, je m'efforçai, comme lui, de marcher en silence et nous traversâmes ainsi les bois, les champs pour retourner à la chapelle. J'avais beau croire les voir partout, farouches et insaisissables, ils ne se montrèrent pas.

— Keegan…, dis-je au moment où il ouvrait la portière de sa camionnette.

Mais je ne sus comment lui expliquer.

Il me sourit en démarrant, me fit un signe de la main, et puis il s'en alla.

14

Quand je rentrai ce soir-là, je trouvai Andy sur la terrasse avec ma mère. Oui, c'était bien ma mère, même si j'avais hésité une seconde avant de la reconnaître. Ses cheveux courts la changeaient beaucoup et elle portait une élégante tunique de soie couleur émeraude à col montant qui mettait son cou en valeur. Elle eut l'air contente de me voir, se leva et me serra dans ses bras, libre de ses mouvements car on lui avait retiré son attelle. J'eus pourtant l'impression d'interrompre un dîner en tête à tête.

— Installe-toi, Lucy, dit Andy en prenant le verre qui m'attendait sur la table et en me servant du vin.

Lui aussi était très chic. Il portait même une cravate.

— Nous prenons un verre ici pour fêter la guérison de ta mère avant d'aller à Skaneateles. J'ai appris qu'elle n'avait jamais eu le plaisir de dîner chez Doug, qui fait pourtant les meilleures fritures de poisson de la terre, alors je l'emmène là-bas. Ensuite, j'ai pris des billets pour un concert de musique baroque dans une église près du lac. Viens, si tu veux, je suis sûr qu'il restera encore des places, ou que nous trouverons un billet.

Ma mère me fit un sourire d'encouragement, mais je refusai à regret car Skaneateles est un endroit très agréable les soirs d'été. Le lac y est turquoise et le village, joliment préservé, est charmant dans sa désuète splendeur. Je me promis d'emmener Yoshi goûter les fritures de Doug quand il serait là… s'il venait.

— Tu vas ressortir ? demanda ma mère.

— Je ne sais pas, peut-être.

Je restai vague, mais Keegan avait appelé une heure plus tôt pour m'inviter à aller faire un tour en bateau pour profiter de la belle soirée. J'avais accepté, mais refusé qu'il vienne me chercher. Je devais le retrouver à la verrerie vers 20 heures. Pendant cette conversation en apparence banale, j'avais senti vibrer le souvenir de notre promenade dans la forêt, et de notre baiser au bord du lac, et, plus loin dans le temps, ceux de notre adolescence et de toutes les soirées que nous avions passées à moto ou sur l'eau.

J'avais passé la journée à nager et à me reposer sur le ponton, ne songeant qu'à Rose et aux vitraux de la chapelle, qui m'avaient fortement marquée. Je rentrai de temps en temps me servir de thé glacé et vérifier mes e-mails. J'avais reçu un mot bref de Yoshi qui m'avait laissée sur ma faim, ne me donnant pratiquement que son nouvel horaire d'arrivée. Il ne disait pas comment s'était passée sa réunion, ni s'il comptait toujours aller sur l'île dont il m'avait parlé. J'étais inquiète et soulagée en même temps. Le baiser que j'avais échangé avec Keegan m'avait déstabilisée. Je ne savais plus où j'en étais et je ne me faisais pas confiance. Il était préférable de ne rien dire à Yoshi pendant que nous étions si loin l'un de l'autre et avant que j'aie compris ce qui m'arrivait.

Chaque fois que je refermais l'ordinateur, j'étais à la fois déçue et soulagée. Je relus aussi certains passages des lettres de Rose, essayant de me mettre à sa place, de vivre à travers ses yeux ses rêves et ses difficultés. Elle avait dû ressentir beaucoup de colère et un énorme sentiment de solitude et de rejet quand elle avait caché le calice en argent sous son tablier, trahissant par ce vol ce qu'il y avait de plus sacré pour elle.

Le frère et la sœur avaient dû tout laisser avant de partir pour l'Amérique, leurs amis, leur famille, leur pays. Cela pouvait paraître une chance de repartir à zéro, mais la réalité des migrants d'alors n'était pas aussi héroïque qu'il y paraissait. Au début, tout au moins, elle et Joseph n'avaient guère été plus que des domestiques. Rose avait aspiré à l'égalité des femmes tout en reprisant des chaussettes. Elle avait peut-être dû se cacher pour lire les brochures et les articles qu'elle rassemblait, passionnée au point qu'un jour elle avait jeté son chapeau par-dessus les moulins et rejoint le défilé des femmes sans bien mesurer les conséquences de cette décision, voulant simplement se faire entendre.

— Je lève mon verre à la santé de ta mère, dit Andy. Au dernier jour de l'attelle !

Ma mère trinqua joyeusement, en prenant son verre de la main droite.

— Bon débarras, commenta-t-elle en bougeant les doigts autour du verre. Mais finalement, si je n'avais pas eu cet accident, je ne t'aurais pas rencontré, Andy, donc je ne le regrette pas.

Ils échangèrent un sourire complice, et pendant ce temps j'avalai la moitié de mon verre.

— Ma chérie, dit ma mère en se tournant vers moi, tu es sûre de ne pas vouloir nous accompagner ? C'est une belle sortie, et puis je t'ai à peine vue depuis ton arrivée. D'ici quelques jours, Yoshi sera là. J'ai hâte de faire sa connaissance, mais cela voudra dire que votre départ approchera très vite. Quel jour arrive-t-il, déjà ?

— Samedi, normalement.

Je ne voulais surtout pas lui dire que Yoshi n'était plus très sûr de pouvoir venir. Je tâchais de ne plus penser à notre dernière conversation qui me rappelait un peu trop toutes mes autres séparations : j'avais le chic pour laisser s'installer la distance jusqu'à ce que le fossé soit assez grand pour justifier la rupture. Mais avec Yoshi cela ne serait pas pareil. J'avais envisagé autre chose avec lui. Jamais je n'avais été aussi heureuse qu'avec lui à Jakarta, dans la maison au bord de la rivière. Nous avions été si bien. Au Japon, cela avait été une autre affaire. Il m'avait reproché un jour de toujours fuir les difficultés, et sans doute avait-il raison. Depuis que j'étais arrivée ici, j'avais tout fait pour ne pas penser à lui en me plongeant dans l'histoire de Rose et en m'inquiétant de ce qu'il adviendrait du terrain de la base désaffectée. Et puis il y avait Keegan. Il fallait bien y penser aussi. Allait-il de nouveau entrer dans ma vie ? Je n'en étais pas à ma première rupture, mais les hésitations de Yoshi m'avaient profondément atteinte et l'intensité de ma tristesse m'étonnait.

Andy insista de nouveau pour que je les accompagne, mais je tins bon sans pour autant leur révéler comment je comptais occuper ma soirée, comme si j'avais dix-sept ans.

— Allons plutôt visiter le nouveau bar à vin demain, suggérai-je à ma mère. Je suis passée devant il y a quelques jours. Tu sais, celui qui a ouvert à l'ouest du lac. Il paraît qu'on y propose de très bons crus. Je passerai te prendre à la banque.

— Bonne idée. Je pense même que je pourrai partir plus tôt. Disons 15 heures ? Nous pourrions nous arrêter chez l'antiquaire au passage. Ce sera agréable de passer un peu de temps ensemble.

Ils ne se pressèrent pas pour partir. D'ailleurs, il était encore tôt. Andy me demanda comment s'était passée la visite de la chapelle et j'allai lui chercher les photos que j'avais imprimées. Il faisait frais à l'intérieur, et sombre. Le murmure de leurs voix étouffées me parvenait à travers la moustiquaire. Rien n'était plus pareil. Mon enfance était loin, et depuis longtemps.

En revenant sur la terrasse, j'étalai les photos des vitraux sur la table de verre. Elles ne rendaient pas justice à leur splendeur, mais elles étaient assez réussies. Andy et ma mère se les échangèrent, en admirant les couleurs et la facture, et en s'émerveillant d'une telle découverte. Andy était d'avis qu'il faudrait organiser des visites guidées ; maman, bien sûr, approuvait.

— Mais on ne sait pas encore à qui ce terrain va appartenir, dit-elle pensivement. Je ne sais pas si un promoteur verrait un quelconque intérêt à garder la chapelle intacte.

L'idée que cet endroit merveilleux pourrait être défiguré par un cordon de villas de luxe me mettait en rage. Je ne voulais pas garder les vitraux pour moi, au contraire d'Oliver qui les convoitait pour son musée, mais je sentais que cet endroit, tel qu'il était, avait une valeur infiniment supérieure à sa valeur économique. J'essayai d'exposer mon point de vue.

— Non, je n'imagine vraiment pas Art rendre justice à la valeur artistique et spirituelle de ces vitraux, mais l'Église voudra certainement récupérer la chapelle.

— J'en suis sûr, approuva Andy sans comprendre où je voulais en venir. Sa beauté mise à part, la parcelle doit valoir une fortune.

— Une fortune, répéta ma mère.

Mon inquiétude pour notre bout de marais s'intensifia. J'avais très peur que maman ne s'apitoie sur le sort de Blake si lui et mon oncle n'obtenaient pas la parcelle de la base qu'ils convoitaient. Il n'en faudrait pas plus pour qu'elle se décide à leur céder son propre terrain. J'aurais voulu en discuter avec elle, mais la présence d'Andy m'en empêchait. Et puis mieux valait sans doute que je me taise. Elle m'avait assez clairement signifié que cela ne me regardait pas.

Ils terminèrent leurs verres, et tentèrent une dernière fois de me convaincre de les accompagner. Je leur fis des signes d'adieu depuis la véranda, puis je sortis mes vêtements du sèche-linge. Je les montai et me mis à faire un peu de rangement. Ensuite, je me changeai pour mettre un jean et de vieilles sandales à talons retrouvées au fond du placard, heureuse de m'échapper de la maison. J'en avais assez de guetter ma boîte de réception qui restait désespérément vide. Je descendis les vitres de l'Impala pour sentir le vent dans mes cheveux. En arrivant au village, je dus ralentir car il y avait beaucoup de circulation. Je me garai derrière Dream Master et traversai le parking en direction du ponton de la verrerie.

Keegan m'attendait, les mains dans les poches d'un bermuda large. Il regardait le canal. Le fort courant causé par les pluies s'était apaisé. Je chassai vite l'image de Max penché au-dessus de l'eau tourbillonnante, qui m'était revenue brutalement. De loin, je trouvai à Keegan l'air à peine plus âgé qu'il ne l'était au lycée, même s'il avait troqué sa moto contre une camionnette avec airbags, et son blouson de cuir contre un coupe-vent. Je lui fis signe, heureuse comme si j'avais de nouveau dix-sept ans. Comment ne pas se sentir happée par le passé après ce baiser au bord du lac ? J'étais tombée la tête la première dans ce piège que je m'étais crue capable d'éviter. Keegan me tendit la main pour m'aider à monter dans son bateau. Il s'installa à la barre et nous descendîmes lentement le canal pour accéder au lac. Des couples de touristes se promenaient, main dans la main, dégustant des glaces. Le bateau passa sous le pont, puis longea le port de plaisance. Je vis Blake sur son bateau et je lui fis signe de la main, toujours honteuse d'avoir dévoilé son secret. J'avais commis cet acte manqué parce que j'étais en colère contre lui, en colère aussi contre ma mère, et que je ne me sentais aucune raison de les ménager. Il répondit à mon signe, mais nous ne fîmes que nous croiser car Keegan ouvrit les gaz pour s'éloigner sur le lac. La vitesse faisait rebondir le bateau sur les vagues. Keegan avait l'air détendu, habitué qu'il était à la vitesse et à la navigation, comme ces athlètes qui semblent ne faire plus qu'un avec leurs machines. Il m'avait toujours donné cette impression.

La nuit tombait. Les villas cossues qui enlaidissaient tant la côte se fondaient dans le paysage crépusculaire et, quand Keegan ralentit au milieu du lac, le ciel était déjà noir et constellé d'étoiles scintillantes. Même à cet endroit, la surface restait lisse et calme.

— Tu as soif ? me demanda-t-il en ouvrant une glacière à ses pieds, dont il tira une bouteille de vin.

— Bonne idée, merci. La nuit est belle.

— Oui. Pas un nuage.

Il ouvrit la bouteille et nous servit dans des gobelets en plastique. Nous étions bien sur l'eau, dans ce silence. *En bateau, on n'est plus nulle part*, avait écrit Rose.

Je ne sais ce qui me poussa aux confidences, la nuit peut-être, ou le silence, mais je me mis à raconter mes rêves à Keegan, les sphères brisées sous les arbres que je ne pouvais recoller, le portefeuille perdu qu'on me rendait après des années et qui contenait mes papiers d'identité.

— Ça me rappelle une série de rêves que j'ai faits il y a longtemps, commenta-t-il. Je vadrouillais pas mal à l'époque, juste après ma sortie de l'École des arts appliqués, avant de revenir ici. Je travaillais sur un cargo qui allait au Mexique. J'étais monté à bord en Californie. Je savais assez l'espagnol pour comprendre ce qu'on me demandait de faire et même pour plaisanter un peu avec l'équipage, mais pas pour discuter en groupe le soir en buvant un verre. Il y avait d'autres étrangers parmi nous, mais ils ne parlaient pas bien l'anglais, donc j'étais assez souvent seul. Seul en mer, avec deux livres que j'ai vite terminés. Je ne faisais plus que travailler, dormir et rêver.

» Le même rêve revenait sans cesse. J'étais dans la forêt, comme toi, mais je suivais toujours un chemin qui finissait par disparaître dans une jungle de plus en plus épaisse. En regardant mon corps, je me rendais compte que je m'étais transformé en animal. La métamorphose changeait toutes les nuits. Un lynx, un loup, une panthère. Des animaux féroces, des prédateurs.

— Et ils se sont arrêtés quand, ces rêves ?

— Quand je suis arrivé au Mexique. En descendant du bateau, j'ai vu un bus. Le nom de la compagnie était *Linea de los Lobos* – c'est-à-dire la Ligne des loups. C'était comme un signe, alors je suis monté. Je ne suis descendu qu'au dernier arrêt, un très joli village sur les hauts plateaux. J'y suis resté un an. Je suis tombé amoureux, j'ai appris l'espagnol. Et puis j'ai appris que ma mère était malade, alors je suis rentré.

Je l'écoutais en buvant mon vin, en essayant d'imaginer la femme dont il était tombé amoureux. J'étais étonnée de savoir si peu de chose de lui alors qu'il me semblait tellement familier.

— Le retour a été difficile ?

Keegan prit le temps de terminer son verre avant de répondre. Nous étions sereins, bercés par le bruit des vaguelettes qui venaient cogner la coque.

— Pas tant que ça. Je pensais que ce serait provisoire. Et puis j'ai rencontré Beth. Même à elle, je disais que je ne resterais pas longtemps, qu'il ne fallait pas qu'elle se fasse d'illusions. C'est une fille bien, Beth. Elle ne méritait pas que je la traite aussi mal. J'étais tellement triste à la mort de ma mère que je ne savais plus du tout ce que je voulais. J'avais l'impression de m'être trompé de vie, d'avoir fait les mauvais choix, et de le payer. Des rêves, oui, là, j'en ai fait en pagaille. Vers la fin, après la naissance de Max, il y en a un qui m'a marqué : je sortais d'une maison et je me transformais de nouveau en lynx, et puis je me perdais dans une ville inconnue.

— Alors toi aussi, tu penses que les rêves ont une signification particulière.

— Absolument ! Pour les Iroquois, ils sont l'expression des désirs secrets de leur âme. Pas tous les rêves, seulement les plus importants. Quand ils sont récurrents, j'y fais encore plus attention. J'avais aussi rêvé de ce lynx dans mon village mexicain. À cette époque, je courais dans la jungle ou je nageais dans une rivière. C'était une époque où j'avais cessé de créer, et le lynx m'emmenait dans des champs où poussaient des plantes, et dans des rivières où sautaient des poissons. Cela m'a fait comprendre que la créativité était une partie essentielle de ma vie. J'avais besoin de fabriquer des choses. L'important, ce n'est pas seulement d'aller quelque part, de prendre un bus. L'essentiel, c'est le voyage intérieur.

Au milieu du lac, les fonds descendaient à cent cinquante mètres sous notre bateau. À cette profondeur, la lumière du jour ne pénètre plus. J'eus un instant d'angoisse en songeant à cet abîme d'eau et à l'immensité du ciel sous lequel nous flottions. Mes angoisses à moi étaient moins faciles à décrypter : des sphères perdues, qui se brisaient…

— Moi, je ne comprends rien à mes rêves.

— Peut-être qu'il faut rêver plus.

— Possible.

Il y avait aussi ce rêve du Japon, qui ne me quittait pas. Les visages de ces gens prisonniers sous la surface glacée du lac. Réveillée en sursaut par le tremblement de terre, j'en avais gardé une forte impression de culpabilité. Je me sentais responsable de leur situation et je devais réparer mes fautes.

Chacun perdu dans nos pensées, nous nous laissions dériver.

— Je n'ai jamais raconté ces rêves à personne, avoua Keegan au bout d'un moment.

— Moi non plus.

— On ne peut pas parler de ses rêves à n'importe qui.

Je pensai à Rose, qui aurait mieux fait de ne pas révéler les siens dans le monastère en ruine, et à ceux de Joseph qui avaient façonné la mythologie familiale.

— Tu sais, après la mort de ton père, reprit Keegan, je venais devant chez toi en bateau le soir en espérant t'apercevoir.

Avec le temps, j'avais fini par comprendre ce qu'il avait dû éprouver, mais, à l'époque, j'étais incapable de la moindre compassion tant la culpabilité me paralysait. J'avais été comme Rose la nuit du vol du calice, si malheureuse que tout semblait étrange, même les choses les plus familières. Cela avait duré pendant des années. J'avais étouffé ma tristesse sous une vie d'aventures. Mais ce n'était plus le cas. L'écran se craquelait, la terre s'effritait sous mes pieds.

— Je suis désolée, désolée…

— Ne t'en fais pas, ça n'a pas duré. Quelques semaines, et c'est tout.

— Je regrette, si tu savais…

— Tu pleures, Lucy ? Je ne voulais pas te faire sentir coupable. Je voulais simplement te dire que j'ai beaucoup pensé à toi.

— Merci, dis-je en m'essuyant les yeux dans le noir. Je ne pleure pas.

— Mais si.

— C'est loin, et pourtant j'ai encore du mal à penser à cette nuit-là, à ce qui se serait passé si… si… Il était dans le jardin quand tu m'as déposée. C'est la dernière fois que je l'ai vu.

— Lucy…

Il n'ajouta rien, mais me prit la main. Au bout d'un moment, je parvins à ravaler mes larmes et cherchai à changer de sujet.

— J'ai trouvé beaucoup de documents sur Rose.

Il était plus facile de parler d'elle, de la chapelle et des vitraux, si beaux, si mystérieux qu'ils laissaient en nous un souvenir lumineux. Ensuite, il fut question de Suzi, d'Oliver, du terrain de la base désaffectée. Je lui expliquai les aspirations de Rose, son combat pour la liberté, et que j'essayais encore de découvrir comment les événements de sa vie l'avaient menée jusqu'à cette chapelle et ses vitraux.

— Vendredi, je retourne à Seneca Falls. Je serai peut-être déçue, mais j'espère trouver autre chose.

— Et ensuite ? Combien de temps comptes-tu rester ?

— Ensuite, Yoshi va arriver, et je ne sais pas ce que nous ferons.

L'eau clapotait doucement contre la coque. Nous étions assis à l'arrière, près de la plate-forme de pêche, et je n'avais que trop conscience de la présence de Keegan à côté de moi, de la douce chaleur qui se dégageait de lui dans la fraîcheur de la nuit.

Il fit remonter sa main le long de mon bras et me prit l'épaule. La tentation était forte de m'abandonner au courant du désir, de reprendre là où nous en étions restés, à l'époque de notre insouciance, quand la vie était devant nous et que nous nous croyions immortels. Mais on ne pouvait pas revenir en arrière. Trop de choses nous étaient arrivées entre-temps. Et puis il avait fait sa vie ici, et moi je ne voulais pas rester.

— J'ai envie de nager, dis-je en me détachant de lui.

Je fis passer mon chemisier par-dessus ma tête. J'avais mon maillot de bain en dessous. Je me débarrassai très vite aussi de mon short et je montai sur le bord pour ne pas lui laisser le temps de me retenir. Je fis un plongeon piqué et net, et l'eau se referma sur moi sans éclaboussures. Je me dirigeai vers les profondeurs, sentant à l'intensité du froid que j'arrivais aux zones où le soleil ne pénétrait pas.

Je me demandai ce que je trouverais au fond si je parvenais à descendre assez bas. Une épave, écrasée sous le poids de l'eau, des rochers, de la vase et des algues, et les mouvements sombres des poissons qui me frôleraient. Peut-être le bateau de croisière, coulé au siècle précédent, qui avait pris feu avant de sombrer. Je trouverais peut-être les assiettes, les fourchettes et les verres que les passagers tenaient dans leurs mains quand ils avaient vu les flammes et qu'ils avaient sauté dans l'eau. Ou des crinolines, des corsets, des escarpins, dont les femmes s'étaient débarrassées alors qu'elles tentaient de regagner la berge à la nage. Ou alors la boîte à mouches de mon père qui n'avait pas été retrouvée, ou l'avion qui s'était abîmé ici cinquante ans plus tôt, juste après le décollage. Ou bien encore les pics à glace et les scies perdues par les hommes qui venaient en hiver prélever des blocs de la surface gelée. Il arrivait qu'ils se laissent surprendre par le dégel et que la pellicule cède sous le poids des traîneaux. Ils coulaient alors dans l'eau glacée, les hommes alourdis par leurs manteaux, les chevaux harnachés à leurs attelages.

Mes poumons commençaient à brûler et je m'aperçus que j'étais désorientée. Que j'aie les yeux ouverts ou les yeux fermés, il faisait noir. Je fus prise de panique et dus faire un gros effort pour cesser de bouger et me laisser le temps de déterminer, d'après ma flottaison, la direction à prendre. Je fis un violent mouvement de jambes pour remonter à la surface, espérant de toutes mes forces que je ne me dirigeais pas au contraire vers le fond. J'avais peur parce que je n'y voyais rien et que l'air me manquait. Je ne pourrais plus tenir longtemps. Et soudain, je jaillis à la surface et renversai la tête en arrière pour respirer à pleins poumons.

— Que s'est-il passé, Lucy ? s'exclama Keegan.

Il était dans l'eau et me rejoignit en quelques brasses pour me donner une bouée, encore chaude après la journée de soleil.

— Je m'inquiétais, tu es restée très longtemps sous l'eau. J'ai cru que tu ne remonterais pas.

— Merci, dis-je en reprenant mon souffle.

— Ça va, tu es sûre ? demanda-t-il, une main sur la bouée pour rester près de moi.

— Oui, mais il faisait tellement noir que je ne savais plus où était la surface.

Il agitait les jambes pour maintenir sa tête hors de l'eau, et son pied frôla mon mollet.

— Pardon, dit-il.

Je sentais les remous qu'il créait autour de moi et le tissu de son short qui me chatouillait la jambe. Yoshi m'avait reproché de vouloir tout contrôler, de fuir les difficultés dès que quelque chose m'échappait. Mais cette fois… De quoi devais-je me protéger ? Du bonheur passé ? De la vie que Keegan s'était forgée dans ce village de mon enfance ? Ou de Yoshi, peut-être, ou même de moi ? Je dis seulement :

— Tu as plongé tout habillé.

— Il me semblait que c'était une situation d'urgence.

La solitude était parfois l'ennemie, songeai-je, en pensant de nouveau à Yoshi, à sa gentillesse, à sa patience devant cette tristesse qui m'étouffait depuis trop longtemps.

Je sentis de nouveau le pied de Keegan qui me touchait, volontairement, cette fois. Il me caressait lentement la jambe tout en me contemplant, le regard pétillant.

— Là, je ne te demande pas pardon…

Je ne voulais plus réfléchir. J'avais juste envie de me sentir bien comme autrefois, avant que tout change. Je lâchai la bouée pour l'embrasser, comme nous nous embrassions la nuit, dans les champs ou sur le lac. Cette fois, l'eau s'en mêlait, nous ballottant, nous caressant, nous poussant l'un vers l'autre. C'était loin d'être la première fois que nous jouions à ce jeu. Le but était de rester le plus longtemps immergés, nos caresses d'autant plus intenses que nous ne pouvions pas voir.

Je mis les bras autour de son cou et lui m'entoura la taille. Il laissa la bouée dériver et nous nous enfonçâmes doucement sous la surface en nous embrassant. Nous flottions entre deux eaux dans les bras l'un de l'autre, sans descendre, sans remonter, présents simplement à la douceur de nos caresses. Mais trop de pensées m'entravaient, celles des traîneaux, des épaves englouties, des vies brisées. Et puis il y avait la frayeur que m'avait causée Max, perché sur sa passerelle précaire au-dessus de l'eau en furie. Et encore, tout cela n'était rien à côté de l'image de mon père, debout dans son bateau, à peine visible dans la lueur de l'aube, silhouette grise qui basculait, se cognait la tête et coulait dans cette même eau. Je l'avais vu tomber tant de fois, et jamais remonter.

Au fond de ce lac habitaient mes pires pensées. Je m'arrachai aux bras de Keegan et remontai vers la surface pour respirer à grandes goulées. C'était une respiration réflexe, déchirante, de nouveau-né, celle qui faisait entrer l'air dans les poumons pour la première fois.

Keegan refit surface une seconde après moi en secouant ses cheveux pour en chasser l'eau.

— Lucy…

— Je ne peux pas, Keegan, c'est impossible.

— Vraiment pas ?

Je rejoignis le bateau et grimpai à l'échelle. Keegan me suivit et s'assit en face de moi, si près que nos genoux se touchaient. Il portait encore ses chaussures. Il avait dû avoir vraiment très peur pour plonger dans cette tenue.

— Je regrette, j'aurais voulu continuer, mais je n'ai pas pu.

Je parlais presque autant du baiser que de la façon dont je l'avais quitté autrefois.

— Tu es sûre ? demanda-t-il en me prenant les mains. Et si ton père n'était pas mort ? Je me suis toujours demandé si nous n'aurions pas pu… J'ai toujours cru que nous vivrions ensemble.

— Je sais. Moi aussi, j'imaginais ça. Mais c'est bizarre, parce que j'avais décidé d'aller à l'université, qu'il était prévu que je parte à la rentrée. Je t'aurais quitté même si mon père n'était pas mort.

C'était sans doute l'imminence de ce départ qui avait exacerbé notre passion, la folie de nos escapades. En choisissant une université à cinq mille kilomètres, je n'avais pas pu imaginer que j'allais continuer à le voir.

— Tu as réussi ta vie, dis-je. Tu as un beau métier, un bel appartement.

— Oui, répondit-il un peu tristement.

— Et Max… Tu as de la chance d'avoir un fils aussi adorable. Tu n'aurais pas eu Max si nous étions restés ensemble.

Il hocha la tête, puis il me lâcha et posa les mains sur ses cuisses.

— Tu as raison.

Nous gardâmes le silence en écoutant le clapotis des vagues.

— Quand est-ce qu'il arrive, ton petit ami du Japon ?

— Yoshi. Il arrive samedi.

— Bon, très bien. Seulement, dit-il sans me regarder, ne me l'amène pas à la verrerie, d'accord ?

— D'accord.

J'avais le cœur brisé. Je venais de fermer la porte à tant de choses. Et sans même savoir si Yoshi allait finalement venir me rejoindre. Il n'avait pas téléphoné depuis deux jours, pas envoyé de message, mis à part un bref e-mail.

— Bien, dit Keegan en me faisant face de nouveau et en me caressant la joue. Bien… On ferait mieux de rentrer, tu ne crois pas ?

Nous rentrâmes en silence. Après avoir sauté sur le ponton, Keegan m'aida à descendre de son bateau et je le serrai dans mes bras, vite et maladroitement, pleine de regrets, même si j'étais sûre d'avoir pris la bonne décision. Il devait rester faire je ne sais quoi à bord, alors je le laissai là. Je passai devant la verrerie, devant Dream Master qui se dressait sur le ciel étoilé, bâtiment noir dans la nuit, et je repris l'Impala.

En rentrant, je trouvai un mot de ma mère sur le comptoir. *Yoshi a appelé. Rappelle-le.*

J'avais aussi un message sur mon serveur vocal, mais je ne l'écoutai pas. Cela attendrait le matin. J'étais trop épuisée pour le rappeler et je sentais encore une brûlure dans mes poumons. Je montai dans le noir et me couchai sans ôter mes vêtements encore humides. Je flottai un bref moment entre la veille et le sommeil, comme dans l'eau, et puis je m'endormis.

15

Je fus réveillée par le soleil et je me levai aussitôt. J'avais rêvé de Rose, qui semblait sortie d'une des verrières de la chapelle. Je réfléchis aux événements de la soirée pendant que je prenais ma douche et que je m'habillais. J'étais vidée, comme si un poids que j'avais porté en moi pendant des années et qui m'avait alourdie au cours de tous mes voyages avait disparu. Je retournai dans ma chambre pour téléphoner à Yoshi. Il répondit presque aussitôt. Allongée sur mon lit étroit, je fermai les yeux, étonnée de me sentir aussi soulagée d'entendre sa voix, de me souvenir de l'équilibre de notre vie à deux, du bruit de son souffle près de moi dans notre lit, même sur cette terre instable.

— Bonjour, Yoshi. Ça va ? Où étais-tu passé ?

— Je suis rentré à l'hôtel. Je dois prendre l'avion tôt demain matin. Tu n'as pas eu mon message ?

— Je suis sortie, et je n'avais plus de batterie.

Mais j'aurais pu la recharger plus tôt et puis j'avais évité de consulter mes e-mails.

— Ah ! Moi, j'ai passé deux jours sur l'île. Pas de connexion à Internet. C'était bien. Vraiment magnifique, tu imagines. Neil et Julie t'embrassent.

— Je t'envie.

L'eau était tellement claire en Indonésie, les poissons beaux et vifs dans les coraux de cet univers silencieux où on n'entendait que le bruit de l'air qui s'échappe par les détendeurs des bouteilles de plongée. J'avais été initiée à l'université et j'avais convaincu Yoshi d'essayer quand nous nous étions rencontrés. Il avait cru que cela ne lui plairait pas, mais, dès la première fois, il avait adoré.

— Je viendrai te chercher samedi à l'aéroport. À midi, c'est bien ça ?

— Exact. Il y a une escale à Tokyo, une autre à New York, puis arrivée à Rochester. Il fait chaud ? Je n'ai pas pris grand-chose avec moi, vu le temps que nous avons ici.

— Ce n'est pas les tropiques, mais tu t'en sortiras. Nous avons des boutiques, tu sais.

J'entendis son rire, bas et familier, et je ris avec lui, des larmes plein les yeux tant j'étais heureuse de lui parler.

— Je suis contente que tu viennes. J'avais peur que tu changes d'avis. Je suis désolée si je t'ai semblée préoccupée.

Il faudrait que je lui parle de Keegan, mais pas avant qu'il soit là.

Il fit un peu attendre sa réponse.

— Moi aussi, ça me fait plaisir. J'ai besoin de changer d'air.

— Je te comprends. Et le boulot ? Comment se sont passées tes réunions ?

— Oh, tu sais…

— Ils ont gardé l'ancien pont ?

— Oui, oui… tu penses. Aux dernières nouvelles, en tout cas…

Je sentis qu'il y avait quelque chose et j'attendis qu'il poursuive.

— Je ne voulais pas te le dire avant d'arriver, mais bon. J'ai démissionné, Lucy. Ils ont reçu ma lettre.

Cette nouvelle me fit l'effet d'un coup de massue.

— Vraiment ?

— Oui. Je n'avais pas le choix. Je ne pouvais pas accepter leur décision, pour le pont, et j'ai bien vu que, si je continuais à faire des vagues, je finirais par me faire virer.

— Mais qui aurait intérêt à te licencier ? Tu es indispensable.

— Personne n'est indispensable et je n'étais pas d'accord avec la direction, ce qui me rendait infréquentable. Pas d'esprit d'équipe, c'est ce que les collègues commençaient à dire derrière mon dos. Trois personnes m'ont recommandé de penser à l'avenir avant mon départ pour Jakarta. Donc, après notre dernière conversation, j'ai réfléchi. Je suis allé faire une longue promenade la veille de la négociation. Tu sais, au marché de nuit. Il m'était impossible de rester si je devais renoncer à quelque chose d'aussi important pour moi. Donc, pendant la réunion, j'ai défendu le nouveau tracé du pont et ensuite, quand la cause a été perdue, j'ai donné ma lettre de démission. Je me disais qu'ils ne me laisseraient peut-être pas partir, mais ils ne m'ont pas retenu, alors j'ai fait ma valise et je suis allé faire de la plongée avec Julie et Neil.

J'étais pleine d'admiration. Je retrouvais le Yoshi que j'avais vu travailler à l'orphelinat, mais cela ne m'empêchait pas de ressentir une forte angoisse à l'idée que nous n'avions plus de travail ni l'un ni l'autre.

— Donc tu es au chômage, comme moi… Comment allons-nous faire ?

— Autant te dire que la boîte indonésienne m'adore. Je pourrais postuler chez eux.

— Oui, nous étions si bien à Jakarta.

— Ne t'inquiète pas, Lucy. Nous sommes de nouveau libres.

— Si tu le dis.

Il ne répondit pas. Le silence fut si profond que je crus que la communication avait été coupée.

— Allez ce n'est pas si grave, dit-il enfin. Je n'avais pas le choix, je t'assure, alors j'essaie de prendre les choses du bon côté. Je savais qu'il valait mieux que j'attende de te le dire en face.

— Mais non, ça va, je t'assure. Du boulot, on va en trouver. Et puis ce qui compte, c'est que nous allons bientôt nous revoir.

J'essayai de paraître calme, pour lui, surtout, mais j'avais l'impression de tomber en chute libre. Si c'était cela, la liberté, elle me faisait très peur. Yoshi gardait un ton léger, mais il prenait son travail au sérieux, et cet emploi, dans ce pays qui était un peu le sien, avait eu plus d'importance encore que les autres. Il s'était donné à fond, avait travaillé jour et nuit, et j'imaginais à quel point cela avait été dur pour lui de démissionner.

— Yoshi, je suis vraiment désolée que ça n'ait pas marché.

— Ne t'en fais pas, j'ai déjà quelques pistes.

— Bien, bravo ! Tu me diras tout ça après-demain ?

— Oui. Je vais essayer de dormir pendant le vol au-dessus de l'Arctique. Je ne pourrai faire que de beaux rêves, là-haut.

Une fois que j'eus raccroché, je me levai. La chambre était la même, toujours aussi ensoleillée, mais tout avait changé. De nouvelles craintes m'assaillaient : nous n'aurions plus de couverture médicale et nos économies suffiraient-elles à payer les trois mois de loyer du préavis ?

La magnifique bulle de verre que j'avais réalisée avec Keegan était posée sur le dessus blanc de la commode. Un rayon de soleil la traversait, qui en faisait chanter les couleurs. Je la pris dans mes mains. Elle était tiède et lourde, et belle, mais ne me consolait pas, car, comme Rose cent ans plus tôt, je ne savais pas ce que j'allais devenir.

Je passai la journée au bord du lac, bercée par le bruit des vagues et le reflux de l'eau dans les galets. J'avais relu tant de fois les lettres de Rose que je finissais par les connaître par cœur. Je pensais à sa vie, la comparais à la mienne. J'avais toujours considéré que je prenais des risques, mais mon existence avait été beaucoup plus facile et tranquille que la sienne. Elle avait émigré sur un autre continent, sans argent, avec pour seul point de chute de lointains cousins qui lui offraient un travail très précaire, et elle attendait un enfant. Elle n'avait pas d'assurance sociale, pas d'amis, et ne pouvait pas compter sur le soutien de ses parents. Seul son frère l'avait aidée. Elle avait dû avoir très peur. Et pourtant, elle avait trouvé la force de se battre contre une société et des circonstances qui la désavantageaient beaucoup. C'était un bel exemple pour moi et j'espérais de tout mon cœur qu'elle avait pu triompher des obstacles. Je trouvais scandaleux qu'on n'ait jamais parlé d'elle dans ma famille.

Le vendredi matin, je me levai avant ma mère. Je lui laissai un mot dans la cuisine, et pris la route pour Seneca Falls. L'archiviste était rentrée, bronzée et en robe de plage. Avec ses lunettes de soleil, elle semblait encore en vacances, mais je devinai qu'elles lui servaient plutôt à cacher des yeux rouges. Elle me sourit.

— Bonjour, je pensais bien vous voir aujourd'hui. Signez le cahier et vous pourrez y aller. J'ai sorti les boîtes pour vous. Elles sont sur la table de la salle de lecture. J'ai gardé la lettre pour la directrice. Elle doit venir cet après-midi et je veux la lui montrer, au cas où cela aurait une importance historique.

J'éprouvai un vif soulagement : j'avais eu peur que les boîtes n'aient été mises sous clé, et je me félicitai d'avoir laissé les autres lettres en sécurité chez moi dans leur dossier marqué « Rose ».

— Je comprends, mais je voudrais bien la relire. J'ai mené quelques recherches de mon côté pendant le week-end et je voudrais vérifier quelque chose.

— Je vous en ai fait une photocopie. Je me doutais bien que vous m'en demanderiez une. Tenez.

Elle me donna les feuillets, couverts de l'écriture inclinée et rapide de Rose, plus contrastée dans cette version en noir et blanc.

— Merci.

J'allais me diriger vers l'escalier quand je me ravisai.

— Vous allez bien ? lui demandai-je. Vous n'avez pas l'air en forme.

— Ce n'est pas la grande forme. Je me suis disputée avec mon copain, mais je vais m'en remettre.

— Pas de chance. Dites-vous qu'au moins, vous avez bronzé !

— Oui, et je me suis fait dévorer par les moustiques. J'avais oublié de prendre la lotion anti-moustique. J'ai plaidé coupable, mais ce n'était pas une raison pour me larguer.

— Bien sûr que non !

Je disais cela pour lui faire plaisir, mais j'avais souvent rompu pour des raisons tout aussi ridicules, simplement parce que je ne voulais pas me compliquer la vie, ni trop m'engager, ni accepter l'intimité d'une vraie relation amoureuse, même si je ne m'en rendais pas compte alors. C'était ce que j'avais compris sur le lac, grâce à Keegan. Ma vie nomade m'avait permis de me débarrasser des liaisons trop pesantes et j'avais même pu croire que c'était pour ma carrière que j'acceptais des missions prestigieuses dans tous les coins du monde. Je n'avais jamais voulu penser aux hommes que j'écartais de mon chemin, aux relations que j'avais fait échouer. Des regrets me venaient, maintenant, car j'étais sans doute passée à côté de gens très bien. Je ne savais pas comment ma relation avec Yoshi allait évoluer, mais, pour une fois, je n'avais pas fui.

— De la lotion anti-moustique, soupira-t-elle. Ce n'est quand même pas si grave.

— Je suis sûre que vous vous porterez beaucoup mieux sans lui.

Le téléphone sonna et elle décrocha pendant que je prenais le grand escalier. Je trouvai la dernière boîte sur la table avec les autres, tachetées par la dentelle de lumière qui passait à travers les voilages. La pièce sentait bon la poussière et le vieux papier. Les rangées serrées de reliures épaisses m'impressionnaient. Il avait fallu se donner beaucoup de mal pour écrire ces livres, pour transcrire tant d'idées, et d'images, et de mondes imaginaires. Ils étaient pleins, aussi, des émotions des lecteurs, de leurs rires et de leurs soupirs. De la même façon, les papiers que contenaient ces boîtes, ces reliquats de vie, me bouleversaient. Ces reçus, ces notes éparses, ces photos anonymes avaient un jour formé le tissu d'existences à présent disparues.

Je fus plus méthodique cette fois. Je ne piochai pas au hasard comme lors de ma première visite. J'adoptai la méthode des piles, que je classai par thèmes. En bas, j'entendis une porte, des voix, le téléphone.

Je cherchais un dossier semblable à celui qui avait contenu les premières lettres, mais je n'en trouvai aucun et ce ne fut qu'après avoir vidé la moitié de la boîte que je tombai sur plusieurs enveloppes, tenues par deux élastiques qui s'effritèrent quand je voulus les retirer. L'écriture de la première était celle de Rose, et ma formation scientifique ne me fut d'aucun secours pour m'apporter le détachement nécessaire. Mes mains se mirent à trembler. J'y jetai un rapide coup d'œil, sans prendre le temps de la lire car j'avais trop conscience que le temps m'était compté et que cette fois il fallait passer le contenu au crible. Tout était en vrac, les livres de compte, les cartes d'anniversaire et, au milieu des plus rébarbatives factures, une lettre de temps en temps. Je ne voulais en manquer aucune. Quand la boîte fut vide, je passai enfin à la lecture.

Le 30 avril 1915,

Ma petite Iris chérie,

Aujourd'hui, tu as quatre ans. Joseph m'écrit que tu vas bien. Il m'a envoyé un petit dessin que tu as fait, un personnage avec deux grands yeux et des jambes en bâton. Il y avait un chat, aussi, qui doit être Noireau, parce qu'il est tout noir. Tu as aussi écrit ton nom, en grosses lettres bleu gentiane, comme la couleur de tes yeux. Bravo ! Je mets de côté l'argent pour venir te voir et pour te ramener avec moi.

J'ai le cœur si triste de te savoir là-bas sans moi que je vais te décrire mon existence. Jamais je n'aurais pu imaginer mener une vie pareille. Les gens, ici, sont tellement différents de ceux que j'ai connus jusqu'alors ! Et il y en a beaucoup, qui vont, qui viennent. On se réunit chez nous presque tous les soirs pour débattre des événements du jour. Nos invités sont des gens passionnés, qui discutent avec fièvre de l'exploitation des travailleurs et de la situation des femmes. Il vient des artistes, des infirmières, des professeurs, et même des avocats et des musiciens. Nous sommes entourées d'écrits passionnants et d'idées nouvelles. On passe sans transition de la dispute la plus ardente à une chanson, ou à un concert improvisé. Il vient quelques acteurs, et le boulanger d'à côté, et une femme dont le mari est conservateur de musée. Moi, je ne me fais pas beaucoup remarquer. J'ai du mal parfois à suivre les mots d'esprit, les arguments. Personne ne s'en formalise. On me parle, et je me suis fait beaucoup d'amis.

Justement, la semaine dernière, j'ai rencontré une femme qui s'appelle Beatrice. Elle est venue à moi au cours de la soirée pendant que les autres préparaient une pantomime dans le salon. Elle est fluette, mère de quatre enfants, dont la fille la plus âgée est à peine plus jeune que moi. Elle aussi, la foule l'intimide, mais si elle parle peu son visage est très animé et intelligent. Elle m'a dit que j'avais un visage intéressant et m'a complimentée sur mes yeux. Elle m'observait, paraît-il, depuis un certain temps. Son mari est peintre, je crois, et elle pense qu'il pourrait vouloir me prendre comme modèle. Il donne un peu d'argent et le travail n'est pas difficile. Il n'y a qu'à rester sans bouger, ce que je pourrais faire facilement même après mes journées de travail. Heureusement, j'ai pu trouver une place ailleurs que dans une usine. Vivian m'a mise en relation avec une vieille dame qui avait besoin d'une dame de compagnie. Je travaille donc dans une belle maison, un peu loin d'ici, ce qui me fait de longues promenades pour aller et venir, mais le grand air me délasse après des journées bien remplies.

Comme le moindre billet est le bienvenu pour gonfler ma tirelire et me rapprocher du moment de te voir, j'ai accepté de poser pour le peintre. Il s'appelle Frank Westrum. Sa femme semblait penser que j'aurais entendu parler de lui, mais je ne le connaissais pas.

Vivian confirme que c'est un grand maître et que je ne me dégraderai pas en travaillant pour lui. Ce serait même un honneur, dit-elle.

Je vais te parler un peu de Vivian. Depuis six mois que je suis à New York, elle est devenue ma meilleure amie. Du moins, je la considère comme telle, et j'espère que c'est réciproque car je l'admire énormément. Je lui suis reconnaissante de tout ce qu'elle fait pour moi, aussi. Nous vivons dans une maison qui lui appartient et que nous partageons à plusieurs, en faisant part égale de nos revenus et des tâches ménagères. Vivian est beaucoup plus jeune que sa sœur, Mme Elliot. Elle a environ dix ans de moins qu'elle. Leur mère est morte à sa naissance et leur père les a quittées quand elle était encore à l'école. Cette maison est celle de leur enfance. Je crois qu'autrefois elle y menait la belle vie, organisait des fêtes, des bals, des dîners, allait au théâtre. Et puis elle a été touchée par les difficultés des pauvres, des femmes qui arrivaient à peine à nourrir leurs enfants. Elle a voulu devenir infirmière pour leur venir en aide et organiser ces soirées de discussion. Elle connaît tout le monde. Deux fois par semaine, elle visite les quartiers pauvres, les hospices, et dispense des soins gratuitement.

Parfois, je l'accompagne. C'est très difficile de voir toute cette souffrance, mais, aussi, cela me donne une idée de la chance que j'ai eue de ne pas tomber aussi bas. Je pense avoir eu raison de te laisser avec mon frère parce que tu es élevée dans une abondance que je ne pourrais pas t'offrir, mais cela me fait souffrir.

Il est tard, maintenant, beaucoup trop tard, et je n'en puis plus. Dors bien, mon doux ange, et bon anniversaire.

Ta maman qui t'aime,

Rose.

J'avais donc vu juste : elle lui avait servi de modèle, non pas dans son atelier de Rochester, mais plus tôt, à New York. Je me demandai si je ne m'étais pas trompée en pensant que leur relation avait été plus qu'amicale. Beatrice était son amie, et Rose n'aurait pas pu tromper sa confiance. Je comprenais un peu mieux Oliver et son attachement obsessionnel pour Frank Westrum. Il était difficile de remettre en question ses idoles. Je sortis mon téléphone pour regarder la photo de la verrière de Joseph que j'avais prise chez Keegan. Malgré la petite taille de l'image, je scrutai le visage du modèle, me demandant si c'était Rose, et à quoi elle avait pensé en posant, si c'était elle.

Ensuite, il y avait une carte, en bristol blanc, portant les initiales C. W. E. en lettres d'or.

Le 2 mai 1916,

Ma chère amie Rose,

J'espère que cette lettre te trouvera en aussi bonne santé que je t'ai laissée l'autre jour. Je suis enchantée que tu sois satisfaite de ta nouvelle vie, et d'avoir pu constater que ta courageuse participation à la lutte pour les droits des femmes n'a pas entièrement gâché ta vie. J'ai promis de continuer de te donner des nouvelles d'Iris et j'ai le plaisir de t'annoncer qu'elle est florissante. Je l'ai vue hier, elle jouait dans le jardin avec des poupées de chiffon et, quand je me suis arrêtée pour lui parler, j'ai trouvé qu'elle était très bien élevée et s'exprimait à merveille. C'est une enfant vive, intelligente, et pleine de curiosité. Tu peux être fière d'elle. Je continuerai mes rapports régulièrement et, en attendant ma prochaine missive, sois tranquille, on s'occupe bien d'elle.

Affectueusement,

Nelia

Ensuite venaient deux lettres brèves, cette fois de l'écriture épaisse de Joseph.

Le 17 mai 1916,

Ma chère sœur,

Iris a fêté ses cinq ans dans le jardin. Cora lui avait préparé un gâteau en forme de pâquerette, avec un glaçage blanc pour les pétales et de la crème anglaise jaune au milieu. Nous avons bu de la citronnade. Iris a reçu une robe neuve violette et des chaussures. Cora a quitté le deuil le mois dernier. Je travaille à la ferme, mais j'envisage de monter une petite fabrique de serrures. Tu sais combien j'aime les serrures.

Mme Elliot m'a dit qu'elle t'avait vue. Il paraît que tu vas bien. Je n'aime pas beaucoup cette femme. Elle persiste à causer de l'agitation pour le droit de vote et ne nous apporte que des ennuis. J'ai entrepris les démarches pour me faire naturaliser, tu devrais y penser toi aussi.

Joseph

Le 10 septembre 1916,

Ma chère sœur,

Ta lettre est bien arrivée et je suis content de savoir que notre père et notre mère se portent bien. J'avais, moi aussi, reçu une lettre d'Ellen qui me l'apprenait comme à toi. J'ai épousé Cora hier. Il y a plus d'un an que Jesse est décédé, mais nous avons préféré attendre. J'ai demandé à Cora de bien vouloir te laisser revenir vivre chez nous ; elle trouve préférable que tu t'en abstiennes. J'espérais que la décision de t'exiler venait surtout du cousin Jesse, mais Cora partageait son opinion. Je le regrette beaucoup. Je regrette aussi de ne pas avoir pu te voir. Je n'ai pas pu ouvrir de compte en banque avec l'argent que tu as envoyé parce que nous avons eu beaucoup de dépenses pour Iris, en vêtements, en chaussures et en livres. Je n'ai pas jeté l'argent par les fenêtres, je t'assure. Iris est heureuse, elle joue beaucoup dehors.

Joseph

La lettre suivante était épaisse, écrite par Rose deux mois plus tôt sur un papier fin orné de myosotis, qui, dans le langage des fleurs, évoquent le souvenir, et signifient « Ne m'oublie pas », ou « Je pense à toi ».

Juin 1916,

Ma petite Iris chérie,

Je t'ai vue hier, alors que tu jouais dehors. Comme tu as grandi ! Tes cheveux sont très longs et tu as l'air d'une grande fille maintenant. Je t'ai reconnue tout de suite, bien sûr. J'étais sous le grand chêne, dans le jardin de Mme Elliot, d'où je pouvais t'apercevoir. Je ne peux te dire combien cela m'a réchauffé le cœur.

Je ne t'avais pas vue depuis presque un an et demi. Grâce à mes séances de pause, j'ai pu réunir assez d'argent pour venir te voir. Ce n'est pas si facile de rester immobile dans l'atelier jusque tard dans la nuit, parce qu'il y fait froid l'hiver, étouffant l'été, et que je ne dois pas bouger malgré les crampes et la fatigue. Quand je manque me trouver mal, il me reproche de battre de la paupière ou de relâcher mon menton ! Je fais de mon mieux pour lui, car c'est un homme généreux même s'il est parfois un peu brusque. Beatrice est la bonté même. Parfois, elle me montre comment dessiner, car elle a étudié l'art graphique avant de se marier, et elle est très habile.

Nous sommes en juin et l'été arrive, mais il faisait froid à mon arrivée. On se serait cru en mars. J'avais l'intention de rendre visite à Joseph et d'aller saluer Cora, qui porte le nom de Jarrett, comme nous, maintenant, mais je ne puis la considérer comme une sœur. Tu étais bien couverte, manteau bleu, et le bonnet et les moufles bleu pâle que je t'ai tricotés pour Noël. J'ai laissé ma valise sur le pas de la porte de Mme Elliot et j'ai vite traversé la rue tant j'étais impatiente de te voir et de te prendre dans mes bras. Tes moufles te tombaient des mains, retenues par la cordelière de laine avec laquelle je les ai reliées pour que tu ne les perdes pas. Ton bonnet était de travers, ton manteau ouvert révélait ta jolie robe jaune soleil, parce qu'il ne faisait pas si froid après tout. Les roses trémières étaient ouvertes et tu en as cueilli pour en faire des poupées. Un bouton fermé pour la tête, une fleur épanouie pour la jupe. C'est moi qui t'en ai appris la manière. Tu étais très absorbée, mais tu n'as levé les yeux que lorsque je me suis accroupie auprès de toi. Tu m'as souri.

— Tu veux m'aider à faire des poupées ? as-tu demandé.

— Oui, bien sûr. Elles sont jolies.

— C'est maman qui m'a montré.

Si tu savais la joie que ces mots m'ont causée ! Tu ne me reconnaissais pas, mais au moins tu te souvenais de cela.

— Ta maman t'aime tellement, t'ai-je dit.

— Oui. Elle est jolie et elle m'a tricoté mes moufles.

— Elles sont très jolies.

Je les avais tricotées dans la pièce commune, écoutant les conversations, attentive à ne pas perdre de mailles pour tenir tes petites mains bien au chaud.

— Maman me les a mises dans mes souliers à Noël, mais il faut y faire attention. Maman ne veut pas que je les salisse.

J'étais sur le point de défaillir, ne voulant pas comprendre.

— Qui ne veut pas que tu les salisses ?

— Ma maman. Maman Cora. Tu veux la voir ? Elle est dans la cuisine. Elle fait le pain.

J'ai dit non, et puis plus rien. J'étais devenue muette. Tu as terminé ta poupée et tu me l'as donnée.

— C'est pour toi, madame. Tu es jolie ! as-tu ajouté avant de t'enfuir en riant.

Je ne t'ai pas retenue. Je t'ai regardée t'éloigner, toi et tes moufles bleues qui dansaient au bout de tes manches.

Émue je m'arrêtai de lire, pleine de compassion pour Rose que sa fille n'avait pas reconnue. Mais c'était trop tard pour pleurer. Rose était morte depuis longtemps. Je pensai à mon arrière-grand-père, qui nous avait toujours été présenté comme un homme droit et vertueux. Il avait travaillé dur pour monter Dream Master, épousé une femme qui avait de l'ambition pour deux. Mais quand on découvrait la vérité, on se rendait compte que leur vie n'avait pas été aussi exemplaire qu'on avait voulu le faire croire. Comme moi, ils avaient tâtonné, accumulé les erreurs, les déceptions. Leurs bonnes intentions avaient souvent mal tourné. Je me sentais flouée, car, à travers l'exemple de mon aïeul, on m'avait présenté un modèle de vie irréprochable dont je ne me sentais pas digne. Une vie dont il avait fallu éradiquer Rose parce qu'elle ne cadrait pas dans la légende. Je repris la lettre.

Quand tu es partie, j'ai marché dans la campagne, la poupée de fleurs, flétrie, serrée dans la main. Je me suis arrêtée au bord du lac. Un cordon d'écume s'était formé au bord de l'eau froide et grise. J'ai alors pleuré, car je n'avais pas imaginé une telle éventualité. Tu es si présente à mon esprit que je n'avais pas imaginé que je puisse être effacée du tien.

Je veux que tu saches comme j'ai lutté contre moi-même. Il n'y avait que deux solutions possibles. Soit je les laissais te voler à moi soit je te reprenais pour te ramener en ville. Il y aurait bien une petite place pour toi chez Vivian. Je n'aurais pas peur qu'on me demande le nom de ton père, car il est peut-être mort à la guerre.

Mais que faire de toi pendant que je serais au travail ? Il faut bien que je gagne notre vie. Et serais-tu heureuse dans ma soupente ? Cora te laisserait-elle partir, même, ou voudrait-elle te garder en m'accusant d'être incapable de t'élever parce que je suis allée en prison et que j'accompagne Vivian dans ses tournées chez les malades ?

Quelle vie ai-je à t'offrir ? Elle serait intellectuellement satisfaisante, certes, et tu rencontrerais des artistes. Tu recevrais beaucoup d'amour, évidemment. Mais il n'y a pas d'autres enfants dans cette maison. Moi, je me sens bien dans cette communauté, mais serait-il bon pour toi d'y vivre ? Si je suis allée en prison, d'autres y sont allées avec moi. Cela n'a rien d'infamant, mais nous sommes marquées par ce passé. Presque toutes les semaines, je visite les quartiers les plus pauvres, je suis confrontée à la misère la plus abjecte. Je grimpe des escaliers étroits et sombres pour visiter des enfants malingres qui vivent dans la pénombre malsaine de la ville. Ils ne vont pas à l'école parce que leurs parents n'ont pas d'argent pour les vêtir convenablement, et ils ont peur. Peur parce que leur mère est malade, ou qu'elle attend un autre enfant et qu'elle risque de ne pas y survivre. Ou parce que le père a été victime d'un accident du travail et qu'il ne peut plus trouver d'emploi. Il n'y a quasiment aucun espoir pour ces gens-là. Ils vont en usine dès le plus jeune âge. Des fillettes de onze ou douze ans sont aux machines, les garçons poussent des brouettes de charbon pour les fourneaux, ou ils fabriquent des fleurs en tissu jusqu'à l'épuisement.

Peut-on élever un enfant ici ?

C'est très dur de suivre Vivian dans ses tournées, mais je sais combien cette activité est utile. Quand j'aide ceux qui en ont besoin, cela me fait du bien.

Le lac était là, devant moi, bleu ardoise, mais je te revoyais courir sur la pelouse, tes moufles au bout des manches. Je bouillais intérieurement. Je fis tout pour me calmer et rester rationnelle. Il fallait agir avec sagesse, pour toi, et non sur un coup de tête, poussée par la colère. Je ne voulais pas que mon amour pour toi m'empêche de penser d'abord à ton bien. Je tâchai de considérer la question vue de l'extérieur, comme l'aurait fait une tierce personne. Quelle existence fallait-il offrir à ma belle enfant que j'aime tant ?

Car j'ai appris ceci au cours de ma brève existence : il ne faut jamais se laisser guider par la colère, mais par l'amour.

Je connais la colère. La colère est un sentiment qui engendre une chose que je ne peux nommer que le mal. Voilà ce que j'ai compris en suivant Vivian dans ces rues de souffrance, où les gens dépérissent et meurent et où la douleur et la colère infectent les cœurs autant qu'une maladie. Autrefois, je raisonnais plus simplement. Geoffrey Wyndham était une mauvaise personne parce qu'il nous avait abandonnées. Les membres de sa famille aussi représentaient le mal, parce qu'ils vivaient une belle vie dans une grande maison pendant que d'autres travaillaient leurs terres contre une maigre pitance et n'étaient rien à leurs yeux.

On était soit bon soit mauvais et, bien entendu, moi, j'étais bonne. Maintenant, je pense que le mal est une force qui traverse tout, qui s'infiltre partout où elle le peut et pénètre nos vies à travers la colère, la peine, la rancœur, la trahison. Comme une moisissure sur le pain, la pourriture dans la pomme, elle nous atteint et ne nous lâche plus.

Dans les ruines du monastère, j'avais été en colère parce que les garçons s'étaient moqués de mes aspirations, de ma façon d'aimer Dieu et l'Église. C'était la colère, encore, qui m'aveuglait quand j'ai volé le calice qui portait le nom de ceux qui m'avaient rejetée.

Cette fois encore la colère m'a prise parce que Cora voulait que tu m'oublies, moi, ta mère, et que je m'efface de ta vie.

Oui, l'envie me dévorait d'aller te prendre et de t'emmener avec moi. Mais tu es heureuse, on s'occupe bien de toi. Tu es élevée par mon propre frère. Et Cora, même si elle ne m'aime pas beaucoup, et que je le lui rends bien, te donne tout l'amour possible.

Je suis restée un long moment au bord du lac, et ne me suis levée qu'en sentant mes jambes s'engourdir. J'ai repris le long sentier vers le village. Mme Elliot m'a fait asseoir près du feu, et m'a posé la main sur l'épaule. « Ma chère Rose, m'a-t-elle dit, c'est ma faute. Je suis désolée d'avoir apporté ce grand malheur dans ta vie. » J'ai répondu qu'il n'en était rien, que c'est moi qui avais décidé d'agir de cette façon, qu'il en avait toujours été ainsi, et je le crois fermement.

J'ai écrit à Joseph en joignant à la lettre tout l'argent que j'avais mis de côté pour toi. Le matin, je suis allée directement à la gare, j'ai voyagé toute la journée et toute la nuit sans dormir. À New York, la poignée de ma valise me meurtrissait la main sur le chemin de la maison. Cette douleur me soulageait car elle était réelle, physique, et c'était une souffrance qui cesserait un jour.

Voilà la vérité, Iris, ma chère enfant que j'aime de tout mon cœur.

J'avais la gorge nouée en terminant ma lecture. Il restait plusieurs lettres, et une heure pour les lire, mais j'avais envie de les emporter et de les mettre en lieu sûr. Je ne pouvais pas prendre le risque de les laisser car la directrice, quelles que soient ses bonnes intentions, pouvait les perdre. Oliver, s'il les trouvait, voudrait les exposer dans une vitrine de son musée et faire de Rose un personnage secondaire de la vie de Frank Westrum. Même si elles avaient une valeur historique, ces lettres étaient avant tout importantes pour moi. Elles avaient été écrites par un membre de ma famille et, même si elles ne m'étaient pas directement adressées, et remontaient à des années avant ma naissance, je ressentais la conviction profonde que le destin avait voulu que ce soit moi qui les trouve.

Je remis dans le carton tout ce que j'en avais retiré et cachai les lettres au fond de mon sac. Je quittai l'association en faisant un signe à l'archiviste, qui était au téléphone, et je sortis dans le boulevard bordé d'arbres. Un peu plus loin, je trouvai un petit parc au bord d'une retenue d'eau qui avait été construite en même temps que le canal pour réguler son débit. Sous ces eaux profondes avaient été englouties des maisons et des usines. Un bateau se dirigeait vers l'écluse. Je m'assis sur l'herbe et sortis une lettre de mon sac.

14 octobre 1916,

Ma chère petite Iris,

Voilà cinq mois que je t'ai vue pour la dernière fois, dans le jardin. Le chagrin ne m'a pas quittée, mais le temps passe. Les événements, pourtant, me prouvent que j'ai pris la bonne décision en te laissant chez ton oncle. Vois-tu, on m'a de nouveau envoyée en prison.

Tu sais que j'accompagne Vivian lors de ses visites dans les quartiers pauvres. J'y vais de plus en plus souvent, bien qu'il n'y ait rien de joyeux à côtoyer cette misère. Presque dans chaque foyer, la mère éloigne ses enfants en les envoyant dans une autre pièce ou dehors, puis elle nous supplie de lui dire comment éviter de concevoir une fois de plus. Ces femmes ont souvent déjà plus de sept enfants, elles risquent la mort à multiplier les grossesses. Si, de surcroît, le mari est porté sur la boisson, qu'il perd tous ses emplois, ou qu'il n'en trouve pas, ou qu'il est malade, c'est la catastrophe. Ces femmes ne savent rien sur leur corps, comme moi autrefois. Mais tout cela ne compte pas, paraît-il. Nous n'avons pas le droit de leur communiquer nos connaissances. Il est illégal de transmettre des informations sur la physiologie humaine et la reproduction. C'est une loi de M. Comstock. Vivian, autrefois, avait peur d'y contrevenir, alors elle se taisait. Et puis une femme qui l'avait suppliée de lui parler est morte sous ses yeux en enfantant et le bébé n'a pas survécu non plus. Maintenant, quand on le lui demande, elle répond. Et moi aussi. Cette loi est sans sagesse, sans pitié.

Donc, en dépit de la loi, nous leur disons ce que nous savons. En apprenant que Mme Sanger et sa sœur Mme Byrne allaient ouvrir un dispensaire de planification familiale, nous avons décidé de proposer nos services. Il y avait du vent, le jour de l'ouverture, mais cela n'a pas empêché une file d'attente de plusieurs centaines de mètres de se former. Nous avons participé à la distribution des informations. Nous n'avons rien fait d'autre : nous avons donné des brochures qui expliquaient le fonctionnement du corps. J'espère que, le jour où tu liras cette lettre, tu t'étonneras que des actes aussi innocents puissent causer un tel scandale. Les files d'attente gonflaient tous les jours un peu plus, et, le 26 octobre, la police a fait une descente pour fermer le dispensaire et nous arrêter toutes.

Beatrice et Frank sont venus pour nous faire libérer. Beatrice avec son franc-parler, lui, silencieux comme toujours, ferme et solide à ses côtés. Ils nous ont fait extraire de nos cellules. Mme Sanger passera devant le tribunal, et Mme Byrne est toujours en prison et a entamé une grève de la faim. Nous craignons pour sa vie, mais elle affirme que sa mort n'aurait pas d'importance au regard des milliers de femmes qui meurent en couches à cause de l'interdiction qui leur est faite de s'instruire et de décider elles-mêmes de leur sort. On parle d'elle partout, dans le métro, dans les rues. J'ai entendu un homme dire : « Ils mettent cette femme en prison pour rien ! » Et il avait raison.

Je suis contente que tu n'aies pas été avec moi, car tu aurais vu ta mère se faire arrêter et aller en prison. Cela ne m'empêche pas de penser sans cesse à toi, à tes progrès, et aux plaisirs qui embellissent tes jours.

Ta mère qui t'aime,
Rose

Je vérifiai la date : 1916. Cette époque, restituée à travers le regard de Rose, ne semblait pas très éloignée et je me demandai quelle vie j'aurais eue si je n'avais pas eu la possibilité d'aller à l'université, de travailler, de disposer de moyens de contraception. Mon indépendance n'avait été possible que grâce à des luttes difficiles. Les droits que je prenais pour acquis n'avaient été obtenus que très récemment, après des siècles de silence. Je pris une autre lettre.

3 mai 1920,

Ma chère petite Iris,

Aujourd'hui, j'ai reçu une lettre de Joseph m'apprenant que tu te portes bien, ainsi que Cora et lui-même. La maisonnée a survécu à l'épidémie de grippe espagnole qui a emporté beaucoup de gens du village. Je suis tellement soulagée ! Je tremblais en ouvrant sa lettre qu'il ne m'annonce une tragédie. Je suis allée me recueillir à l'église. Je n'y avais pas mis les pieds depuis des années parce que j'avais trop de colère en moi. Mais récemment j'ai assisté à bien des cérémonies funèbres et, un jour, je suis restée seule quand toutes les autres personnes furent sorties. J'ai fait le point sur toutes les peurs, les tristesses et les colères qui me retenaient loin des églises depuis si longtemps. Je me suis autorisé un moment de regret, aussi, pour toutes les erreurs que j'ai commises au cours de mon existence. J'aime ce silence. Je ne puis dire pourquoi, mais à la longue le silence me fut un réconfort. J'ai retrouvé un peu de ce sentiment que j'avais dans ma prime jeunesse. Je suis donc retournée à l'église. J'assiste parfois aux services. Ou bien j'y vais simplement pour avoir un peu de paix. C'est ce que j'ai fait ce matin quand j'ai reçu cette lettre qui m'apprenait que tu n'avais pas succombé à la maladie.

Je suis tellement heureuse que tu ailles bien. Ici, l'épidémie a emporté tant de gens. Vivian a été malade pendant plusieurs semaines et je me remets lentement. Les réunions et les fêtes qui se tenaient ici avaient pris fin avec la guerre, évidemment. Aujourd'hui, nous recevons tous les jours des nouvelles d'amis qui sont morts de la grippe. La plus proche, et la plus chère, est ma grande amie Beatrice, qui semblait en parfaite santé et est venue nous aider quand Vivian était au plus fort de la maladie, et certainement aussi m'assister quand j'ai eu la fièvre bien que je ne m'en souvienne pas. Et puis elle est tombée malade, et délirait si fort qu'elle ne me reconnaissait pas. Je lui ai tenu la main, mais elle ne pouvait plus parler. Elle est morte le lendemain.

Cette maladie est ainsi, fulgurante et bouleversante.

On dit que les femmes obtiendront le droit de vote cette année. Elle n'a pas vécu assez longtemps pour voir ce jour.

Frank est inconsolable. Il ne dit rien, reste assis dans le noir pendant des heures, des jours. Son travail n'a plus les faveurs du public car il refuse de suivre les modes. Il s'était déjà retranché du monde avant la disparition de Beatrice. Elle était son lien avec l'extérieur, celle qui amortissait les coups, aplanissait les difficultés. Je lui apporte du quatre-quarts et je lui tiens compagnie pendant une heure ou deux, mais je ne peux guère faire autre chose. J'ai vingt-quatre ans, il en a quarante-huit, je ne peux prétendre partager sa douleur.

Le 30 avril 1921,

Ma très chère Iris,

Tu as dix ans aujourd'hui ! N'est-ce pas extraordinaire ? Je pense au beau matin où tu es née, aux arbres en fleur devant ma fenêtre. Dès que je t'ai tenue dans mes bras, j'ai eu l'impression de t'avoir toujours connue. Mme Elliot est ici pour une visite de deux semaines. Elle nous aide à faire les cartons. Elle m'a dit qu'elle t'avait vue faire la roue et s'était arrêtée pour t'applaudir. Elle a apporté une photographie de toi, vêtue d'une robe plissée garnie de dentelles. Tu es bien sérieuse. Cora t'avait peut-être recommandé de te tenir tranquille. J'aurais voulu voir ton sourire. Joseph écrit très peu car il est occupé par son entreprise. Comme c'est drôle qu'il fabrique des serrures, alors que lui et moi pourrions les ouvrir avec une épingle à cheveux.

Mme Elliot me raconte tout cela pendant que nous vidons ces pièces que j'ai tant aimées. Nous remplissons des caisses et nous voyons le fantôme des meubles absents sur les murs jaunis.

Vivian va aller vivre chez sa sœur au Lac des Rêves. Elle m'a promis de m'envoyer elle aussi de tes nouvelles. Cette pauvre Vivian ne s'est pas bien remise de sa grippe, elle qui était si active. La maison était devenue trop grande, trop fatigante pour nous. Elle a été vendue et il ne nous reste que peu de jours, qui passent trop vite.

Frank aussi est parti. Il est allé vivre à Rochester. Il dit que c'est une ville froide et tranquille. Il prétend qu'il y est heureux. Nous pensons encore beaucoup à Beatrice, sa femme bien-aimée et mon amie, et cela nous fait du bien de parler d'elle. Après sa mort, Frank a été si longtemps inconsolable que j'ai craint pour sa santé. Il ne semblait plus tenir à la vie et ne s'intéressait même plus à son œuvre. Alors je restais pour prendre le thé. C'est ainsi que tout a commencé, discrètement, dans le respect mutuel, l'amitié, et le souvenir de Beatrice que nous aimions tous les deux.

À présent, nous nous aimons, Frank et moi. J'ai accepté d'aller le rejoindre à Rochester quand nous aurons fini le déménagement. Mais je ne l'épouserai pas, et je ne vivrai pas chez lui. Il a acheté une maison près du centre et j'ai pris une chambre chez une dame que je connais un peu, car elle venait à nos soirées. Elle s'appelle Lydia Langhammer et est infirmière. J'ai commencé à envoyer des lettres pour trouver un emploi.

Ainsi, je verrai Frank tous les jours, pour mon plus grand bonheur, et je pourrai aussi me réfugier chez moi et fermer la porte de ma chambre pour jouir de mon indépendance.

Ma chère fille, puisses-tu trouver la sagesse et toujours cultiver la bonté,

Avec tout mon amour, ta maman,

Rose

Le 1er octobre 1925,

Ma très chère Iris,

Ah, mon enfant ! Je t'ai vue aujourd'hui. Je t'ai parlé. Tu ne sais pas qui je suis. Tu penses que je suis une vieille amie de Mme Elliot et de sa nièce Mme Stokley. Je t'ai dit que je m'appelais Rose Westrum. C'est à peine un mensonge. Tu as dû me trouver un peu triste. As-tu remarqué que nous avons les mêmes yeux ? De ce bleu changeant, comme l'eau. Tu es infiniment belle. Quand une des invitées s'est étonnée de notre ressemblance, tu n'as pas semblé enchantée. Tu as quatorze ans, et moi trente, alors je te semble une très vieille dame ! Personne, sauf Mme Elliot, ne sait que je suis ta vraie mère. Même Mme Stokley, qui t'a accueillie chez elle, ne sait rien.

Tu étais contente de quitter le Lac des Rêves. Je te comprends, mais tu n'aurais pas dû te sauver, car tu t'es mise en grand danger. J'aurais préféré que tu ne sois pas obligée de travailler si tôt, mais ce n'est pas un mauvais travail. Je suis heureuse que tu aies pu t'inscrire au collège. J'envoie de l'argent à Mme Elliot pour t'offrir de petits luxes par son intermédiaire et j'ai été heureuse de te voir porter le cardigan bleu à petits boutons qu'elle t'a donné. Il me plaît également de te savoir dans cette ville où un grand écrivain a connu par deux fois cette même lumière qui m'a fait un jour espérer un grand bouleversement et peut-être même la fin du monde.

Tout l'amour de ta mère,

Rose

Je repris le boulevard pour rejoindre ma voiture en suivant l'allée peinte en mauve sur le trottoir. Je réfléchissais aux lettres, à la vie de Rose, heureuse qu'elle ait trouvé le bonheur, et encore plus qu'elle ait pu revoir Iris, même en cachant son identité. Iris était née en 1911, ce qui signifiait que, si elle était encore en vie, elle aurait quatre-vingt-quinze ans. Si j'avais su où chercher, je me serais lancée tout de suite sur sa piste pour lui montrer ces lettres.

La voiture était brûlante. En posant par terre mon sac et les précieuses lettres volées, je me cognai le coude contre la boîte à gants qui s'ouvrit brutalement. Je n'avais même pas songé à regarder à l'intérieur. Elle était vide et ne contenait que trois crayons noirs aux mines cassées, aux gommes intactes mais durcies par le temps, avec le logo bleu que mon père avait dessiné pour le port de plaisance imprimé sur le côté. Papa avait dû les y laisser un jour et les oublier. Il lui arrivait de prendre la voiture le dimanche pour aller faire un tour seul. Cela ne se faisait plus beaucoup de conduire juste pour le plaisir. Et d'ailleurs, la boîte à gants, quand on y pensait, était une appellation tout à fait dépassée qui remontait au temps où les femmes ne sortaient jamais sans gants. Où était-il allé ? À quoi avait-il pensé ce jour-là ? Je refermai le compartiment, et mis les crayons dans mon sac, avec les lettres de Rose. Je repartis sur cette route que je commençais à connaître par cœur, ralentie par les encombrements qui se formaient à chaque village, puis filant à travers les champs verdoyants qui ondulaient sous la brise. Le lendemain matin, je repasserais par Seneca Falls pour aller chercher Yoshi à

Rochester. Il devait être en train de survoler le cercle polaire à cette heure, suivant le soleil vers l'ouest.

En arrivant au Lac des Rêves, je me garai dans la rue principale, pris mon sac et allai voir Blake au port, dans son voilier. Nous ne nous étions ni vus ni téléphoné depuis que nous nous étions disputés dans le salon et je voulais m'excuser d'avoir vendu la mèche, parce que je comprenais très bien que cela l'ait ennuyé. Je me doutais qu'il m'en voulait encore au manque d'enthousiasme avec lequel il m'avait saluée quand j'étais passée avec Keegan pour sortir sur le lac. Et puis aussi, j'avais envie de lui parler des lettres. L'histoire extraordinaire de Rose le concernait autant que moi.

Je le trouvai sur le pont du *Tigre*, en plein travail. Il passait un produit de protection sur les garnitures de bois. Quand il me vit arriver, il posa son pinceau à cheval sur le pot et se redressa en s'essuyant les mains avec un chiffon. Le soleil rendait ses cheveux roux clair. J'enjambai le bastingage pour monter sur le pont.

— Salut, Blake. C'est beau ce que tu fais.

— Oui, pas mal.

— Maman m'a dit qu'Avery était fâchée. Je viens m'excuser.

— C'est vrai, elle est furieuse. Un peu trop, peut-être, mais je la comprends. Elle voulait l'annoncer elle-même.

Je sentis à quel point il avait pris ses distances. Il avait sa propre famille à défendre, maintenant.

— Je n'ai pas fait exprès, désolée. Tu penses que je devrais l'appeler ?

— Si tu veux. C'est surtout contre moi qu'elle en a. Elle ne voulait pas non plus que je t'en parle. Quand elle l'a appris, elle s'est sentie trahie, c'est normal.

Soudain, les lettres que je lui avais apportées me semblaient de peu d'importance à côté de ce petit drame familial.

— Je me sens vraiment mal. Qu'est-ce que je peux faire ?

— Pour l'instant, pas grand-chose, je crois, répondit-il avec un soupir. Enfin, tu peux toujours lui passer un coup de fil.

— D'accord.

— Mais ne t'attends pas à ce qu'elle te saute dans les bras tout de suite ni qu'elle donne ton nom au bébé, ajouta-t-il avec un demi-sourire.

— Compris.

Le pont tanguait doucement.

— Yoshi arrive demain.

— Super. Ça me fait plaisir. Donc ça va, tous les deux ?

— J'espère.

Il hocha la tête en me dévisageant, se demandant sans doute ce que je faisais avec Keegan la veille au soir sur le lac. Je me sentis obligée de me justifier.

— Keegan et moi, nous ne sommes pas faits l'un pour l'autre.

— Et ça ne te rend pas triste ?

— Si, un peu, mais pas trop. J'aime beaucoup Keegan, et je me suis un peu embrouillée en revenant ici. Trop loin de chez moi, trop près du passé.

— Oui, je comprends. Écoute, nous organisons une fête pour le 4 Juillet, mardi. Sur le bateau, ajouta-t-il en indiquant ses travaux en cours. Je prépare le voilier. Tout le monde est invité, Art, Joey et Zoe, Austen, maman, nos amis, des gens du restaurant. Maman a promis de ne parler du bébé à personne, alors nous allons en profiter pour faire l'annonce officielle. Le bébé, et notre mariage, entre parenthèses. Et tu ne sauras pas la date tout de suite, ajouta-t-il avec un sourire plus détendu. Tu devras attendre, comme tout le monde. J'espère que tu viendras.

— Bien sûr, merci. Toutes mes félicitations !

Je le serrai dans mes bras, gênée par mon sac qui se coinçait entre nous, puis je le laissai, retraversai le port, puis le village pour reprendre l'Impala qui me mena par la route du lac jusqu'à la maison. Le soleil se couchait et faisait miroiter sur le haut des fenêtres de la coupole des teintes magnifiques, jaune, fuchsia, orange. Je me garai sur la pelouse et descendis directement au lac en ôtant mes chaussures en chemin. Je plongeai du bout de la jetée dans l'eau glacée.

16

Pour aller chercher Yoshi à Rochester, je dus me lever à l'aube. De gros nuages qui s'accumulaient à l'est masquaient le soleil levant, mais le ciel s'allumait de rouge et de jaune flamboyants. Ma mère avait passé beaucoup de temps en haut à vider les placards des affaires de papa. Discrètement, sans rien dire, elle avait repris son ancienne chambre. Par la porte entrouverte, j'entendis en passant sa respiration régulière. Je descendis le plus doucement possible et me préparai du thé et des toasts, pieds nus sur le carrelage.

Dès que j'eus terminé mon petit déjeuner, je pris l'autoroute. Il y avait peu de circulation et j'arrivai à l'aéroport avec une heure d'avance. Je m'assis sur un fauteuil de skaï noir de la salle d'attente. À cette heure, l'aéroport régional était quasiment désert. J'avais pris mon ordinateur pour répondre à mes e-mails en retard. J'en avais tellement qu'il me fallut plusieurs minutes pour effacer tous les courriers indésirables. Neil et Julie avaient envoyé des photos de leurs vacances, et j'eus soudain devant les yeux un paradis tropical, Yoshi allongé sur une plage de sable blanc, souriant, les cheveux coupés très courts, semblant si détendu que j'avais du mal à croire qu'il venait de démissionner de son travail sans avoir autre chose en vue.

Son sourire était communicatif. Je me souvins du fameux soir de pluie où nous étions rentrés ensemble, et de notre bonheur.

Pendant que je répondais, un nouveau message arriva dans ma boîte, venant d'Oliver. Je l'ouvris, pensant qu'il avait dû m'inscrire à la lettre d'information de la fondation Westrum, mais je me trompais. C'était un mot personnel.

Chère Lucy,

Tout d'abord, je tiens à vous présenter mes excuses pour ma circonspection durant votre visite à la fondation avec votre mère. J'espère que vous comprendrez que je dois vérifier avec la plus extrême attention toutes les informations qui me sont fournies sur Frank Westrum. On n'est jamais trop prudent, surtout en ces temps où la diffusion de l'information, et des rumeurs, est si facile. Je ne voudrais pas que des contre-vérités fassent le tour d'Internet. Je dois cependant reconnaître que ma retenue est parfois excessive. Une récente conversation avec votre pasteur, Suzi Wells, m'a permis de prendre conscience que j'avais pu vous paraître un tantinet expéditif, si ce n'est impoli, lors de notre dernière rencontre.

Je veux donc vous exprimer toute ma contrition et, pour me faire pardonner, je vous communique une récente découverte que j'ai faite dans l'atelier en cherchant dans les tiroirs. J'ai trouvé un papier tout au fond de celui marqué 1938, comportant quelques mots au crayon noir. Simplement : « Iris Jarrett Wyndham Stone ». Je n'avais aucune raison d'y prêter attention auparavant mais à présent, bien évidemment, j'imagine qu'il s'agit de la personne que vous cherchez. Je vous envoie cet élément pour faciliter vos investigations avec toutes mes meilleures pensées pour vous et votre famille.

Ce mot d'Oliver était si généreux, si inattendu, que j'en fus émue. « Iris Jarrett Wyndham Stone », je relus son nom de femme mariée. J'avais trouvé un certificat de baptême qui mentionnait le nom de Wyndham, qui à l'époque n'avait rien évoqué pour moi. Les lettres m'avaient révélé toute la vérité sur cette triste histoire. Je menai une recherche sur Internet et ne trouvai rien sous ces noms, mis à part la jardinerie Wyndham Stone, près de Batavia, et Stone, vases anciens, à Oswego. Je ne savais toujours pas comment trouver Iris, ni si elle était encore en vie.

En avançant dans ma liste de messages, j'en ouvris un de l'université Serling, qui hébergeait les archives de Vivian Branch, et qui répondait à ma demande de renseignements. Je l'avais presque oublié et fus agréablement surprise par le mot de l'archiviste qui me disait avoir trouvé deux lettres qui pourraient m'intéresser. Elle les avait scannées et avait joint à son message les fichiers PDF. Je cliquai sur le premier.

Le 9 septembre 1938,
Chère Vivian, chère Cornelia,
Je vous écris pour vous dire que les vitraux sont terminés.

Hier soir, quand j'ai quitté Rose au sanatorium, elle se reposait dans le salon et prétendait se sentir beaucoup mieux. J'espère qu'elle disait vrai. Je suis resté un long moment dehors dans le noir à la guetter derrière la fenêtre. Je voyais son ombre se dessiner sur les rideaux. Avant que son état ne s'aggrave, elle aura pu voir toutes les verrières sauf la dernière, mais j'espère qu'elle se rétablira vite et pourra rentrer pour les voir toutes avant que je ne vous les expédie. Elle y a mis tout son cœur, et je voudrais qu'elle puisse admirer l'ensemble achevé. Les gens passaient devant moi dans la rue et me jetaient des regards étonnés, mais je suis resté jusqu'à ce qu'elle monte dans sa chambre et éteigne la lumière. J'espère qu'elle a dormi. Sa toux est si forte qu'elle passe des nuits épouvantables. Quelle terrible maladie ! Je ne sais que faire. Je me suis promené longuement au bord de la rivière et ne suis rentré qu'à l'aube chez moi, où j'ai fort mal dormi.

Inutile de vous accabler avec mes peines, je sais que vous ne les prendrez que trop à cœur. Je voulais tout du moins vous informer que les vitraux sont à votre disposition. Je les pense très réussis. Ils sont accrochés devant les baies de l'atelier et il me semble que vous serez satisfaites de voir toutes ces femmes rassemblées, leurs pieds reposant sur la bordure dessinée par Rose. Comme vous le savez peut-être, elle s'est inspirée d'une image qu'elle a vue enfant et qu'elle avait trouvée très belle. J'ai bien suivi vos instructions et représenté les femmes que vous m'avez indiquées, mais j'ai consulté Rose pour les scènes et le choix des couleurs comme vous le souhaitiez très certainement. Je peux dire que nous avons créé cette œuvre à deux et je pense souvent à ces vitraux comme étant les vitraux de Rose, dont la création n'a, bien entendu, été rendue possible que grâce à votre générosité et à vos idées, et un peu à mon travail, mais inspiré par toutes les conversations que j'ai eues avec Rose, qui partage toutes vos convictions. Vous devez savoir qu'elle est présente dans chacun de ces morceaux de verre. Ah, si l'on pouvait assembler les vies comme on fait la mise au plomb ! Impossible, cela va sans dire.

Donc vos vitraux sont prêts et attendent votre inspection.

Veuillez croire à mon fidèle dévouement,

Frank

Le 28 septembre 1938,

Chère Vivian, chère Cornelia,

J'espère que la présente vous trouvera en bonne santé. Votre visite si prompte m'a comblé. Je suis bien heureux que les vitraux vous plaisent. Je sais qu'avec Rose vous rêvez de cette chapelle depuis des dizaines d'années et votre générosité pour le financement de ce projet doit être reconnue par les générations futures. Maintenant qu'ils sont terminés, il me semble qu'ils ont pris leur indépendance et se sont auréolés d'une beauté qui dépasse de loin nos meilleures intentions. Je regretterai de les voir quitter l'atelier.

Enfin, je les ai mis en caisse. L'entreprise de transport doit passer en prendre livraison demain. Ils doivent arriver d'ici deux semaines au plus tard.

Votre dernier règlement m'est parvenu, ce dont je vous remercie. Informez-moi je vous prie quand l'installation aura lieu, je suis fort impatient de les voir dans la chapelle.

Rose est un peu mieux. Elle est venue l'autre après-midi et a pu admirer longuement les vitraux. On me dit qu'elle pourra rentrer chez nous la semaine prochaine, et nous y comptons bien.

Veuillez croire à mon fidèle dévouement,

Frank

Je relus plusieurs fois ces lettres, pour me convaincre que j'avais enfin trouvé une preuve irréfutable du lien entre Frank Westrum, Rose et les verrières. Me sentant particulièrement bien disposée à l'égard d'Oliver, je lui fis suivre ces deux lettres, sans trop vouloir réfléchir aux conséquences. Quand je relevai la tête, je vis que des passagers arrivaient dans le terminal. Le vol de Yoshi avait atterri. Je fermai l'ordinateur et me levai pour l'attendre, la tête pleine de ce que je venais de lire. Ils avaient donc travaillé ensemble. Rose avait tracé elle-même le motif que Frank avait transposé sur le verre. On sentait dans ces lettres une telle tristesse que je me demandais de quelle terrible maladie pouvait souffrir Rose, et pensai à la tuberculose. Elle avait pu l'attraper pendant ses visites aux miséreux des quartiers pauvres avec Vivian. Ou bien la grippe espagnole l'avait affaiblie et avait fragilisé ses poumons.

La foule des voyageurs apparut en haut de l'escalator. Yoshi était parmi les derniers, semblant un peu perdu, son sac à l'épaule. Il portait un short large à poches et un T-shirt bleu. Il était bronzé, très beau avec ses cheveux courts, et mon cœur fit un bond quand je le vis. Dire que j'avais été si près de le perdre par ma faute. Lui aussi avait peut-être pensé à me quitter. D'ailleurs je ne savais toujours pas s'il venait me proposer de continuer notre vie commune ou de nous séparer. Cela me fit peur. Quand il m'aperçut, il sourit et me fit signe de la main. Je me faufilai entre les gens et je l'embrassai.

— Ah, te voilà !

— Oui, enfin.

Nous allâmes récupérer sa valise, puis je le conduisis à la voiture, pleine de questions sur son voyage, de commentaires sur le temps et sur l'histoire de l'Impala de mon père. Yoshi admira le confort de la voiture, les champs et les fermes qui s'étendaient à perte de vue. Les panneaux autoroutiers verts indiquaient les sorties : Watkins Glen, Corning, Elmira. Je lui parlai de la maison de George Eastman, siège du Musée international du film et de la photographie et de Mark Twain qui avait vécu à Elmira. Son fameux bureau octogonal avait été transformé en monument historique et se dressait avec sa cheminée comme une rotonde au milieu du campus de l'université d'Elmira.

— Tu es fatigué ? lui demandai-je alors que nous approchions de la sortie du Lac des Rêves. Je peux te conduire à la maison si tu as envie de te reposer. Autrement, nous pourrions nous arrêter au village pour faire un tour.

— Je suis crevé, mais je ne pourrai pas dormir. Fais-moi visiter. Je vais essayer de tenir.

Je me garai donc et lui montrai le village. La banque était ouverte le samedi matin. Nous y fîmes un crochet, et ma mère se leva de son bureau quand elle nous vit entrer et serra la main de Yoshi avec beaucoup de chaleur. Il lui plut tout de suite. Elle bavarda longuement avec lui et promit de rentrer tôt du travail. Ensuite j'emmenai Yoshi acheter des cornets de glace et nous nous assîmes sur la pelouse du parc, face au lac, pour les déguster en regardant les voiliers. Yoshi me raconta ses deux jours dans l'île et sortit son appareil numérique pour faire défiler les photos. Nous n'abordions ni l'un ni l'autre les sujets difficiles : le travail, cette impression bizarre d'être à la dérive, sans attaches. Nous ne parlions pas non plus des malentendus qui avaient installé une distance entre nous pendant les deux dernières semaines. Yoshi s'allongea dans l'herbe et dormit un peu pendant que je me promenais le long de la digue. La première maison où avaient vécu le cousin Jesse et Cora se trouvait de l'autre côté de la rue. C'était une bâtisse de style victorien, étroite et décorée de bois découpé en bordure de toit. Iris y était née. De là où j'étais, je voyais le jardin où elle avait fabriqué des poupées avec les roses trémières. Je jetai un coup d'œil à Yoshi : il dormait toujours au soleil, les bras pliés derrière la tête, si familier et pourtant si différent de moi.

À son réveil, nous reprîmes la promenade jusqu'au port. Le *Tigre* était à quai, mais ni Blake ni Avery n'étaient à bord. En continuant par le canal, je lui montrai de loin la masse imposante de Dream Master. J'y avais toujours vu le symbole de la puissance familiale, mais, à travers le regard de Yoshi, je voyais d'un œil plus objectif ses fissures et sa dégradation et je me sentais moins impressionnée.

— C'est ton grand-père qui a monté l'entreprise ?

— Mon arrière-grand-père. Le frère de Rose. Ils sont venus ensemble d'Angleterre.

— Ça n'a pas dû être facile.

— Sûrement. Rose, en tout cas, a eu beaucoup de difficultés.

— Ma mère me raconte souvent qu'elle s'est sentie très seule quand elle est arrivée en Californie. Elle se plaisait aux États-Unis mais, même après des années, elle n'arrivait pas à s'y sentir chez elle. C'est peut-être ce qui a permis à mes parents de déménager souvent sans aucune difficulté.

— C'est vrai qu'on peut se sentir isolé dans un autre pays. Ta mère au moins pouvait téléphoner. Rose et Joseph n'avaient que le courrier, qui mettait trois semaines avant d'arriver à son destinataire, et ils n'avaient pas un sou.

Je le fis entrer au Green Bean pour prendre un café. Il n'y avait pas grand monde, ce qui nous permit de trouver une table avec vue sur l'eau. J'allai voir si je trouvais Avery, mais elle n'était pas là, et je lui laissai un mot dans la cuisine pour lui demander pardon, plié et scotché à la porte en inox du réfrigérateur. Un groupe de canards, une mère et ses petits, passa devant nous sur le canal, se dirigeant vers la verrerie où les touristes attendaient en nombre que débute la visite guidée. Je ne voulus pas penser à Keegan qui maniait ses boules de verre incandescentes. Les canards s'éloignèrent, portés par le courant. S'ils continuaient ainsi, ils arriveraient au canal Érié, et pourraient aller jusqu'à Buffalo, et même au-delà. Mais avant cela ils devaient passer devant la jetée de la verrerie, où j'étais montée dans le bateau de Keegan le cœur battant, seulement deux jours plus tôt.

— Yoshi…

Il se tourna vers moi avec un sourire et je détournai les yeux. Quand j'eus le courage de lui faire face je vis à son expression qu'il s'attendait à apprendre une mauvaise nouvelle. Très vite, sans entrer dans les détails, je lui expliquai que j'avais retrouvé Keegan, le garçon avec lequel je sortais avant la mort de mon père, que j'étais allée me promener en bateau avec lui, que je l'avais embrassé deux fois depuis mon arrivée parce que nous avions retrouvé certains sentiments du passé, mais que, finalement, je n'avais pas voulu aller plus loin.

— Pour des raisons morales ? demanda Yoshi. Tu le reverrais si tu avais officiellement rompu avec moi ?

— Non ! Je ne veux pas être avec lui. Je ne me suis pas sentie bien. Je me suis égarée un moment, c'est tout. Ça m'a perturbée de me retrouver ici, de le revoir, d'être si loin de toi. Je suis désolée, Yoshi. Je ne savais plus où j'en étais. Je ne me sens pas bien depuis longtemps, tu le sais. Depuis que nous sommes au Japon. J'avais besoin de ce retour sur le passé pour régler certaines choses. Maintenant, c'est fait.

Il ne répondit pas immédiatement. Il croisa les bras et regarda l'eau, réprimant ses émotions. Je me demandai ce que j'aurais ressenti à sa place et j'eus peur. Jusqu'à ce jour, avec les autres, j'avais toujours été celle qui partait. Je ne m'exposais pas au rejet. Cette fois, je m'étais mise dans la position de laisser l'autre choisir.

— Yoshi. Je suis désolée, vraiment.

— Je ne suis pas en état de discuter maintenant. Je suis épuisé. J'ai l'impression d'être en chute libre.

Nous laissâmes le silence s'installer en attendant notre café. Au moment où la serveuse posait nos tasses devant nous, avec des petits pains à la cannelle, j'eus une illumination. J'étais en train de penser aux noms des villes que nous avions longées sur l'autoroute ce matin : Canandaigua, Seneca Falls, Corning, et Elmira, et les reliai aux lettres que j'avais lues la veille et qui se trouvaient encore dans mon sac.

Il me plaît également de te savoir dans cette ville où un grand écrivain a connu par deux fois cette même lumière qui m'a fait un jour espérer un grand bouleversement et peut-être même la fin du monde.

Mark Twain, qui avait vécu à Elmira, était venu au monde en 1835 avec la comète de Halley, et était reparti avec elle, lors du passage suivant en 1910.

Je pris mon téléphone et fis une recherche dans les pages blanches d'Elmira. Je la trouvai tout de suite.

Elle était dans l'annuaire, comme tout le monde : *Stone, Iris, J.*

— Qu'est-ce que tu fais ? demanda Yoshi.

Il s'adressait à moi d'un ton normal. Peut-être que, en faisant comme si de rien n'était, le malaise passerait tout seul. Je déplaçai ma chaise pour lui montrer l'écran.

— Regarde ! Je viens de trouver où vit Iris. Elle est dans l'annuaire d'Elmira.

Je lui racontai dans les détails l'histoire de la fille que Rose avait eue et avait été obligée de laisser chez son frère, mais sur laquelle elle avait veillé toute sa vie et à qui elle avait écrit. Il était fort possible qu'Iris n'ait jamais su la vérité. Elle ne devait pas connaître l'existence des vitraux ni le destin extraordinaire de sa mère.

— Appelle-la.

— Tu crois ? Tout de suite ?

— Pourquoi pas ?

— C'est vrai. Tu as raison.

Je tremblais si fort que je dus m'y reprendre à quatre fois pour taper le numéro en entier et je ne me décidais pas à appuyer sur la touche de connexion. Il se pouvait très bien que je me trompe de personne, ou qu'elle ne veuille pas me parler. Elle devait avoir quatre-vingt-quinze ans. Elle pouvait avoir perdu la mémoire ou éprouver une telle émotion qu'elle aurait une attaque. Il fallait aussi s'attendre à ce qu'elle me raccroche au nez. Mais j'avais beau penser au bien d'Iris, j'hésitais aussi parce que je me demandais quel impact cette prise de contact aurait sur moi. J'étais arrivée à un point de non-retour. Quand l'imagination laisse place à la réalité, on ne peut plus revenir en arrière.

— Qu'est-ce que tu attends ?

— Je ne sais pas. J'ai un peu peur de ce que je vais découvrir.

— Je comprends, mais tu ne peux pas faire autrement que d'appeler. Tu ne pourras pas t'en empêcher. C'est impossible après avoir retrouvé sa trace.

Son pragmatisme me soulagea et me fit rire.

— C'est vrai.

— Alors inutile d'attendre. De quoi as-tu peur ?

— Je ne sais pas.

Je ne me faisais pas une idée précise d'Iris. Je redoutais surtout ce qu'elle pourrait m'apprendre sur ma famille. Je rassemblai mon courage et appuyai sur le bouton fatidique. Je laissai sonner, six fois, sept fois. Aucun répondeur ne se mettait en marche. J'allais raccrocher, à la fois soulagée et déçue, quand une voix de vieille femme se fit entendre.

— J'espère que ça n'est pas pour me vendre quelque chose, dit-elle sèchement, vous m'avez fait sortir de mon bain.

— Vous n'avez pas de répondeur ?

— Qui est à l'appareil ?

— Vous ne me connaissez pas…

— Alors au revoir, je n'achète rien par téléphone.

— Une seconde, attendez, c'est important, je ne vends rien, c'est promis.

— Je vous écoute.

— Je m'appelle Lucy Jarrett, dis-je très vite. Mon père s'appelait Martin, et son père Joseph, comme son grand-père. Je pense que nous sommes peut-être parentes.

Il y eut un si long silence que je crus presque avoir perdu la connexion ou que le choc de mon appel lui avait causé une syncope.

— Allô ? Madame Stone ? Ça va ?

— Oui, très bien, pourquoi ?

— Je suis désolée de vous appeler comme ça, et de vous faire une telle révélation.

— Rappelez-moi votre nom, s'il vous plaît.

— Lucy Jarrett.

— Quel âge avez-vous ?

— Vingt-neuf ans. J'aurai trente ans en octobre.

— Je vois. Vingt-neuf ans et trente ans en octobre. Eh bien, je vais vous dire quelque chose, Lucy. La généalogie ne m'intéresse pas. J'ai coupé les ponts avec ma famille. Très longtemps avant votre naissance. Ce n'est pas contre vous, comprenez-moi bien, mais je vais raccrocher et je vous demande de ne pas me rappeler. Est-ce bien clair ?

— Oui, très clair, mais laissez-moi vous donner mon numéro. J'ai des informations sur Rose Jarrett. Peut-être la connaissez-vous sous le nom de Rose Westrum. C'est d'elle que je peux vous parler, quand vous le voudrez. Ou plutôt si vous le voulez, je devrais dire. J'ai des choses à vous apprendre sur Rose.

Il y eut un nouveau silence et, quand elle reprit la parole, je me demandai si sa voix ne tremblait pas un peu, mais la connexion n'était pas très bonne.

— Quoi ? Pourquoi ?

Je jetai un coup d'œil à Yoshi qui me regardait intensément, comme s'il ne me connaissait pas. Son expression était si triste, si crispée, que je devinai qu'il devait penser à Keegan.

— J'ai trouvé des lettres. Ces lettres vous sont adressées. Elles ont été écrites par Rose, qui vous connaissait depuis votre naissance.

Nouveau silence.

— Donnez-moi votre numéro de téléphone, ma petite.

Je le lui donnai, elle le répéta une fois, puis raccrocha sans un au revoir. Mon cœur battait violemment.

— Alors ? demanda Yoshi.

— C'était bien elle. Elle connaissait Rose et elle a pris mon numéro. Je n'ai plus qu'à attendre pour voir si elle me rappelle.

— Elle rappellera, j'en suis sûr. Elle ne peut que vouloir en savoir plus.

— Oui, je pense. Et toi ? Ça va ?

— Je ne sais pas, Lucy. Je ne m'attendais absolument pas à ça.

— Je ne pouvais pas t'en parler au téléphone. Mais je te demandais plutôt si tu étais fatigué.

— Pas vraiment, non. J'ai eu un coup de barre tout à l'heure, mais je crois que j'ai trouvé mon deuxième souffle. Je vais pouvoir tenir encore quelques heures.

— Alors je voudrais t'emmener quelque part. C'est un endroit que j'aime énormément. Si tu t'en sens la force.

Il ne répondit pas tout de suite et mes peurs ne firent que croître.

— Je crois que ça ira, dit-il enfin. Oui, je pense que ça va aller.

À l'origine, j'avais eu l'intention de lui montrer les gorges, où j'avais passé tant de temps pendant ma dernière année de lycée, jusqu'au soir de la mort de mon père, et où je n'étais plus retournée depuis. Mais, alors que nous avions repris la voiture et que nous arrivions à l'église, je m'arrêtai pour laisser sortir un automobiliste d'une place de stationnement juste devant le porche et, obéissant à une impulsion, je me garai là. J'avais entendu dire qu'on envisageait de rapporter le vitrail de la Sagesse dans la chapelle d'ici quelques jours. Oliver insistait pour que les vitraux soient réunis, parce qu'il estimait nécessaire de conserver l'intégrité de l'œuvre. Il fallait en profiter pour la montrer à Yoshi.

Je le fis entrer par la porte de l'aile administrative, fis signe à Joanna au passage, puis conduisis Yoshi dans le labyrinthe des couloirs. Le vitrail, qui avait été déplacé dans la salle de réunion, était très bien mis en valeur et me surprit encore une fois par sa beauté. La lumière de ce beau début d'après-midi ravivait les couleurs et laissait apparaître le sertissage dont je finissais par bien connaître les particularités : les fleurs cloisonnées ; les lunes entrecroisées qui formaient à leur intersection le motif ovale du *vesica piscis*, une forme sacrée très ancienne ; les mains levées, en feuilles, qui formaient des mots.

— Cela me rappelle la genèse japonaise, commenta Yoshi. À l'époque où la terre flottait sur les eaux. Puis deux immortels ont poussé comme des roseaux. Je vois une similitude.

— Cela me plaît de penser que l'humanité a poussé comme des roseaux. Il faut absolument que je t'emmène faire du kayak dans le marais. Maintenant que la base militaire est fermée, on peut suivre le rivage pendant des kilomètres.

Avant de partir, Yoshi fit un tour aux toilettes et, pendant que je l'attendais, je vis Suzi sortir du bureau, l'air pressée, son porte-documents à la main.

— Lucy, quel bon vent vous amène ?

— J'ai montré le vitrail de la Sagesse à Yoshi. Il vient d'arriver du Japon. À propos, merci. Je ne sais pas ce que vous avez dit à Oliver Parrott, mais il m'a envoyé des informations qui m'ont aidée à retrouver Iris. Elle a quatre-vingt-quinze ans et elle vit à Elmira.

— Incroyable qu'elle soit encore de ce monde ! Vous l'avez contactée ?

— Oui, mais nous n'avons pas beaucoup parlé. Elle doit me rappeler. J'ai appris une foule de choses sur Rose. Il faudrait que je passe un jour pour vous raconter tout ça.

— Quand vous voudrez. Passez-moi un petit coup de fil avant. Je dois filer à une réunion.

— J'en profiterai pour vous présenter Yoshi.

— Avec plaisir. Vous savez, Lucy, j'ai réfléchi à notre dernière conversation et à ce que vous disiez des erreurs de Rose. Le pardon est au cœur de l'enseignement de l'Église. Le pardon et l'amour de Dieu. Quelles que soient les fautes que nous commettons – nous en commettons tous –, elles ne nous coupent pas de la vie ni même de la vie spirituelle, à moins de le vouloir.

Je me sentis rougir parce que j'avais peur qu'elle n'ait compris que, à travers mes interrogations sur Rose, c'était à moi que je pensais et à la nuit de la mort de mon père. Cette obsession du geste que je n'avais pas fait, de la décision qui aurait tout changé m'empoisonnait l'existence.

— Eh bien, merci, c'est sympa ! dis-je en regrettant aussitôt mon ton trop enjoué.

Elle eut un sourire et s'éloigna avant que Yoshi revienne.

Sur la route du bord du lac, il n'ouvrit quasiment pas la bouche et son silence m'inquiéta. Arrivée à la pointe, je quittai la route principale pour prendre l'étroite voie gravillonnée qui menait au parking. L'endroit s'était civilisé en quelques années. On avait installé un grand panneau pédagogique qui indiquait les différentes sortes de fougères et de fossiles qui se trouvaient là, et des pancartes d'interdiction de cueillir ou de ramasser quoi que ce soit. Le sentier qui menait aux chutes avait aussi été gravillonné.

La cascade tombait sur la roche. J'entrai dans la rivière jusqu'aux genoux pour atteindre le milieu du courant. L'eau était si claire que je voyais mes pieds nus, pâles sur les pierres sombres du fond. Yoshi me rejoignit, glissant un peu. Je lui attrapai la main pour l'aider.

— Lucy... Si ça ne comptait vraiment pas, pourquoi est-ce que tu me l'as dit ?

— Parce que je ne voulais pas qu'il y ait de secrets entre nous. J'aurais eu l'impression de te mentir.

— Tu es sûre ?

— C'est fini. C'était fini avant même de commencer. Je t'assure.

— Bon, je te crois. Je suis content que ça n'ait pas marché.

Je lui souris, et après une dernière hésitation il répondit à mon sourire. Je dus crier pour couvrir le bruit des chutes :

— Viens !

En dérapant sur les pierres, nous avançâmes en riant jusqu'à la cascade. Je marchai sous la cataracte. L'eau me battit le visage, les épaules, et je levai les bras vers le ciel, mains ouvertes comme les personnages de la verrière, comme si j'allais attraper l'eau pour m'en remplir les paumes. Yoshi m'imita, poussant des cris et riant quand la force de l'eau le fit tituber. Le malaise qui me poursuivait depuis le début de la journée s'envola. Je fis un pas vers Yoshi pour l'embrasser comme nous le faisions pendant les moussons, mais je glissai et perdis l'équilibre. Je tombai à travers la chute et me retrouvai de l'autre côté, dans un endroit calme de l'autre côté du mur d'eau, une paroi rocheuse mouillée dans mon dos, et l'eau qui formait un rideau bouillonnant devant moi. À travers ce voile, le paysage était brouillé, composé de taches vertes et bleues. Un instant plus tard, Yoshi passait aussi le rideau d'eau comme à travers un miroir. Il m'aida à me relever et prit mon visage entre ses mains mouillées. C'était cela ma force, le lien avec le passé qu'il fallait perpétuer. Nous nous embrassâmes dans ce petit abri entre eau et pierre, un endroit où nous étions complètement cachés, et dont j'avais ignoré l'existence jusqu'à ce jour.

Nous n'étions pas pressés. Nous ne ressortîmes que chassés par le froid et nous nous assîmes sur les rochers que le soleil avait réchauffés, les pieds trempant dans un trou d'eau. Yoshi me raconta la réunion fatidique, son intervention, et la réaction glacée de l'assistance. Nous fîmes le compte de l'argent qui nous restait et du temps que cela nous permettrait de tenir. Nous parlâmes de ce que nous avions envie de faire. Nous avions tous les deux assez d'expérience pour trouver relativement facilement un emploi, mais cette fois nous voulions travailler tous les deux, et être plus exigeants sur la qualité des postes proposés et sur le pays où nous allions vivre.

Yoshi parvint à rester éveillé pendant le trajet du retour, puis pendant le dîner que maman avait préparé tôt pour lui – brochettes de poulet et salade –, avant de tomber comme une masse. Il arriva à peine à monter dans la coupole, où je nous avais installé un grand lit avec deux vieux futons hissés à la force de mes seuls bras, refait de frais avec de beaux draps propres. J'avais laissé les fenêtres ouvertes, si bien que la douce lueur du crépuscule emplissait la pièce.

— C'est joli, dit Yoshi en s'effondrant sur le futon.

Il avait déjà fermé les yeux et s'endormit en une seconde.

Je redescendis et bavardai avec ma mère pendant que nous rangions la cuisine. Quand je lui parlai d'Iris, elle fut surprise et un peu mécontente que je l'aie contactée. Elle avait peur que je n'aie réveillé de vieilles histoires qu'il valait mieux oublier.

— Nous n'avons rien à perdre, maman. Je suis trop curieuse pour ne pas aller au bout de mes recherches. Et puis c'est la faute d'Oliver. S'il ne m'avait pas envoyé son nom, je ne l'aurais pas trouvée.

Cela la fit rire.

— C'est une façon comme une autre de présenter les choses. À propos, je trouve Yoshi très sympathique. Je l'aime vraiment bien. C'est drôle, il a presque l'accent anglais. Je ne m'attendais pas à ça.

— Sa mère est anglaise. Il a un peu vécu à Londres, aussi, mais ils déménageaient souvent à cause du travail de son père. Parfois je me dis que j'aimerais bien aller en Angleterre avec lui. Il paraît que Londres est une très belle ville.

— Je ne le connais pas encore bien, évidemment, mais je lui trouve quelque chose d'agréable. On se sent à l'aise avec lui. On a l'impression de le connaître depuis longtemps. Tu crois qu'il aura envie d'aller faire un tour aux chutes du Niagara demain ou que le décalage horaire sera encore trop difficile à gérer ?

Je proposai d'attendre de voir comment il se sentirait. Ensuite, il fut question de la fête qu'organisait Blake pour le 4 Juillet. Mon téléphone sonna et j'allai répondre en m'essuyant les mains, poursuivant notre discussion sur quoi apporter – salade de pommes de terre ou fruits.

J'entendis une voix grave, plutôt sèche.

— Bonjour, je m'appelle Ned Stone. Je suis le fils d'Iris. Il paraît que vous avez téléphoné à ma mère aujourd'hui.

J'eus une appréhension, songeant aux objections de ma mère. Nous ne connaissions pas ces gens, après tout.

— Oui, bonjour. Lucy Jarrett.

— C'est bien le nom que m'a donné ma mère, mais elle n'a pas bien compris ce que vous vouliez.

— Je ne veux rien, à proprement parler. Je suis tombée sur des documents qui concernent Rose Jarrett et la famille de votre mère. Il y a une quantité de lettres qui ont été écrites à votre mère. Je l'appelais pour savoir si elle pouvait m'éclairer sur cette partie de l'histoire familiale, et puis aussi pour lui apprendre leur existence.

Il toussota, et j'essayai de calculer quel âge il pouvait avoir. Si Iris avait quatre-vingt-quinze ans, il pouvait très bien avoir plus de soixante-dix ans.

— Il faut que vous sachiez que ma mère a été assez bouleversée par votre appel. Le mot est peut-être un peu fort, alors disons perturbée. Elle est partie de chez elle quand elle était très jeune dans des circonstances pénibles. Je ne connais pas les détails, mais je sais que ma mère n'a pas eu une vie facile. Je veux que la fin de sa vie soit paisible. Franchement, je suis désolé d'avoir à vous le dire, mais cet appel soudain, avec des nouvelles aussi bizarres, cela me fait me poser des questions sur vos intentions.

— Je comprends. Je ferai tout ce qu'il faudra pour vous rassurer.

Je lui racontai alors toute l'histoire, lui parlai de mon père, de mon grand-père et de mon arrière-grand-père, des lettres, de la découverte de l'existence d'Iris. Tout en lui parlant je réfléchis à notre degré de parenté. Ned Stone était un cousin issu de germain de mon père. Comme il ne disait rien, je poursuivis, lui relatant mes recherches aux archives paroissiales, mentionnai la découverte des vitraux de Frank Westrum, des lettres que j'avais trouvées dans des cartons poussiéreux déposés à la Lafayette Historical Society.

— Vous comprenez. Je n'avais jamais entendu parler de cette partie de la famille. Nous ne connaissions pas l'existence de Rose et de votre mère. J'ai été heureuse de retrouver votre mère. Je me suis dit que ces lettres seraient peut-être importantes pour elle.

J'essayai de me faire une idée de l'homme qui m'écoutait. Il semblait bien élevé, circonspect. Un membre d'une profession libérale, cossu, avec des diplômes accrochés aux murs.

— Ces lettres, vous les avez lues ?

— Oui, je les ai lues.

— À la place de ma mère, est-ce que vous seriez ébranlée par leur lecture ?

Je devais bien avouer que oui. Les derniers jours avaient été passionnants, mais ils m'avaient déstabilisée. Il était difficile de remettre en cause un passé qui semblait immuable. Les certitudes étaient réconfortantes et, quand on s'apercevait qu'elles étaient fondées sur des mensonges, on avait l'impression de n'y plus rien comprendre. Mais pour autant, aurais-je voulu n'avoir jamais rien su ? Non, au contraire, j'avais enquêté avec avidité. Mais l'histoire était mille fois plus intime pour elle, et puis comment réagissait-on à un tel bouleversement à quatre-vingt-quinze ans ?

— C'est vrai, je pense que leur lecture pourrait être difficile, répondis-je en me laissant tomber sur le canapé. Cela dépend du désir qu'on a de connaître la vérité, ou tout du moins une autre version de l'histoire, ou si on veut continuer à croire ce qu'on a toujours cru.

Je sentis qu'il hésitait.

— Très bien, dit-il. Dites-moi ce que vous avez compris de cette affaire.

Je lui expliquai donc que Rose était la mère d'Iris, mais que celle-ci ne le savait sans doute pas.

Il y eut un long silence.

— Si j'accepte de vous croire, cette révélation va être brutale.

— Les lettres sont très belles. Elles disent ce qui est arrivé mieux que je ne saurais le faire.

— Vous n'avez qu'à nous les envoyer. Envoyez-moi des photocopies, je les regarderai et puis je vous recontacterai.

— Je peux vous scanner les deux premières et vous les envoyer tout de suite.

Je fouillai d'une main dans mon sac pour trouver un stylo et je pris note de son adresse e-mail sur le dos d'un ticket de caisse d'épicerie.

Je lui expédiai les deux lettres avec un petit mot, puis je bus un verre de vin sur la terrasse avec ma mère, pour profiter du beau temps revenu. Je m'inquiétais, mais maman me rassura.

— Ce qui est fait est fait. Nous n'avons plus qu'à attendre.

Ce ne fut pas long. Moins de deux heures plus tard, juste avant minuit, il rappela.

— Bon, dit-il. Comme ma mère vit avec moi, je lui ai parlé et elle demande à vous rencontrer. Souvenez-vous qu'elle a quatre-vingt-quinze ans et que je ne veux surtout pas la bouleverser. Si elle est trop agitée, ou si elle se fatigue, je vous demanderai de partir. Pouvez-vous venir lundi après-midi ?

— C'est entendu.

Je notai leur adresse sur le dos de ma main avec un stylo à bille qui m'éraflait la peau.

— Alors c'est d'accord, je viendrai à 14 heures lundi.

17

Le lendemain, Yoshi se déclara assez reposé pour aller aux chutes du Niagara. Nous étions à deux heures de route, ce qui nous obligea à démarrer tôt. Nous observâmes les trombes hurlantes d'en haut, puis, emmitouflés dans des imperméables, nous prîmes le bateau qui remonte presque jusqu'au pied du fer à cheval et pénètre dans les nuées d'embruns. Nous bûmes un verre dans le restaurant panoramique tournant en haut de la tour, où Yoshi porta un toast à cette belle journée, et ma mère à son arrivée. Nous ne rentrâmes que tard au Lac des Rêves. Maman devait se lever tôt le lendemain pour aller travailler. Elle était déjà partie à mon réveil, mais elle avait laissé du café et une note nous souhaitant une très belle journée. Son écriture ressemblait à la mienne, un peu torturée et rapide, mais le ton était léger, et j'appréciai que nous ayons retrouvé notre entente. J'avais l'impression que mes recherches sur Rose nous avaient rapprochées après toutes ces années difficiles.

Yoshi dormit tard et, quand il descendit, je l'emmenai prendre le petit déjeuner sur la jetée, au soleil. J'avais acheté du pain aux olives au Green Bean, et de l'houmous, que je trouvais délicieux. Nous jetâmes des miettes aux canards qui convergèrent vers nous de tous côtés. Le café était fort et bon. Ensuite, je sortis le kayak et nous longeâmes tranquillement la côte, admirant la beauté de cette nature restée à l'état sauvage, la chapelle au loin, dressée sur son tertre vert. Nous allâmes jusqu'au chantier qui défigurait le paysage, la terre labourée jusqu'à la roche, empilée en gros amoncellements boueux. J'avais encore en mémoire la promenade que j'avais faite avec Keegan, l'atmosphère mystérieuse, le silence de la forêt, et je me rendais compte du privilège que nous avions d'avoir encore accès à des coins de nature préservés.

— Je suis fière que tu aies tenu bon pour le projet du pont, lui dis-je. Tant pis si nous sommes tous les deux sans travail. Tu as bien fait.

Yoshi posa sa rame en travers du bateau.

— Je ne sais plus. Sur le moment, c'était plus fort que moi, mais je me suis étonné moi-même. En général, je suis plus prudent.

— Tu y avais réfléchi. Nous en avions même discuté un peu. Ça n'était pas sur un coup de tête. Et puis peu importe, je ne me fais pas de soucis.

Et, bizarrement, c'était vrai. L'inquiétude s'était dissipée comme l'eau s'écoule entre les galets. Je n'avais plus rien à prouver, grâce sans doute à ces deux semaines riches en événements. Il y avait eu Keegan, et puis Rose. C'était un exemple pour moi, cette femme qui était restée indifférente aux ambitions familiales, à l'argent, à la réussite sociale. Si nous n'avions jamais entendu parler d'elle, c'était sans doute pour cette raison. Elle représentait l'échec : une femme qui ne s'était pas mariée, n'avait, d'après eux, rien accompli ; une femme qui avait fait élever sa fille par d'autres. Moi, je l'admirais, et elle me permettait d'envisager ma vie autrement. Rose avait fait des erreurs, bien sûr, mais elle avait eu le courage de lutter pour ses idées. Elle avait su ce qu'elle voulait et avait persévéré, même si la société dressait devant elle des obstacles infranchissables. Je lui pardonnais de n'avoir pas su garder sa fille tant ses lettres exprimaient d'amour.

Maintenant, je pouvais vraiment apprécier le courage de Yoshi.

— C'est bien que tu aies démissionné. Je me dis qu'il est temps que nous nous lancions dans autre chose.

— Tu as des idées ?

— Je ne sais pas au juste. J'ai beaucoup pensé à l'orphelinat de Jakarta. Ce serait enrichissant, pour une fois, de nous sentir utiles, même si nous devons renoncer à quelques avantages.

Nous flottions au fil de l'eau. Le lac était calme, et les vaguelettes qui mouillaient les côtés du bateau formaient des rides transparentes.

— Tu penses à une organisation humanitaire ? Pourquoi pas ? Il y a sûrement des tonnes de choses que des ingénieurs comme nous devraient pouvoir faire pour se rendre utiles.

— C'est ce que je me dis aussi.

Je plantai la rame dans les roseaux, cherchant à nous éloigner vers les eaux plus profondes. Mon geste effraya deux hérons qui s'envolèrent du marais, battant l'air de leurs lourdes ailes, les pattes à la traîne.

Nous les regardâmes s'élever dans le ciel au-dessus des arbres et s'éloigner.

— C'est beau, ici, dit Yoshi.

Il trouva belle aussi la campagne quand nous prîmes l'Impala quelques heures plus tard pour traverser cette région que je connaissais par cœur, descendant les collines entre les lacs pour aller à Elmira où nous devions rencontrer Iris. Je m'attendais à une maison ancienne, lourdement meublée, avec des napperons. C'était la voix d'Iris, que j'avais trouvée vieille et revêche, qui m'avait donné cette idée, je pense. Je fus donc très surprise de trouver, au bout de l'allée, une maison contemporaine à grandes baies vitrées qui donnaient sur un jardin arboré. Je me garai sous un ginkgo biloba aux feuilles en éventail et j'admirai la perspective de la terrasse en bois, les murs de pierre, et les grandes surfaces vitrées.

Une femme nous ouvrit, de l'âge de ma mère environ, mince, les cheveux simplement teints en châtain clair.

— Lucy ? dit-elle en me donnant une poignée de main. Entrez. Je m'appelle Carol. Je suis la belle-fille d'Iris. Je vous présente Ned, mon mari.

Ned était grand, sympathique, les cheveux gris et clairsemés, le sourire ouvert. Il n'avait pas hérité des yeux bleus de la famille. Les siens étaient bruns.

Il me serra la main lui aussi.

— Je suis le plus jeune. Mon frère Keith vit en Floride. Moi, j'habite ici avec notre mère. Elle a son appartement indépendant dans la maison et elle passe une partie de l'hiver dans le Sud avec Keith. Nous nous débrouillons relativement bien.

Il parlait un peu vite, comme s'il était gêné. Carol lui posa la main sur le bras, un geste qui sembla aussitôt le rassurer. Il lui sourit.

— Je vous présente Yoshitaka Aioki, leur dis-je.

À ma grande surprise, Ned le salua d'une inclinaison de tête et dit : « *Konichiwa !* » Après une hésitation, Yoshi lui répondit en japonais. Carol semblait aussi à l'aise que Ned dans cette langue et ils se mirent tous les trois à bavarder d'un air ravi, trop vite pour que je saisisse tout ce qu'ils se disaient. Je compris que nos hôtes avaient passé de nombreuses années dans les environs de Kyoto.

— Ned a été envoyé au Japon par son entreprise, expliqua Carol en anglais en se tournant vers moi. Nous pensions rester au plus quatre ans, mais nous sommes tombés amoureux du pays et nous avons fini par n'en plus bouger pendant quinze ans, jusqu'au départ de Ned à la retraite. Venez vous asseoir au salon.

Elle nous fit entrer dans une pièce qui donnait dans l'entrée. C'était un bel espace, haut de plafond, éclairé par les baies vitrées qui donnaient sur les arbres.

— Comme vous voyez, dit-elle, nous avons rapporté beaucoup de souvenirs.

En entrant, cela ne m'avait pas frappée : le salon était très simplement meublé de divans blancs et de tables en bois. J'avisai alors une magnifique collection de services à thé et à saké présentée sur des étagères de part et d'autre de la cheminée, ainsi que des estampes d'Hiroshige accrochées au mur du fond.

— Installez-vous, dit Ned en prenant un fauteuil bas, pendant que Carol nous laissait.

Je m'assis à côté de Yoshi sur un canapé blanc.

— Merci. Cette pièce est très belle. Simple et élégante.

La conversation porta encore quelques minutes sur le Japon. Ce fut surtout Ned qui parla, pendant que je l'observais, cherchant en vain une ressemblance familiale. Comme mon père, Ned n'avait pas échappé à la conscription, mais la guerre avait pris fin avant son départ pour le Viêtnam. Il était resté quatre ans dans l'armée où il avait appris à réparer des moteurs d'avion. Cela lui avait donné envie de continuer sur sa lancée quand il avait été démobilisé et il était devenu ingénieur dans l'aéronautique. Il avait rencontré Carol la veille de son trentième anniversaire, dans un autobus. Ils avaient trois enfants, tous adultes à présent. Seule la plus jeune, Julie, qui avait à peu près mon âge, était restée dans la région.

— Donc venons-en à ces lettres, dit-il en attirant à lui le dossier qui était posé sur la table. Elles m'ont beaucoup étonné. Ma mère aussi. Sa première réaction a même été de penser à une supercherie. Mais elle a parfaitement reconnu Joseph Jarrett d'après les descriptions de celles que je lui ai donné à lire. Elle savait que Cora et Joseph n'étaient pas ses parents biologiques, mais elle ne nous en avait jamais parlé. Mon père le savait peut-être. En tout cas, elle n'a jamais connu son père et elle se souvenait à peine de sa vraie mère qui est partie très tôt. Elle considérait donc Cora et Joseph comme ses parents. Tout s'est très bien passé jusqu'à son adolescence. Elle a traversé une phase de rébellion comme tous les jeunes de cet âge, mais la mésentente a été plus violente vu les circonstances, et puis votre grand-père est né quand elle avait quatorze ans, ce qui a aussi changé la donne.

— En 1925, intervins-je. L'année où ils ont déménagé dans la maison du lac.

— C'était cette année-là ? Je crois que ma mère y a un peu vécu. L'atmosphère était très tendue. Elle a fait une fugue. Elle a été recueillie par des amis d'amis et je pense que le changement lui a fait beaucoup de bien. Elle a trouvé du travail dans une fabrique. En revanche, elle ne s'est jamais réconciliée avec les Jarrett. Il faut que vous sachiez que la lecture des premières lettres lui a causé une émotion très forte. Elle les a encore lues jusque très tard dans la nuit, mais elle veut vous voir. De mon côté, comme je vous l'ai dit, je tiens à ce que nous allions doucement en la perturbant le moins possible.

— Je comprends.

Quelques minutes plus tard, Carol reparut. Elle soutenait une vieille femme de haute taille aux cheveux très blancs et fins comme du duvet. Je me levai, me souvenant de la première lettre de Rose. Iris, bébé, avait aussi eu un fin duvet sur la tête. Son regard bleu perçant rencontra le mien. C'était le bleu familial.

— C'est elle ? demanda Iris.

— Oui, c'est Lucy, belle-maman. Et son ami Yoshi. Viens, allons nous asseoir.

Elles traversèrent la pièce et s'assirent sur le canapé qui faisait face au nôtre.

Une fois qu'elles furent installées, personne ne sut plus quoi dire. Même Ned se taisait. Ce fut Iris qui parla la première.

— Vous ressemblez à votre arrière-grand-père.

— C'est vrai ?

— Oui. Surtout les yeux.

— Je vous ai apporté quelque chose. Quelque chose qui a été fait pour vous.

Je sortis de mon sac le paquet qui contenait le tissu, soigneusement emballé dans de belles feuilles de papier de riz bleuté, imprimé de grues blanches en relief. Iris prit le paquet dans ses longues mains diaphanes aux doigts noueux, qui tremblaient un peu. Elle ouvrit délicatement le papier pour ne pas l'abîmer. Le tissu se déplia, d'un blanc argenté, délicat, avec sa frise de lunes et de vignes. Le tissage était si fin que, lorsqu'on le tenait à bout de bras, la lumière passait au travers, la frise plus sombre sur le fond translucide. Je lui retraçai les étapes de ma quête dans leurs grandes lignes : les documents cachés dans la coupole, mes recherches aux archives, les vitraux. J'avais photocopié le dossier et je lui donnai les originaux. Le dossier de Rose.

— Ces lettres ont été écrites pour vous par votre mère.

Elle avait posé le tissu sur ses genoux pour les prendre.

— Vous les avez lues ? demanda-t-elle en me dévisageant.

— Oui.

J'étais gênée maintenant que ces lettres n'étaient plus les éléments d'une énigme et que j'étais face à leur destinataire. J'avais lu un courrier privé qui ne m'avait pas été adressé.

— Je suis désolée. Je ne savais pas que vous étiez encore en vie.

Elle hocha lentement la tête.

— Alors, que pensez-vous d'elle ?

— Je pense qu'elle était très courageuse. Elle s'est battue pour ses idées avec passion.

— Vous trouvez ? Je ne l'ai pas connue. J'étais très petite quand elle est partie. On m'a expliqué qu'elle avait fait des bêtises et qu'elle avait été obligée de s'en aller, et que Cora serait ma maman. Moi, j'ai cru ce qu'on me disait. Il me reste un souvenir. C'était un après-midi ensoleillé, j'étais allongée sur mon lit, et elle me chatouillait, vous savez, pour faire « la petite bête qui monte ». J'étais heureuse. Je me souviens de cette proximité très particulière. Je n'ai rien d'autre à quoi me raccrocher. Pendant très longtemps, je n'ai pas pensé à elle.

Elle s'arrêta, et Ned se pencha pour lui poser une main rassurante sur le bras.

— Ce n'est qu'à ta naissance, Ned, reprit-elle, que j'ai commencé à vouloir me souvenir et à me demander ce qui était arrivé. Tu étais mon premier enfant. Ce sont des choses qui vous poussent à réfléchir. Mais il était trop tard. Je me souviens de la maison au village, où nous vivions avant qu'elle ne s'en aille. Il y avait du linoléum dans la cuisine et une cuisinière à bois. Les autres pièces étaient chauffées par des cheminées. Il faisait très froid l'hiver et ma chambre n'était pas très ensoleillée. Parfois, quand je me réveillais, la lumière était bizarre, sombre, et je comprenais que la neige était tombée et couvrait la fenêtre. Je ne croyais pas vraiment que ma mère avait fait des bêtises. Je pensais plutôt que c'était moi qui l'avais fait fuir parce que j'avais été méchante.

Elle s'essuya les yeux.

— Mais pas du tout ! m'exclamai-je. Ce n'était pas du tout votre faute. Votre mère a été chassée parce qu'elle avait participé à une manifestation pour le droit de vote des femmes et qu'elle a été arrêtée. Il y a eu un très grand rassemblement à Washington en 1913, qui en a déclenché de plus petits en soutien dans tout le pays, et Rose, votre mère, s'est jointe à celui du Lac des Rêves. On l'avait mise en garde, mais, en voyant le défilé passer devant chez elle, elle n'a pas pu s'empêcher d'y participer. Elle a été arrêtée et la famille n'a pas voulu la reprendre. Cora et son premier mari. Votre oncle, mon arrière-grand-père, a essayé de l'aider, mais il n'avait pas vraiment son mot à dire. Elle n'a pas eu le choix.

Iris m'écoutait sans rien dire.

— Elle est revenue vous chercher, ajoutai-je. Vous lirez vous-même ce qui est arrivé. C'était un an plus tard, environ, et elle vous a parlé dans le jardin de la maison du village. Elle vous le raconte dans une de ses lettres. Vous verrez, ajoutai-je, il y a beaucoup de détails. Elle vous aimait beaucoup.

Iris ne parla qu'au bout d'un long moment, d'une voix émue.

— C'est très dur à accepter pour moi. Très dur. Je comprends mieux, avec l'âge. Je sais qu'il y a des circonstances qui vous dépassent. Et pourtant… Elle m'a… abandonnée. J'ai dû grandir sans elle.

Je voulus répondre, mais Ned m'en empêcha d'un signe de la main. Le silence retomba. Iris luttait contre son émotion, sans pleurer, toutefois.

— Pas tout à fait sans elle, intervint finalement Carol. Vous connaissiez Rose Westrum, je crois. Elle est revenue, même si c'était sans se faire reconnaître. Elle a sans doute jugé préférable de ne pas vous perturber après tout ce temps. J'ai l'impression qu'elle a veillé discrètement sur vous toute sa vie.

Les grandes baies laissaient entrer un généreux soleil qui tombait sur les cheveux blancs d'Iris, avivait la couleur de ses yeux. Ils étaient du même bleu intense que les miens et ceux de Blake. J'étais émue par ses mains décharnées de très vieille dame.

— Oui, dit-elle. Je connaissais Rose Westrum. C'était une amie des gens qui m'ont recueillie. Elle m'a envoyé un gentil petit mot juste après mon mariage pour me dire qu'elle avait connu ma famille. Je n'ai pas répondu. Pour quoi faire ? À quoi bon remuer le passé ? Je m'étais sauvée à quatorze ans. L'année de la naissance de votre grand-père. Ma mère – Cora – n'était plus toute jeune. Elle devait avoir la quarantaine. J'imagine qu'elle avait abandonné tout espoir d'avoir des enfants. Je me souviens du silence qui s'est installé quand nous avons appris la nouvelle. Un peu d'appréhension, je pense. Elle se ménageait beaucoup. Cela changeait mes habitudes, mais j'étais heureuse de l'aider. Je rentrais de l'école et je lui apportais son dîner sur un plateau, je faisais les courses. Nous attendions l'heureux événement. L'automne a été particulièrement long, mais le bébé est né en bonne santé. Il était très gentil, très sage, et j'aimais bien m'occuper de lui.

» Cora était une bonne mère, très aimante avec lui comme elle l'avait été avec moi. Elle était indulgente avec les enfants, mais elle manquait de patience quand ils grandissaient. Nous avions de plus en plus d'accrochages. Elle disait que j'étais entêtée, maladroite. C'était vrai, je n'étais pas très délicate, à l'époque ! Je grandissais trop vite à son goût. Il fallait me racheter des vêtements trop souvent. Il lui arrivait de me rappeler qu'elle m'avait recueillie quand ma mère m'avait abandonnée, pour m'obliger à lui obéir. Je reconnais que j'étais une tête de mule. J'avais mes idées, mes rêves, comme toutes les jeunes filles, et elle me trouvait trop rebelle. Elle réprouvait mes opinions qui lui semblaient trop radicales. De mon côté, je m'ingéniais à la provoquer.

» Je pense qu'ils avaient commencé à discuter de mon avenir avant la naissance du bébé, mais tout s'était figé en attendant la délivrance de Cora. J'avais presque quinze ans quand Joseph est né. Beaucoup de mes camarades de classe avaient déjà arrêté leurs études pour se faire embaucher dans les usines du canal. La vie était comme ça, à l'époque. On restait beaucoup moins longtemps scolarisé. Tout le monde quittait l'école. Je ne connaissais pas une seule fille qui voulût aller à l'université. On avait besoin d'elles dans les fermes pour participer aux travaux. Ou alors elles tombaient amoureuses et elles se mariaient.

» Donc, l'été de la naissance de Joseph, j'ai pris un emploi à la manufacture de tricot en ville, en partie pour m'échapper de la maison. D'ailleurs, plus personne ne faisait attention à moi. Du moins, c'était l'impression que j'avais. J'étais encore jeune, je veux bien admettre que c'était de la jalousie. J'avais fait de mon mieux pour leur faire plaisir en me rendant utile mais, quand il est né, j'ai eu l'impression d'être reléguée comme une vieille poupée qu'on remplace par un beau baigneur. La manufacture a fermé depuis longtemps, mais elle était en face de l'usine d'isolateurs électriques Johnson. Quand je regardais par la fenêtre, je voyais les gens travailler de l'autre côté de l'eau et je me demandais s'ils s'ennuyaient autant que moi et s'ils rêvaient aussi d'une autre vie. Il fallait faire très attention parce que les machines étaient dangereuses. Mon premier jour, Mme Tadley a eu le doigt pris, et il y avait du sang partout. Une réunion a été organisée pour nous rappeler d'être très vigilantes. Elle avait gâché la laine d'au moins cinq pull-overs !

» Moi, je m'occupais des chaussettes. Les aiguilles formaient un cercle et allaient si vite qu'on ne pouvait pas suivre le mouvement avec les yeux. Les tiges de chaussette sortaient par-dessous et moi, je les détachais, je les donnais à ma droite à ma voisine qui remaillait la pointe et les faisait passer à la suivante. Au début, je ne pouvais pas relever la tête une seule seconde pour garder le rythme, mais ensuite mes gestes sont devenus automatiques et je pouvais regarder un peu autour de moi. À côté, je me souviens, celle qui cousait les pointes s'appelait Sally Zimmerman et, derrière elle, il y avait les fenêtres devant lesquelles dansait la poussière qui volait dans l'air. Le soir, quand je me brossais les dents, je recrachais de la bourre bleue. J'en avais jusque dans le nez et les oreilles.

» La journée de travail était longue et il fallait y aller tous les jours, sauf le dimanche. Je rentrais chez moi en traînant les pieds tellement j'étais fatiguée et je m'effondrais dans mon lit. C'est plus tard, cet été-là, que nous avons déménagé à la maison du lac.

» C'est vraiment là qu'ont commencé mes ennuis. J'étais trop épuisée. Je dormais debout. Le dimanche, je me levais pour aider au ménage, mais parfois j'allais prendre le soleil au bord du lac et je m'endormais en écoutant le bruit des vagues.

» Un dimanche après-midi, Cora devait sortir pendant deux heures et elle est venue à la jetée pour me demander de surveiller le bébé qui dormait dans sa chambre. Je me suis endormie comme une masse et ses hurlements m'ont réveillée. Il faisait ses dents, alors il pleurait beaucoup. Je lui ai préparé un biberon, je l'ai changé et je l'ai pris dehors avec moi. Cora avait installé un parc pour lui sous un saule, au bord de l'eau. Je me demande s'il est encore là, cet arbre. C'est fou ce qu'il était beau avec ses grandes branches qui balayaient le gazon et ses feuilles magnifiques. Joseph aimait jouer dehors dans son parc, mais il ne tenait pas assis beaucoup plus d'une demi-heure avec ses jouets. Donc je l'ai mis à l'ombre et moi je me suis installée à côté avec un livre. Au bout de cinq minutes, je me suis rendormie, bien sûr. Le soleil, le bruit de l'eau, la fatigue, impossible de garder les yeux ouverts.

» Je ne sais pas ce qui m'a réveillée ni combien de temps avait passé. Je me suis redressée, tout engourdie, et j'ai regardé sous l'arbre. La couverture était vide. Plus de bébé ! Vous imaginez la terreur que j'ai ressentie ! Et puis j'ai entendu un bruit derrière moi. Il avait dix mois et il avait appris à ramper sans que je le sache, parce que j'étais très peu à la maison. Pendant que je dormais, il avait rampé jusqu'à l'eau et il pataugeait au bord. Les vagues lui touchaient le menton. Il riait, mais il a glissé et il est tombé la tête dans l'eau. J'ai couru pour le repêcher. Je crois que j'ai vécu la minute la plus longue et la plus terrifiante de ma vie. Lui, il ne s'affolait pas. Il bougeait tout tranquillement ses mains dans l'eau en flottant, le visage submergé. Pas croyable. Je l'ai sorti très vite et je l'ai serré dans mes bras en tremblant.

» Je n'avais pas remarqué que Cora était rentrée et venait vers nous. Elle avait tout vu. Elle faisait une de ces têtes ! Elle ne m'a jamais pardonné et elle n'a même pas voulu croire que c'était un accident. Je n'en pouvais plus. Je suis partie.

— Ce n'était pas ta faute, intervint Ned. C'était bien un accident. Et il ne s'est rien passé de grave.

— Non, rien du tout, il n'a même pas eu peur. Il riait, je vous dis ! Il était tellement petit qu'il ne se rendait pas compte du danger.

J'avais tout de suite pensé à Max en équilibre au-dessus du courant. Il s'était tourné vers moi en souriant, sans avoir la moindre conscience du risque qu'il prenait.

— Et quand vous êtes partie ? Où êtes-vous allée ? demanda Yoshi. Ça n'a pas dû être facile. Vous étiez tellement jeune !

— Ça n'a pas été drôle tous les jours, en effet, mais on se fait moins de soucis à quinze ans. Pourtant, les décisions prises à cet âge influencent toute la vie. Après ma fugue, Cora et Joseph m'ont retrouvée. J'étais hébergée par une amie et j'ai refusé de retourner vivre chez eux. Alors j'ai été envoyée ici, à Elmira, chez Mme Stokley qui prenait des pensionnaires. J'ai trouvé du travail à la verrerie. Je voulais être professeur, mais évidemment, sans avoir fait d'études, impossible ! J'ai rencontré John à vingt et un ans, à un pique-nique de l'usine. Il était ingénieur, comme Ned. Il avait apporté un cerf-volant, je me souviens.

— Mon père, John Stone, expliqua Ned. Ils ont été mariés pendant cinquante-sept ans.

— Et vous n'avez jamais revu votre oncle et votre cousin ?

— Pas mon cousin. Mon oncle est venu me voir. Juste une fois. Vers la fin de sa vie, je pense. J'avais la cinquantaine. Il m'a apporté une photo de son enfance et il m'a invitée à déjeuner. Il m'a dit que je ne serais pas oubliée à sa mort. Je n'y ai pas trop cru, vous pensez. Et bien entendu, je n'ai jamais entendu parler du moindre héritage. J'avais bien raison de ne pas nourrir de faux espoirs.

Pendant que nous parlions, la porte s'était ouverte et refermée sans bruit sur une jeune femme vêtue d'un short et d'un débardeur blanc, coiffée d'une longue queue-de-cheval. Elle s'assit sur la marche qui menait au salon pour écouter la conversation. Carol profita d'une interruption pour nous la présenter. C'était Julie, sa fille cadette.

Julie nous serra la main avec un sourire, auquel je répondis en l'observant avec intérêt. Puisque Iris et mon grand-père Joseph étaient cousins germains, Ned et mon père étaient cousins issus de germain, c'est-à-dire parents au sixième degré, ce qui faisait que Julie et moi, sauf erreur, nous devions être parentes au huitième degré. Il était rare qu'on connaisse des cousins aussi éloignés, même quand on vivait dans la même ville. Il y avait pourtant une vague ressemblance. En tout cas, elle était grande, pas tout à fait autant que moi, mais presque.

— Donc vous êtes hydrologue, dit-elle. C'est très intéressant.

— J'aime beaucoup mon métier.

— Et vous travaillez au Japon ?

Je jetai un coup d'œil à Yoshi.

— Pas exactement. Nous vivions là-bas mais nous venons de reprendre notre liberté. Nous réfléchissons à ce que nous allons faire. Toutes les voies sont ouvertes.

— Je connais ce genre de remise en question.

— Julie est enseignante, indiqua son père, mais elle adore les animaux. Elle en sauve à longueur de temps. C'est sa véritable passion.

Je ne sus que dire. Nous n'avions pas cette particularité en commun. Je me demandai si elle hébergeait dans son appartement des portées de chats faméliques et des moineaux tombés du nid.

— Des animaux exotiques, précisa Julie comme si elle avait deviné mes pensées. Je récupère les animaux abandonnés par leurs propriétaires qui se sont laissé dépasser par les événements. Jusqu'à présent, j'ai adopté un boa constrictor, deux singes et trois iguanes. Les singes ne vivent pas chez moi, bien sûr. Il y a une ménagerie dans le Kentucky où je les mets en pension.

— Julie, intervint Carol. Mamie Iris a demandé à sortir les papiers du coffre-fort, tu sais, les vieilles photos et les paperasses, mais je n'arrive plus à l'ouvrir. Ton père a oublié la combinaison, bien sûr, et moi, je sais que je l'ai notée quelque part, mais je n'arrive pas à mettre la main dessus. Tu ne pourrais pas t'en occuper ?

— Je peux essayer.

Julie ouvrit un placard qui cachait le coffre-fort. Elle colla son oreille contre la porte métallique et prit la molette entre ses doigts. Elle ferma les yeux, et je sentis mon cœur se mettre à battre plus fort. Je voyais en esprit bouger le mécanisme. Lentement, elle tourna la molette en écoutant parler le métal. Je connaissais le toucher satiné et dur de ces portes métalliques contre la joue, la douceur du mouvement et le clic infime que faisaient les ergots en trouvant leur position, comme un souffle. Elle se tenait parfaitement immobile, oreille tendue, absorbée et heureuse. Je sentis monter sa satisfaction et j'exultai quand elle ouvrit la petite porte en acier.

— Bravo, ma fille ! s'exclama Ned.

— C'est un don qu'elle a, nous expliqua Carol. Elle est capable d'ouvrir n'importe quelle serrure depuis qu'elle a cinq ans. Je ne sais pas d'où ça lui vient.

— Mon oncle avait la même habileté, intervint Iris d'une voix pensive, le regard lointain.

— Moi aussi, dis-je en étendant mes doigts.

Ils me regardèrent avec surprise. Julie avait sorti une pile de documents du coffre et les donna à son père qui les tria. Il lui fallut un moment pour retrouver la photographie jaunie que mon arrière-grand-père avait donnée à Iris au milieu des papiers officiels. C'était un portrait de famille, daté du 22 août 1909, l'année où Geoffrey Wyndham était arrivé dans le petit village anglais avec sa Rolls, un an avant le passage de la comète. La date était inscrite au dos. Rose occupait le centre du cliché, habillée d'une robe noire à col et poignets blancs. Les autres membres de la famille, également vêtus de noir pour l'occasion, l'encadraient. Un patriarche sévère à barbe blanche, le frère aîné et trois sœurs plus âgées, ou des cousines, très sérieuses. La mère de Rose, une de ses tantes et sa grand-mère, assises toutes droites sur des chaises, devant.

— La photo a été prise à quelle occasion ?

— Nous l'ignorons, répondit Ned. Un mariage, un enterrement, ou simplement parce qu'un photographe passait par le village.

— Là, c'est Joseph, dit Iris en montrant un garçon à la droite de Rose, les yeux plissés comme s'il essayait de voir l'avenir. Et là, c'est Rose, sans doute, ma mère, ajouta-t-elle d'une voix émue.

Je me penchai sur la photo, songeant à la Rose dont je m'étais forgé l'image à travers ses lettres. Elle avait juste quatorze ans, les cheveux encore sur les épaules, comme une petite fille. Elle portait un ruban autour du cou et avait un demi-sourire sur les lèvres, comme si elle allait se tourner vers son frère pour faire un commentaire amusant. Au sein de cette famille sérieuse, soucieuse, la grand-mère aussi âgée qu'Iris l'était maintenant, le visage tout ridé sous son bonnet noir, Rose était la seule à montrer de la vivacité et de la joie de vivre.

À quoi avait-elle pensé à cet instant ? Quelles étaient ses aspirations, et comment imaginait-elle sa vie ? Un matin d'été, entourée par sa famille, elle avait ri sans savoir que la comète de Halley, ce morceau de glace qui traversait l'univers, allait jeter son étrange lumière sur sa vie. Elle ne savait pas qu'une porte allait s'ouvrir sur l'inconnu et qu'elle allait en franchir le seuil, effrayée, mais aussi pleine d'espoir, et changer ainsi son destin à jamais.

— Je suis fatiguée, soupira Iris. Je ferais bien un petit somme.

Elle avait abandonné le dossier et les lettres sur le canapé et ses mains reposaient sur le tissu argenté qui lui couvrait les genoux.

Ned se leva aussitôt et lui tendit le bras pour l'aider à s'arracher au canapé. Je me levai en même temps qu'elle et lui prit la main une seconde. Elle avait les doigts glacés. Je lui dis que j'avais encore quelque chose à lui montrer, mais que je lui laisserais le temps de lire les lettres auparavant. Je lui expliquai en deux mots l'existence des vitraux de Frank Westrum et de Rose, mais j'eus l'impression qu'elle ne m'écoutait qu'à moitié. Ned, lui, parut très intéressé.

— Et vous dites qu'il y a tout un musée rempli de ces vitraux ?

— Oui. Rose a participé à leur conception. Elle était très proche de Frank Westrum. Elle a posé pour lui.

— Je vois. Eh bien, nous serions ravis d'en apprendre davantage quand ma mère s'en sentira la force.

— Oui, c'est bien, à plus tard, dit Iris en se dirigeant vers sa chambre.

Nous restâmes encore cinq minutes pour discuter avec Carol et Julie. Je leur donnai la brochure que j'avais achetée à Westrum House ainsi que la feuille de présentation de la chapelle.

— C'est incroyable, conclut Carol en nous ouvrant la porte. Je suis très émue par toute cette histoire, alors, si moi je suis dans cet état, j'imagine ce qu'Iris doit ressentir. Cela change tout pour elle.

Elle nous raccompagna à la voiture, admira la désuète élégance de l'Impala et promit de me rappeler. Je vis qu'elle restait au bout de l'allée pour nous regarder partir à travers les arbres.

— Je suis vidée, avouai-je à Yoshi. C'est beaucoup d'émotion. Et toi, ça va ?

— Mieux que toi, je pense. Ce n'est pas ma famille, alors ça ne me touche que de loin. C'est drôle, la famille de ma mère vient du sud-ouest de l'Angleterre, du côté de Bristol, je crois. Nous sommes peut-être cousins.

— Tu ne vas pas t'y mettre, toi aussi !

Il se mit à rire.

— C'est vrai que c'est incroyable, cette histoire, quand même. Dire que tu l'as retrouvée, à son âge !

— Je n'en reviens toujours pas.

Je continuai à échanger mes impressions avec Yoshi sur la route. Après la sortie d'Elmira, les prairies étaient en fleurs, bourdonnantes d'insectes et vibrantes de papillons, les fossés enflammés des couleurs fauves des hémérocalles, les eaux bleues scintillant quand la route se rapprochait des lacs.

À mi-chemin, alors que nous commencions à rêvasser chacun de notre côté, la voiture se mit à vibrer. Je m'arrêtai sur le bas-côté et fis le tour de l'Impala. La roue avant droite était à plat. Yoshi fouilla dans le coffre, mais n'y trouva pas de roue de secours. J'appelai ma mère pour lui demander si son assurance couvrait les dépannages. C'était le cas, et elle me donna le numéro à contacter.

Nous étions en hauteur, entre les lacs qui se profilaient au loin. Il faisait chaud et j'étais tellement fatiguée que j'allai m'allonger dans un pré, essayant de ne pas me laisser rebuter par le vrombissement des abeilles dans mes oreilles, ni par un nuage de libellules aux ailes translucides qui s'éleva quand je traversai les herbes. Yoshi me rejoignit et s'assit près de moi. Je posai la tête sur ses genoux. Il me caressa les cheveux, puis le cou, doucement, sous l'oreille. Je sentais la chaleur de la terre, vibrante et riche. De l'énergie passait aussi par la main de Yoshi, qui me communiquait son bonheur de lézarder dans ce bel endroit. Je posai la main sur son mollet musclé, trouvant qu'il était bien bon d'être là avec lui, avec, à nos pieds, le lac serti comme une longue pierre bleue dans sa monture d'émeraude. Presque trop vite, j'entendis la camionnette de dépannage arriver, une porte claquer, et je me levai avec Yoshi en chassant les brindilles de mes vêtements.

Un homme coiffé d'une casquette blanche était déjà plongé dans l'énorme coffre de l'Impala que Yoshi avait laissé ouvert. Il en sortit un jerrican rouge, une boîte à outils, une couverture pliée et la boîte à mouches de mon père, qu'il plaça bien soigneusement sur le bas-côté.

— Des coffres de cette taille, ça ne se voit plus beaucoup de nos jours, déclara-t-il alors que nous approchions. Je préfère vérifier d'abord que vous avez bien cherché la roue de secours. Ce n'est pas toujours évident à trouver.

Yoshi attendit avec moi que l'homme se rende à l'évidence, sa main chaude posée au bas de mon dos. Quand le dépanneur constata, comme nous, qu'il n'y en avait pas, il remplaça la roue crevée par celle qu'il avait apportée. Au loin, le bleu du lac s'était argenté. Il remit les affaires dans le coffre qu'il claqua et nous n'eûmes plus qu'à repartir.

18

L'après-midi avait filé. Il était assez tard à notre retour. Dans la cuisine, les plans de travail étaient couverts de barquettes vertes en carton remplies de fraises fraîchement cueillies. Ma mère et Andy travaillaient côte à côte devant l'évier, leurs deux têtes argentées penchées sur leur tâche. Ils semblaient très joyeux. Des queues de fraise s'amoncelaient devant eux et plusieurs saladiers de terre cuite étaient remplis de fraises lavées et triées. Une odeur délicieuse montait de la cuisinière. Posés sur un torchon, il y avait déjà huit pots rouge rubis, tout chauds. Ma mère s'était tournée en nous entendant entrer et leva la main pour nous demander de garder le silence. Elle était d'excellente humeur et semblait avoir très chaud. Une traînée rouge lui marquait le coude, ses doigts étaient écarlates. Nous entendîmes le clic d'un pot dans lequel se faisait le vide, puis un autre, puis, quelques secondes plus tard, un troisième. Ma mère laissa échapper un rire et laissa retomber sa main.

— J'écoutais les clics. Le compte est bon. Est-ce qu'ils ne sont pas magnifiques ? C'est le moment que je préfère, quand les bocaux commencent à s'aligner. Nous serons bien contents d'en profiter quand nous serons prisonniers de deux mètres de neige.

— Dommage qu'on ne puisse pas y goûter tout de suite, dit Yoshi en retirant ses chaussures à la porte.

— Désolée de rentrer si tard, ajoutai-je, mais le dépannage a pris un peu de temps.

Je traversai la pièce et pris une fraise pour moi et une pour Yoshi. Un délice. Quand j'étais petite, nous allions très souvent tôt le matin à la cueillette chez le producteur. Blake en mangeait autant qu'il en ramassait. Nous revenions la voiture pleine de fruits et la cuisine se remplissait des bonnes odeurs des conserves de cerises, de prunes ou de poires, que nous placions en rang, comme maman l'aimait.

— Tu peux goûter, dit Andy à Yoshi. Nous en avons mis de côté.

Il s'essuya les mains avec un torchon et lui tendit un bol de confiture rouge foncé, couverte d'écume.

— Nous avons acheté le délicieux pain d'Avery et son beurre bio. Vous m'en direz des nouvelles, ajouta-t-il.

Nous rendant compte que nous mourions de faim, nous prîmes place à table et dévorâmes tartine sur tartine tout en leur racontant notre visite à Elmira. Le beau trajet, la coïncidence du Japon, le don que Julie partageait avec moi pour ouvrir les serrures et l'incroyable histoire d'Iris. Ma mère s'interrompit et se tourna vers moi parce qu'elle voulait connaître tous les détails de la réaction de la vieille dame. Je fis de mon mieux pour décrire l'irritabilité qui avait mal masqué une profonde émotion.

— C'était très touchant et très triste, conclus-je. Je n'ai pratiquement pu penser à rien d'autre sur le chemin du retour. Elle a quatre-vingt-quinze ans et elle souffre encore d'avoir été abandonnée. J'espère que cela l'aidera d'apprendre la vérité.

— Moi aussi, je l'espère, approuva ma mère. Je dois t'avouer que je suis soulagée que la visite se soit si bien passée. J'avais un peu peur pour toi. Tu aurais pu tomber sur n'importe qui, une déséquilibrée, une femme malhonnête. Enfin, quelqu'un que tu aurais préféré ne pas rencontrer.

— C'est vrai, intervint Andy. On ne choisit pas sa famille. Ta mère s'est fait un sang d'encre toute la journée.

Il passa devant elle pour apporter un saladier de fraises à la cuisinière et l'embrassa sur la joue en chemin. Ma mère lui sourit.

— Eh bien ! ça s'est très bien passé, vous voyez. Il ne nous est rien arrivé.

Pendant que ma mère et Andy finissaient de mettre leur confiture en pots, je préparai une salade de riz avec Yoshi et mis du saumon à griller sur le barbecue de la terrasse. Il était tard quand nous passâmes à table. Le ciel, de plus en plus pâle, vira à l'indigo pendant que nous nous servions. Au loin, des vrombissements de bateaux à moteur montaient du lac. À la fin du repas, Yoshi posa sa main sur ma cuisse et j'eus l'impression qu'elle concentrait toute la chaleur du pré où nous avions attendu la dépanneuse, le soleil, le bourdonnement des insectes, et les senteurs de la terre et de notre peau. Pendant que nous desservions, j'admirai dans la cuisine le beau rouge des bocaux. Ma mère et Andy partirent au cinéma pour la dernière séance et Yoshi attendit à peine que leurs phares disparaissent pour m'embrasser dans le cou. Il me prit la main et je me tournai vers lui, comme pour danser, et j'eus l'impression d'évoluer sous l'eau en montant dans la coupole, un ralenti langoureux mû par de puissants courants.

Je fus tirée du sommeil par un rêve plusieurs heures plus tard. De la coupole, on avait une vue panoramique du ciel étoilé. C'était comme une toile noire percée de trous, derrière laquelle une belle lumière blanche aurait brillé. On comprenait comment les anciens avaient imaginé un monde au-delà du nôtre, et la naissance des légendes qui décrivaient des arbres si haut qu'ils dépassaient les limites du ciel et permettaient d'atteindre cet ailleurs. Difficile, aussi, de nommer une telle force. Je pensai au vitrail de la Sagesse et à ces gens qui poussaient d'un riche terreau et s'emplissaient du souffle de la vie. Je me souvins en même temps de l'histoire de la création selon les Iroquois que m'avait racontée Keegan. Une femme, fécondée par le souffle divin, était tombée dans le vide par un trou au pied d'un grand arbre, jusqu'à la mer, où une tortue était montée des profondeurs pour l'attraper et les autres animaux avaient plongé pour rapporter la glaise qui avait formé le monde. Toutes ces histoires disaient la même chose : *Tu vis sur cette terre, mais le souffle divin t'anime, et le monde qui t'est confié est un monde de merveilles.*

Yoshi dormait comme un bienheureux. Il avait les lèvres entrouvertes et sa poitrine se soulevait doucement et régulièrement. Je lui caressai le bras et il se tourna dans son sommeil pour me prendre par la taille. Je me lovai contre lui, heureuse de flotter avec mon homme tout en haut de la maison, sous ce beau ciel nocturne.

Le rêve qui m'avait éveillée me revint peu à peu. Ce n'était pas un cauchemar, mais il était très fort et m'avait laissé une impression de grande tristesse et d'insatisfaction. Je pêchais avec mon père au fil de l'eau aux petites heures du jour. Il faisait encore très noir et je le voyais à peine. Nous lancions nos lignes, attendions, et recommencions. Il fallait changer de mouches, disait-il. Je sortais la boîte de sous le siège. Elle était en métal vert et renvoyait les reflets argentés de la lune. En l'ouvrant, je trouvai les rangées de mouches alignées dans leurs compartiments. Leur vert iridescent, leurs bleus, leur orange semblaient sortis d'un prisme, couleurs intenses, lumineuses. On aurait dit des pierres précieuses, sphères parées de plumes, de rubans, de morceaux de dentelle. Certaines étaient de parfaites reproductions miniatures de la terre, bleu et vert, merveilleuses, s'enrobant d'une douce brume blanche. J'éprouvais un désir fou de les toucher mais, quand je voulais les prendre, elles s'effritaient. Le rêve devenait plus fébrile alors, car j'essayais de les réparer en les collant, en les entortillant avec du fil de fer sur des bouts de bois. Cela n'allait pas du tout. Et puis mon père me montrait une autre boîte remplie de mouches, celles-là belles et intactes, et je me désespérais que les miennes soient si laides, abîmées, ne tenant que grâce à de la ficelle.

Les yeux levés vers les étoiles, je tâchai de me réconforter en écoutant la respiration de Yoshi. Ce rêve avait sûrement un lien avec les vitraux et avec Iris, cette branche de l'arbre généalogique qui avait été coupée un siècle plus tôt, et cachée. Mais je voyais aussi un rapport avec les rêves qui revenaient obstinément depuis mon arrivée, surgis des profondeurs de la mémoire. Ces résurgences ne me laissaient aucun repos depuis que j'étais partie pour l'université et causaient mon mal-être. Pourquoi ces objets étaient-ils tous sphériques, pourquoi se cassaient-ils ? La main de Yoshi effleura ma cuisse et je me souvins du pré ensoleillé dans lequel nous avions attendu la dépanneuse. J'aurais voulu m'y trouver encore avec lui, sous ce soleil, devant les lacs, ressentir de nouveau ce moment de paix qui avait précédé l'arrivée de la dépanneuse.

Nous nous étions levés pour rejoindre l'homme à la casquette blanche. Le coffre de l'Impala était ouvert et il en avait retiré la boîte à outils, un jerrican rouge, une couverture pliée et la boîte à mouches de mon père pour chercher en vain la roue de secours. « Des coffres de cette taille, ça ne se voit plus beaucoup », avait-il remarqué. Yoshi avait passé un bras autour de ma taille pour me serrer contre lui pendant que nous le regardions changer la roue. Au loin, le lac était argenté et les libellules planaient au-dessus des champs. Il avait remis les affaires de papa dans le coffre et l'avait refermé.

Je me redressai d'un coup. Mais oui ! Ces appâts cassés, ces rêves d'objets qui disparaissaient… Il faisait presque froid et les étoiles me regardaient toujours. Après l'accident de papa, des plongeurs avaient été envoyés sur les lieux. Ils avaient remonté une botte, son chapeau, sa canne à pêche.

Mais on n'avait pas récupéré sa boîte à mouches.

Et pour la bonne raison qu'elle était dans le coffre de la voiture.

Je sus alors que mon père n'était pas sorti sur le lac pour pêcher la nuit de sa mort. Il lui arrivait de prendre la barque simplement pour réfléchir, en espérant que la nuit et l'eau lui porteraient conseil et abrégeraient son insomnie.

Je me glissai hors du lit en prenant garde de ne pas réveiller Yoshi, et je récupérai mon short et mon T-shirt qui traînaient par terre. Nous nous étions imprégnés de la chaleur des champs comme l'herbe se gorge de soleil. Les vêtements que nous avions si vite ôtés en nous embrassant en haut de l'escalier de la coupole avaient conservé les odeurs de notre journée. Je descendis sur la pointe des pieds en évitant de faire craquer les marches et passai prendre dans la cuisine les clés de la voiture, qu'on accrochait à l'intérieur de la porte d'un placard. Ensuite, je traversai la véranda, la pelouse, et pris l'allée pour me rendre à la grange.

L'herbe était mouillée et le gravier était désagréable sous mes pieds nus. Les portes de la grange s'ouvrirent sans bruit. L'Impala n'était qu'une ombre fantomatique devant moi. Quand mes yeux se furent accoutumés à l'obscurité, je me dirigeai vers le fond, où mon père avait installé un atelier de bricolage. Je trébuchai contre la tondeuse, heurtai le râteau qui dégringola avec un grand bruit. Une torche pendait au mur, mais les piles étaient usées. En revanche, la vieille lampe à huile contenait encore quelques centimètres de combustible et les allumettes se trouvaient à leur place, à droite des boîtes à clous, au-dessus de l'étagère des rabots. J'allumai la mèche, le globe de verre s'illumina. Les objets reprirent forme et jetèrent des ombres.

Le coffre s'ouvrit facilement. J'approchai la lampe pour éclairer l'intérieur. Le métal vert foncé de la boîte à mouches attira mon regard. Elle était tout au fond et je dus poser la lampe pour la sortir. Elle était fermée à clé. Je pris du fil de fer sur l'établi et m'assis par terre sur le ciment froid. J'avais l'impression d'être dans un rêve, éclairée par le cercle jaune qui laissait le reste de la grange dans l'obscurité, comme une cape sur mes épaules. C'était une serrure simple à trois goupilles. Attentive, aidée par le silence, je sentis le métal bouger sous mes doigts, la friction, la tension, le contact, puis le cliquetis quasiment imperceptible. Une fois, deux fois, trois fois. Ce fut fait. Le couvercle s'entrouvrit et je le soulevai.

Les mouches étaient là, les plumes tenues par du fil de fer, des imitations de vers et de larves en plastique, toutes différentes, mais aucune lumineuse, aucune en forme de sphère. Pas de lunes, de terres ni de planètes qui s'enrobaient de brume. Ces mouches, je les avais vues des centaines de fois quand j'étais enfant et j'avais même aidé mon père à en fabriquer certaines à l'atelier. J'avais admiré sa dextérité quand il assemblait les garnitures, s'imaginant poisson pour rendre les appâts plus appétissants. Une puissante nostalgie s'empara de moi. Je me souvenais du bruit du métal coupé par les tenailles, du sifflement du fil de fer, nos rires quand nous admirions ces petites œuvres d'art faites pour tourner, ou filer dans l'eau, enchantés de notre talent et de notre imagination.

Je soulevai le casier intérieur qui recouvrait un espace destiné à ranger une petite pince, du fil de fer, du fil de nylon pour la canne. Je me disais que mon père avait peut-être oublié la boîte à appâts dans la voiture, après une partie de pêche, et qu'il s'était retrouvé tout bête au milieu du lac avec sa canne. J'oubliai cette hypothèse dès que je vis ce qu'il y avait au fond de la boîte. Le fouillis habituel avait été retiré pour laisser la place à une grosse enveloppe jaunie qui contenait plusieurs feuilles pliées en trois.

La première page était une feuille blanche où mon père avait simplement noté : *Trouvé dans la cuisine, mur ouest.*

Il me fallut plusieurs secondes pour maîtriser mon émotion. Le souvenir de la nuit où j'étais revenue des gorges me revint pour la millième fois. Mon père était dans le jardin avec sa cigarette, plongé dans ses réflexions. Ce dernier printemps, il avait refait la cuisine, piqueté les murs, creusé des saignées pour refaire l'électricité. La maison avait senti le plâtre, les nouveaux appareils ménagers étaient restés plusieurs semaines dans leur boîte sur la véranda. Mon père avait passé ses journées en vêtements de travail, tirant régulièrement un bandana de sa poche pour essuyer la sueur qui se mêlait à la poussière sur son front. En perçant un mur, il avait donc trouvé ceci… Les mains tremblantes, je dépliai les papiers comme il devait l'avoir fait, lentement parce que je voulais savoir tout en redoutant ce que j'allais découvrir.

C'était un document officiel, le testament de mon arrière-grand-père, Joseph Arthur Jarrett. L'adolescent qui rêvait sous la comète était devenu patron d'une usine de serrures et propriétaire de brevets. Il avait restauré cette belle maison et avait changé d'écriture. Elle n'était plus maladroite, mais ferme et inclinée, et ressemblait un peu à celle de sa sœur. Je me rapprochai de la lumière vacillante de la lampe à pétrole, si absorbée que je n'avais pas conscience de l'odeur de pétrole ni des ombres qui m'entouraient. Quelques lignes concernaient Cora, sa femme disparue avant lui, pour faire un don à l'association d'horticulture qu'elle avait fréquentée. Cette petite somme exceptée, il léguait tous ses biens à part égale à son fils, Joseph Arthur Jarrett Jr, et à sa nièce, Iris Jarrett Wyndham Stone, résidant à Elmira.

Pour me faire pardonner de l'avoir lésée par le passé. Pour rappeler à mon fils que rien ne lui est dû ni acquis sans mérite.

Fait en mai 1972, environ six mois avant sa mort.

Il y avait des chauves-souris dans la grange. L'une plongea vers moi si bas que je me baissai par réflexe, réfléchissant à la date. En 1972, Rose était morte depuis plus de trente ans, et Cora depuis dix ans. Donc, à la mort de mon arrière-grand-père, plus personne dans la famille n'avait connu Rose directement ni ne pouvait se souvenir d'elle. Personne n'avait vu les enveloppes arriver tous les mois contenant l'argent destiné à pourvoir aux besoins d'Iris, à l'achat de ses robes, de ses chaussures, de ses livres, mais qui avait très bien pu être utilisé à d'autres fins : pour participer au financement de l'entreprise, par exemple, pour acheter la grande maison du lac et permettre sa restauration. Si longtemps plus tard, on ne pouvait faire la part des bonnes intentions et des mauvaises, des erreurs et des malversations. On ne saurait jamais ce qui s'était vraiment passé, mais il était très clair d'après ce testament que Joseph avait un poids sur la conscience. À la fin de sa vie, il avait voulu réparer et il avait dû mourir en étant persuadé de l'avoir fait.

Une deuxième chauve-souris descendit de la charpente. Le sol était froid, mais je restai encore un long moment assise par terre, le testament dans les mains, à penser à Rose qui était devenue si chère à mon cœur. Je finis par me lever et me frottai les jambes pour en ôter la poussière de ciment. Je rangeai la boîte à mouches dans le coffre, puis posai la lampe sur l'établi avant de l'éteindre. Je sortis dans le jardin avec le testament et considérai la maison, l'architecture originale de son toit avec sa coupole sous laquelle Yoshi était endormi, la peinture lépreuse, le jardin à l'abandon. Nous avions grandi ici, Blake et moi, joué sur cette pelouse, plongé dans le lac depuis la jetée, croyant à notre place immuable dans le monde. Et pendant tout ce temps ces papiers prouvaient que notre vie avait été bâtie sur l'injustice et le mensonge.

L'air s'emplissait d'une délicieuse odeur de rose, les vagues se brisaient sur la berge invisible. J'essayai de m'imaginer les pensées de mon père lors de sa dernière nuit, pendant qu'il fumait une cigarette, puis deux, puis qu'il allait prendre le bateau, pensant à prendre sa canne à pêche, mais laissant sa boîte à mouches. Avait-il seulement su qui était Iris ? Avait-il essayé de découvrir ce qu'elle était devenue depuis qu'il avait trouvé le testament ? Et qui avait caché ces papiers dans le mur de la cuisine ? Pourquoi ne pas les avoir brûlés, s'il fallait les faire disparaître ?

Pourquoi les avoir enfouis dans un mur où ils pouvaient être découverts, mais beaucoup trop tard ? Peut-être était-ce Joseph Arthur Jarrett lui-même qui avait changé d'avis. Ou mon grand-père, blessé par le mépris de son père.

Sur la terrasse, le métal des chaises était froid et humide de condensation. Je m'assis pourtant, si bouleversée que je n'arrivais pas à raisonner clairement. Je composai le numéro de Blake. J'attendis dix, quinze sonneries, et il finit par décrocher, la voix enrouée par le sommeil.

— Quoi ? Qu'est-ce qu'il y a ?

— Tu dormais déjà… Désolée. Avery est avec toi ?

— Oui, qu'est-ce qui se passe ? Tu ne veux pas parler à Avery quand même ?

Je me levai et allai jusqu'au bout de la terrasse, tournée vers le lac pour entendre le bruit réconfortant des vagues sur la grève.

— C'est à cause de Rose. Ça m'ennuie de vous avoir réveillés tous les deux.

— Eh bien, c'est sympa de t'excuser, merci.

J'entendis ses pas, puis sa voix, plus claire, sans doute parce qu'il était monté sur le pont.

— Lucy, ça suffit avec cette histoire ! Rose est morte depuis longtemps. Même si elle était formidable et qu'elle a eu une vie difficile il y a cent ans, ça n'a plus d'importance maintenant. Pense à autre chose, repose-toi, et laisse-nous dormir.

— Oui mais attends, j'ai retrouvé sa fille. Elle s'appelle Iris. Je suis allée la voir aujourd'hui avec Yoshi. Elle a quatre-vingt-quinze ans et elle vit à

Elmira. J'ai rencontré un de ses fils, aussi, et sa petite-fille.

Il y eut un silence et un bruit lointain qui m'indiqua qu'il devait s'asseoir, sous le même ciel que moi.

— Bon, allez, vas-y, raconte, ça doit être important pour que tu appelles à une heure du matin. Tu ne viens pas de rentrer, quand même ?

Non, je ne venais pas de rentrer, mais, après cette visite, le paysage du retour m'avait semblé si beau, si étrange, les fleurs de feu dans les fossés, les papillons, le bleu du lac, comme si je remontais d'une longue plongée dans les ténèbres et que la vie, la chaleur, les couleurs prenaient une vivacité particulière. J'aurais voulu lui dire tout cela, lui parler des étapes de ma découverte, de la boîte à mouches, mais tout à coup j'eus peur de sa réaction. Il y avait ces plans dont il ne m'avait pas parlé, les secrets qui se tramaient à Dream Master. L'existence de ce testament allait beaucoup le contrarier.

— Je sais qu'il est tard, je suis désolée. Je n'arrivais pas à dormir. Tu ne trouves pas incroyable qu'il y ait toute une branche de la famille dont nous n'avions jamais entendu parler ?

— Si, si, bien sûr, mais franchement, ce n'est pas une question de vie ou de mort. Il n'y a pas de quoi réveiller les gens au milieu de la nuit. Lucy, tu ne crois pas que tu es un peu trop obsédée par tout ça ? Laisse tomber, profite, fais visiter le coin à Yoshi. C'est peut-être parce que tu n'as pas de travail pour l'instant que tu n'arrives pas à te sentir en vacances. Si tu allais mieux, tu n'y attacherais pas autant d'importance.

En dépit de ce que j'avais dit à Yoshi, j'étais encore fragile, et le commentaire de Blake toucha un point sensible. Il avait raison, j'avais toujours voulu m'étourdir de ma peine, accumuler les distinctions universitaires, courir d'une mission à une autre sans prendre de congés. J'avais voulu prouver à ma famille et aux gens du Lac des Rêves que j'avais mieux réussi qu'Art, Joey et même Zoe.

— Mais si, Blake, l'existence de Rose change tout.

— Écoute, à un degré aussi éloigné, je ne sais même pas si ça reste des cousins, je ne vois pas l'intérêt.

— Je t'assure, c'est très important pour nous.

— OK, si tu le dis. Je ne vais pas me disputer avec toi à cette heure-ci, surtout pour ça. On se voit demain à la réception, d'accord ? Bonne nuit, Lucy.

Il raccrocha sans me laisser le temps de répondre.

Je restai un peu sur la terrasse. Il y avait des chauves-souris dehors aussi. J'avais toujours aimé ces ombres ailées aux petits yeux intelligents, libres dans la nuit, gourmandes d'insectes. Il y avait des grottes sur l'ancien terrain militaire où elles vivaient peut-être, accrochées en grappes aux parois, sentant à travers la roche les vibrations de l'eau, le frémissement de la végétation. Elles devaient être dérangées le jour par le fracas des bulldozers.

Si mon grand-père avait trouvé le testament, avait-il cherché Rose et Iris sans succès ? C'était possible. J'avais eu beaucoup de mal à trouver la trace d'Iris, même en disposant des lettres de Rose. Il était possible aussi qu'il ait préféré ne rien faire. La découverte de ce testament avait dû être très difficile pour lui – s'il l'avait eu entre les mains, bien sûr. Son père employait un ton sec, méprisant. *Pour rappeler à mon fils que rien n'est dû ni acquis sans mérite.* Peut-être avait-il suffi au vieil homme de s'épancher sur le papier et qu'il avait ensuite caché le testament dans le mur une fois sa colère passée.

Moi, je pensais plutôt que mon grand-père avait eu connaissance du document après la mort de Joseph Arthur Jarrett, qu'il l'avait emmuré et aurait bouché le trou bien tassé, comme pour effacer ce qu'il venait de lire. Mais le jugement de son père avait dû rester gravé dans son cœur à jamais.

Et puis étaient venus mon père et Art, qui avaient grandi dans cette maison, ce testament d'amertume à quelques pas d'eux, caché mais toujours présent, et qui avait marqué leur vie comme l'eau sculpte la pierre. Que je le veuille ou non, j'avais hérité de ces tensions invisibles.

Une lumière passa sur la pelouse et la surface du lac, puis s'éteignit brusquement. Un bruit de voiture sur le gravier, puis le rire de ma mère dans le noir, un bourdonnement de voix. Un silence, le claquement d'une portière, un dernier rire, et le faisceau des phares, de nouveau, alors que la voiture d'Andy repartait. Quand j'entendis ma mère rentrer par la véranda, je l'appelai.

— Lucy ? dit-elle en sortant sur la terrasse.

Elle était vêtue de blanc et d'argent, comme une fleur de son jardin lunaire, et je sentis son parfum.

— Que se passe-t-il ? Yoshi n'est pas là ?

— Il dort. Moi, je n'ai pas sommeil. Comment était le film ?

Elle eut un sourire, mais qui ne m'était pas adressé. Et malgré les bocaux de fraises, la gentillesse d'Andy et mes bonnes résolutions, je fus prise d'une colère irraisonnée. Je me savais injuste, mais j'avais l'impression que maman rendait les armes trop facilement, qu'elle nous trahissait. Comment faire autrement alors que je venais de découvrir ce qui avait tant perturbé papa dans les semaines qui avaient précédé sa mort. L'odeur de confiture, aussi, me rappelait trop le passé…

— Le film ? dit-elle. Une horreur ! Mais nous nous sommes bien amusés. Tu sais, ça fait des années que je n'ai pas autant ri avec quelqu'un. Nous sommes passés chez lui ensuite pour goûter à son gâteau.

— Il a tous les talents !

Si elle remarqua mon ton excédé, elle n'en laissa rien paraître.

— Oui, il est très bon cuisinier. Il dit que ça le détend. C'était délicieux, une sorte de génoise avec de la crème fraîche.

— Quelle chance…

— Lucy chérie, tu ne pourrais pas être un peu contente pour moi ? Tu n'as pas l'air heureuse.

Et soudain il fallut que je lui dise. La vérité sortit d'un coup.

— Tu sais, la nuit de la mort de papa, il était dans le jardin quand je suis rentrée. Il était très tard et il avait décidé d'aller à la pêche. Il m'a proposé de l'accompagner. J'ai refusé.

Elle fut prise de court.

— Tu parles de la nuit où il s'est noyé ?

— Oui, c'est ce que je te dis. Si j'y étais allée avec lui, il ne serait sûrement pas mort. Ç'aurait tout changé.

— Ma chérie..., dit-elle en me prenant dans ses bras. C'est ça qui te tracasse ? Tu te fais des reproches depuis tout ce temps ? Mais, ma chérie, il ne faut pas. Surtout pas. Ce qui est arrivé à ton père n'a rien à voir avec toi. Ce n'est la faute de personne, et il faut s'en faire une raison.

— Oui, mais si j'étais allée avec lui, il serait encore là.

— Si, si, si... S'il était resté à la maison, il n'aurait pas eu cet accident non plus. S'il avait plu... Avec des si... Il faut que tu arrêtes de penser à ça, Lucy, c'est très malsain. Tu sais, moi aussi, je me suis torturée pendant des années. Ton père était préoccupé depuis des jours. Au point que je me suis même demandé si l'accident était vraiment un accident. Je ne pouvais pas m'empêcher de me faire des reproches. J'aurais dû insister davantage pour savoir ce qui n'allait pas. Je me suis réveillée cette nuit-là quand il s'est levé. Je lui ai pris la main pour lui demander ce qui se passait, mais il n'a pas voulu répondre. Il m'a embrassée en me disant de ne pas m'inquiéter. Je t'ai entendue rentrer, Lucy. J'ai entendu la moto arriver et repartir. Je t'ai entendue parler dans le jardin avec ton père. Tu as été très gentille, je t'assure. Tu n'as absolument rien à te reprocher. Ce qui est arrivé n'a rien à voir avec toi.

Les chauves-souris filaient au-dessus de nos têtes, comme des morceaux de nuit tombés du ciel. Le soulagement de l'aveu me rendait légère.

— Je sais que ça n'est pas ma faute, mais...

— Ton père n'est plus là, ma chérie. Il est parti depuis longtemps. Il aurait voulu que tu vives ta vie.

— Maman, quand tu dis qu'il était préoccupé, tu ne sais pas pourquoi ?

— Pas la moindre idée. Je voudrais qu'on arrête de parler de ça maintenant. Tu n'es pas contente d'avoir retrouvé Iris, ça ne te suffit pas ? Le passé, c'est le passé, Lucy. Ne nous torturons pas pour des événements contre lesquels nous ne pouvons plus rien. Ne passe pas à côté de ta vie. Crois-moi, je te parle d'expérience. Il faut avancer.

La vérité me brûlait les lèvres, mais je n'osais pas lui parler du testament, comme avec Blake. D'après ses dernières volontés, la moitié des biens de mon arrière-grand-père auraient dû aller à Iris que je venais de retrouver. Même trente ans plus tard, il se pouvait que le testament soit encore valide et répare bien des choses pour Iris. Je ne savais pas comment réagirait ma mère. Cela pourrait beaucoup la contrarier.

Me voyant toujours soucieuse, elle eut l'air étonnée, agacée et inquiète. Je me doutais qu'elle mourait d'envie d'aller se coucher, de se retrouver dans l'atmosphère parfumée à la fraise de sa chambre, avec le souvenir du rire et des bras d'Andy pour faire de doux rêves. Elle résista à l'envie de me laisser et prit une chaise en soupirant. Il s'était à peine écoulé deux semaines depuis que je lui avais apporté à cette même table les quelques documents retrouvés dans la coupole et la page mystérieuse écrite par Rose. Je tournai le testament dans mes mains.

— Je ne sais pas quoi te dire d'autre, ma fille. Je ne sais pas du tout ce qui le préoccupait. Comme je te l'ai dit, ces questions m'ont poursuivie nuit et jour pendant des mois après la mort de ton père. J'aurais voulu comprendre. Nous n'étions pas si vieux que ça, tu sais. Ton père avait fêté ses quarante-cinq ans cet été-là et moi j'en avais quarante-trois. Pendant longtemps, il m'est arrivé très souvent de me réveiller en croyant que tout allait bien. Je crois que c'est pour cette raison que je n'allais plus à l'étage. J'avais besoin d'une séparation matérielle entre le passé et le présent, entre nos rêves d'avenir, et ce qui s'était passé en réalité.

» Je ne peux rien te dire d'autre : oui, il était préoccupé. Pas vraiment inquiet, mais on voyait qu'il pensait à quelque chose, qu'il était distrait. Il m'arrivait de devoir lui répéter trois ou quatre fois une phrase pour qu'il m'entende. Il terminait les travaux dans la cuisine, et il avait des soucis avec les artisans. Je ne voulais pas le stresser en insistant. Je me disais qu'il m'en parlerait bien un jour, qu'il avait besoin de temps.

Elle baissa la tête pour réfléchir, puis la releva. Elle avait les yeux secs, mais beaucoup d'émotion dans la voix.

— Est-ce vraiment important, Lucy ? Je crois que nous n'en sommes pas au même point, toi et moi. Au début, j'ai cherché une explication, moi aussi. Je me suis torturée en me disant que j'étais responsable. Si seulement j'avais fait ci, si seulement j'avais fait ça… C'est bien possible, mais voilà, il est arrivé ce qui est arrivé et on ne peut plus rien y faire. Ton père a eu un accident et je ne veux rien penser d'autre.

Nous n'avions jamais parlé de la mort de mon père aussi franchement. Nous avions enfoui notre chagrin, ce qui, bien sûr, comporte des risques, car la douleur peut resurgir à tout moment. Je ne voulais pas lui faire de peine, mais il fallait bien que je lui dise, alors je posai le testament sur la table. Je lui expliquai ce que c'était, comment je l'avais trouvé.

Elle m'écouta, puis prit les papiers qu'elle feuilleta.

— Il a laissé la moitié de ses biens à Iris ?

— Oui. À moins qu'il n'ait pas eu l'intention que ce testament soit trouvé et qu'il l'ait lui-même caché dans le mur. Qu'il ait changé d'avis, mais sans se résoudre à le détruire.

— Ou alors, c'est ton grand-père ou ta grand-mère qui a fait ça. Je ne sais pas. J'ai du mal à imaginer ton grand-père faisant une chose pareille. Tu te souviens un peu de lui ?

— Non, pas vraiment.

— C'était un bon vivant, un joyeux caractère qui se laissait porter par les événements et vivait sur l'entreprise de son père. Art lui ressemble assez, de ce point de vue. Il n'aimait pas beaucoup travailler. C'était une cigale. Mais il n'était pas méchant. Ta grand-mère, elle – surtout quand ton grand-père a eu son attaque – était très protectrice de ses fils, surtout d'Arthur. Je l'imagine bien faire ce genre de chose. Je n'ai jamais rencontré ton arrière-grand-père, donc je ne peux pas vraiment me prononcer.

— En tout cas, quelqu'un ne voulait pas qu'on le trouve.

— Il semblerait.

— Tu te rends compte ? Pour de l'argent ! Il faut vraiment vouloir être riche.

— Pour de l'argent, ou pour autre chose. Par colère, peut-être, par amour-propre. Tes deux grands-parents étaient très conventionnels. Très soucieux des apparences, de l'honneur de la famille. Le village n'est pas grand, l'histoire se serait ébruitée. Ils avaient peut-être vraiment honte de ce squelette dans leur placard. Si c'est l'un ou l'autre, bien sûr.

» Je reconnais bien l'écriture de ton père : *Trouvé dans la cuisine, mur ouest.* C'était pendant qu'il rénovait cette pièce. Il ne m'en a pas dit un mot. Il l'aurait fait s'il avait vécu, j'en suis sûre. Je me doutais bien que quelque chose ne tournait pas rond.

— C'était ça qui le préoccupait… ?

— Oui, évidemment.

— Alors, ça pourrait tout changer.

Dans le silence, le doux murmure des vagues nous parvenait de la grève où mon père avait été tiré de l'eau.

— Changer quoi ? demanda-t-elle.

Elle se leva et poussa les papiers sur la table pour me les rendre. Son bonheur s'était envolé.

— Prenons le temps de réfléchir, Lucy. N'en parlons pas encore aux autres. Nous pourrons consulter un avocat plus tard, mais pour l'instant je pense qu'il n'y a pas d'urgence.

— Quelle drôle de journée, dis-je simplement, parce que je ne voulais pas trop penser aux raisons qui la poussaient à me demander de me taire.

Ma mère me passa un bras autour des épaules, sentant toujours la fraise.

— Va te coucher, Lucy. Tu as besoin de dormir.

Je montai dans la coupole où Yoshi s'était étalé au milieu du futon. Il se poussa quand il me sentit m'allonger près de lui. Il me fallut encore longtemps pour trouver le sommeil tant j'étais préoccupée. J'essayai tous les exercices de relaxation que je connaissais, me récitai même des vers. Je tâchai de me remettre dans l'atmosphère méditative de la chapelle. Pour la première fois depuis des années, j'essayai même un peu honteusement de prier. Rien n'y fit, la coupole s'éclaircissait de la lumière grise de l'aube quand je parvins enfin à tomber dans un sommeil agité.

19

Pendant la fête des moissons, du temps où le territoire des lacs était occupé par les Iroquois, de grands feux de joie étaient allumés le long des berges pour former un cercle de flammes. Cette tradition était encore suivie à l'automne, après la chute des feuilles, quand les champs, dépouillés de leur splendeur, n'étaient plus que de grandes étendues de terre brune. Avec le temps, on avait aussi adopté cette coutume pour la célébration du 4 Juillet. Les scouts vendaient des feux de Bengale qu'on enfonçait dans les jardins ou entre les galets. J'en achetai quatre à un stand devant l'épicerie et j'expliquai à Yoshi le déroulement des opérations : quand la longue soirée d'été laisserait place à la nuit, les feux seraient allumés, formant une ronde de lumière.

C'était à cette occasion que Blake nous avait rassemblés dans le parc du port de plaisance. Il s'était amarré le plus près possible du quai, et lui et Avery avaient préparé des glacières de boissons fraîches et rapporté de pleins paniers de délicieux sandwichs à la dinde et au cresson du Green Bean. Nous étions tous là, famille et amis, assis sur la digue avec nos verres, ou rassemblés par petits groupes sur le voilier, le quai ou la pelouse du parc. Il y avait un orchestre dans le kiosque à musique, et des enfants couraient et dansaient pieds nus dans l'herbe, poursuivis par leurs parents qui ne voulaient pas qu'ils approchent trop de l'eau. Je trouvai Avery sur le pont, vêtue d'un T-shirt moulant qui révélait clairement qu'elle attendait un enfant.

— Je suis désolée, lui dis-je. Ça m'a échappé, je m'en veux.

Elle me regarda droit dans les yeux.

— Oui, mais Blake n'aurait pas dû te le dire pour commencer.

— C'est parce que je l'ai poussé à bout. Je lui reprochais de rester ici et d'avoir pris un travail à Dream Master. Il essayait de m'expliquer, c'est tout. C'est moi qui ai gaffé.

Elle prit une gorgée d'eau gazeuse, détourna le regard vers le lac, puis soupira.

— Bon, ça va.

— Je suis pardonnée ?

— Presque. Ce qui est fait est fait, on ne va pas rester là-dessus toute notre vie.

Je la trouvai un peu dure, mais je la comprenais. Au moins, elle disait ce qu'elle pensait.

— Et puis, ajouta-t-elle en devenant un peu plus souriante, nous annonçons la nouvelle ce soir. Pas à tout le monde en même temps, mais individuellement.

— Ah, parfait, félicitations. Je suis vraiment contente pour vous.

Je la sentis un peu plus détendue. Elle m'abandonna avec un sourire pour serrer dans ses bras une amie qui approchait. Je m'éloignai, verre à la main, et rejoignis Yoshi qui parlait à Joey dans le parc. Je lui pris le bras et posai une seconde la tête sur son épaule. Il jeta sur moi un regard aimant, puis il reprit sa discussion. Joey était accompagné de la même femme svelte aux cheveux longs avec laquelle je l'avais vu à Dream Master. Zoe et Austen avaient aussi été invitées. Elles étaient sur le voilier avec Art. Je vis Max, endiablé, qui dansait devant l'orchestre sur un air de fanfare de l'autre côté de la pelouse, et Keegan qui l'imita un moment mais abandonna en riant, le souleva, et le jucha sur ses épaules. J'eus un élan d'affection pour eux, et un instant de regret, mais qui passa aussi vite qu'il était venu, et je portai mon attention sur la conversation.

Ils parlaient du Débarcadère. Le nouveau plan d'occupation des sols était en train de passer par les différentes étapes administratives et serait adopté la semaine suivante ; Joey comptait bien que le terrain sur lequel ils avaient des vues serait déclaré constructible et qu'ils obtiendraient le permis. C'était la parcelle où se trouvait la chapelle. Je pensai avec regret à cet endroit magnifique et aussi à ma mère qui m'avait demandé de ne pas parler du testament. J'eus peur, soudain. Pourquoi en faire un mystère ? Avait-elle décidé, en fin de compte, de vendre sa propriété à Art ? Du coup, je me demandai si Oliver et Suzi n'étaient pas en train de fomenter un coup tordu derrière mon dos. Ma paranoïa ne s'arrangeait pas…

— Quand même, ça n'est pas gagné, dis-je en portant mon verre à mes lèvres.

Joey haussa les épaules, horripilant comme d'habitude, nonchalant, content de lui, sûr de son bon droit comme il l'avait toujours été.

— Je te dis que c'est plié. J'ai déjà reçu des appels de dizaines de gens qui veulent participer. Ça pourrait être un énorme coup, financièrement.

Cela me désolait pour les marais, pour les hérons qui vivaient dans ce paradis de roseaux. Ils ne s'envoleraient plus, avec leurs grandes ailes, au-dessus des arbres. Sur le voilier, Blake discutait avec Art, Andy et deux autres personnes que je ne connaissais pas, semblant beaucoup apprécier leur compagnie. Ma mère et Avery paraissaient être les meilleures amies du monde. J'entendis flotter quelques mots au loin : « Nouvel an… mariage… »

Bien, ils allaient se marier au nouvel an.

L'orchestre rangea ses instruments, et tout le monde fit honneur au pique-nique et aux boissons. Les invités profitèrent des derniers rayons du soleil, puis la nuit s'épaissit doucement. Les feux s'allumèrent peu à peu, quelques-uns d'abord, puis, très vite, le tour du lac fut complètement illuminé. C'était une soirée douce et tiède, et j'aurais été très heureuse si le mystère du testament n'avait pas tout gâché. Je me déplaçai de groupe en groupe, incapable de rester longtemps au même endroit.

Finalement, je m'assis avec Yoshi en haut de la digue et je lui racontai tout, la découverte du testament, et mes soupçons. Il trouva mes inquiétudes exagérées.

— Ta mère veut peut-être seulement prendre le temps de réfléchir avant d'en parler au reste de la famille. Après tout, le testament n'est peut-être même pas valide. Et s'il l'est, le calcul des parts sera un vrai casse-tête après toutes ces années.

— Tu penses que je suis trop méfiante ?

— Peut-être un peu.

— Oui, sûrement, dis-je en me souvenant que je m'étais trompée sur les intentions d'Oliver. Je suis toujours un peu déboussolée quand je reviens ici. J'ai l'impression qu'il y a des tas de choses qui se passent quand je ne suis pas là.

— Il y a eu des secrets, mais maintenant que tu connais l'histoire de Rose, cela devrait t'aider, non ?

Il avait raison, la vie de cette femme, les vitraux magnifiques de la chapelle et le musée de la fondation Westrum avaient changé mon rapport au passé. Je comprenais les influences que cette histoire avait eues sur ma vie. C'étaient les rêves de Rose et de mon arrière-grand-père qui nous avaient menés ici, au bord de ce lac par cette belle soirée. Et c'étaient leurs difficultés qui avaient fragilisé le tissu familial, et donné lieu à bien des injustices et des incompréhensions.

Blake nous rejoignit, éclairé par la guirlande d'ampoules blanches qu'il avait accrochée le long de la balustrade.

— Dites, tous les deux, je vais ramener maman en bateau et nous allons en profiter pour faire un tour sur le lac. Vous voulez venir voir les feux depuis l'eau ?

— J'aimerais bien, répondis-je, mais il faut que je ramène l'Impala.

— Yoshi, ça te tente ?

Sachant que Yoshi adorait faire du bateau et que nous n'aurions peut-être pas d'autre occasion, je le poussai à accepter.

— Ça ne t'ennuie pas ? me demanda-t-il.

— Non, pas du tout. On se retrouvera à la maison. Je ne vais peut-être pas rentrer tout de suite.

Quelques invités embarquèrent et le voilier partit sur l'eau noire. Il devint vite pratiquement invisible, seulement matérialisé par quelques lumières. Je terminai mon verre puis traversai le parc vers les rues où se promenaient les touristes.

J'avais laissé la voiture derrière Dream Master, étant sûre d'y trouver une place. J'y retournai en prenant par le canal et arrivai devant la façade sombre. Le bâtiment semblait endormi mais, quand j'en fis le tour pour aller au parking, je vis de la lumière dans le bureau d'Art. Il avait quitté la fête avant que j'aie le temps de le saluer. Je me demandai s'il était dans son bureau ou s'il avait simplement oublié d'éteindre. J'aurais bien voulu savoir s'il avait eu connaissance du testament et s'il en savait plus sur Rose et Iris qu'il n'avait voulu me le dire. Pourquoi pas, après tout, le lui demander ? J'ouvris la porte.

La quincaillerie me rappelait mon enfance, cet endroit où j'avais couru, à mon aise dans les odeurs de métal et de bois. Une rangée de coffres-forts, fabriqués ailleurs maintenant, était exposée contre un mur. Je déambulai dans les allées, contemplant les blocs de serrures, les clous, les pots de peinture et les pinceaux.

Quand j'arrivai à la porte du bureau d'Art, je le vis devant son ordinateur. Une vieille machine à calculer était encore en service sur son bureau, dont le papier se déroulait jusqu'au sol.

Il ne m'entendit pas tout de suite, ce qui me laissa le temps de l'observer, concentré sur sa tâche. Je voyais le fantôme de mon père dans la forme de ses mains et de ses bras, dans l'implantation de ses cheveux sur ses tempes grisonnantes. Quand il leva la tête et me vit, il sursauta. Son visage afficha de la stupeur, puis il se mit à rire.

— Lucy, en voilà une surprise !

— Dure conversion, non ? De la machine à calculer à l'ordinateur.

— Tu l'as dit. Tu t'y connais en tableurs ?

— En fait, oui, plutôt bien.

— Ah ! Tu ne voudrais pas y jeter un œil ?

— Pas vraiment, non.

Ce refus le décontenança et il fut de nouveau sur ses gardes, comme à l'instant où il m'avait aperçue.

— Tu es sûre ? Alors que puis-je faire pour toi ?

J'eus soudain pitié de lui, vieilli et vulnérable derrière son bureau.

— Je passais pour reprendre la voiture et j'ai vu de la lumière. Je n'ai pas eu le temps de te parler à la fête.

— C'était une bonne idée de nous réunir. J'ai toujours aimé voir le cercle de feu, et aussi assister au concert. Ton père adorait allumer les feux de Bengale, quand nous étions gamins. Ça semble tellement loin !

— Maman m'a prêté sa voiture pendant que je suis ici. Tu sais, l'Impala qu'il a réparée lui-même.

— Oui, je sais. Je l'ai vue sur le parking. Je suis allé y jeter un coup d'œil. On peut dire qu'il l'aimait, sa voiture.

— C'est vrai. Maman l'avait laissée dans la grange. Elle n'avait pas eu le courage de la remettre en service avant cette année.

— Il aurait été très heureux que tu t'en serves, Lucy.

— Oui, c'est émouvant pour moi, mais elle n'est pas très maniable. L'autre jour, nous avons crevé en revenant d'Elmira. J'ai dû appeler la dépanneuse. Le mécanicien a tout retiré du coffre, et tu ne devineras jamais ce qu'il a trouvé.

— Je ne sais pas. Un démonte-pneu ?

— Oui, c'est vrai, il y en avait un. Non, je parle de la boîte à mouches de papa.

Art saisit aussitôt l'implication et se redressa sur sa chaise.

— Tu es sûre ? Nous l'avons beaucoup cherchée quand il est mort.

— Je sais. Nous allions souvent à la pêche ensemble. Toutes les mouches dont je me souviens sont encore dedans.

— Sans doute.

— Tu allais souvent à la pêche avec lui quand vous étiez jeunes ? demandai-je en m'asseyant dans un fauteuil.

— Oui. L'été, nous sortions même tous les matins. Nous prenions la barque et il nous arrivait de faire des pêches miraculeuses. Le plus souvent, bien sûr, nous rentrions bredouilles.

Je me souvins avec nostalgie des matins que j'avais passés avec mon père sur le lac.

— C'est quand même bizarre, repris-je. Toutes les mouches étaient dans la boîte, mais le reste du matériel avait été retiré. Il n'y avait aucune de ses pinces, pas de fil de fer, de nylon. J'ai trouvé ça triste, je ne sais pas pourquoi. Mais il y avait des papiers à la place.

— Tiens ? Des papiers ? Quel genre de papiers ?

— Un testament. Le testament de ton grand-père.

C'est ainsi que, sans bien réfléchir aux conséquences, je lui relatai une partie de l'histoire. Rose, sa fille, et le legs fait à Iris.

Il resta imperturbable tout du long. Puis, après une longue minute de silence, il se racla la gorge.

— J'aimerais bien voir ça. Tu l'as avec toi ?

Je l'avais remis dans le coffre de l'Impala, enfermé dans la boîte à mouches.

— Il est à la maison. Maman l'a rangé quelque part, mais je ne sais pas où. Il faudra que je lui demande.

— Ça n'est pas très grave. Un testament aussi vieux ne doit plus avoir de valeur. Rose a disparu depuis longtemps et sa fille sans doute aussi.

Il ne savait toujours rien des vitraux de la chapelle, de la vie extraordinaire que Rose avait menée, de l'autre branche de la famille qui ne vivait pas très loin de chez nous.

— En réalité, elle est encore en vie. Iris, sa fille. Elle a deux fils et des petits-enfants d'à peu près mon âge.

— Quoi ? Tu plaisantes ? Tu la connais ?

— Oui. C'est incroyable, non ? Elle a quatre-vingt-quinze ans, mais elle a encore toute sa tête. Elle a les yeux du même bleu que celui de la famille.

— Elle connaît l'existence de ce testament ?

Je n'aimais pas beaucoup cette question, mais je répondis tout de même.

— Pas encore. Je l'ai trouvé après lui avoir rendu visite. Mais il me semble qu'il faut l'en informer, non ? Peut-être que, légalement, il ne vaut plus rien, mais, affectivement, cela pourrait être très important pour elle. C'est dur de se sentir rejeté.

La voix d'Art se fit plus intime, comme s'il allait me livrer une confidence. Moi, j'étais à l'affût de toute nouvelle information qui pourrait compléter l'histoire de Rose et d'Iris.

— Lucy, tu as bien compris j'imagine que le marais a pris une immense valeur. Le terrain n'en a pas toujours eu autant, et il est possible que la bulle immobilière explose. C'est le bon moment pour construire. Ce testament est presque certainement nul et non avenu, cela ne me préoccupe pas trop, mais tout de même. Si tu apprends son existence à cette personne, cette cousine éloignée, tu ouvres la porte à des actions en justice qui vont tout retarder. Et si, dans l'intervalle, le marché retombe, alors ce potentiel qui est entre les mains de la famille sera perdu pour tout le monde.

— Il ne s'agit pas d'argent, mais de principes…

J'étais hésitante. Je pensais à la situation de Blake, à l'état de la maison de ma mère. La nostalgie des promenades que je faisais avec mon père dans le marais suffisait-elle à oublier notre besoin d'exploiter ce terrain ?

— L'argent, c'est toujours ce qui compte, en dernier ressort, Lucy.

Il eut l'air de réfléchir, puis il reprit d'une voix triste :

— J'aimais beaucoup ton père. C'était un garçon très joyeux, tout le monde l'aimait. On le préférait à moi et je l'ai assez mal supporté, je l'admets. J'ai fait des choses que je regrette à présent, et lui n'a pas toujours été parfait, mais je l'aimais. Je me dis souvent que, s'il avait vécu, nous aurions fini par nous réconcilier.

— Vous auriez pu faire un effort avant qu'il ne soit trop tard.

— Ton père était très entêté. Il ne voulait jamais se ranger aux opinions des autres. Il n'a rien voulu entendre.

Il semblait sincèrement triste, mais je ne reconnaissais pas mon père dans cette critique. Papa avait au contraire toujours su écouter les autres et j'avais beaucoup appris de lui. Je ne répondis pas tout de suite et je sentis la tension monter. J'osais à peine bouger, comme si Art était un animal sauvage que je ne voulais pas effrayer.

— Qu'est-ce qu'il ne voulait pas entendre ? demandai-je doucement.

— J'ai tout essayé pour le convaincre.

— Et il s'est entêté ?

Il se passa la main sur les yeux.

— Oui. Je suis revenu à la charge trois fois, quatre fois, cinq fois, mais il ne voulait même plus me parler.

Quand je l'ai retrouvé, cette nuit-là, il n'arrêtait pas de lancer sa ligne comme si je n'étais pas là. Il était comme ça, Marty. Il pouvait vous ignorer au point de vous donner l'impression de ne pas exister.

Je respirais à peine.

— Il lançait sa ligne ?

— Oui. Dans les roseaux.

— La nuit de sa mort…

— Oui, c'est ça.

Alors il me regarda droit dans les yeux et soutint mon regard. Nous ne respirions plus, comme si sa phrase avait déchiré l'air et vidé la pièce de son oxygène.

— J'essayais de lui faire entendre raison, reprit-il d'un ton raisonnable. C'était pour notre bien à tous.

— Et il n'a pas voulu t'écouter…

— Non… Marty était une vraie tête de mule. Il m'avait montré le testament. Sûrement celui que tu as trouvé. Il m'a annoncé qu'il voulait donner une suite à cette affaire. J'avais beau m'user la salive, il ne voulait rien savoir. Son terrain, sa maison, il pouvait faire ce qu'il voulait avec, même les donner aux premiers venus, moi ça m'était égal. Mais l'entreprise, là, non. Dream Master, c'était ma part, et il n'avait pas le droit de m'en priver. Je le lui ai répété sur tous les tons. S'il retrouvait des héritiers, alors ils auraient droit à une part de l'entreprise comme à une part de la propriété. Ton père ne se rendait pas compte de la machine infernale qu'il allait mettre en branle.

Ou alors, songeai-je, il s'en rendait parfaitement compte et il avait eu envie de se venger un peu. Je me gardai bien de lancer cette hypothèse et me contentai de hocher la tête. Un calme étonnant m'avait prise pendant que mon oncle s'expliquait. Je me sentais en parfaite possession de mes moyens, détachée comme si j'étais sortie de mon corps et observais la scène de loin. Mon oncle reprit la parole.

— Je n'en dormais plus. Il a fait durer l'attente pendant des jours. Cette nuit-là, justement, j'étais arrivé à m'endormir, mais Joey m'a réveillé en rentrant. Il nous menait la vie dure à cette époque, mais, habituellement, il avait l'intelligence de rentrer sans faire de bruit quand il dépassait l'heure autorisée. Je ne sais pas pourquoi, il a fait un boucan de tous les diables, comme s'il cherchait quelque chose dans sa chambre. J'entendais un moteur de voiture tourner dans l'allée. Avant que j'aie eu le temps de me lever pour voir ce qui se passait, j'ai entendu la porte claquer, et la voiture est repartie avec lui. Impossible de me rendormir. C'était une belle nuit sans vent, de celles que nous attendions quand nous étions jeunes. J'ai pensé que Marty sortirait peut-être sur le lac. Dans le marais, là où nous allions toujours. Je ne sais pas pourquoi, j'étais sûr de le trouver là-bas. Et j'avais raison. Je suis tout de suite tombé sur lui.

Je me souvenais si bien de cette nuit et du silence particulier qui avait régné dans le jardin lunaire de maman pendant que je parlais à papa. L'air était si tranquille qu'on aurait pu entendre les fleurs s'ouvrir.

— Il avait dû m'entendre venir de loin, mais il n'a même pas relevé les yeux quand j'ai approché nos bateaux bord à bord et que j'ai coupé les gaz. Il jetait sa ligne et la remontait au moulinet sans m'adresser la parole.

Je les voyais tous les deux dériver sur l'eau noire.

— À la fin, reprit Art, son silence m'a rendu furieux. J'ai attrapé le bord de son bateau et je lui ai dit ce que je pensais de lui, et de son attitude imbécile. Il s'est tourné vers moi, peut-être seulement pour repousser ma main, mais il m'a frappé au visage. Je me suis levé, et lui aussi. Je ne pense pas l'avoir frappé le premier, mais je ne suis plus sûr de rien. Qui sait ? C'est très possible. Je répétais : « Marty, arrête, bon Dieu, arrête ! » Mais il ne voulait pas me lâcher, alors je l'ai bousculé assez fort. Très fort, même. De toutes mes forces. Il a perdu l'équilibre et il est tombé. Moi aussi, j'ai été déséquilibré, mais je suis tombé au fond du bateau qui a failli se retourner, d'ailleurs. Lui, il est parti en arrière. Je t'ai dit qu'il faisait très noir. Je n'ai pas vu ce qui s'est passé, mais je l'ai entendu tomber à l'eau. D'abord il y a eu un bruit très fort, sans doute celui de sa tête heurtant le bord du bateau. Je suis sûr que c'était sa tête. Il n'a pas poussé un cri. Je n'ai pas entendu un son sortir de sa bouche.

Arthur me prenait à témoin, ravagé. Moi, j'étais incapable de rien dire, comme si nous étions encore dans cette nuit morte, flottant sur des eaux noires habitées par de sombres poissons.

— J'ai essayé de le repérer dans l'eau, mais la nuit était trop épaisse. J'ai eu l'impression de rester très longtemps après sa chute, mais je peux me tromper. Je voulais alerter les secours. Je me souviens que je n'avais que cette idée en tête. Alors je suis parti. Je l'ai laissé.

Je me souvenais des voix affolées au bord de l'eau dans cette aube magnifique, mon père allongé sur le rivage, la peau enflée et iridescente, comme celle d'un poisson, et ma mère, agenouillée près de lui, qui lui caressait la joue.

— Même si j'avais appelé les secours, cela n'aurait rien changé, reprit Art. Il était trop tard depuis longtemps quand je suis arrivé à terre. Au moment où je me suis décidé à m'en aller, tout était déjà fini.

Il me parlait en détournant son regard du mien, mais je savais ce qu'il attendait. Il ne voulait pas seulement que je l'écoute, il voulait aussi que je l'absolve. Que je le rassure, que je lui dise qu'il avait bien agi et que, vu les circonstances, il n'aurait rien pu faire d'autre. Il me demandait d'être complice de la mort de mon père. Il me semblait vieilli, comme s'il s'était un peu vidé de sa substance en disant la vérité et que sa peau se fripait sur ses os.

— Lucy, dis quelque chose, supplia-t-il en rencontrant enfin mon regard. Je t'en prie. Ça n'aurait rien changé si j'étais resté.

Sous le choc, je me levai sans un mot et sortis du bureau.

Il me suivit dans le couloir et s'arrêta à la porte de derrière que je venais de franchir. Il me rappela d'une voix étouffée.

— Lucy ! N'oublie pas que toi et ton frère, vous avez beaucoup à perdre avec cette histoire d'héritage !

Je ne m'arrêtai qu'au bord du canal, tellement ulcérée par ce que je venais d'entendre que je pouvais à peine respirer. Art resta encore un peu sur le seuil, silhouette noire se fondant dans l'ombre, puis il rentra et referma derrière lui.

Je ne saurais dire combien de temps je restai là sans bouger. La soirée était douce et les rues encore pleines de monde. Des éclats de rire flottaient sur l'eau depuis la terrasse du Green Bean, les amoureux se promenaient main dans la main, des gens me dépassaient en léchant des glaces et me contournaient comme si j'étais un pilier, un banc ou une statue. J'étais totalement immobile, paralysée par cette douleur inouïe que j'avais ressentie en voyant mon père mort au bord du lac.

Les fenêtres de l'appartement de la verrerie étaient noires. J'imaginai que Keegan s'était couché tôt et dormait avec Max dans un silence à peine troublé par leur souffle. Et puis soudain j'eus envie de marcher. Je longeai le canal à pas rapides, les pensées agitées, confuses. Des grappes de gens se rassemblaient devant les restaurants, s'égaillaient sur la promenade du lac. Plusieurs fois des passants me jetèrent des regards inquiets et j'eus peur d'avoir parlé à voix haute, d'avoir lâché un mot, une phrase décousue qui m'aurait donné l'air d'une folle.

Je marchai ainsi longtemps, dépassant des maisons aux fenêtres éclairées, dans lesquelles vivaient des familles heureuses, des gens qui vaquaient à leurs occupations, lisaient, regardaient la télévision, lavaient la vaisselle. Une soirée ordinaire, des occupations banales. Ils ne pouvaient pas me voir passer devant chez eux de mon pas furieux, des larmes coulant sur mes joues, possédée par une colère si violente que je me pliais presque de douleur. J'atteignis la sortie du village, puis je revins sur mes pas. Mon trajet me fit passer devant l'église et son portail cintré.

J'eus une pensée pour Suzi, mais il était trop tard pour la déranger. Les rues étaient plus tranquilles quand je retournai au parking. L'Impala de mon père était là, cette voiture qu'il avait tant aimée et dans laquelle il avait caché son dernier secret.

J'avais remis le testament dans le coffre, car la boîte à mouches m'avait semblé l'endroit le plus sûr pour le conserver. Je me rappelai soudain ce qui m'avait poussée à aller voir mon oncle : j'avais voulu lui parler d'Iris et du partage qui lui était dû. Sa confession inattendue m'avait fait oublier tout le reste.

Plus aucune lumière ne brillait aux fenêtres de Dream Master. J'entrai par la porte de derrière, qui, bizarrement, n'était pas fermée à clé, comme si Art était parti précipitamment. Je traversai la boutique sans trop savoir pourquoi j'étais revenue. Et puis mon bras partit tout seul. Je balayai d'une main une étagère de pots de peinture qui cascadèrent sur le lino, puis des bacs à clous, puis tout le stock de boutons de porte. Je renversai un pot de billes qui rebondirent et roulèrent dans toute la boutique. La lumière du lampadaire extérieur se reflétait sur leurs formes fuyantes. Cela faisait du bien d'entendre du bruit, de casser des choses, d'envoyer tout par terre. Je saccageai une allée, puis une autre, anéantis l'étalage d'ampoules électriques. Sous mes pieds, le sol devenait poisseux à cause de la peinture renversée, et dangereux à cause des billes. Les coffres-forts ne firent pas long feu et produisirent un vacarme tout à fait honorable en tombant.

Au moment où le dernier atterrissait par terre, une voiture arriva dans la rue perpendiculaire à la boutique et les phares éclairèrent la vitrine. Je me figeai pour ne pas être repérée. La voiture continua son chemin, mais elle avait brisé mon élan. Je n'avais plus de forces. Je traversai avec précaution la quincaillerie dévastée et j'allai jusqu'au bureau où j'allumai les néons.

Cette fois, je m'attaquai aux dossiers. Je les tirais des meubles de rangement et les empilais par terre sans ordre ni raison, sans savoir exactement ce que je cherchais. Il n'y avait rien de très intéressant. Des reçus, des cahiers de vente, des archives d'expédition qui remontaient à des dizaines d'années. Inspirée peut-être par le cercle de feu autour du lac, ou parce qu'une douleur brûlante me consumait le cœur, je jouai avec l'idée de mettre le feu tout en continuant ma fouille. Je me disais qu'il serait facile d'allumer quelques papiers et que tout s'embraserait très vite. Les flammes lécheraient les murs, atteindraient les poutres du faux plafond, grimperaient jusqu'aux étages et au grenier, bien sec, bien inflammable, et plus rien ne pourrait les contenir. Il y avait une vieille citerne à gaz sous le parking et je me dis qu'elle aussi pourrait exploser à la moindre étincelle.

Je suivis mon idée jusqu'à prendre une liasse de factures et à en enflammer un coin, mais que je fis brûler au-dessus d'une corbeille à papier vide. Les cendres tombèrent à l'intérieur, et seuls mes doigts furent un peu noircis.

Aurais-je été capable d'incendier ce magasin qu'avait créé mon arrière-grand-père à la sueur de son front ? Je n'en sais rien. À cet instant, seule la plus légère des hésitations me retint. J'ouvris les placards où nous nous cachions quand nous étions petits et j'en sortis les dossiers que je jetai par terre pour en faire un grand tas qui se serait très bien enflammé. La pile monta, jusqu'à mes chevilles, mes mollets, mes genoux. Une seule allumette aurait suffi. Il y avait des recharges à briquet dans la boutique et du white-spirit. Dream Master aurait brûlé comme de la paille.

Mais soudain, je vis l'écriture de mon père. Fine, régulière, inclinée vers la gauche, différente de celle de Rose par ses lettres plus arrondies, plus fluides. Je l'aurais reconnue entre mille. Il avait écrit la date, janvier 1972, sur un registre bleu à couverture cartonnée. C'était l'année où il avait rencontré ma mère. L'année où il avait été envoyé au Viêtnam. Je m'assis derrière le bureau et passai les doigts sur l'épaisse couverture, en imaginant mon père dans son bureau, le stylo à la main pour tracer ces mots. En janvier, la neige montait jusqu'aux fenêtres, et ce jour-là il en était peut-être tombé, des flocons qui avaient dansé devant les lampadaires. Ou alors il l'avait vue tourbillonner, poussée par les bourrasques dans la pâle lumière de l'hiver. Mon père, si jeune alors et plein d'espoir, qui ne savait pas encore quelles épreuves l'attendaient. Il ne fallait pas y penser. C'était trop triste.

Je me sentais à ma place derrière ce grand bureau qu'avaient occupé mon grand-père et mon arrière-grand-père. J'ouvris le registre et y trouvai des entrées soigneusement rédigées qui remplissaient des pages quadrillées de lignes bleu pâle et rouges, et de colonnes. Cela me ramenait en arrière, à ces dimanches soir que papa passait assis à la table de la salle à manger à faire les comptes, le crayon derrière l'oreille, ses doigts volant sur la machine à calculer. Je descendis le long des colonnes, tournai les pages. Ses chiffres méticuleux m'impressionnaient, des dates, des prix additionnés en bas de page. Il y avait une précision, un ordre qui m'apportaient comme autrefois un sentiment de réconfort. Le cahier était rempli. On passait à février, puis à mars, et puis on arrivait à la fin du trimestre.

À la dernière page, ma fureur était retombée. J'étais maintenant terrassée par une fatigue si intense que j'eus peur de ne pas être capable de quitter le fauteuil. J'arrivai à me lever, je contournai la pile de papiers, éteignis, et repris le couloir pour sortir et aller à la voiture. Le parking était désert. J'avais trouvé la porte ouverte ; n'importe qui aurait pu entrer pour vandaliser la quincaillerie. J'espérais du moins que ce serait la conclusion que tirerait la police. Toutes les fenêtres étaient éclairées quand j'arrivai à la maison du lac. En entrant, je vis ma mère, Yoshi et Andy dans la cuisine, près du téléphone.

— Ah ! Te voilà ! s'exclama ma mère.

Yoshi me serra dans ses bras.

— Où étais-tu passée ? demanda ma mère. Tu ne répondais pas à ton portable.

— Je suis allée faire un tour.

— Pendant quatre heures ? Lucy, il est plus de minuit !

— Non… Je ne te crois pas…

— Regarde !

Je regardai l'heure à l'horloge de la cuisinière et dus me rendre à l'évidence.

— Désolée. J'ai un peu marché, et puis je me suis assise au bord du lac et j'ai oublié l'heure. Je ne voulais pas vous inquiéter.

— Tu es sûre que tu vas bien ?

— Oui, je vais très bien.

Je pris la main de Yoshi et entrelaçai nos doigts, puis je l'embrassai devant tout le monde, ce qui ne me ressemblait pas.

— Je vais bien, mais je suis épuisée. Tu viens ? ajoutai-je. On monte ? Je n'en peux plus.

20

En arrivant dans la coupole, je passai devant le futon aux draps froissés et m'assis sur la banquette de fenêtre qui donnait sur le lac et le jardin où j'avais vu mon père pour la dernière fois. Il avait si bien gardé son secret que même ma mère n'en avait rien su.

Yoshi s'assit à côté de moi et me prit les mains. Il attendit, calmement, que je trouve le courage de lui raconter ce qui était arrivé. Yoshi savait toujours me réconforter, même pendant les tremblements de terre. Dès que je me mis à lui parler, je ressentis un grand soulagement et le poids qui m'écrasait la poitrine s'allégea.

— Il a vraiment dit ça ? s'étonna Yoshi. Il a avoué, de lui-même ?

Je comprimai les lèvres pour retenir mes larmes et cherchai la force de lui répondre.

— Je ne sais pas pourquoi il a voulu me raconter ce qui s'est passé. Mais le plus dur, c'est de penser qu'il a abandonné mon père. Il ne le voyait plus, alors il est parti et il n'a rien dit à personne.

Yoshi me tenait les mains et se taisait pour me laisser parler.

— Il est venu à l'enterrement. Et puis ensuite, il a tout fait pour être gentil avec nous. Il a aidé maman, il a offert du travail à Blake, il m'a même proposé de m'embaucher. Il jouait au type bien, alors que pendant tout ce temps il savait que c'était sa faute.

— D'après lui, c'était un accident ?

— Oui, c'est ce qu'il raconte.

— C'est peut-être vrai. Même s'il se sent responsable, il n'est peut-être pas coupable.

Je retirai mes mains des siennes.

— Ne le défends pas. Il est impardonnable !

— Attends, tu ne vas pas te mettre en colère contre moi ?

— Non. Non, désolée, bien sûr que non.

— Je préfère.

— Je ne sais pas quoi faire. Je ne peux pas en parler à ma mère !

— Et pourquoi pas ?

Je me mis à réfléchir. Les membres de sa famille étaient éparpillés un peu partout dans le monde, mais ils étaient plus proches que nous ne l'étions. Pourquoi ne me sentais-je pas capable de parler à ma mère ? Parce que je ne savais pas vraiment ce qu'elle pensait d'Art ni de la vente de la propriété, et aussi parce que je voulais la protéger.

— Ce n'est pas à toi de la protéger, protesta Yoshi quand je tâchai de m'expliquer. Lucy, tu ne peux pas porter cette histoire toute seule. C'est impossible. Ça va te bouffer.

— Mais il y a Blake, aussi, continuai-je en réalisant que je ne tenais pas compte de ce que Yoshi venait de dire. Blake ne sait rien, mais il est impliqué, maintenant. Art l'a entraîné dans cette histoire de terrain et il a beaucoup à perdre.

— Toi aussi.

— Moi ? Non, je ne vois pas.

— Je ne te parle ni d'argent, ni de la maison, ni du terrain.

Je ne distinguais pas bien son visage dans la pénombre, mais j'entendais que Yoshi prenait tout cela très au sérieux.

— Ce que je veux dire, Lucy, c'est que ton intérêt à toi, c'est que la vérité se sache. Personne ne va venir mettre les menottes à ton oncle. Il dit que c'était un accident, et rien ne prouve le contraire. C'est un problème moral, pas judiciaire.

— S'il dit la vérité.

— Quoi ? Tu crois qu'il ment ?

— Je ne sais pas quoi penser. Peut-être. Il m'a demandé où j'avais mis le testament. Je crois qu'il a vraiment peur des conséquences.

— Où est-il, ce testament ?

— Dans la voiture. Je ne le lui ai pas dit.

Non, j'avais prétendu l'avoir donné à ma mère. Je fus prise d'une peur irrationnelle, comme si, en regardant par la fenêtre, j'allais voir Art traverser la pelouse pour venir nous cambrioler.

— Oui, tu as raison, repris-je avec un soupir. Il va falloir que je parle à maman.

Nous gardâmes le silence un moment, assis côte à côte dans la douceur de la nuit. Yoshi passa les doigts dans mes cheveux et entreprit de me masser le crâne.

— Tu es trop tendue, allonge-toi une minute.

Je suivis son conseil. Je me laissai glisser sur le futon et m'allongeai sur le ventre. Il s'agenouilla près de moi et me caressa le dos de ses mains légères.

— Détends-toi.

Il passa à mes épaules, détendant mes muscles noués, relaxant des contractures dont je n'avais même pas conscience. Il me massa les bras, le dos, chassant du même coup mon angoisse. Au loin, j'entendais le doux clapotement des vagues contre la jetée et je fixai mon attention sur ce bruit apaisant, imaginant que je faisais la planche à la surface de l'eau.

Yoshi s'allongea à côté de moi et posa une main sur mes reins. Je m'assoupis, mon souffle se mêlant au sien et au bruit des vagues, et je sombrai dans un profond sommeil.

Il faisait nuit noire quand je me réveillai. Un coup d'œil à la pendulette m'indiqua qu'une heure seulement s'était écoulée. À côté de moi, Yoshi dormait, comme ma mère devait le faire à l'étage en dessous. Je me levai sans bruit et descendis dans la cuisine. Je me versai un verre d'eau que j'allai boire debout sur les marches de la véranda, trop agitée pour m'asseoir, trop fatiguée pour aller nager ou même faire quelques pas. Le chant des grenouilles montait du marais dans la nuit et me parvenait à travers les arbres. Je pensai aux hérons qui devaient dormir au milieu des roseaux, dressés sur leurs pattes grêles. La forêt où je m'étais promenée avec Keegan devait être silencieuse, enchantée comme elle l'avait été ce jour-là, hors du temps. Je pensai à tous les gens qui avaient traversé ces lieux et aux traces qu'ils y avaient laissées, les meules à grains, les éclats de poteries, les vestiges de maisons, les granges, les bunkers souterrains. Je songeai à Iris, qui avait passé le dernier été de son enfance à la maison du lac et qui avait même peut-être écouté comme moi, sur cette même marche, le chant de l'eau et des grenouilles sous un croissant de lune. Rose aussi avait laissé sa trace dans cette maison où elle n'était probablement jamais entrée. Elle n'avait sans doute pas vu non plus la magnifique chapelle qu'elle avait aidé à concevoir.

Je fus alors prise d'une envie à laquelle je ne résistai pas. Je rentrai pour prendre la clé de la voiture, montai dans l'Impala et partis.

Je n'avais pas loin à aller : moins de huit kilomètres. Je me garai sur l'herbe du bas-côté et me dirigeai vers la grille d'entrée. Maintenant que la base était officiellement fermée et qu'il n'y avait plus d'équipements militaires à l'intérieur, plus d'armes sous terre, la surveillance avait été supprimée et les sentinelles qui nous avaient tellement impressionnés dans mon enfance avaient disparu. Le portail n'était fermé que par un cadenas qui ne me résista pas longtemps. Je me glissai à l'intérieur. Sur la route, des lampadaires brillaient, mais j'avançais dans une zone où la nuit devint vite complète, noir de velours. Je traversai la prairie pour aller à la chapelle. Il ne s'était écoulé que quelques jours depuis ma visite, mais tant de choses étaient arrivées qu'il me semblait que toute une vie m'en séparait.

Je n'eus pas de mal non plus à ouvrir la porte de la chapelle. La serrure ancienne me céda presque au premier toucher. J'entrai et m'immobilisai pour laisser mes yeux s'habituer à l'obscurité. Peu à peu, des formes se révélèrent : les rangées de chaises vides, le pupitre et le lutrin, l'autel derrière la grille de communion et quelques candélabres argentés. J'ôtai mes sandales, une habitude prise en Asie, et avançai vers le chœur, sentant le carrelage froid sous mes pieds nus. Le vitrail de la Sagesse avait été remis à sa place. Les autres seraient bientôt descendus pour être nettoyés et restaurés mais, pour l'instant, la chapelle avait retrouvé son aspect d'origine et, si je ne pouvais voir aucun des personnages des vitraux, je les devinais à certaines transparences du verre et au contraste créé par les lignes du réseau de plomb. Les lunes entrelacées de vignes apparaissaient, pâles, dans les bordures inférieures. Rose, un siècle plus tôt, avait admiré ce motif et l'avait emporté dans sa mémoire. Il avait traversé avec elle l'océan, les longues nuits d'hiver. Elle l'avait reproduit sur la couverture de son enfant et, plus tard, dans les frises de ces verrières. C'était un signe d'elle qui s'était fiché dans mon imagination cent ans plus tard.

Je m'assis sur une chaise dans l'obscurité silencieuse, respirant profondément et, peu à peu, me calmai. *Ruah*, le souffle. L'esprit. La sagesse. Cela fit resurgir l'image du vitrail de la Sagesse, le verre plus clair indiquant la présence divine, créatrice. Jamais explicitement représentée, jamais nommée, mais source de toute chose. Je restai là, sans bouger, tâchant de retrouver un peu de clarté, de sortir de la confusion en me concentrant sur le silence. Je pensai à Rose Jarrett, qui, un siècle plus tôt, dans un autre pays, une autre église, s'était elle aussi recueillie.

Quand cette histoire avait-elle réellement débuté ? Était-ce au moment où Rose, après avoir tout perdu, avait volé le calice de l'autel ? Ou peut-être, comme elle le pensait, quand Geoffrey Wyndham s'était moqué d'elle et de ses rêves dans les ruines de l'abbaye. Ou un peu plus tard, dans l'escalier de la tour, quand elle avait consenti à une liaison qu'elle ne pouvait pas refuser. Cela aurait pu commencer aussi par la comète et son étrange lumière, ou encore bien plus tôt, car n'était-ce pas la société dans laquelle vivaient mes aïeuls qui avait déployé ce filet qui les avait piégés dès leur naissance ?

Mais qu'importe, les événements s'étaient enchaînés, avec leurs moments de beauté, de tristesse, jusqu'à ce jour où je m'étais trouvée mêlée à cette histoire sans le vouloir.

Dans l'atmosphère de recueillement de la chapelle, je finis par me sentir suffisamment sereine pour visualiser le lac à cette heure paisible d'avant l'aube ; mon père, coiffé de son vieux chapeau de pêche bleu, pensif sur l'eau calme, se demandant ce qu'il fallait faire de ce testament découvert par hasard. Le bruit du bateau qui approchait n'avait d'abord été qu'un bourdonnement lointain, comme une ombre dans la brume et sur son cœur. Dans la lumière grise, la voix d'Art avait flotté jusqu'à lui et il avait répondu. La discussion, d'abord raisonnable, s'était envenimée. Leurs voix avaient monté, tourbillonné comme une fumée toxique, ils s'étaient dressés, s'étaient lancé des invectives, en étaient venus aux mains et étaient tous les deux tombés, Arthur dans le fond de son bateau qui était allé tanguer dans les roseaux et mon père par-dessus bord, sa tête heurtant dans sa chute le renfort métallique et il s'était enfoncé dans l'eau froide et noire, sans connaissance.

J'enfouis la tête dans mes mains.

J'avais beau faire, quelque chose m'échappait encore, une interrogation sur ce qui s'était vraiment passé cette nuit-là n'avait pas obtenu de réponse.

Autour de moi, ces vitraux magnifiques qui me reliaient à mon histoire se dressaient dans l'ombre. Rose, j'en étais sûre, avait agi par amour, et pourtant son absence était restée une douleur pour Iris. J'avais lu dans ses lettres des lignes très fortes sur la colère, sur ses effets dévastateurs. Elle avait peut-être raison. Ce qu'elle appelait le « mal », ce concept désuet, pouvait être traduit par bien d'autres termes : dysfonctionnement, discordance, discorde. Et si Rose avait vu juste ? Si le mal était moins lié aux personnes qu'à une force globale qui gouvernait le monde, une logique universelle qui se reproduisait comme un virus, embrouillait tout, favorisait l'injustice et détruisait la beauté ?

Cette question qui m'avait échappé s'était maintenant laissé attraper. Je la tenais.

Depuis tout ce temps, les reproches que je me faisais n'étaient pas les bons. Il ne s'agissait pas de savoir ce qui serait arrivé si j'étais allée pêcher avec mon père, mais ce qui se serait passé si je n'étais pas sortie du tout.

J'avais enfourché la moto derrière Keegan et nous avions filé dans la nuit pour aller aux gorges. Là, j'avais rencontré Joey. Il se moquait de moi depuis toujours, m'écrasait de son mépris et me faisait de plus en plus de mal. Nous ne savions ni l'un ni l'autre que sa suffisance et mon humiliation nous dépassaient de loin et remontaient aux générations précédentes. Cette situation avait fait naître en moi une colère qui m'empoisonnait le cœur. J'avais donc trouvé malin de voler les vêtements de Joey et de les lancer dans les arbres, et de jeter les clés de sa voiture dans des buissons si épais qu'elles y rouillaient probablement encore. J'avais eu des remords par la suite, mais très peu. Je n'avais pas eu la conscience très tranquille en pensant à l'incident, mais sans m'y attarder. Et pourtant, dans le profond silence de la chapelle, je venais de me rappeler ce qu'avait dit Art : Joey était rentré cette nuit-là en faisant un vacarme invraisemblable. Il avait claqué ses tiroirs, sans doute pour prendre, furieux, des vêtements et son double de clés de voiture. Il avait réveillé Art, qui s'était levé, était descendu boire un verre d'eau, tout en sachant qu'il n'arriverait pas à se rendormir. La nuit était belle et lui avait rappelé celles de sa jeunesse et des parties de pêche qu'il faisait avec mon père. Il avait pris son bateau.

Ce n'était pas moi qui avais provoqué l'accident. Je ne m'étais pas battue avec mon père, je ne l'avais pas poussé à l'eau, ni abandonné quand il était tombé.

Et pourtant, je faisais partie de cette histoire, j'y avais joué un rôle comme tous les membres de la famille. Nous avions perpétué sans le savoir les réactions et les jugements venus de notre passé commun.

À cela, je ne pouvais pas échapper.

Je restai très longtemps dans la chapelle, jusqu'à ce que les verrières commencent à laisser passer la lumière. Les femmes représentées sur les vitraux apparaissaient peu à peu, portant des cruches, des bols, donnant des nouvelles, menant leur vie. Leur présence était un réconfort. Le symbolisme magnifique du vitrail de la Sagesse me frappa de nouveau. Animaux, plantes, et personnages aux bras levés dont les mains formaient des mots de feuilles, entourés des volutes joyeuses du souffle créateur de la sagesse. Je pensai à Rose, à ses lettres. Je l'imaginai assise au bord du lac, tâchant de dominer sa colère pour arriver à prendre la décision la plus difficile de sa vie.

Quand le soleil fut levé, je quittai mon siège et pris soin de verrouiller le portail derrière moi. Je repartis à travers les herbes hautes qui ondulaient dans le vent. Comment définir ce que je venais de vivre dans la chapelle ? Pouvait-on dire que j'avais prié ? Je n'avais formulé aucune demande, n'avais récité aucun mot appris, mais j'avais été à l'écoute, ouverte au sentiment du sacré. L'Impala m'attendait à la grille, vestige du temps perdu, et me ramena à la maison du lac.

À mon retour, personne n'était encore levé. Je préparai du café, puis, quand j'estimai qu'il était assez tard, j'appelai Blake et lui dis qu'il fallait que je le voie immédiatement. Il était encore embrumé de sommeil et ne prit pas très bien mon appel, mais la curiosité l'emporta, et il accepta. Il venait d'arriver quand maman descendit de sa chambre en nouant la ceinture de son peignoir.

— Que se passe-t-il ? demanda-t-elle en nous rejoignant à la table de la terrasse.

Un vent assez fort s'était levé, mais agréablement tiède. J'avais posé des galets sur les papiers pour éviter qu'ils ne s'envolent.

— Je ne sais pas quelle mouche la pique, répondit Blake. Lucy m'a convoqué de toute urgence comme si c'était une question de vie ou de mort.

— Qu'est-ce qu'il y a, ma chérie ? Tout va bien ?

— Oui, oui, tout va bien.

Je leur servis le café. Cela me faisait du bien d'accomplir ce geste ordinaire. Je posai la cafetière et pris ma tasse entre mes mains pour les réchauffer. Des nuages gris filaient à l'horizon, menaçants, mais encore lointains.

Il fallut bien commencer et je leur rapportai ce que m'avait raconté Art dans son bureau à Dream Master. J'étais calme, profondément calme, comme si ma sérénité montait d'une source intérieure qui jamais ne pourrait se tarir.

Je guettai leurs réactions. Ils m'écoutaient très attentivement et je ne leur épargnai aucun détail. Quand j'en vins à l'instant où Art avait poussé papa, maman ferma les yeux. Elle ne bougeait plus, mais des larmes se mirent à rouler le long de ses joues. Blake détourna la tête vers les eaux grises et agitées du lac.

— Je ne vois pas ce que ça t'apporte de nous raconter ça ! rétorqua-t-il d'un ton furieux quand j'eus terminé. Tu ne peux pas nous fiche la paix ? Tu débarques comme si tu étais plus maligne que tout le monde et tu inventes des histoires. Je ne te crois pas un seul instant.

Ma mère s'essuya les yeux et se tourna vers moi.

— C'est vrai, Lucy ? Tu es sûre que c'est vrai ?

— Je vous répète ce qu'Art m'a raconté, mot pour mot.

La réaction de Blake m'avait vraiment choquée. Je m'étais attendue à tout sauf à ce qu'on mette ma parole en doute. J'avais cru Art sans hésiter parce que sa souffrance avait semblé authentique.

— Pourquoi est-ce que j'inventerais ça ?

— Pas très compliqué, répondit Blake. Tu ne veux pas que nous construisions le long du lac.

— Et toi, tu ne veux pas voir ce qui se passe sous ton nez.

Le visage de Blake se durcit, mais il ne répondit pas. Il fallait que je me force à respirer calmement car la colère revenait. Je tenais à suivre le conseil de Rose : *Il ne faut jamais se laisser guider par la colère, mais n'agir que par amour.*

— Je t'ai montré le testament, dis-je à ma mère. Je ne sais pas pourquoi tu m'as demandé de n'en parler à personne, mais j'ai préféré avertir Art, et vous connaissez sa réaction, maintenant.

Je tendis l'enveloppe qui contenait le testament à Blake, qui le lut. Pendant plusieurs minutes, il n'y eut plus un bruit, sauf celui des vagues sur la grève.

— Je voulais seulement prendre le temps de réfléchir, dit ma mère. Ce n'est pas un événement anodin. Mais tu n'imagines pas que j'étais déjà au courant, j'espère !

Elle se leva, rentra, et revint peu de temps plus tard avec une chemise en carton.

— Maman, protesta Blake, qu'est-ce que tu fais ? Attends, nous ne savons pas encore si c'est vrai. Je voudrais bien entendre la version d'Art. Nous n'avons que celle de Lucy. Elle a peut-être mal entendu.

— J'ai très bien entendu.

Maman leva la main pour nous faire taire. Elle ouvrit la chemise.

— Voilà la promesse de vente, dit-elle en sortant un document. Art et moi, nous discutons depuis des années du devenir de la maison et du terrain. Je sais qu'il veut acheter la propriété, et je sais pourquoi. Au départ, je n'étais pas très emballée, mais, les années passant, j'ai commencé à avoir envie de vendre. C'est une contrainte de plus en plus lourde, et je rêve de m'en libérer et de trouver une maison au village. Et puis Art a été très gentil pendant toutes ces années. Il m'a beaucoup aidée. Je sais que je peux compter sur lui. Même s'il a fait ce que tu dis, ça ne change pas tout.

Elle passa à la dernière page et je vis qu'elle avait signé la promesse de vente le 25 juin, le lendemain du jour où nous étions allées à la fondation Westrum et où nous nous étions arrêtées à la maison de retraite de Joan Lowry. Maman arracha la page, puis la déchira en deux, puis encore et encore jusqu'à ce qu'il n'en reste plus que des confettis qui volèrent sur la pelouse. Certains s'accrochèrent dans les buissons tandis que d'autres allèrent jusqu'à l'eau et furent emportés par les vagues.

— Maman ! protesta Blake.

— Moi, je crois Lucy. Je me souviens de l'atmosphère de cette époque et d'événements que je ne vous raconterai pas. J'imagine la scène qu'Art a décrite comme si j'y étais. C'est parfaitement plausible. Beaucoup plus que de penser que ton père aurait volontairement mis fin à ses jours. Il était préoccupé depuis quelque temps et il n'arrivait plus à dormir. La dernière chose qu'il a faite en partant cette nuit-là, c'est m'embrasser et me dire de ne pas m'inquiéter, qu'il ne serait pas parti longtemps. Et pourtant, je n'étais pas tranquille.

— Et si je ne veux pas le croire, moi ? cria Blake.

— Tu es libre de penser ce que tu veux.

— Le testament est là, intervins-je. Il n'est même pas question de croire ou de ne pas croire : tu l'as entre les mains.

— Tu n'as qu'à poser la question à Art, suggéra notre mère. Tu verras bien ce qu'il te dira.

J'eus la soudaine certitude que notre oncle nierait tout. Je n'avais aucune preuve de ce que j'avançais, aucune trace de ces aveux faits dans le silence de la nuit.

— Il dira que je mens.

— Ça ne m'étonnerait pas.

— Ou alors que c'était un accident.

— Mais c'était un accident, d'après ce que tu dis ! riposta Blake. Art a des défauts, comme tout le monde, mais ce n'est pas un assassin.

Yoshi m'avait bien dit qu'il s'agissait d'un problème moral, pas judiciaire.

— Je vais tout dire à Iris, annonçai-je en remettant le testament dans son enveloppe jaunie. Toi, tu fais ce que tu veux, mais moi, je ne peux pas agir autrement.

— On ne doit pas lui cacher une chose pareille, approuva ma mère.

Blake nous fusillait du regard.

— Je n'y crois pas ! C'est fou, quand même ! Je me fiche que tu vendes à Art, maman. Vends à n'importe qui, ça m'est égal, mais je ne vois pas à quoi ça rime de parler du testament. C'est du délire. Un vieux truc qui pourrissait dans un mur ! Il n'est sûrement pas valable. Je ne vois pas pourquoi des gens que nous n'avons jamais vus de notre vie profiteraient du fruit de notre travail !

Je laissai maman et Blake à cette discussion sur la terrasse et rejoignis Yoshi que j'avais entendu dans la cuisine. Il buvait du café en lisant un article sur les mines à ciel ouvert dans un numéro du *Harper's Bazaar* qu'il avait acheté à l'aéroport.

— J'ai l'impression que ça ne va pas fort, dehors, remarqua-t-il.

— Si, ça va…

— Tu es sûre ?

— Non, tu as raison, c'est l'horreur.

— Désolé. Je peux faire quelque chose ?

— Je ne crois pas.

— Bon… alors ça t'ennuierait que je te parle d'autre chose ?

— Au contraire !

— J'ai envoyé quelques demandes de renseignements après notre discussion sur le travail. J'ai reçu des listings d'annonces. Il y en a deux qui ont attiré mon attention. Un job en Papouasie-Nouvelle-Guinée, et un autre au Cambodge.

Je lus les descriptifs de ces offres d'emploi qui émanaient d'agences d'aide au développement et d'ONG.

— Ces postes ont l'air bien. Difficiles, mais intéressants.

— Ça nous changerait un peu. Le salaire est correct, mais les avantages sociaux ne sont pas du tout les mêmes.

— Pour l'instant, nous n'avons rien du tout.

Yoshi eut un rire.

— Ce n'est pas faux. J'ai envoyé des demandes d'informations complémentaires, une de mes conditions étant qu'il y ait des postes qui puissent te convenir.

— Ah ! Parfait ! Je vais chercher aussi de mon côté.

Sur la terrasse, maman et Blake n'avaient toujours pas terminé. En désespoir de cause, je pris mon téléphone, même si je ne savais pas si c'était la bonne solution, j'étais incapable d'agir autrement. Ned me répondit presque aussitôt et eut l'air surpris de m'entendre.

— Votre mère va bien ? demandai-je.

— Oui, je pense. Elle a lu les lettres. Nous n'en avons pas encore discuté et elle n'a encore laissé personne les lire après elle.

— J'aurais voulu lui proposer de venir visiter la collection Westrum. Dès qu'elle en aura envie. Vous êtes tous chaleureusement conviés. Mais il y a la chapelle, surtout. Il faut absolument qu'elle voie ces vitraux.

— Très bien. Mais il me semble que vous l'avez déjà mentionné.

— Oui. C'est vrai. Je voulais confirmer… Et puis, ajoutai-je après une dernière hésitation, je viens de découvrir autre chose.

La main posée sur l'enveloppe qui contenait le testament, je lui racontai en quelques mots ce qu'il ignorait encore.

21

Dans la jolie lumière de la fondation Westrum, Iris semblait moins pâle que lorsque je l'avais vue chez elle. Son regard était vif et lumineux. Elle portait un tailleur bleu, un foulard d'un ton plus foncé autour du cou et de petites boucles d'oreilles à clip en perle. Sa mise en plis était parfaite. Ned, attentionné, l'assista pour descendre du trottoir et pour monter les marches, mais, une fois qu'ils furent entrés, elle l'écarta pour aller parler seule à Oliver. Celui-ci lui offrit son bras avec courtoisie, ce qui lui permit d'accepter son aide sans se sentir diminuée. Je dus reconnaître qu'il faisait preuve de tact. Iris fit le tour des salles tandis qu'Oliver lui parlait de Frank Westrum et de l'histoire de la maison avec sa verve habituelle, se servant de sa main libre pour faire de grands gestes. Iris l'écoutait tout en contemplant les vitraux. Stuart Minter était à son poste derrière le bureau. Il m'adressa un grand sourire en me voyant entrer et je lui présentai Yoshi.

Ma mère et Andy arrivèrent quelques minutes après nous. C'était la première fois qu'ils rencontraient Ned et Carol. Je fis les présentations, Yoshi à mes côtés, et la conversation s'engagea. J'avais envoyé un exemplaire du testament à Ned, qui m'avait annoncé son intention de consulter un avocat. J'étais moi aussi allée me renseigner auprès d'un juriste avec ma mère, un ami d'Andy qui s'occupait d'immobilier et qui nous avait avertis que la situation risquait d'être compliquée. Nous ne savions encore rien de précis et nous n'avions pas discuté avec les Stone depuis.

Quand la visite du rez-de-chaussée fut achevée, Oliver nous mena vers l'escalier où était exposée la verrière de la jeune femme à la gerbe de fleurs. Je ne l'avais pas revue depuis la découverte des lettres de Rose. La dernière fois que j'étais venue au musée Westrum, je ne savais rien de son histoire, ni des liens qui me rattachaient à ces vitraux. J'avais oublié combien cette verrière était belle. Près de deux mètres de haut, les iris, grandeur nature, leurs couleurs magnifiques. Je remarquai particulièrement ses yeux. Je l'imaginais, posant dans l'atelier lumineux de Frank Westrum, qui esquissait la courbe de l'oreille, la ligne élégante du cou, s'interrompant quand, dominé par l'émotion, il se désolait d'être dans l'incapacité de traduire parfaitement son amour pour elle sur le papier, et sur le verre.

— Magnifique, non ? dit Oliver alors que nous étions tous réunis sur le palier pour l'admirer.

J'avais fini par lui envoyer quelques passages choisis des lettres de Frank à Rose, et il m'avait de son côté transmis la correspondance de Frank et de Cornelia, tirée de ses archives.

Il semblait maintenant très fier de ce qu'il avait appris.

— Je suis convaincu que votre mère a inspiré ce vitrail, madame Stone. Vous voyez ses yeux ? Et puis ces fleurs qu'elle tient dans ses bras sont des iris, ce qui veut dire beaucoup.

Iris se taisait, bien que tous les regards fussent posés sur elle. Impossible de savoir ce qui se passait derrière ce visage impassible. Elle contempla longuement la verrière, puis elle lâcha le bras d'Oliver et s'assit sur une marche.

— Maman, ça va ? demanda Ned.

— Oui, oui, très bien. Regardez, ajouta-t-elle en remontant sa manche pour montrer son bracelet. Vous avez vu ce pendentif qu'elle porte ? Il ressemble à mon bracelet. Ned, c'est toi qui me l'as donné il y a quelques années en me disant que tu l'avais trouvé, tu t'en souviens ? Où était-il ?

— Dans des cartons. Je ne t'en ai pas trop parlé parce qu'il s'agissait d'affaires qui t'avaient été envoyées à la mort de Rose. Par Frank Westrum, d'ailleurs. J'avais vu son nom sur des papiers. À l'époque, ça ne me disait rien du tout. C'est papa qui m'a montré où il avait entreposé tout ça. Il m'a dit que tu lui avais demandé de les jeter, mais qu'il avait préféré les garder au cas où tu aurais des regrets un jour. Il était tellement compréhensif…

— C'est vrai. C'était un homme excessivement attentionné. Alors ces affaires sont toujours à la maison ?

— Oui. Il y a des dessins, un petit vitrail qui représente un champ d'iris.

La vieille dame garda encore longuement le silence, puis demanda si cela nous ennuierait beaucoup de la laisser seule. La petite troupe s'empressa d'accéder à sa demande et suivit Oliver jusqu'au premier. Il nous conduisit dans une pièce à double exposition, éclairée par de hautes baies en angle. Il y avait rassemblé pour nous tous les vitraux jusqu'alors gardés dans la réserve, où figuraient des femmes qui auraient pu être Rose.

Le premier, je le connaissais déjà. C'était grâce à lui que je m'étais lancée dans mes recherches. Il était accroché à l'entrée de la pièce, éclairé par-derrière. Depuis que je l'avais vu chez Keegan, il avait été nettoyé de la saleté accumulée lors de son séjour prolongé dans la chapelle. Il ne faisait pas partie de la commande des vitraux facturés à l'église. On pouvait imaginer que Frank l'avait destiné à Rose et qu'il n'avait pu se résoudre à le garder quand elle était tombée malade. Une fois ravivées, ses couleurs étaient d'une incroyable beauté. L'image du calice dans le sac de blé s'illuminait.

La frise de lunes et de pampres était un motif très ancien, je l'avais découvert récemment. Ces cercles entrecroisés remontaient à la géométrie pythagoricienne et à sa représentation du monde. Pour les mystiques, cette forme évoquait traditionnellement l'intersection de différents états : le rêve et l'éveil, la mort et la vie, le visible et l'invisible. Rose avait dû voir ce motif dans une église médiévale et l'avait choisi pour protéger son enfant.

— Tu es bien sérieuse, remarqua Yoshi. À quoi penses-tu ?

Il avait déjà fait le tour de la pièce et il était revenu près de moi.

— À Rose. À mon arrière-grand-père. On ne nous a jamais parlé que de ses aspirations à lui, et jamais de celles de sa sœur. C'est bien dommage, mais je pense qu'à travers ces vitraux elle a su exprimer une grande complexité de pensée. Ce sont des images très personnelles, et pas seulement des scènes de la Bible. J'ai relu l'histoire de Joseph le Patriarche. C'étaient ses aspirations, au début, qui le séparaient de ses frères. Voilà par quoi tout a commencé : son ambition et leur jalousie. C'est pour cette raison qu'ils l'ont jeté dans le puits et l'ont vendu comme esclave. Cette coupe cachée dans le blé lui servait à la divination. À l'interprétation des rêves. Et ce n'est qu'au moment où il renvoie la coupe avec ses frères – même si c'est pour les obliger à revenir – que l'équilibre est enfin rétabli.

— Oui, c'est ce qu'elle a pu vouloir dire, c'est bien possible.

J'eus une pensée pour Rose qui avait caché le calice sous son tablier la nuit de son départ, puis laissé pour sa fille une petite couverture douce, tissée pour la protéger. Dans le vitrail, cette coupe cachée dans le blé représentait l'histoire de Rose, occultée par la mythologie familiale, et moi, je m'étais penchée, comme les femmes du vitrail, pour la retrouver.

— J'ai reçu une bonne nouvelle, tout à l'heure, me dit Yoshi après m'avoir laissé tout le temps de contempler les vitraux. Tu veux que je te montre ?

Il me fit descendre dans le hall, et je m'assis à côté de lui sur un banc pour consulter les e-mails qui étaient arrivés. Les contacts de Yoshi en Papouasie-Nouvelle-Guinée et au Cambodge semblaient prêts à essayer de me trouver un poste intéressant. Ils se renseignaient auprès d'autres organisations pour étudier la question. J'avais, moi aussi, envoyé quelques demandes de renseignements et je lus les réponses reçues en protégeant l'écran de mon téléphone de la lumière du soleil.

— Mon amie Alice pense qu'il y aurait un job dans mes cordes au Mali, mais c'est dans une grande entreprise. Je ne suis pas sûre que ça me plaise. Elle me donne le nom du responsable.

— Ça vaut la peine d'approfondir.

— Oui, j'écrirai tout à l'heure en rentrant.

— Il ne faut surtout pas prendre la première proposition venue. Nous devons trouver quelque chose qui nous plaise vraiment, même si ça doit prendre du temps.

Le sujet nous passionnait tant qu'une demi-heure plus tard nous étions encore sur notre banc à organiser notre départ du Japon. Un poème de Mary Oliver me revenait sans cesse en tête, surtout ces vers : « *Que comptes-tu faire de ta vie / De ta belle vie, de ta précieuse, unique vie ?* » Excellente question.

Je vis redescendre Iris avec Ned, suivis par Oliver et Carol, puis par maman et Andy.

— Ils vont rentrer, annonça maman qui nous rejoignit pendant qu'Iris signait le livre d'or à la demande de Stuart. Je crois qu'elle est très fatiguée. Émotionnellement, elle doit être vidée.

— J'imagine. Ils ont parlé du testament ?

— Oui, répondit maman en leur jetant un coup d'œil, à l'autre bout de la pièce. Ils ont été très gentils. Ils ont proposé d'organiser une réunion demain après-midi au Lac des Rêves. Il y aura leur avocat, le mien, Art et le sien. Les secrétaires sont en train d'arranger le rendez-vous. Il faut faire vite, avant que la mairie ne fixe définitivement le nouveau plan d'occupation des sols. Je ne sais pas à quoi m'attendre, mais j'ai l'impression qu'ils ont une proposition à faire. Il faut absolument que je retourne à la banque avant le déjeuner, dit-elle en regardant sa montre avec un soupir. Pour l'instant, tout le monde a été très compréhensif, mais je ne veux pas abuser.

Ils venaient vers nous, Ned avec Iris à son bras et Carol de l'autre côté. Ils s'arrêtèrent pour nous dire au revoir. Iris me toucha la main.

— Merci. Merci beaucoup d'avoir retrouvé sa trace. Et de m'avoir contactée.

Il faisait tellement beau que j'eus envie de me promener avec Yoshi avant de rentrer au Lac des Rêves. J'avais pleinement conscience qu'il ne nous restait que peu de temps avant le départ et que nous avions passé une grande partie de nos vacances à régler mes problèmes de famille et à chercher du travail. Yoshi n'était pas du genre à se plaindre ni à imposer ses inquiétudes aux autres, mais je me rendais bien compte à ses silences et à ses distractions, qu'il était très préoccupé. Donc, au lieu de reprendre le chemin de la maison, nous achetâmes des sandwichs et je l'emmenai dans une réserve nationale près d'Ithaca, que j'aime beaucoup. Nous nous promenâmes le long d'une rivière qui court au fond d'une gorge et nous nageâmes dans un trou d'eau calme. Il faisait trop froid pour rester longtemps dans l'eau, mais nous nous amusâmes à nous éclabousser. Puis nous nous assîmes au soleil sur les rochers au bord de l'eau.

Le soir, nous ne rentrâmes qu'après le retour de ma mère du travail. Blake était là lui aussi. Ce fut sa camionnette, garée de travers dans l'allée, qui m'annonça sa présence. Je m'attendais à le trouver dans la cuisine, mais il n'y était pas. Je l'appelai plusieurs fois, et j'entendis sa voix étouffée répondre d'en haut. Il était dans son ancienne chambre encore peinte du bleu nuit de son adolescence, une pile de livres dans les mains. Il contemplait ses affiches de la lune, et celle, grandiose, de la terre vue de l'espace.

— On se croirait dans une caverne, ici, remarqua-t-il. Je devais être un peu ours !

Notre mère, qui arrivait derrière moi, eut un rire.

— Tu étais comme tous les adolescents, pas très sociable, et pas très sortable. Regarde Zoe, ça devrait te rappeler des souvenirs.

— Je n'étais pas bien dans ma peau, en tout cas. Comment s'est passée la visite ?

Il posa ses livres sur le bureau, des livres de voile, car il s'était intéressé très tôt à la navigation.

— Parfaitement bien, répondis-je.

— Oui, approuva notre mère. C'était très touchant.

Blake ne fit aucun commentaire. Il était peut-être encore un peu fâché que j'aie averti les Stone. Il changea de sujet.

— Je suis venu vous annoncer quelque chose.

Nous descendîmes dans la salle à manger et nous nous installâmes autour de la table, car l'instant semblait solennel. Je l'avais cirée avec une cire à l'essence de citron avant l'arrivée de Yoshi, ce qui lui donnait un beau brillant à la lumière des deux fenêtres.

— J'ai parlé à Art, dit Blake. Ça n'a pas été facile. Il n'a ni confirmé, ni nié, en fin de compte. J'ai un peu réfléchi. Voilà, j'ai quitté Dream Master. J'ai démissionné ce matin. J'ai pris mes affaires et je suis parti.

— Il n'a pas essayé de te retenir ? demanda maman.

— Si, mais pas très énergiquement. La nuit du 4 Juillet, des vandales se sont introduits dans la boutique. Je ne sais pas si vous en avez entendu parler. Il y a eu pas mal de dégâts, du matériel jeté par terre, et surtout un gros désordre dans les papiers. Il essaie de tout remettre en ordre.

Yoshi était discrètement venu nous rejoindre et feuilletait un magazine. En entendant cela, il leva la tête et croisa mon regard. Blake continua.

— Du coup, il a retrouvé des tas de vieux papiers. Je crois que ça lui a beaucoup rappelé le passé et l'a pas mal déprimé. Il se fait du souci pour le projet immobilier. Donc, finalement, nous n'avons pas beaucoup discuté.

— Eh bien, je ne sais pas trop s'il faut s'en réjouir, mon chéri ! Voilà que mes deux enfants sont au chômage.

— Et Avery, demandai-je, elle était d'accord pour que tu partes ?

— Ravie, répondit-il en riant. C'est une fille qui adore le risque et elle est sûre que tout va très bien se passer. Et puis j'ai encore mon boulot. Je n'ai pas arrêté de piloter les bateaux de croisière.

— Avery a raison, intervins-je.

J'étais moi-même beaucoup moins angoissée par l'avenir. Yoshi et moi n'avions pas encore trouvé de travail et nous ne savions pas où nous irions vivre mais je commençais à me réjouir. Le changement nous ferait vraiment du bien.

— Quand on ne sait pas ce que réserve l'avenir, le moment présent n'en devient que plus précieux, ajoutai-je.

— Tu es devenue très philosophe, commenta Blake.

— Depuis que Yoshi et moi n'avons plus de travail, j'ai bien vu que je deviendrais folle si je commençais à m'inquiéter. Et puis quelle perte de temps ! Yoshi doit préparer des nouilles au curry pour le dîner, tu veux rester ?

— Pourquoi pas ?

Nous sortîmes le jeu de dames chinoises et nous jouâmes jusqu'au coucher du soleil.

Le rendez-vous avec les avocats avait été fixé à 16 heures le lendemain. La réunion ne se termina que tard, peu avant 18 heures. J'allai à la rencontre de maman en entendant sa voiture sur le gravier.

— Alors ? demandai-je. Blake a déjà appelé au moins trois fois pour savoir comment l'entrevue s'était passée.

— Viens, allons nous asseoir sur la terrasse.

Je la suivis. Yoshi était en haut, occupé à éplucher les annonces sur Internet. Elle me dit que le testament était tout à fait valable et qu'Iris avait en théorie le droit de réclamer une partie des biens légués par Joseph. Seulement le document était suffisamment ancien pour que nous puissions le contester. Il était officiellement signé et certifié par un notaire, mais on ne savait pas qui l'avait caché dans le mur. Si c'était mon grand-père, il s'agissait d'une fraude mais, si c'était mon arrière-grand-père, alors cela pouvait indiquer qu'il avait changé d'avis. Iris comprenait bien tout cela. Ned s'était renseigné sur l'état compliqué de notre patrimoine, dû à l'expropriation des terrains par l'armée. Il était maintenant au fait des complexités engendrées par la réattribution des parcelles de l'ancienne base militaire et connaissait le projet d'Art, qui était d'acheter la propriété de ma mère pour adjoindre la parcelle du marais à des lots en prolongement afin de faire construire des résidences de luxe. Ned savait aussi qu'un mouvement de protestation était né qui unissait les Iroquois et des groupes écologistes, et qu'un arrêt temporaire des travaux avait été décidé.

— Il a trouvé une solution assez inattendue, expliqua ma mère. Il propose de tout nous laisser, à condition de signer un document légal qui interdirait toute construction sur nos terres. Il y a déjà des cas semblables. Sa famille participe depuis des années au programme de protection de l'environnement de la Nature Conservancy, alors il est très au courant. Si nous acceptons, je pourrai garder le terrain et la maison aussi longtemps que je le souhaite, mais quand je me déciderai à vendre, ce sera cette organisation qui l'achètera. Je ne pourrai vendre à personne d'autre et je n'aurai pas le droit de faire construire sur ce terrain. Il faudrait qu'Art donne son accord pour les parcelles qui lui reviennent. Leur proposition permettrait de préserver le marais. Ton père aurait adoré cette solution. La surface est suffisamment importante pour que les cerfs blancs soient protégés, ainsi que toute la faune qui y est installée. Et puis le projet permettrait à Oliver et à l'église de conserver la chapelle, ce à quoi ils tiennent énormément. Il pourrait de nouveau y avoir des services, des mariages, et ainsi de suite. Elle serait entretenue et mise en valeur comme patrimoine artistique sous les auspices de la fondation Westrum, mais indépendamment du musée et de la Nature Conservancy.

— Eh bien, il me semble que c'est un beau projet ! Qu'est-ce que tu en dis ?

— C'est un peu trop beau pour être vrai, j'avoue ! Mon avocat ne voit pas d'objection de son côté, donc… Nous devons tous réfléchir, mais je pense qu'ils sont de bonne foi. Ils n'ont pas plus envie que nous de chercher le conflit et d'intenter une action en justice.

— C'est très généreux de leur part. Ces terres valent beaucoup d'argent. Je ne comprends pas pourquoi ils font ça.

— Je ne sais pas au juste, mais je me dis qu'Iris a quatre-vingt-quinze ans. Elle n'a pas besoin d'argent. Son fils est à l'abri du besoin, et lui et sa femme vont avoir soixante-dix ans. Après eux, eh bien, cela vaut-il la peine de se ruiner en frais de justice alors que tant de temps a passé ? Il y a cinquante ans, ils auraient sans doute pris une autre décision. Maintenant, ils préfèrent fonder une réserve qui associera leur nom au nôtre. C'est généreux et c'est un très beau geste.

En fin de compte, il n'y eut aucune difficulté, et l'accord fut conclu. Art se fit un peu tirer l'oreille mais, puisqu'il ne pouvait plus mettre la main sur la propriété de maman, il ne se battit pas pour les parcelles de marais contiguës. Et puis, même s'il n'avait pas confirmé ses aveux, je me souvenais de sa tristesse quand il s'était confié à moi, et je me doutais qu'il était encore très affecté par ce qui s'était passé. Sa volonté de construire à cet endroit du marais était peut-être même venue d'un désir d'effacer ses souvenirs. Nous n'en avons jamais reparlé, mais je pense qu'il a signé pour soulager sa conscience.

L'affaire fut réglée. Ma mère vendit, tout en obtenant une année de délai qui lui laissait le temps de déménager. La Nature Conservancy projetait de transformer la maison en centre de découverte des marais et maman visitait des appartements en ville.

Art et Joey n'abandonnèrent pas leur projet pour autant et achetèrent quelques parcelles plus loin le long du lac. J'étais sûre qu'il allait se passer quelque chose. Art devrait bien craquer un jour et venir faire amende honorable devant toute la famille. S'il y avait une justice, il avouerait. J'imaginais que le destin s'en mêlerait, que Dream Master ferait faillite ou qu'un incendie spontané réduirait le magasin en cendres.

Rien de tout cela n'arriva, bien entendu. Art déposa très vite la demande de permis de construire. Les dessins d'architecte furent affichés sur un panneau près de l'entrée du Débarcadère. Au cours de l'été, les maisons se vendirent sur plan comme des petits pains. Dès octobre, les bulldozers décapaient le terrain et abattaient les arbres au bord du lac. Les chênes, les pins, les érables, les ormes jonchaient le sol comme des os de dinosaures. Parfois, j'apercevais Art en train de superviser les travaux, sa casquette de base-ball vissée sur la tête, sûr de son fait, comme si rien n'était arrivé et que tout lui était dû.

Il y eut d'autres changements. Les restaurateurs de vitraux vinrent enlever les verrières de la chapelle pour les nettoyer et leur redonner une seconde jeunesse. Ce fut une opération très délicate, car les verrières étaient composées de panneaux qu'il fallait descendre des baies en les désolidarisant de la pierre. Les membres de l'équipe étaient juchés sur des échelles, et tapotaient avec ciseaux et marteaux pour défaire les joints. Ce fut un spectacle un peu angoissant, mais ils connaissaient leur métier, et les verrières furent toutes descendues et empaquetées sans casse. Oliver estimait qu'il faudrait trois mois avant de les récupérer, ce qui lui laisserait le temps de trouver des fonds pour préparer la grande inauguration à laquelle il tenait. Il nous montra les maquettes de sa brochure, qui décrivait les vitraux, et reproduisait celui de la Sagesse en couverture. Il avait inclus une biographie de Rose, et il nous apprit qu'il avait modifié tous les textes de présentation du musée Westrum pour tenir compte du rôle qu'elle avait joué dans les créations du grand maître verrier.

La veille de notre départ, j'allai faire un dernier tour en ville avec Yoshi. Nos pas nous menèrent au *Tigre*, qui était amarré tout au bout du port. Avery monta sur le pont dès qu'elle entendit ma voix. Elle s'accrochait au bastingage pour garder l'équilibre et portait un sac de livres. Toujours aussi mince et tonique, elle n'avait pas du tout changé, mis à part le globe rond de son ventre.

— Tiens, salut. Vous voulez des livres ? ajouta-t-elle en nous tendant le sac. Prenez ce qui vous tente. Je fais place nette. J'ai hâte de partir.

— Vous déménagez ?

— Oui, je suis vraiment contente. Nous venons de trouver une petite maison dans Orchard Street. Deux chambres, une salle de bains rétro avec un carrelage rose et noir. Il y a un petit jardin, et surtout, ça ne tangue pas !

— Et le voilier ?

— Il est vendu. Et nous vidons les lieux cet après-midi. Blake ! cria-t-elle en se tournant vers l'escalier. Ta sœur est là avec Yoshi !

Elle attendit qu'il arrive, puis ajouta :

— Je lui laisse le soin de vous annoncer la grande nouvelle.

— Quelle nouvelle ? demandai-je à Blake qui émergeait des profondeurs du bateau.

— Ah ! J'ai vendu le voilier, dit-il avec un soupir. Nous le livrons d'ici quelques heures. À des touristes, ajouta-t-il avec un sourire forcé.

— Mais ce n'est pas tout, intervint Avery, raconte le reste.

— Je me lance dans un nouveau projet, expliqua-t-il en montrant d'un geste le bateau de croisière qui venait d'accoster et se remplissait pour l'excursion. J'en discute plus ou moins depuis des années avec Mike Simms. Tu sais, le propriétaire de la compagnie de navigation. Il veut que je m'associe à lui pour prendre sa suite un jour. Moi, je n'en avais pas envie. Je ne voulais pas me sentir coincé. Mais maintenant, nous avons trouvé une idée qui plaît à tout le monde. Nous allons développer l'activité. En plus des promenades, il y aura une croisière pour le déjeuner et une pour le dîner. Ça marche bien sur les autres lacs, en saison. Avery se chargera de la cuisine, ajouta-t-il avec un sourire.

— J'ai besoin de trouver un job un peu moins prenant, avec le bébé, intervint-elle. J'ai embauché un sous-directeur pour le Green Bean, et un chef, mais je ne voulais pas complètement cesser mon activité. C'est idéal, non ?

Yoshi et moi, nous nous retroussâmes les manches pour les aider à porter leurs cartons sur le quai jusqu'à la camionnette de Blake. Quand elle fut pleine, il nous emmena voir sa nouvelle maison. Elle était petite et assez malcommode, avec une cuisine des années 1950, mais elle était charmante, avec une grande véranda sur le devant. Ensuite, nous repartîmes à pied pour récupérer l'Impala et reprendre la route du lac.

— Voilà, dit Yoshi en s'étirant sur le large siège du passager. Il nous reste six jours avant de prendre l'avion pour le Japon. Nous n'avons pas de boulot et pas tellement d'économies… mais des rêves plein la tête.

— Oui, des rêves, nous en avons. Et, quoi qu'il arrive, nous sommes libres !

Épilogue

C'était notre dernière nuit au Lac des Rêves, dans l'atmosphère enchantée de la coupole. Allongée près de Yoshi, je restai éveillée un long moment à regarder les étoiles. Je voyais la constellation du Scorpion et celle du Sagittaire. Je reliai en pensée les étoiles entre elles en me demandant, comme cela m'arrivait souvent, par quel jeu de l'esprit des légendes aussi complexes avaient pu être associées à des formes aussi ténues dans le ciel. Ces mêmes étoiles devaient dessiner des motifs tout différents sous d'autres angles, de la lune, par exemple. Yoshi dormait, ses cheveux très noirs sur les draps blancs, le souffle calme, rassurant comme le bruit des vagues sur le rivage. J'avais décidé de revenir à la maison du lac une nuit où la terre avait tremblé, puis c'était mon univers qui avait changé d'axe, et tout avait bougé.

Je regardais les étoiles, points fixes et lumineux dans la nuit, quand il se passa une chose étrange. Était-ce un rêve ? Une illusion ? J'étais sous les mêmes étoiles, la même lune, mais j'avais les pieds dans l'eau du lac, les vagues battaient mes genoux et de petits poissons se faufilaient entre mes chevilles. J'enfonçais les orteils entre les galets, comme des racines, et mes bras se levaient vers le ciel balayé de nuages, branches étendues vers une belle lune ronde. Mes doigts, au-dessus de moi, s'agitaient comme des feuilles.

Je me redressai dans le lit, emplie d'un merveilleux sentiment de joie. L'air était doux, Yoshi avait noué ses jambes autour des miennes ; je me dégageai doucement et enjambai le futon pour aller à la fenêtre. La lune était là, pleine et tranquille, traçant un chemin de lumière sur l'étendue noire de l'eau.

Le vent frémit doucement. Je pensai à Rose, au calice qu'elle avait emporté, ne sachant s'il avait été perdu, volé ou vendu, fondu peut-être pour ne garder que l'argent. Je pensai à ses vitraux, au motif de lunes entrecroisées, aux personnages de la verrière de la Sagesse, aux bras levés vers le ciel. Je pensai aussi aux tulipes de ma mère, si belles quand elles pointaient la tête d'entre leurs feuilles, délicates. Il y avait les bols tibétains, près de mon lit, au Japon, et les coupes de verre soufflé, qui se formaient, telles des corolles, au bout d'une fragile tige de verre.

Je m'étirai, comme les personnages de la verrière, les jambes et le buste formant la tige, les bras en croissant. Homme, femme, quelle importance ? Cela ne faisait pas plus de différence alors que maintenant.

J'étais une tulipe, une coupe, une corolle.

Je m'offrais à la lune, tel un calice qu'elle emplissait de ses rayons.

Mon rêve resta en moi pendant les semaines et les mois qui suivirent et je n'en parlai à personne, sauf à Yoshi. Je préférais n'y voir qu'une métaphore, comme celle des hérons qui s'étaient envolés aux sources chaudes. Mieux valait ne pas chercher à tout comprendre. Je ne voulais pas de moqueries, pas de sourires sceptiques, ou d'indifférence. Mais j'y pensais beaucoup, chaque fois que je voyais une fleur s'ouvrir, des gens danser ou des mains se joindre pour recueillir de l'eau.

Je retournai au Japon avec Yoshi. Il y eut l'avion, le train, un autre train, et finalement notre rue pavée et notre maison que nous avions quittée depuis de longues semaines. Il fallut faire un grand ménage, vendre les appareils électroménagers et donner tout ce que nous ne pouvions pas expédier au Cambodge, où nous allions vivre désormais. C'était là, finalement, que notre choix s'était arrêté. Mon père avait visité le pays lors de son séjour au Viêtnam. Ma mère avait une photo de lui devant le palais royal. Je n'en savais pas plus, mais ce lien, même fragile, m'avait convaincue que nous prenions la bonne décision. Nous avions fait nos valises. Les tremblements de terre s'étaient calmés après la formation de l'île sous-marine. Le dernier jour, Mme Fujimoro me donna une magnifique écharpe en soie et, pour la remercier, je lui offris un kaléidoscope en cuivre où tournaient des quantités de petits morceaux de verre. Nous inclinâmes respectueusement nos têtes pour nous saluer une dernière fois dans la rue.

À la mi-octobre, nous retournâmes au Lac des Rêves pour un dernier adieu à la maison. De la terrasse, nous avions une belle vue du lac encadré de feuillages rouges frangés d'or et d'orange, sur un ciel d'un bleu magnifique. J'ouvris un colis qui venait d'arriver, et je trouvai, au milieu des couches de papier de soie, deux petits verres à pied soufflés d'un vert délicat, presque transparents tant ils étaient fins. À l'intérieur de la boîte, une carte disait simplement : *Pour ton mariage, de la part de Keegan et de Max.* J'en tendis un à Yoshi, sachant comment il avait pris forme, la boule de verre fondu, puis la canne à travers laquelle un souffle lui avait donné vie.

Le jour de notre mariage, Yoshi et moi, nous échangeâmes ces coupes selon la tradition japonaise. La cérémonie eut lieu dans la chapelle de la Sagesse, conduite par le révérend Suzi Wells, nos amis et notre famille assemblés devant l'autel, et les femmes des vitraux tout autour de nous, qui rendaient Rose et Frank un peu présents. Ned lut un passage du Cantique des cantiques, et j'avais demandé à Zoe, qui passait quelques jours chez ma mère pendant que ses parents étaient en croisière, de lire un poème qu'elle avait écrit pour nous. Elle s'était coupé les cheveux très court et s'était fait tatouer un papillon sur la clavicule, ce qui, contrairement à ce qu'elle pensait, lui donnait l'air plus jeune et plus vulnérable que jamais. Les parents de Yoshi étaient venus d'Helsinki et étaient assis à côté de maman et d'Andy. Iris était là avec Carol et Ned, et Julie avait amené son fiancé. Oliver était accompagné de sa femme, et Stuart Minter d'Alex, son compagnon. Blake et Avery nous honoraient, eux aussi, de leur présence, mais ils s'assirent dans le fond et ne restèrent pas à la réception ; leur fils était né la semaine précédente. Ils étaient encore épuisés et n'avaient pas envie de rester trop longtemps loin de lui. Ils l'avaient prénommé Martin, comme notre père.

Art et Austen envoyèrent un cadeau – un service d'assiettes blanches – qui alla tout droit à une association caritative sans même que j'ouvre le paquet.

Le beau ciel bleu et les magnifiques couleurs de l'automne nous accueillirent à la sortie de la chapelle.

Trois jours plus tard, nous prenions l'avion pour Phnom Penh.

Dans ce pays, la beauté et la pauvreté sont omniprésentes, comme la chaleur ; nous parcourons les rues brûlées de soleil, allons dans les marchés où les denrées sont présentées dans des paniers, carottes, légumes verts, poissons. Les rues sont bordées de maisons de l'époque coloniale et de cahutes faites de paille et de bâches. Les traces de la guerre sont encore visibles partout, surtout aux abords de la ville. On voit des escaliers noircis qui montent vers le ciel et s'arrêtent dans le vide, des mares, parfaitement rondes, qui sont d'anciens cratères de bombes. Les visages, aussi, gardent des traces de la peur. Le passé resurgit comme des cailloux au milieu du courant de l'existence et je me désole tous les jours des souffrances de ces gens courageux.

Yoshi a trouvé un travail dans une ONG qui contrôle le développement des ressources en eau, et surveille de très près la construction des barrages sur les rivières qui viennent de Chine, du Viêtnam et du Laos, et se jettent dans le Mékong. La façon de gérer ces retenues d'eau aura un grand impact sur les rivières et sur les populations qui vivent sur leurs berges, et Yoshi rentre tous les jours plein d'énergie et d'idées nouvelles. Mon travail aussi m'intéresse beaucoup, bien qu'il m'ait été proposé non par mes anciennes relations, mais par Suzi, qui m'a mise en contact avec un groupe œcuménique qui se charge au Cambodge de l'amélioration de la vie des femmes de la campagne. Je me déplace souvent dans les zones rurales pour aider à l'installation de pompes à eau. Elles sont faites de bambou et de pistons métalliques, et la famille se relaie pour les actionner, ce qui permet de faire remonter l'eau des puits. L'eau est à la base de l'économie familiale. On en a besoin dans les potagers et, quand on vend un surplus de légumes, l'argent sert à acheter des poules pour les œufs, ou une vache pour le lait, ou pour envoyer les enfants à l'école. Ce programme s'est tellement développé que je m'occupe maintenant essentiellement de la formation de ceux qui installent les pompes et en expliquent le fonctionnement.

Nous vivons au bord du Mékong, l'un des plus grands fleuves du monde. Tous les ans, quand vient la mousson, le fleuve gonfle dans de telles proportions qu'il ne peut plus se jeter dans la mer, et que son cours s'inverse et remonte vers le nord où il inonde le Tonlé Sap, ce grand lac que les Cambodgiens appellent le lac de la Création tant il est poissonneux. De beaux bateaux emportent les pêcheurs qui se penchent sur les eaux pour jeter leurs filets. Quand je les vois faire, je pense à mon père, bien sûr, mais sans la tristesse qui m'avait imprégnée depuis sa mort.

Les bateaux emportent les pêcheurs à l'aube. Longues et étroites, les coques remontent aux deux bouts, tels des croissants de lune. Le Mékong irrigue le pays comme les vaisseaux transportant le sang dans notre corps. En anglais, le verbe *to bless*, « bénir », vient du vieil anglais *blestian* qui signifie « sang ». Les difficultés de ce pays sont grandes, mais j'ai appris à être moins impatiente, et à rechercher la beauté, à percevoir le mystère et ce qu'il y a de bon en toutes choses, dans chaque mot que nous prononçons. Le matin, je me mets au balcon pour regarder passer les bateaux. Je sens le sang circuler dans mes veines – des vaisseaux.

Je suis attentive à ce qui m'entoure et au mécanisme non plus des serrures, mais de la vie, des désirs les plus intimes de ce que les mystiques nommeraient l'être profond et que j'ai compris comme étant la prière. C'est le plus bel héritage que Rose ait pu me léguer. La couverture qu'elle a tissée est accrochée chez nous, sur le mur de ciment peint. Iris nous l'a offerte en cadeau de mariage. L'année dernière, pendant la saison des moussons, alors que mon ventre s'arrondissait comme les lunes entrelacées de Rose, devant le fleuve en bas de notre petite maison, j'ai souvent pensé à elle. Quand notre fille est née à la fin de la saison fraîche, nous l'avons baptisée Hannah, un prénom tout neuf qui ne vient de personne, même s'il est vrai que l'idée m'est venue du mot japonais *hanashobu*, qui est une espèce d'iris des marais. J'avoue aussi que, parfois, nous l'appelons Hannah Rose.

Quelques mois après sa naissance, il y a eu une éclipse de lune. Yoshi et moi avons passé la soirée sur le balcon pour regarder le grand disque blanc se lever sur la rivière et puis l'ombre venir en manger le bord. J'ai pensé à Joseph Jarrett, que la comète faisait rêver, et à Rose, qui était rentrée seule chez elle à travers les vignes cette nuit-là, bouleversée d'émotion et remplie d'effroi.

Vers la fin de l'éclipse, Hannah s'est réveillée. Yoshi est rentré pour la prendre dans ses bras en lui parlant doucement. Il est sorti avec elle sur le balcon.

— Regarde, lui avons-nous dit. Regarde, chérie, regarde la lune.

Elle l'a vue qui sortait lentement de la bouche de l'ombre, et elle a ri, levant la main vers le ciel à la façon des bébés, croyant qu'elle pourrait l'attraper dans sa menotte et la mettre dans sa bouche comme une hostie.

Elle a ri, encore, parce qu'elle n'y parvenait pas et s'est tendue de toutes ses forces, poussant sur ses pieds au bout de nos bras. Cela n'a pas duré longtemps, bien sûr. Elle s'est vite impatientée, ou elle a eu faim, et nous sommes rentrés, laissant le ciel et ses milliards d'étoiles. Mais, l'espace d'une minute, nous avons regardé le fleuve couler comme du verre noir et nous avons contemplé la pâle beauté de la lune, prêts à accueillir le monde et ses imprévisibles mouvements.

REMERCIEMENTS

Le Lac des Rêves n'existe pas, pas plus que ses habitants qui sont nés de mon imagination. Il est pourtant vrai qu'en écrivant ce roman je me suis inspirée de mon expérience de la magnifique région des lacs Finger, au nord de l'État de New York, que je connais très bien. C'est un endroit d'une grande beauté, riche de toute une histoire. Le Women's Rights National Historical Park de Seneca Falls – Domaine national des droits des femmes – est un endroit réel, bien entendu, et je suis reconnaissante à ses archivistes d'avoir pris le temps de s'entretenir avec moi de leur travail.

L'écriture est un exercice solitaire et je suis infiniment reconnaissante à mes amis, mes collègues et aux membres de ma famille pour leur soutien et leur patience pendant tout le temps où je me suis cloîtrée pour écrire ce livre. Un merci tout spécial à Tom qui sait tout faire et comprend tout, et reste stable quand la vie ne l'est pas, et merci de tout cœur aussi à Abby et Naomi. Merci à Edna Gordon pour son hospitalité et sa connaissance des Somerset Levels (Angleterre) et à mes amis de l'université du Kentucky, en particulier à Gurney Norman pour le soutien qu'il offre depuis longtemps aux auteurs et à l'écriture.

Geri Thoma est une femme avisée, chaleureuse et intelligente, et on ne pourrait avoir de meilleur agent. Merci à elle, et à tous ceux qui travaillent à la Markson Thoma Agency.

Les gens de Viking Penguin ont apporté toute leur expertise et leur talent à chaque étape de la publication, et je leur suis reconnaissante à tous, surtout à Kathryn Court et à Clare Ferraro. En tout premier lieu, merci à Pamela Dorman, excellente éditrice, qui a cru en mon travail et a permis la naissance de ce livre. Les suggestions éditoriales pleines de sagacité de Molly Stern ont renforcé l'intrigue dans ses grandes lignes et ses détails. Beena Kamlani a offert son œil acéré à la préparation. Liz Van Hoose a apporté une dernière lecture indispensable au manuscrit que Kendra Harpster a accompagné tout au long de la gestation. Merci aussi à Stephen Morrison, ainsi qu'à Dick Heffernan et Norman Lidofsky et à leurs extraordinaires équipes de vente. Paul Buckley et Carla Bolte ont créé la couverture et la mise en page de l'édition américaine. Shannon Twomey, Nancy Sheppard, Rachelle Andujar, Andrew Duncan, Leigh Butler, Valentina Price, Hal Fessenden, John Fagan, Maureen Donnelly et Julie Miesionczek ont offert leurs multiples talents pour permettre à ce livre de venir au monde, un grand merci à tous.

Je voudrais également exprimer ma reconnaissance à la communauté du Lexington Theological Seminary, où j'ai suivi plusieurs cours, ainsi qu'aux membres du clergé de la Good Shepherd Episcopal Church, qui ont généreusement répondu à mes nombreuses questions. Merci aussi à mon groupe de discussion sur la spiritualité, pour l'intérêt de nos échanges, leur honnêteté et tous nos fous rires. Finalement, je suis reconnaissante aux nombreux auteurs dont les ouvrages m'ont fait voir au cours des ans certaines choses d'un œil neuf, en particulier *The Dream of the Earth* de Thomas Berry, *En mémoire d'elle* d'Elisabeth Fiorenza, *Women, Earth, and Creator Spirit* d'Elizabeth A. Johnson, et *The Silent Cry : Mysticism and Resistance* de Dorothee Soelle.

Du même auteur :

L'ENFANT DE TOUS LES SILENCES, Belfond, 2009 ;
Le Livre de Poche, 2010.

PAPIER À BASE DE FIBRES CERTIFIÉES

Le Livre de Poche s'engage pour l'environnement en réduisant l'empreinte carbone de ses livres. Celle de cet exemplaire est de :
550 g éq. CO_2
Rendez-vous sur www.livredepoche-durable.fr

Composition réalisée par FACOMPO (Lisieux)

Achevé d'imprimer en octobre 2013 en France par
CPI BRODARD ET TAUPIN
La Flèche (Sarthe)
N° d'impression : 3002380
Dépôt légal 1re publication : novembre 2013
LIBRAIRIE GÉNÉRALE FRANÇAISE
31, rue de Fleurus – 75278 Paris Cedex 06

31/6943/0